D1936115

RACHID MIMOUNI : DER FLUCH

Rachid Mimouni

DER FLUCH

Roman

Aus dem Französischen von Karin Rick

Mit einem Nachwort von Regina Keil

Haymon

Originaltitel: La Malédiction
© Éditions Stock, Paris 1993

Die Deutsche Bibliothek – CIP-Einheitsaufnahme

Mimouni, Rachid:

Der Fluch : Roman / Rachid Mimouni.
Aus dem Franz. von Karin Rick. - Innsbruck : Haymon-Verl., 1994
(Reihe „Süd-Nord" ; 1)

ISBN 3-85218-177-1

© Haymon-Verlag, Innsbruck 1994
Alle Rechte der deutschen Ausgabe vorbehalten / Printed in Austria
Satz: Typomedia, Neunkirchen
Druck und Bindearbeit: Wiener Verlag, Himberg

In Erinnerung an meinen Freund, den Schriftsteller Tahar Djaout, der im Auftrag eines ehemaligen Häftlings von einem Süßwarenhändler ermordet wurde.

Abdelkrim schreckte aus tiefen Gedanken hoch und stellte verblüfft fest, daß es elf Uhr nachts war. Sein Gesichtsausdruck ließ den Empfang ahnen, den ihm seine Frau bereiten würde: er hatte das Abendessen wieder versäumt. Er erhob sich mit Mühe, versuchte, seine schmerzenden Glieder zu strecken, löschte das Licht und verließ das Büro. Die quietschenden Schiebetüren des Aufzugs weckten den Nachtwächter, der herbeieilte, um ihn hinauszulassen. Abdelkrim fand seinen Chauffeur eingeschlafen auf dem Sitz. Der klappte die Lehne wieder hoch und warf dem Mann, der soeben neben ihm Platz genommen hatte, einen vorwurfsvollen Blick zu.
– Tut mir leid, sagte Abdelkrim zu ihm. Ich habe nicht bemerkt, wie die Zeit vergeht.
– Nicht zum ersten Mal. Unsere Frauen werden uns eines Tages verstoßen, und das mit Recht.

Der Fahrer vergötterte seinen Chef und erlaubte sich deshalb eine Vertrautheit, die im Laufe ihrer gemeinsam in Marokko während des Befreiungskrieges verbrachten Jahre entstanden war.
Als Abdelkrim nach der Unabhängigkeitserklärung in sein Land zurückgekehrt war, hatte er seinem ehemaligen Kampfgenossen vorgeschlagen, als Chauffeur für ihn zu arbeiten.
– Die Welt ist ungerecht, antwortete dieser. Dort unten, in der Nähe von Tanger, haben wir beide denselben Gefahren getrotzt, um die Heimat vom Joch des Kolonialismus zu befreien. Nun bist du Direktor geworden und ich nur ein gewöhnlicher Autolenker. Warum nicht umgekehrt? Aber aus Freundschaft akzeptiere ich dein Angebot. Ich verbiete dir allerdings, dich in den Fond des Wagens zu setzen.
Weil er die Situation als ungerecht empfand, hatte Messaoud es sich zur Gewohnheit gemacht, sich so zu verhalten, als wäre er der Herr. Er bestimmte die Tageseinteilung seines Vorgesetzten.

– Kannst du mich morgen um sieben Uhr abholen? Ich habe einen wichtigen Termin.
Messaoud, der sich nach dem Grund der Fahrt und dem Ziel erkundigt hatte, erklärte:
– In dieser Straße gibt's ständig Stau. Ich werde schon um halb sieben vor deinem Haus sein. Laß mich ja nicht warten.
Der Weg, den Abdelkrim vorschlug, war nie der richtige.
– Da verlieren wir nur Zeit. Die Straße ist zu schmal, voll von Lieferwagen.
Was die Geschäftsessen betrifft, hatte der Kornake ebenfalls seine Bedingungen gestellt:
– Im Auto will ich nicht auf dich warten, Großer Häuptling. Ich setze mich zwar nicht an deinen Tisch, aber ich esse im selben Restaurant wie du, denn auch ich schätze gute Küche. Der Rahmen für deine Spesen und Rechnungen ist ohnehin unbeschränkt, und es wird mir ein Vergnügen sein, mir den Bauch vollzuschlagen.
Er hatte es ihm von Anfang an klar und deutlich gesagt:
– Ich bin nicht so ein Arbeitssklave wie du. Ich möchte meine Wochenenden und Urlaubstage genießen können. Meine Überstunden werde ich dir peinlich genau verrechnen.
Aber eigentlich stand er zu jeder Tages- und Nachtzeit zur Verfügung.
– Ich nehme an, daß der Große Manitou sich endlich dazu entschlossen hat, nach Hause zu fahren.
– Nein, meine Nacht ist noch lang. Ich besuche einen alten Freund. Ich fahre dich nach Haus, und du überläßt mir das Auto.
– Kann das nicht bis morgen warten?
– Ich glaube nicht.
Der Chauffeur seufzte, als ob er verstimmt wäre.
– Zu einer so späten, nächtlichen Stunde lasse ich dich nicht ans Lenkrad, mein großer Zauberer. Ich sehe wohl, daß du erschöpft bist. Du läufst Gefahr, am Volant einzuschlafen. Es

wäre bedauerlich, wenn du einen so schönen Schlitten zu Schrott fahren würdest. Was mich betrifft, so werde ich ein kleines Schläfchen machen, während ich auf dich warte. Wo fahren wir hin, Meister?
– Ich fahre allein.
– Du machst den Eindruck, als ob alle Tragödien unseres Landes auf deinen Schultern lasteten. Macht dich das gar nicht müde?
Abdelkrim deutete ein Lächeln an.
– So bin ich eben. In meinem Alter ändert man sich nicht.
– Du wirst eines Tages in die Knie gehen.
– Es wird kein Schaden sein, dagegen angekämpft zu haben. Sei nett, ruf meine Frau an und sag ihr, daß ich nicht weiß, wann ich nach Hause komme.
– Sie wird wütend sein und glauben, du hast eine Geliebte.
– Diese Art von Vorwurf ist für uns kein Thema mehr.

Abdelkrim mußte fünf Mal hintereinander klingeln, bevor ihm geöffnet wurde. Ein junger Mann mit finsterer Miene erschien in der Tür.
– Ja?
– Ist dein Vater da?
Der Junge rieb sich noch die Augen, da legte sich die väterliche Hand auf seine Schulter und bedeutete ihm, daß er wieder schlafen gehen könne.
Der Mann trat zur Seite, um den nächtlichen Besucher einzulassen, und führte ihn in ein Zimmer, dessen Tür er hinter sich sofort wieder schloß.
– Möchtest du etwas trinken?
– Nein danke.
Abdelkrim ließ sich in einen tiefen Sessel fallen.
– Du schaust aus wie von den Toten auferstanden, bemerkte sein Gastgeber. Hat dein neuer Minister vor, dich zu entlassen?

– Ich habe schon zehn vor ihm kommen und wieder gehen gesehen, und sogar die naivsten unter ihnen errieten schnell, daß mein Posten nicht ihrer Kompetenz unterstand.
– Was beschäftigt dich dann so? Normalerweise stattest du mir um diese Uhrzeit keine Höflichkeitsbesuche ab.
– Ich möchte in dir einen alten Freund wiederfinden.
– Wenn das so ist, brauchst du erst einmal einen Kaffee.
Abdelkrim und Belkacem hatten sich an der Sorbonne kennengelernt, als der Indochinakrieg wütete. Sie standen auf der Seite von Ho Chi Minh und träumten davon, sein algerisches Pendant auftauchen zu sehen. Ihre heimlichen nationalistischen Versammlungen interessierten sie mehr als ihre Vorlesungen. Sie waren politisch aktiv und wurden bald zu gesuchten Aktivisten. Sie begannen mit dem Verteilen von Flugzetteln und gingen zu gefährlicherem Engagement über. Um der Polizei zu entkommen, beschlossen sie, in die Schweiz zu fliehen. Als 1954 der bewaffnete Kampf ausbrach, den sie mit allen Kräften herbeigesehnt hatten, gelangte Abdelkrim nach einer abenteuerlichen Fahrt nach Marokko, wo er mithalf, den Nachschub an Waffen zu sichern. Belkacem wählte den Kabylischen Untergrund, wo er überraschenderweise auf Freunde seiner Kindheit traf. Bevor sie sich trennten, hatten sie vereinbart, sich am Tag der Unabhängigkeitserklärung, zu Mittag, am Fuße der Statue des Herzogs von Orleans wiederzusehen. Dann begannen sie zu planen. Belkacem hatte vor, Verleger zu werden; den Geruch von frischem Papier und feuchter Druckerschwärze, die an den Fingern haften blieb, liebte er über alles. Abdelkrim wollte die elterlichen Ländereien übernehmen, um dort Jasmin und Rosen anzupflanzen.
– Das wird sich rentieren. Die Essenzen dieser Blumen sind nicht mit Gold aufzuwiegen. Die größten Parfumhändler der Welt werden mir zu Füßen liegen.
Aber sobald er wieder in der Heimat war, wurde Abdelkrim gezwungen, den äußerst gefürchteten Posten des Direktors

der Staatssicherheit anzunehmen. Als er sein Amt übernahm, glaubte er noch, daß seine Aufgabe darin bestehen würde, die Manöver ausländischer Sicherheitsdienste zu vereiteln. Er war entsetzt, als er feststellen mußte, daß die Komplotte in den Gängen der eigenen Ministerien geschmiedet wurden. Die Nächte von Algier waren erfüllt vom Getuschel heimlicher Absprachen und Intrigen.

Abdelkrim verbrachte die meiste Zeit damit, die Machthungrigen und Verbitterten von ihren abenteuerlichen Plänen abzuhalten. Er zog es vor, sie zu überreden, aber verabsäumte es nicht, seinen Gesprächspartnern anzudeuten, daß andere an seiner Stelle zu anderen Methoden greifen würden. Die Sorglosigkeit einiger Intriganten verblüffte ihn. Wußten die überhaupt, daß sie wegen eines Treffens, eines Wortes, einer Geste ihr Leben riskierten?

– Vom Zentrum der Macht kommt nichts als der Geruch verwesender Kadaver.

Abdelkrim fühlte sich ausgelaugt. Er hatte gut dreißig Jahre seines Lebens damit verbracht, gegen Windmühlen anzukämpfen. Es blieb ihm nicht verborgen, daß sein Land in eine Zeit der Turbulenzen geraten war.

– Also? fragte sein Freund.

– Eine gigantische Pokerpartie wird geplant. Einsatz ist die Staatsmacht.

– Und welche Rolle spielst du dabei?

Abdelkrim wußte, daß ihm seit langem niemand mehr zuhörte und niemand mehr seine Berichte las. Er war zwar unabsetzbar, aber ohne jeden Einfluß, er war nichts als ein gutinformierter, aber ohnmächtiger Zuschauer der Machtspiele. Er war in Ungnade gefallen, als er es für notwendig hielt, einigen der Machthaber in den Arm zu fallen, die ihre Befehlsgewalt dazu mißbrauchten, ihre Gegner verschwinden zu lassen. Seine Interventionen erregten höchstes Mißfallen.

Er hatte sich eines Tages aufgelehnt, als er von der Verhaftung eines Ministers erfuhr, der den anderen nicht mehr in den Kram paßte. Als man ihm zutrug, daß dieser nicht nur eingesperrt, sondern auch gefoltert wurde, setzte er ein Dutzend Männer ein, die ihn mit Gewalt befreiten.
Der Beamte, der ihm wenig später den Bescheid über seine Versetzung aushändigte, schwitzte vor Angst. Das Papier knisterte in seiner zitternden Hand.
– Sie sind mein Nachfolger? Seltsam. Ich habe keine Nachricht davon erhalten, daß ich aufs Abstellgleis geschoben werden soll. Funktioniert unsere Post tatsächlich so schlecht? fügte er sanft hinzu. Dann sollte man es schnellstens bekannt geben.
Er nahm das Papier, zerknüllte es und warf es in den Papierkorb.
Abdelkrim fühlte sich unverwundbar; er besaß Dokumente, die für jene, die die besseren Gegenden der Stadt bewohnten, äußerst belastend waren. Man zog es also vor, ihn nach und nach ins Abseits zu drängen, indem man Abteilungen schuf, die parallel zu ihm arbeiteten.
– Was ist los? fragte Belkacem.
– Wir stehen kurz vor einer Revolution.
– Dein Kaffee ist kalt.

1

Kader überwand seinen Ekel und zwang sich, das Gesicht der Leiche zu betrachten, die man ihm enthüllte.
– Erkennen Sie ihn? fragte der Polizist.
Kader zuckte bloß mit den Schultern. Der Tote war in einem solchen Zustand, daß er nicht sagen konnte, ob es sich um seinen Bruder handelte oder nicht.
– Kommen Sie mit, ich brauche ihre Unterschrift.

Leïla wartete am Ausgang des Kommissariats.
– Nun? Ist er es?
– Ich bin mir absolut nicht sicher und ich weiß nicht, wie du so kategorisch sein konntest.
– Die Hautfarbe, die Haare, die Körpergröße.
– Vielleicht.
– Der zehnte nicht identifizierte Tote, den man mir innerhalb von sechs Monaten zeigt. Dieser hier schaut ihm noch am ehesten ähnlich.
– Du kennst den Körper deines Mannes besser als ich.
Kader hob den Kopf und hielt sein Gesicht in den Nieselregen. Er hatte nicht die geringste Lust, seine Schwägerin nach Hause zu begleiten, um den Abend bei einem düsteren Tête-à-tête zu verbringen.
– Ich möchte mir die Beine etwas vertreten. Ich bin zum Abendessen wieder zurück.
Er ging planlos am Seineufer entlang, irrte lange herum, bevor er in den Platz vor dem Centre Beaubourg einschwenkte, auf dem sich die übliche, bunte Menschenmasse tummelte. Er betrat das Gebäude und mischte sich unter die Besucher, die von der Rolltreppe in die oberen Etagen gezogen wurden. Er schloß sich einer Gruppe an, die einen Theatersaal betrat. Er erinnerte sich vage daran, ein Schild mit der Aufschrift „Kulturwoche der Beur“ gelesen zu haben. Da er Ruhe brauchte, setzte er sich hin. Er versuchte, sich auf das Stück zu konzentrieren, aber die Szenen, die sich vor ihm auf der Bühne abspielten, verursachten ein beständiges Unbehagen. Er hatte das Gefühl, einer Parodie beizuwohnen, hörte berberische Bäuerinnen in Landestracht französisch sprechen. Der Schlaf übermannte ihn. Geweckt wurde er durch den Applaus am Ende des Stückes. Er wartete, bis der dichte Zuschauerstrom sich verflüchtigt hatte, um aufzustehen. In dem Augenblick, in dem er sich dem Ausgang zuwandte, wurde er laut gerufen. Kaum hatte er sich umgedreht, wurde er auch schon gepackt.

Er lag im Würgegriff jenes langen Kerls, der zuvor durch seine frechen Auftritte das Publikum zum Lachen gebracht hatte.

– Erinnerst du dich an mich? fragte ihn der Riese und lockerte seinen Griff.

– Natürlich, natürlich, versicherte ihm Kader, froh darüber, daß er wieder Atem holen konnte und kramte vergeblich in seinem Gedächtnis.

– Wie hast du das Stück gefunden?

– Großartig, beteuerte Kader schlagfertig.

– Lebst du jetzt in Frankreich?

– Nein, ich bin nur einige Tage hier.

– Wenn du heute abend nichts vorhast, dann komm mit uns essen. Da können wir über vergangene Zeiten plaudern.

Kader war dieser kleinen Welt der Beur, die ihm immer noch völlig fremd war, überdrüssig. Aber der Gedanke, zu seiner Schwägerin zurückzukehren, war noch schlimmer. Feige nahm er die Einladung an.

Die Gruppe hatte Hunger und entschied sich nach langem Hin und Her für ein tunesisches Restaurant, das weniger für seine gute Küche als wegen der Leutseligkeit des Kochs bekannt war.

Lärmend eroberten sie den Saal und schoben ein paar Tische zusammen. Kader ergatterte den letzten freien Platz und saß einer dicken Frau gegenüber, die nicht aufhörte, „Es lebe Nicaragua!“ zu rufen, und Zeigefinger und Ringefinger zum Siegeszeichen erhoben, vor den Augen ihres Gegenüber herumfuchtelte.

Der große Kerl von vorhin befand sich am anderen Tischende, und Kader, dem die Stimmung von Menschen, die sich um jeden Preis amüsieren wollen, zuwider war, war äußerst verärgert. Zynisch fragte er seine Nachbarin nach dem Grund ihrer so inbrünstig verkündeten Parole.

Diese schob die Lippen zurück und begann aufmunternd zu lächeln. Dann schilderte sie ihm ihre denkwürdige Odyssee

nach Mittelamerika in allen Einzelheiten. Kader tat so, als würde er zuhören, knirschte aber insgeheim mit den Zähnen.
– Ficken die Sandinisten gut?
Bei dieser brutalen Bemerkung fiel seiner Gesprächspartnerin buchstäblich die Kinnlade herunter. Ihre Lider flatterten, sie zog es jedoch vor, die Frage zu übergehen, und fuhr mit ihrer Erzählung fort.
– Wir waren zwölf Frauen und nach einem Transitaufenthalt in Kuba landeten wir bei Nacht und Nebel mit dem Schiff in Nicaragua.
Kaders Mund verzog sich zu einem Grinsen.
– Ich bin mir sicher, daß eure Verstärkung mitgeholfen hat, die riesige Armee Somozas in die Flucht zu schlagen. Daniel Ortéga war euch wohl ewig dankbar dafür. Mittlerweile hat allerdings auch er das Feld räumen müssen.
Die junge Frau zu seiner Linken brach in Lachen aus und murmelte ihm dann zu.
– Ghislaine ist ein patentes Mädchen. Warum suchst du Streit mit ihr?
– Sie geht mir auf die Nerven.
– Du brauchst ihr ja nicht zuzuhören.
– Ich muß wohl, wie du siehst. Ich klebe an ihren Stimmbändern fest. Wer rettet mich vor ihr? Du?
– Du bist eben der einzige in dieser Runde, der ihre Heldentaten in Nicaragua noch nicht kennt. Das war ihre glorreichste Zeit. Jedem das seine.
Als sie das Restaurant verließen, ging jeder seiner Wege. Der großgewachsene Schauspieler von vorhin hatte kein einziges Wort mehr an Kader gerichtet. Dieser drehte sich achselzuckend weg und blickte in das lächelnde Gesicht jener Frau, die vorhin Ghislaine verteidigt hatte.
– So geht's immer zu, sagte sie. Er ist mit dem Reden so beschäftigt, daß er alles andere vergißt.
Kader war nicht wirklich traurig darüber. Er beschloß, nach

Hause zu gehen, und hoffte, daß seine Schwägerin um diese Zeit schon schlief.

– Wo ist die nächste Metrostation?

– Ich zeig sie dir, ich muß auch hin. Ich heiße übrigens Louisa. Kommst du aus Algier?

– Ja.

– Und was treibst du so?

Kader machte eine unbestimmte Geste.

– Wenn ich es nur wüßte! Wenn du meinen Beruf wissen willst, ich bin Arzt.

Louisa schaute ihn spöttisch an.

– Das ist witzig, sagte sie.

– Wirklich? Das ist doch ein uralter Beruf. Hippokrates ist mir 20 Jahrhunderte voraus.

– Man könnte glauben, daß Algerien nur aus Führungskräften und Akademikern besteht. Wer räumt eigentlich eure Abfälle weg, streicht die Hausmauern oder repariert Schuhe? Habt ihr keine Straßenkehrer oder Installateure? Ein Chauffeur oder Gemeindebeamter avanciert, wenn er in Paris ankommt, sofort zum Studenten. Das ist schick. Damit glaubt ihr, die in Frankreich lebenden Algerierinnen besser verführen zu können, die ja angeblich leichter zu haben sein sollen als die einheimischen Frauen. Du hast dir noch einige Jahre Vorsprung vor deinen Landsleuten zugelegt: Du bist schon Arzt.

Überrascht über diese Attacke blieb Kader unter dem fahlen Licht einer Laterne stehen. Über Louisas abwertende Einschätzung war er weniger wütend als traurig. Er schaute in ihre großen Augen, in denen nun doch eine Spur von Bedauern zu bemerken war.

– Wenn ich es mir recht überlege, sagte er, kann ich die Metrostation auch allein finden.

Er ging mit schnellen Schritten davon. Nach einigen Umwegen kam er endlich zur Station. Louisa stand längst schon am Eingang und wartete auf ihn.

– Du bist in die falsche Richtung gelaufen, sagte sie und blies ihm eine Rauchwolke ins Gesicht. Kader versuchte, Haltung zu bewahren.
– Auf jeden Fall ist es jetzt zu spät, setzte sie fort. Die letzte Metro ist gerade gefahren.
Sie fanden sich am Tisch eines Cafés wieder.
Sie rauchte eine Zigarette nach der anderen. Er machte darüber eine Bemerkung.
– Spricht da jetzt der Arzt?
– Du zeigst aber schnell deine Krallen.
– Ich rauche aus Rache, sagte sie düster.
Kader begann, sie schamlos zu betrachten, während sie so tat, als ob sie den Leuten im Lokal ihre volle Aufmerksamkeit schenkte. Sie ließ sich von allen Seiten bewundern. Sie war schön und wußte über ihre Ausstrahlung Bescheid. Kader hätte sie am liebsten bis in den frühen Morgen angestarrt, aber sie stand plötzlich auf.
– In welchem Spital arbeitest du?
– Mustapha.
– Dann bis bald.
Kader blieb keine Zeit mehr für eine Abschiedsgeste. Sie war schon verschwunden. Es war ihm, als ob es Mitternacht geschlagen hatte und Aschenbrödels goldene Kutsche vor der Tür wartete.

Kader drehte leise den Schlüssel im Schloß, um seine Schwägerin nicht zu wecken. Aber diese hatte auf ihn gewartet. Heftig kam ihm zu Bewußtsein, wie feig seine Flucht gewesen war. Anstelle einer Entschuldigung lächelte er sie verkrampft an.
– Das Abendessen ist kalt, sagte sie in einem Tonfall, der ohne Vorwurf sein sollte. Ich werde es wärmen.
– Ich habe nicht sehr viel Hunger.
– Ich schon. Ich habe noch nicht gegessen.

Beschämt folgte er ihr in die Küche.
Er bewunderte diese Frau, die durch eine düstere Kindheit stark geworden war. Ihre Mutter, eine unterwürfige und willenlose Bäuerin, war in erster Ehe mit einem Fabriksarbeiter verheiratet gewesen, der so unscheinbar war, daß sein Werkmeister erst bei seiner ersten und einzigen Abwesenheit auf ihn aufmerksam wurde: bei seinem Tod. Seine Frau hatte diesen nichtssagenden Menschen jedoch grenzenlos verehrt. Nach seinem Tod wußte sie weder aus noch ein. Sie vertraute alsbald ihr Schicksal ihrem siebzehnjährigen Sohn an. Das neue Familienoberhaupt hatte keine Lust, den gleichen Weg zu gehen, wie sein ehrenhafter Erzeuger. Bis jetzt war er ein Faulpelz gewesen, nun sollte er eine Familie erhalten. Er ließ sich mit einem Händler ein, der unter der Hand Waren aus den staatlichen Supermärkten erstand, um sie in den Souks teuer weiterzuverkaufen. Um die Verbindung ertragreicher zu gestalten, schlug der Sohn seinem Partner vor, die Mutter zu heiraten. Der Schieber sah darin die Chance, seine Bidonvilles zu verlassen und in eine richtige Wohnung zu ziehen. Er akzeptierte. Die Mutter war froh, wieder mit jemandem ihr Bett zu teilen, und ließ sich zu diesem familiären Kuhhandel hinreißen. Sie verbrachte ganze Tage damit, geduldig vor den staatlichen Kaufhäusern zu warten. Zu Hunderten standen täglich all die Frauen vor den Supermärkten, die den Schwarzmarkt versorgten. Gleich nach Ladenöffnung stürzten sie sich in diese riesigen Hallen mit ihren, zumeist leeren Regalen und lauerten darauf, daß vielleicht gerade an diesem Tag ein Produkt angeboten würde, das nirgendwo anders zu finden war.
Dank der Verstärkung durch die Mutter konnten die beiden Männer ihr Geschäft einträglicher gestalten und neue Pläne schmieden. Der Junge begann einen neuen Handel, der noch lukrativer, aber auch viel gefährlicher war. Er schickte sich an, diverse Artikel, die in Lybien im Überfluß vorhanden waren, durch die Wüste nach Algerien zu bringen. Gleich bei der

ersten Reise verirrte er sich in den Dünen und verdurstete beinahe; bei der zweiten Reise wurde er von korrupten Zöllnern geschnappt, die ihn zwar freiließen, ihm aber seine Ware abknöpften. Bei der dritten Reise verschwand er endgültig. Der Stiefvater war darüber nicht bekümmert. Im Gegenteil, er war ja nun der einzige Herr der Wohnung. Er nahm sich vor, Leïla vor die Tür zu setzen, deren Ablehnung er nie wirklich überwinden hatte können. Er versuchte, sie dazu zu bewegen, die Schule zu verlassen, um mit ihrer Mutter gemeinsam in der Schlange vor den Geschäften zu warten, wurde von ihr aber nur mit einem verächtlichen Blick bedacht. Seit langem lebte das Mädchen völlig isoliert in der Familie. Sobald sie von der Schule heimkam, sperrte sie sich in ihr Zimmer ein, um sich mit der verzweifelten Ausdauer der Autodidaktin ihren Schulaufgaben zu widmen. Sie erschien erst zum Abendessen, sprach kein Wort und verschwand wieder, nachdem das Geschirr abgewaschen war. Den schlüpfrigen Scherzen ihres Stiefvaters drehte die Gymnasiastin, wenn sie Teller wusch, gleichgültig den Rücken zu; sie riefen nur das dümmliche Lachen der Gattin hervor. Der Händler wollte sich nicht eingestehen, daß Leïla ihn verunsicherte. Er bewunderte feindselig ihre schlanke Gestalt, die Feinheit ihrer Züge, die Grazilität ihrer Gesten. Hochaufgeschossen wie sie war, konnte sie ihm einen Blick kalter Verachtung von oben herab zuwerfen. Er war erstaunt darüber, daß eine plumpe Bäuerin ein so schönes Nachtschattengewächs in die Welt hatte setzen können. Und Leïlas Schönheit verstärkte den Groll des Mannes. Er bemerkte ihre elegante Kleidung und verpaßte keine Gelegenheit, der Mutter den aufwendigen Geschmack der Tochter vorzuwerfen.

– Deine Tochter glaubt, sie ist eine Prinzessin. Du und ich, wir rackern den ganzen Tag lang, um sie auszuhalten. Sie aber würdigt uns keines Wortes, geschweige denn eines Lächelns. Wir verschleißen unsere Kräfte, während sie an ihrer Zukunft arbeitet. Nach ihrem Schulabschluß wird sie keine Schwierigkeiten haben, eine gute Partie zu machen, und abhauen. Sie wird sich weigern, uns den Schwiegereltern vorzustellen, weil sie sich für uns schämt und sich davor fürchten wird, in deren Augen schlecht dazustehen. Sie wird nicht einmal daran denken, dich zu besuchen.

Die Zeit verging, und der Händler wurde immer zorniger, warf seiner Frau vor, daß sie heimtückisch die Allüren ihrer Tochter unterstütze.

– Ich weiß, daß du ihr heimlich Geld gibst. Und das gibt sie sofort für Schminkzeug und billigen Tand aus. So kann das nicht weitergehen.

Da er schlau genug gewesen war, die Wohnung unter einem nichtigen Vorwand auf seinen Namen umschreiben zu lassen, konnte er damit drohen, Mutter und Tochter auf die Straße zu setzen.

Die verängstigte, einfältige Frau protestierte und flehte ihre Tochter an, sich in ihren Bekleidungswünschen zurückzuhalten und ihrem Vormund ein freundlicheres Gesicht zu zeigen. Aber Leïla, schweigsam und wie abwesend, war wie von einer Mauer hochmütiger Gleichgültigkeit umgeben, an dem die pathetischen Aufforderungen der Mutter und die trivialen Vorwürfe des Stiefvaters abprallten. Als nächstes versuchte er, die unerreichbare Leïla durch ihre Mutter zu demütigen und zu schockieren. Er ließ sich dabei überraschen, wie er die Bäuerin befummelte, die vor Wollust stöhnte. In der Nacht trieb er es bei offener Zimmertür laut mit ihr, hieß sie alle möglichen obszönen Namen und war sich dessen sicher, daß seine Stieftochter diese sexuellen Spiele und die unflätigen Bemerkungen mitbekam. Er ging absichtlich nur leicht bekleidet durch die Wohnung. Beim Sitzen tat er so, als würde er nicht bemerken, daß ihm sein Schlafrock über die Schenkel rutschte und sein Geschlecht genau in dem Moment, in dem Leïla das Zimmer betrat, sichtbar wurde. Verlorene Mühe.

Leïla blieb taub und stumm. Sie kam und ging, geschmeidiger als ein Schatten, ignorierte die Gesten und Worte der Mutter und des Stiefvaters.
Nach wiederholten Fehlschlägen glaubte der Händler endlich, das Mittel gefunden zu haben, Leïlas Widerstand zu brechen. Er gehörte zu jenen Männern, die der Meinung sind, daß eine Frau, die man einmal besessen hat, für immer unterwürfig ist, und daß der Schwanz das beste Instrument wäre, eine Frau zu beherrschen. Der Kümmerling spielte nun den Freier, strich sich über den Schnurrbart und war plötzlich freundlich, ja galant. Ein einziger Blick Leïlas jedoch brachte ihn davon ab, in dieser Richtung weiterzumachen.
Er versuchte nun, seine dumme Ehegefährtin, die ihm aus der Hand fraß, zu beeinflussen. Nachdem er sie vierzehn Tage lang im Bett ignoriert hatte, sagte er:
– Du wirst alt. Ich hab keine Lust mehr auf dich. Ich glaube, ich brauche eine jüngere und attraktivere Frau. Was sagst du dazu?
Das war das beste Mittel, bei dieser Frau Panik auszulösen. Denn sie konnte sich ein Leben ohne einen Mann, den sie als Herrn bewunderte und der ihr Bett mit ihr teilte, nicht vorstellen.
Der Händler begann zu trinken, auswärts zu schlafen, sie zu schlagen. Sie brauchte lange, bis sie kapitulierte, aber schließlich akzeptierte sie die Vorstellung einer Rivalin, hoffte, damit den Gatten zu behalten, wenn sie ihn auch teilen mußte.
– Also gut, gab ihr Mann zu bedenken, aber du wirst wohl einsehen, daß ich dich und deine Tochter nicht hierbehalten kann. Meine neue Frau würde nie mit euch zusammenwohnen wollen.
So kam er durch Drohungen, Gewalt und List endlich zu seinem Ziel.
– Ich glaube, das ist die beste Lösung, sagte er. Ich brauche mich nicht wiederzuverheiraten, wir können weiterhin zu-

sammenleben und da ich steril bin, gibt es keine Komplikationen. Und an dem Tag, an dem Leïla einen Ring an ihrem Finger hat, wird sie mit unserem Segen und mit der Mitgift, die wir ihr zusammengestellt haben, von dannen ziehen. Die Jungfernschaft einer Frau heißt doch heutzutage ohnehin nichts mehr.

– Glaubst du, daß Leïla damit einverstanden ist?

– Das erledige ich schon, versicherte der Ehemann.

Als sie hörte, daß sie die Konkubine sein sollte, daß also zu einem geplanten Inzest auch noch die Illegalität hinzukäme, schluckte Leïla ihre Entrüstung und ihren Abscheu hinunter und drohte damit, zur Polizei zu gehen.

Ihr Stiefvater tat so, als würde er kapitulieren. Er dachte sich eine neue Strategie aus. Mehrmals versuchte er, sie nackt im Bad oder in ihrem Zimmer zu überraschen. Aber Leïla war auf der Hut. Sie schlief erst ein, nachdem sie die Tür verriegelt hatte, duschte sich nur in Abwesenheit des Lüstlings, vermied es, in der Wohnung zu sein, solange ihre Mutter weiterhin auf der Suche nach Waren in den Regalen der Kaufhäuser war.

Eines Tages erwischte sie der Stiefvater, als sie in Begleitung eines Jungen, dem sie mehrmals zulächelte, aus der Schule kam. Er stürzte sich auf sie, um sie zu ohrfeigen, packte sie am Nacken, zerrte sie unter einer Flut von Beschimpfungen nach Hause. Der fassungslosen Mutter erklärte er:

– Ich sehe ja ein, daß mein Vorschlag eine schüchterne Jungfrau vor den Kopf stößt. Aber was hältst du von dem Benehmen deiner Hurentochter, die mit den Gaunern der Stadt verkehrt?

Und mit Hilfe der Mutter, die Leïla an den Armen festhielt, spreizte er ihr die Schenkel und stürzte sich im Ehebett auf sie.

Das Opfer hörte tagelang nicht auf zu erbrechen. Seiner beunruhigten Komplizin erklärte der Vergewaltiger:

– Reg dich nicht auf. Keine Frau ist daran gestorben, entjungfert zu werden. Das ist ja nur Theater. Morgen kommt sie und will mehr, genau wie du.

Leïla flüchtete einige Tage zu einer Tante, die ihr vorschlug, zu ihrem Sohn nach Frankreich zu fliegen, um sich von diesem Schock zu erholen.

Und so fand sich Leïla in Paris wieder und versuchte, sich den Preis für das Rückflugticket, das sie in Dinar bezahlt hatte, auszahlen zu lassen.

– Das ist unmöglich, Fräulein. Die Bestimmungen untersagen das.

– Welche Bestimmungen? Warum hat man mich überhaupt dazu gezwungen, ein Rückflugticket zu nehmen? Ich will nicht mehr nach Algerien zurück .

Vor der Sturheit der Frau, die vor ihm stand, kapitulierte der Beamte und rief den diensthabenden Leiter zu Hilfe.

Hocine, Kaders älterer Bruder kam, um sich die Beschwerde der Kundin anzuhören. So lernten sie sich kennen.

Kader beobachtete Leïla, deren hektische Gesten das Geschirr traktierten und Nervosität erkennen ließ.

– Also? fragte sie ihn schließlich.

Seit er das Kommissariat verlassen hatte, war Kader von Zweifeln geplagt. Die mutmaßliche Leiche von Hocine war unkenntlich gewesen, und er wunderte sich darüber, daß Leïla so sicher sein konnte.

– Ich konnte nichts zu Protokoll geben, aber wenn du darauf bestehst, daß es der Körper meines Bruders ist, gebe ich dir eben recht.

Kaders Unbehagen blieb.

Hocine war vor sechs Monaten auf mysteriöse Weise verschwunden. Leïla hatte behauptet, daß sie kein Motiv dafür wüßte, begnügte sich nur mit der Bemerkung, daß ihr Mann sein unfreiwilliges Exil immer weniger verkraftet hatte. Als Angestellter einer algerischen Fluglinie in Paris hatte er eines

Tages seinen Versetzungsbefehl für Annaba bekommen. In einem langen Brief, den er an seinen Direktor schrieb, erinnerte Hocine daran, daß laut Vertrag eine neue Verwendung erst nach dem Ende der vereinbarten Dauer möglich ist. Mit dem Argument, daß seine Frau in Paris studierte, bat er um einen Aufschub bis Juni. Nach zwei Monaten Schweigen erhielt er seine Kündigung wegen Arbeitsverweigerung. Er drohte mit einem Prozeß. Das allmächtige Unternehmen nahm keine Notiz davon. Man dachte, mit ihm genauso umspringen zu können, wie mit den Angestellten in der Heimat selbst, und übersah, daß Hocine unter französischem Arbeitsrecht stand. Schließlich wurde seine Fluglinie wegen widerrechtlicher Kündigung zu einer hohen Geldstrafe verurteilt, mußte also zahlen, gab jedoch seinen Namen an die Grenzpolizei weiter. Hocine konnte nie mehr einen Fuß in sein Heimatland setzen. Er hörte nicht auf, seinen Unwillen wieder und wieder kundzutun. Er brach mit allen Freunden und wurde ein eifriger Besucher der Moschee.

– Ich habe keine Ahnung, womit er seine Tage zubrachte. Meine Fragen beantwortete er mit unwilligem Murren, aber er gab manchmal seltsame Sätze von sich. Er sagte mir, daß die Rache nahe sei.

Leïla hatte von dem Teller, den sie vor sich hingestellt hatte, nichts gegessen. Ihr angeblicher Hunger war sicher nur eine Art Vorwurf gewesen.

Kader erinnerte sich an die aufregende Zeit, die Leïla die „Zeit des Flieders“ nannte, in Anspielung auf eine gleichnamige Metrostation in der Nähe ihrer Wohnung. Er kam damals sehr oft nach Paris. Am Flughafen wartete seine Schwägerin voller Ungeduld auf ihn. Sobald er zu Hause den Koffer abgestellt hatte, zog sie ihn gleich mit, als wäre da noch genug Zeit, ihm alle Schätze der Hauptstadt zu zeigen, für die sogar Henry IV abgedankt hatte. Sie brachte ihn dazu, früh aufzustehen, und sobald Hocine in der Arbeit war, nahm sie ihn

mit in die Straßen. Kader konnte diese langen Spaziergänge nicht vergessen, während derer sich Leïlas feste Brüste gegen sein Schulterblatt drückten, mit einer Hartnäckigkeit, die nicht bloß aus Unachtsamkeit geschah.
Merkwürdige Ungeschicklichkeiten beiderseits führten dazu, daß ihre Hände einander berührten und das verwirrte Aufleuchten in ihrem Blick unterstrich ihre innere Aufregung. Wenn der Regen sie daran hinderte auszugehen, blieben sie im Wohnzimmer und unterhielten sich so gut, daß sie nicht bemerkten, wie die Zeit verging. Kader stellte fest, daß die Anwesenheit von Hocine Leïlas Freude trübte, und daß ihr Lachen, sobald ihr Mann das Haus betrat, erstarb. Er nahm sich vor, seine Besuche etwas rarer zu machen.
– Wenn du sicher bist, was du eben gesagt hast, dann müssen wir daran denken, seine Leiche nach Algerien überstellen zu lassen.
– Ich glaube, daß die polizeiliche Untersuchung dauern wird. Wir werden vor ihrem Abschluß nicht darüber verfügen können.
– Und du, was wirst du machen?
– Arbeit suchen.

2

Der Militärjeep, der den Konvoi schwerer LKWs anführte, wurde langsamer und blieb stehen. Die Lastautos reihten sich folgsam hinter ihm ein, die Fahrer tauchten wie winzige Marionetten aus ihren Kabinen auf und scharten sich um den Befehlshaber der Eskorte.
– Hier verlassen wir euch. Wir haben keine Erlaubnis, weiterzufahren. Ihr müßt euch allein durchschlagen. Vor euch liegt ein zweihundert Kilometer breites Niemandsland. Da noch nicht alle Grenzsteine gesetzt wurden, weiß man nicht, wem

dieser Streifen gehört. Um einen Konflikt mit unseren Nachbarn zu vermeiden, wurde beschlossen, kein Militär hineinzulassen. Überflüssig zu sagen, daß hier Anarchie herrscht. Man machte uns darauf aufmerksam, daß einige Räuberbanden die Gegend unsicher machen. Seid vorsichtig.

Nach einigen Sekunden Stille fügte der Offizier hinzu:

– Ihr seid also gewarnt.

Der Anführer des Konvois strich sich über den Schnurrbart.

– Sie wissen es. Es sind alles Freiwillige.

– Dann ist's ja gut. Und gute Fahrt, schloß der Soldat. Beim ersten Zwischenfall gebt mir über Funk Bescheid.

– Einverstanden.

Der Hauptmann tippte zum Gruß an den Schild seiner Kappe, sprang dann in den Sitz seines Jeeps, wendete und entfernte sich schnell.

– Gut, rief der Anführer laut, um zu zeigen, daß er seine Autorität wiedergefunden hatte. Wir machen eine Viertelstunde Mittagspause. Dann müssen wir uns beeilen. In dieser Gegend vertrödelt man besser keine Zeit.

Saïd ertrug seinen Vorgesetzten nicht. Er verließ die Gruppe und setzte sich in den Schatten seines Fahrzeugs. Hamid kam ihm nach, ein junger Fahrer, der für diese Mission eigens angeheuert worden war. Er setzte sich neben ihn und begann, seinen Proviant auszupacken.

– Warum hast du dir diese Arbeit ausgesucht? fragte der Neuling.

– Um den dummen Fragen lästiger Wanzen wie dir zu entgehen, antwortete Saïd grimmig. Offenbar ist mir das diesmal mißlungen.

Der unternehmungslustige junge Mann ignorierte das Murren des Fernfahrers.

– Also warum? insistierte er mit einem unschuldigen, entwaffnenden Lächeln.

– Sagen wir, ich bin asthmatisch. Um richtig atmen zu können, brauche ich einen Raum ohne Grenzen, Mauern oder Absperrungen. Ich hasse die Leitplanken der Autobahnen. Dort oben auf den Straßen des Nordens fühle ich mich eingesperrt, ich ersticke. Ich kenne den Grund meiner Krankheit: ich bin allergisch gegen meinesgleichen. Hier glaube ich, allein auf der Welt zu sein, und meine Lungen entspannen sich endlich.

– Und ich, ich habe diesen Auftrag angenommen, um die Sahara gratis zu besichtigen. In den Prospekten steht, daß sie faszinierend ist. Ich gestehe, ich bin enttäuscht. Ich sehe nichts als Steine. Diesen ganzen Staub zu schlucken, macht mich wiederum krank. Ich habe gute Lust umzukehren.

Saïd ließ den Jungen reden und versuchte nicht, seine Gleichgültigkeit zu verbergen. Er erhob sich mitten in einem Satz, kletterte in die Fahrerkabine, um seine Wasserflasche zu holen. Er trank die lauwarme Flüssigkeit in großen, langsamen Schlucken. Von weitem befahl ihnen der Kommandant, zur Gruppe zu kommen. Nachdem er sich einen letzten Schluck gegönnt hatte, erhob sich Saïd schlaff.

Als alle um ihn versammelt waren, gab der Anführer seine Instruktionen.

– Wir fahren in engem Konvoi. Laßt nicht zu, daß zwischen euch zu große Abstände entstehen. Du, Saïd, bist einer von denen, die die Gegend am besten kennen. Du fährst am Schluß. Wenn einer vor dir in Schwierigkeiten ist, hilfst du ihm. Ich fahre als erster. Beim geringsten Problem verständige ich euch über Funk.

Die Männer kehrten ohne den geringsten Kommentar zu ihren Fahrzeugen zurück. Saïd hievte sich auf seinen Sitz und machte es sich dort bequem, sein Rücken drückte den Schaumstoff der Lehne ein, er rückte seine Brille und seinen Turban zurecht und startete.

Der Konvoi setzte sich in Bewegung.

Der Expeditionsleiter war der erste, der die Gruppe Meharisten entdeckte. Ein Spalt in der Felsenmauer, hinter der sie sich versteckten, hatte sie verraten.

– Vorsicht! Banditen! rauschte es im Lautsprecher.

Saïd warf einen bedauernden Blick auf die Kamelreiter, die mit erhobenen Gewehren und anfeuernden, schrillen Schreien die Verfolgung des Konvois aufnahm.

– Zu spät, brüllte er. Sie werden uns nie einholen.

Mit beschleunigter Fahrt vergrößerten die vierrädrigen Kolosse ihren Vorsprung. Gegen die modernen Dieselmotoren kamen die Angreifer trotz des schlechten Zustandes der Piste nicht an. Als sie sahen, daß ihre Chancen geringer wurden, wurden sie zunächst langsamer. Aber sie bemerkten rasch, daß das letzte Fahrzeug an Fahrt verlor. Es schien in Schwierigkeiten zu sein. Die Meharisten nahmen erneut die Verfolgung auf.

– Ich kriege meinen Anhänger nicht unter Kontrolle, brüllte Saïd ins Mikro. Ich glaube, ein Reifen ist geplatzt. Ich muß langsamer werden.

– Kommt nicht in Frage! näselte der Lautsprecher.

– Dann kippe ich um.

– Fahr nur drauf los! befahl ihm sein Chef.

Saïd blieb dennoch stehen. Er beobachtete im Rückspiegel die Horde, die immer näher kam. Mit großen Siegesschreien umringten die Räuber das unbewegliche Fahrzeug, die Waffen auf den Fahrer gerichtet. Saïd fragte sich, ob die Kugeln ihrer lächerlichen Musketen die Windschutzscheibe auch nur ritzen könnten.

– Und wenn ich einfach starte und sie hier stehen lasse?

Aber die Räuber gingen vor dem Fahrzeug auf und ab. Sie waren sich sicher, daß ihre Beute ihnen nicht mehr entkommen konnte. Saïd ließ seinen Motor aufheulen. Das erschreckte die Kamele, und beinahe hätten sie ihre Reiter abgeworfen. Sobald das Brummen des Motors leiser wurde, kam die Mauer von Gewehren wieder näher.

Saïd streckte den Arm aus, um ihnen ein beruhigendes Zeichen zu geben, bevor er langsam die Türe öffnete. Er wagte sich nach draußen, nahm seinen Turban und die Brillen ab, als würde er sich demaskieren.
Ein Mann sprang von seinem Kamel und stürzte sich mit erhobenem Säbel auf ihn. Ein schriller Schrei stoppte den Angreifer. Saïd grinste den wie zu Stein erstarrten Meharisten spöttisch an und nahm ihm die Waffe aus der Hand. Dann ging er um das Fahrzeug herum. Als er beim Rad ankam, machte er einen schnellen Schnitt in den Reifen, der mit einem wütenden Zischen zusammensackte.
Der Mann mit der schrillen Stimme, der die Gruppe anführte, ging zum Lastwagenfahrer zurück.
Sie wechselten komplizenhafte Blicke.
– Ich hab schon von dir gehört.
Saïd nickte wie zum Einverständnis. Er überraschte sich dabei, die wenigen weißen, gelockten Barthaare auf den eingefallenen Wangen des Targi zu betrachten, der trotz seiner stolzen Haltung sicher älter als achtzig war. Saïd war voller Mitleid für diesen Greis, der dazu verurteilt war, von Raubüberfällen zu leben. Man konnte sich unschwer vorstellen, daß dieser Stammesälteste bessere Zeiten gesehen hatte.
Die anhaltende Trockenheit und die Schikanen der Grenzpolizei der umliegenden Länder hatten die ehemaligen Herren der Wüste zu Schurken gemacht. Man verlangte nun Pässe von jenen Menschen, die seit undenklichen Zeiten kamen und gingen, wie es ihnen beliebte. Jetzt waren sie gezwungen, eine Nationalität nachzuweisen, obwohl ihr Königreich mehrere Länder umfaßte. So hatten sie auch die Kontrolle über die Salz- und Goldstraßen verloren. Diese Männer mit stolzerhobenen Häuptern lernten nun Erniedrigung und Elend kennen.
Aufwiegler brauchen keine Worte, um sich zu verständigen. Ein Blick genügt.

– Ich rate euch, euch zu beeilen, sagte Saïd. Mein Kommandant hat sicher schon den nächsten Gendarmerieposten verständigt. Man wird bald eine Patrouille losschicken, um mich zu suchen und um euch zu verfolgen. Nehmt euch vor den Hubschraubern in acht. Diese Teufelsmaschinen entdecken euch schnell.
– Wir sind daran gewöhnt, sagte der Anführer. Wir wissen, wie wir sie täuschen können.
Er gab ein Zeichen, und mehrere Männer stürzten sich auf den Anhänger. Mit Hilfe einer Eisenstange wurde das Schloß aufgebrochen, die Bordwände kippten herunter. Ordentlich geschlichtete Reissäcke kamen zum Vorschein. Die Ladung wurde mit unglaublicher Schnelligkeit auf die Kamele verladen.
Die Karawane verschwand wie durch Zauberhand. Saïd war kurz in Versuchung, ihnen zu folgen. Er hatte die vage Sehnsucht, ihre harte und gefährliche Existenz zu teilen, wo nur die wesentlichen Gesten zählten, die, die das Überleben gewährleisten, ohne viel Beiwerk. Er fand es verlockender, um Brot zu kämpfen, als um Ideen.
Saïd und der Targi blieben allein zurück. Nachdem sie mit den Augen lange der Karawane gefolgt waren, schauten sie einander an.
– Du wirst Schwierigkeiten haben, sagte der Alte mit ruhiger Stimme, als ob er einen Sandsturm ankündigte und damit sagen wollte, daß keine Macht der Welt das Unwetter verhindern könne.
Saïd machte eine schicksalsergebene Geste.
Im Blick des Targi war ein bewunderndes, mitfühlendes Aufblitzen zu sehen. Er war nahe daran, ein Wort des Dankes auszuprechen, besann sich dann eines Besseren und drehte dem Fahrer den Rücken.
Saïd hob die Hand zum Abschied.
– Mach dir keine Gedanken, sagte er zu der Silhouette, die

im Begriff war, sich zu entfernen. Ich schlag mich schon durch.

Ein durchdringendes Summen störte die Stille der Wüste und weckte Saïd auf, der unter seinem Fahrzeug eingeschlafen war. Er erhob sich und blickte um sich. Er konnte nichts erkennen, aber er wußte, daß die Wüste unter ihrer unbeweglichen Maske einen heimtückischen Charakter hatte, immer darauf aus, die Reisenden in die Irre zu führen, Spuren zu verwischen und Entfernungen zu verfälschen. Ein in der Ferne sichtbarer Schatten konnte sich als ganz nahe herausstellen, ein andauernder Lärm von weit her kommen. Man durfte sich nicht überraschen lassen.
Saïd erhob sich murrend. Er hatte kaum Zeit, sich auf dem Trittbrett des Lastautos niederzulassen, als der erste von drei Jeeps scharf vor seinen Füßen abbremste und eine Sandfontäne auf seine Füße spritzte.
Der Hauptmann stürzte sich auf ihn.
– Was war los? fragte er.
Saïd begrüßte ihn mit einem Lächeln.
– Ein Reifen ist geplatzt.
– Und rein zufällig gerade im Moment des Überfalls. Ärgerlich, nicht wahr?
– Pannen können immer passieren. Vor allem in den schlimmsten Situationen.
Der Offizier marschierte um das Fahrzeug herum und pflanzte sich dann vor Saïd auf.
– Die Reifen sind fast neu.
– Ja, aber der Wagen war beladen. Dazu kommt die Hitze, die den Gummi aufweicht. Und wir haben die Piste verlassen. Schauen Sie sich um. Der Boden ist voller Steine, die schärfer sind als Rasierklingen. Wissen Sie, daß die frühen Vorfahren dieser Räuber daraus die Spitzen ihrer gefürchteten Pfeile gefertigt haben?

– Dazu mangelt es mir an Bildung, aber ich werde den Reifen untersuchen lassen. Ich stelle fest, daß die Räuber dir kein Haar gekrümmt haben.
– Wollten Sie meinen Kopf rollen sehen? ereiferte sich Saïd. Beruhigen Sie sich, um ein Haar wäre es passiert.
– Ich weiß, daß die nicht die Gewohnheit haben, ihre Opfer zu verschonen.
– Die Ladung hat sie interessiert.
– In welche Richtung sind sie davon?
– Dorthin! Der Fahrer deutete vage in eine Richtung.
– Das heißt gar nichts.
– Ich weiß.
– Du weißt für meinen Geschmack viel zu viel. Außerdem stelle ich fest, daß du den Zwischenfall nicht sehr tragisch nimmst.
– Ich sehe keinen Grund dafür. Der Reis war für die Kinder der Sahel-Zone bestimmt. Aber warum sollten wir uns weigern, jene zu retten, die ein paar Meilen weiter nördlich vor Hunger sterben? Unsere stolze Regierung, die nicht aufhört, über die ausländische Presse zu schimpfen, unterliegt nichtsdesto trotz deren Einfluß. Sie schickt die Nahrungsmittel dorthin, wo ausländische Kameras mitfilmen, aber ignoriert jene Menschen, die das Pech haben, unbeachtet am falschen Ort zu krepieren. Warum sollten die einen auf Kosten der anderen bevorzugt werden? Natürlich hätten Säcke, die hier verteilt würden, kein Medienecho.
– Du meinst, daß man diese Überfälle unterstützen sollte?
– Ich erinnere Sie daran, daß ich von einer bewaffneten Bande überwältigt wurde und daß ich keinen Widerstand leisten konnte.
– Los! Mitkommen!
– Zuerst muß ich den Reifen wechseln.
– Worauf wartest du noch?
– Ich brauche Hilfe.

Der Offizier befahl seinem Chauffeur, Saïd zur Hand zu gehen, und gab die Order, daß die beiden anderen Jeeps sich auf die Suche nach den Räubern machen sollten.

Saïd sprang auf die Füße, als das Faktotum eintrat, das ihm das Frühstück brachte. Eine Tasse Tee und ein paar Datteln.
– Ich will den Kommandanten sehen. Und sag mir nicht noch einmal, daß er nicht da ist.
– Heute ist er in seinem Büro. Ich werde es ihm mitteilen.
Der Soldat kam nach einigen Minuten zurück und forderte den Gefangenen auf, ihm zu folgen. Er ließ ihn zum Offizier eintreten. Dieser wies ihm mit einer Kopfbewegung einen Sessel zu, ohne selbst aufzustehen.
– Sie dürften meine Leute in den letzten Tagen ganz schön auf Trab gehalten haben. Was wollen Sie?
– Werden Sie mich noch lange hier festhalten?
– Ich habe meinen Bericht verfaßt und abgeschickt. Ich warte auf Instruktionen.
– Aber weshalb werde ich hier festgehalten?
– Weil Ihr Fall nicht klar ist.
Saïd unterdrückte eine Geste der Verzweiflung. Der Soldat schaute ihm herausfordernd ins Gesicht.
– Ich habe Ihnen doch alles erzählt.
– Ich bin von der Wahrheit Ihrer Aussagen nicht überzeugt.
Keiner von beiden war dumm. Saïd log geschickt, und sein Gesprächspartner war sich im klaren darüber, daß ihm Märchen aufgetischt worden waren. Er hatte Saïds Akt, der ihm am Vorabend zugegangen war, lange studiert. Er verstand nicht, wie es einen Absolventen der Rechtswissenschaften unter die Lastwagenfahrer verschlagen hatte können.
– Du hättest Richter werden können, Advokat oder Staatsanwalt.
– Advokat? Wie soll ich an die formale Gesetzgebung glauben, die täglich mit Füßen getreten wird? Staatsanwalt? Ich

bin unfähig, auch gegen den schlimmsten Kriminellen vorzugehen. Richter? Das ist ein Beruf, in dem man lernt, zu bestrafen, aber nicht, zu verstehen.
Der Kommandant weigerte sich, die aufkeimende Bewunderung für diese Haltung einzugestehen.
-- So bin ich nun mal, ich werde mich nicht ändern. Saïd beobachtete diesen Mann, der an seine Aufgabe und seine festgefügten Meinungen glaubte, von Pflicht sprach und sich auf das Gesetz berief, und fragte sich, ob sie beide derselben Gattung angehörten.
– Dein Fall beschäftigt mich, gestand ihm der Offizier. Du weißt, daß die Zone, die ich zu überwachen habe, von zwei eher unklaren Grenzen eingeschlossen ist und deshalb ein Paradies für jede Art von Handel und Schmuggel darstellt. Ich werde den Verdacht nicht los, daß du mit den Räubern gemeinsame Sache machst.
– Glauben Sie, daß ich fähig wäre, vom Hunger dieser armen Menschen zu profitieren?
– Ich diene hier gerade mein drittes Jahr ab und habe bereits alle Illusionen über die menschliche Rasse verloren. Deine Reifenpanne erscheint mir mehr als verdächtig.
Saïd gab ihm zu verstehen, daß sie so unterschiedlichen Welten angehörten, daß jedes Verstehen ausgeschlossen wäre.
Der Offizier kam auf die Idee, Saïd auf seine Kontrolltour mitzunehmen. Er hoffte, daß dieser damit die Schwere seines Vergehens begreifen würde.

Beim Anblick des Jeeps kauerten sie sich als Zeichen der Unterwerfung hin. Es waren nicht mehr als dreißig, die den bitteren Rückzug in den Norden überstanden hatten. Sie verstanden nichts von dem, was mit ihnen geschah. Sie wußten nicht, wohin sie gehen sollten, aber sie verstanden, daß es eine Flucht war. Sie mußten die Erde ihrer Vorfahren verlassen, weil sie nach einem Jahrzehnt der Trockenheit die Hoffnung fahren lassen mußten, das Gras, das ihre Herden ernährte, wieder wachsen zu sehen. Sie hatten die Ausschreitungen eines unkontrollierten Soldatenhaufens ertragen müssen, der sie wiederholt beschuldigte, die Grenzen auf illegale Weise zu überschreiten, sie, die im Laufe ihrer jahrtausendealten Wanderungen niemals Grenzen, sondern immer nur unendlich große Räume gekannt hatten.

Verfolgt, ausgebeutet, gedemütigt wie sie waren, hatten die Herren der Wüste sich schweren Herzens dazu entschlossen, in jene Gegenden zu wandern, in denen die Felsen dem Sand weichen. In ihren hastig aufgebauten Biwaks schliefen sie wenig. Erschöpft vom vergangenen Tag erhoben sie sich in der Morgendämmerung, um weiterzuziehen. Nur die Kadaver, die ihren Weg säumten, gaben Aufschluß über den zurückgelegten Weg.

Seit drei Tagen waren sie hier, unter der harten Sonne, ausgelaugt, mit irrem Blick. Sie warteten, sie hatten schon so viele Belastungsproben hinter sich, daß ihnen ihr eigenes Schicksal nur mehr wenig bedeutete. Sie begnügten sich damit, den Befehlen der Gendarmen Folge zu leisten.

– Zu Hunderten kommen sie zu uns, erklärte der Kommandant. Wir müssen sie ernähren, pflegen, aber vor allem müssen wir sie davon überzeugen, daß wir ihre Habseligkeiten gar nicht wollen. Wenn wir denen, die dort geblieben sind, Nahrungsmittel zukommen lassen, dann, weil wir verhindern wollen, daß sie dieselbe Strecke zurücklegen, oder, daß sie sich zu Banden zusammenschließen, die von Raubzügen leben, wie die, denen du deine Ladung überlassen hast. Dazu kommt, daß diese Räuber nicht nur Karawanen überfallen, sie dienen als Menschenschmuggler für Geheimorganisationen, die sich bei unseren Nachbarn mit Drogen oder Waffen eindecken, bei jenen Nachbarn, die uns angeblich so freundschaftlich gesinnt sind, im Grunde aber nur versuchen, in unserem Land Zwietracht zu säen. Da Haschisch Stahl finanziert, haben sich un-

sere neuen Assassinen zur Aufgabe gemacht, unser Land in Schutt und Asche zu legen. Du siehst, die Dinge liegen nicht so einfach, wie du glaubst.
Auf dem Rückweg teilte der Offizier Saïd mit, daß er beschlossen hatte, ihn freizulassen, weil er nur eine Last für ihn war, und er das Fahrzeug nicht länger blockieren wolle.
– Dein Chef informierte mich darüber, daß er dich bis zum Abschluß der Untersuchung vom Dienst freistellt. Sobald du in Algier angekommen bist, hast du das Fahrzeug zurückzugeben.

Als Saïd sein Fahrzeug in Empfang nahm, jubelte er wie ein Kind vor einem neuen Spielzeug. Das Brummen des Motors, der warmlief, erfüllte ihn mit einer gewissen Wollust. Nach einem Blick auf die Uhr machte er sich an die Eroberung der unendlich weiten Hügellandschaft der Dünen. Er sagte sich, daß die Welt alle Zäune und Begrenzungssteine verbannen sollte, damit man ohne Hindernis und ohne bestimmte Route reisen könne. Zwei Stunden lang fuhr er so mit Vollgas dahin, laut vor sich hin singend, trunken ob seiner wiedergewonnenen Freiheit und des weiten Raumes vor sich. Dann blieb er stehen, um seinen Anhänger loszumachen.
– Warte nur ja brav, bis ich wiederkomme, sagte er zu ihm, mit dem verspielten Ton der Einzelgänger, die soweit kommen, daß sie mit lauter Stimme zu sich selber oder zu vertrauten Gegenständen sprechen.
Saïd setzte sich wieder auf den Fahrersitz.
– Ich hoffe, daß sie den Stützpunkt nicht verlegt haben.
Aber die Beduinen hatten die Ewigkeit vor sich. Am gewohnten Rastplatz saßen sie unbeweglich und still nebeneinander. Sie waren unerschütterlich wie die Wüste selbst. Saïd blieb einige Meter vor der Gruppe stehen. Er war sich dessen bewußt, daß er damit die Ruhe des Ortes störte, und seine Hektik erschien ihm unangemessen. Seit wievielen Tagen warteten

sie so, ohne jemals ungeduldig zu werden? Es schien, als hätten sie sich seit ihres letzten Treffens vor Monaten überhaupt nicht von der Stelle bewegt.

Am Boden bemerkte er mehrere Reifenspuren. Er schloß daraus, daß er nicht der einzige war, der diesen Ikonen der Neuzeit einen Besuch abstattete. Sie hatten ihn sicher schon von der Ferne gesehen, aber keiner dieser Männer machte die geringste Bewegung oder stieß einen Laut aus, um sein Kommen zu quittieren.

Lange Begrüßungen. Saïd wurde eingeladen, sich zu ihnen zu gesellen. Er folgte. Er war in Eile, aber er wußte, daß er die Teezeremonie über sich ergehen lassen mußte, um nicht als gänzlich unzivilisiert zu gelten. Im Kohlebecken flackerte bereits das Feuer. Das bewies, daß sie sein Kommen tatsächlich schon beobachtet hatten.

Saïd informierte sie darüber, daß die Ölfirmen in Kürze eine Bohrung in dieser Gegend unternehmen würden.

– Das ist gut für euren Handel.

Achselzucken. Ihr jahrtausendealter Lebensstil hatte ihnen die gelassene Gleichgültigkeit jener verliehen, die davon überzeugt sind, daß keine Veränderung ihnen etwas anhaben kann.

Sie hatten die Gewohnheit, über den Sand zu gleiten, und vermieden es, Fußspuren zu hinterlassen. Sie zählten auf ihre eigene Fähigkeit, sich in Luft auflösen zu können, um so den Härten der Gegenwart entrinnen zu können. Saïd fragte sich, ob ihre Wanderungen nicht einem Fluchtimpuls zu verdanken waren, der auf einer radikalen Verweigerungshaltung basierte. Er selber hatte es nicht viel anders gemacht. Anstatt eines Kamels hatte er einen Diesellastwagen, war sich aber nicht sicher, ob er damit besser dran war.

– Zuviele Menschen, sagte schließlich einer von ihnen als Antwort auf Saïds Neuigkeit.

Ein zweiter fügte hinzu:

– Die Menschen aus dem Norden haben keine Lebensart. Sie haben weder Sinn für Diskretion noch Respekt. Sie sind so leichtsinnig zu glauben, daß die Welt ihnen gehört, nur weil sie gelernt haben, wie man Berge in die Luft sprengt und Minen gräbt. Sie greifen die Natur und die anderen Menschen an. Sie bringen alles schamlos durcheinander. Sie ereifern sich ohne Grund, schreien ohne Anlaß und geraten wegen Nichtigkeiten in Panik. In Wahrheit mangelt es ihnen an Weisheit.
Saïd wußte nur allzugut, daß dies stimmte. Er hatte miterlebt, wie eine ganze Gegend durch die Anwesenheit von zwanzig Personen, die mit einer Sonde beschäftigt waren, durcheinandergebracht wurde. Es entging ihm nicht, daß die lakonischen Äußerungen dieser Einzelgänger niemals ohne Grund gemacht wurden. Er schloß daraus, daß sie die Preise für ihre Waren wieder angehoben hatten.
– Die Fahrten werden immer schwieriger, setzte einer von ihnen fort. Mit den Bohrmaschinen kommen auch die Gendarmen. Wir müssen öfter Tribut zahlen.
Das war das Vorspiel. Saïd, der ihren gefürchteten Geschäftssinn kannte, schloß daraus, daß sich die Anzahl ihrer Kunden vervielfacht hatte.
Zwei Männer erhoben sich schließlich, um die Planen zurückzuschlagen, die die Packsättel ihrer Kamele bedeckt hatten. Saïd begutachtete die Waren, die auf ungeahnten Wegen aus den fernsten Ländern bis hierher gelangt waren. Er entschied sich für ein tragbares Fernsehgerät, das ein Freund in Algier bei ihm bestellt hatte. Er zögerte, bevor er auch noch eine Whiskyflasche an sich nahm, die er Si Morice schenken wollte, weil dieser besonders verrückt danach war.
Der Fernfahrer ging mit schnellen Schritten zu seinem Laster und startete, während diese seltsamen Händler wieder die Haltung von Sphinxen annahmen, die auf neue Bewunderer warten.

Saïd bremste abrupt vor einer Gazelle ab, die unmittelbar vor ihm aus der Düne sprang. Aber der Lastwagen kam nicht rechtzeitig zum Stillstand. Der Fahrer entdeckte das zusammengesunkene Tier unter dem Motor. Es war außer Atem, und seine Herzschläge weiteten seine Brust. Als es den Mann auf sich zukriechen sah, bäumte es sich ein letztes Mal auf und schlug mit dem Kopf gegen das Blech. Es ergab sich schließlich seinem Tod, als er es in seine Arme nahm.
Als Saïd sich erhob, sah er einen Geländewagen mit offenem Verdeck auf sich zubrausen. Im Fond standen zwei Männer mit wehendem Kaftan, die sich mit der einen Hand an den Rahmen klammerten und in der anderen ein Gewehr hielten.
– Laß das Tier los, brüllte einer der Jäger und richtete den Lauf der Waffe auf Saïd.
– Dann müßt ihr uns beide abknallen.
Der Mann, der neben dem Chauffeur des Jeeps saß, wandte sich Saïd zu und streckte ihm seine Legitimation entgegen. Saïd empfand Mitleid mit dem hohen Beamten, der dazu degradiert war, Emire in der Gegend herumzufahren, die auf Abenteuer aus waren.
– Ich dachte, die Gazellenjagd wäre verboten, antwortete er ihm.
Er drehte ihnen den Rücken zu und kletterte in seinen Wagen. Der Motor heulte bedrohlich auf. Saïd startete an und machte im Fahren eine Geste, die bedeuten sollte, sie könnten ihm gestohlen bleiben.

Der Lastwagen stoppte mit dem wütenden Schnauben zusammengepreßter Luft, die den Sand aufwirbelte. Saïd kurbelte das Fenster herunter und streckte den Kopf nach draußen.
– Was soll denn das? Machst du Autostop? lachte er.
Der andere grunzte nur. Er war mager und groß. Über die Wangen zog sich ein Dreitagesbart. Er stand unbeweglich und ließ sich von dem Kraftfahrer inspizieren.

– Du machst mir Spaß. Glaubst du, wir befinden uns auf der Autobahn?
Neuerliches Grunzen.
– Wohin willst du?
– Soweit wie möglich.
– Ich fahre dorthin, wo das Meer beginnt.
– Das paßt mir.
– Dann steig ein.
Der neue Passagier machte es sich bequem, vertraute seinen Rücken der weichen Schaumgummimasse der Rückenlehne an und schlief, den Kopf auf der Schulter, sofort ein.
– Und ich habe mir einen gesprächigen Reisegefährten erwartet. Das habe ich nun davon, knurrte Saïd.

Der Autostopper der Wüste wachte erst vier Stunden später auf. Er gähnte, streckte sich, drehte den Kopf in alle Richtungen, um die Halsmuskeln zu entspannen und meinte dann ruhig:
– Ich habe Hunger. Hast du nichts zu essen?
Du bist nicht der einzige, der hungrig ist in dieser Gegend. Du kommst aber zu spät. Die Räuber haben schon die gesamte Ladung gekapert. Ich habe mir aber unterwegs eine Gazelle eingefangen. Ihr Fleisch soll saftig sein. Was ist, wenn wir uns daran schadlos halten?
Sein Begleiter schätzte diesen Vorschlag gar nicht. Saïd, der das Tier ja gerettet hatte, sagte dies auch nur aus Freude an der Provokation.
– Da du zum Fasten bereit bist, lassen wir sie halt laufen. Wie heißt du?
– Rabah.
– Ich möchte bis zum Einbruch der Nacht fahren. Dann machen wir Rast. Arbeitest du in einer Erdölbasis?
– Nein.
– Tourist?

– Schau ich so aus?
– Du könntest alles sein, nur gesprächig bist du leider nicht.

Auf einer Decke sitzend, genossen die beiden Reisenden die wohltuende Unbeweglichkeit nach dem stundenlangen Rütteln und Schaukeln. Sie hatten sich ein paar Datteln geteilt.
– Gib auf die Skorpione acht, warnte Saïd. Zu dieser Stunde kommen sie aus ihren Löchern, um Luft zu schnappen.
– Sie sind meine Freunde, antwortete ihm Rabah ruhig.
– Du scheinst die Gegend sehr gut zu kennen.
– Du bist schlimmer als ein Polizist. Jeder deiner Sätze ist voller Hintergedanken. Ich weiß, daß meine Person dich beschäftigt. Also gut, ich bin ein Deserteur. Zufrieden?
– Ich habe es mir schon gedacht.
– Du kannst mich auch hier zurücklassen, wenn du keinen Ärger haben willst.
– Ärger zieh ich mir ohnehin laufend zu, antwortete Saïd, der begann, diesen Flüchtling sympathisch zu finden.
– Es gibt sogar einen Offizier der Militärpolizei, den sie auf mich gehetzt haben. Er schwor, mich an Händen und Füßen gefesselt zur Kaserne zurückzubringen. Ich muß gestehen, daß ich ihn auch bis zur Weißglut geärgert habe.
Saïd mußte feststellen, daß er nun jemanden gefunden hatte, der noch aufsässiger war, als er selber.
– Während meiner Einschulung habe ich pausenlos den Trottel gespielt, erzählte Rabah weiter, endlich bereit, Saïd ins Vertrauen zu ziehen. Ich mag das Heer nicht. Ich schwänzte den Unterricht, versäumte die Exerzierstunden, ich dehnte den Ausgang ungebührlich aus, ich versah meinen Wachdienst nicht ordnungsgemäß, ich war den Unteroffizieren gegenüber frech. Weder die Zwangsarbeiten, die sie über mich verhängten, noch ihre Gefängnisstrafen änderten etwas an meinem Verhalten. Am Ende meiner Ausbildung befand ich mich, wie konnte es anders sein, in Ordnungshaft. Eine schrille Mi-

schung aus Verrückten, Sadisten, Sexualverbrechern und anderen Psychopathen war dort versammelt, und zwar sowohl unter den Offizieren als auch unter der Mannschaft. Ein Adjutant, der so massig gebaut war wie dein Lastwagen, hatte es auf meine schmächtige Gestalt abgesehen. Er hat mir gleich nach meiner Ankunft den Hof gemacht, bis zu dem Moment, in dem meine Messerspitze seinen Adamsapfel kitzelte. Darüber war er in keinster Weise entsetzt. Er machte mich darauf aufmerksam, daß ich ihm nun achtzehn Monate unterstellt sei und daß er mir eine Sonderbehandlung angedeihen lassen werde. Er fügte hinzu, daß ich soweit kommen werde, ihn auf den Knien anzuflehen, mich doch zu nehmen. Es erübrigt sich wohl zu erzählen, was ich alles erlitten habe. In einer Nacht, in der ich endgültig genug hatte, bemalte ich die Mauern der Kaserne mit rachedurstigen, aufwieglerischen Sprüchen und floh. Der Offizier der Militärpolizei, der dem Kommandanten hündisch ergeben war, machte sich erbötig, mich zurückzuholen. Auch er hatte etwas für die Gazellenjagd übrig, und ich spazierte ja viel in den Dünen herum. Er ist mir immer noch auf den Fersen.

Die beiden Männer blieben lange Zeit in Schweigen versunken und beobachteten, wie die Dunkelheit langsam die Landschaft in sich aufsog.

– Wir müssen wieder weiter. sagte Saïd.

– Je eher, desto besser.

– Morgen mittag muß ich am Flughafen in Algier sein, um meinen alten Freund Kader abzuholen. Aber ich bin völlig geschafft. Kannst du mich ein oder zwei Stunden ablösen?

– Ich kann nicht autofahren.

– Was beherrschst du denn überhaupt, außer deinen Vorgesetzten auf die Nerven zu gehen?

3

Das riesige Fahrzeug sorgte vor dem kleinen Flughafen für Aufregung. Ein Polizist versuchte, mit den grellen Tönen seiner Trillerpfeife Saïd dazu zu bewegen, den Ort zu verlassen. Aber der Fernfahrer stellte den Motor ab und öffnete die Tür. Zu Rabah sagte er:

– Du bleibst hier. Dein Erscheinen könnte die jungen Mädchen erschrecken, die aus Paris ankommen, und noch ganz von der Stadt der tausend Lichter geblendet sind. Sie könnten glauben, daß Terroristen den Flughafen unter Kontrolle halten.

Der Polizist stürzte sich auf Saïd.

– Du kannst hier nicht parken.

– Ich bin im Dienst. Ich muß Pakete aufladen. Du kannst ja die anderen Fahrzeuge auf die Parallelfahrbahn umleiten.

Er wandte den Protesten des Polizisten seinen unerschütterlichen Rücken zu und ging in die Eingangshalle, in der es vor Menschen wimmelte.

– Er könnte doch versuchen, einen Keil am Reifen anzubringen, wenn er einen in der passenden Größe findet, grinste der Lastkraftfahrer.

Während er auf das Flugzeug wartete, flanierte er, die Hände in den Hosensäcken, herum. Er liebte es, die fieberhafte Aufregung der Reisenden bei der Abreise zu beobachten. Er beneidete sie um das Glück, abreisen zu können.

Saïd hatte immer davon geträumt, sich in irgendeiner fernen Gegend niederzulassen, wenn möglich am anderen Ende der Welt, präzisierte er, bei Menschen mit grünen Haaren und mit einer Sprache, die er nicht zu verstehen brauchte.

Drei Jahre zuvor hatte er in einem französischen Magazin zufällig eine Werbung entdeckt. Ein Verein australischer Moslems, der sich vergrößern wollte, forderte Glaubensbrüder dazu auf, sich ihm anzuschließen. Die Annonce versprach den Kandidaten erleichterte Einreiseformalitäten, einen herzlichen Empfang und Betreuung während der ersten drei Monate. Für Saïd ein Glücksfall. Und auch für die tausend anderen, die sich, den Zeitungsausschnitt in der Hand schwingend, als wäre dieser das Ticket in ein neues Eldorado, zur australischen Botschaft begaben. Alle wurden geduldig registriert. Man versprach ihnen sofortige schriftliche Antwort, die nötigen Papiere würden sie bald erhalten.

– Die Einwohner dieses Landes, erzählte er später seinen Freunden, leben so isoliert voneinander, daß sie die Mentalität von Inselbewohnern angenommen haben. Sie stellen sich in ihrer Naivität vor, daß überall Freiheit und Demokratie herrscht. Sie gaben unserer Regierung die Liste der Pioniere bekannt. Unsere Polizei hatte ein leichtes Spiel. Sie brauchte nur die Pässe jener zu konfiszieren, die bereit waren, das Land der Känguruhs urbar zu machen.

Saïd hatte dieses Manöver geahnt. Er war daher einige Wochen vorher nach Paris geflogen, von wo aus er hoffte, sein Visum leichter zu bekommen. Aber die Operation wurde auf Grund von Protesten aus arabischen Ländern abgebrochen.

– Ich mochte den französischen Vertretern dieser Vereinigung noch so sehr versichern, daß ich aus persönlichen Motiven in Australien einreisen wollte: sie wollten keinen diplomatischen Zwischenfall provozieren.

Einer seiner Freunde riet ihm, sein Glück in Kanada zu versuchen. Saïd nahm an, daß er sich dort weniger vor Beuteltieren als vor der Kälte schützen mußte. Aber die Botschaft antwortete ihm, daß sein Akt von seinem Heimatland aus vorgelegt werden müsse. Da er keine Lust hatte, nach Algier zurückzukehren, überquerte er den Atlantik mit einem einfachen Touristenvisum, in der Hoffnung, den Papierkram an Ort und Stelle regeln zu können. Aber Kanada hatte einen generellen Einwandererstop verhängt und interessierte sich noch weniger dafür, alle Verdammten dieser Erde aufzunehmen.

Er wanderte hierhin und dorthin, lavierte sich durch, lebte auf Kosten von Zufallsbekanntschaften. Aber es wurde von Tag zu Tag schwieriger.

– Die Einwohner dieses seltsamen Landes haben soviel Bürgersinn, daß sie sich nicht vorstellen können, in einer illegalen Situation zu sein. Sie gaben mich guten Gewissens bei der Polizei an, als sie bemerkten, daß ich keine Papiere hatte. Toll, nicht? Könnt ihr euch vorstellen, was aus unserem Land werden würde, wenn unser Volk ein ähnliches Pflichtbewußtsein hätte?

Saïd mußte vom Rückreiseticket Gebrauch machen. Er kam in Algier mit dem überlegenen Lächeln eines neuen Sindbad an, der von seinen Abenteuern noch ganz benommen ist, betrachtete seine Freunde mit einem fast unschuldigen Blick, beobachtete seine Umgebung, als würde er sie zum ersten Mal bemerken oder als ob er erwartet hätte, daß sich während seiner Abwesenheit alles von unten nach oben gekehrt hätte. Er war sogar über die ihn umgebende Helligkeit erstaunt.

– Was für eine Sonne!

– Woher kommst du? hatte ihn Kader gefragt.

– Vom Flughafen.

– Dein Humor hat sich in den sechs Monaten deiner Abwesenheit nicht gerade verbessert.

– Sechs Monate sind auch keine sehr lange Zeit. Der Beweis: der Tarif der Schwarztaxis hat sich nicht erhöht. Ich habe eines am Flughafen genommen. Wenn du mir bestätigst, daß die Kartoffeln immer noch unerschwinglich sind, habe ich nichts versäumt. Als ich dort unten ankam, befürchtete ich schon, daß ihr die Revolution ohne mich macht. Aber ich stelle fest, daß ihr es vorgezogen habt, auf mich zu warten.

– Jetzt sag schon, wo du wirklich gewesen bist.

– In einem Land der Wälder und der Kälte.

– Lernt man dort in Rätseln sprechen? hatte ihn Kader belustigt gefragt.

– Ich war in Kanada. Ein richtiges Schlaraffenland. So weit weg, so groß, so wenig bevölkert. Unerforschbare Weiten, feindliche Natur. Du bist so weit entfernt von allem, vom Leben, von der Welt, daß du von einem schrecklichen Gefühl der Einsamkeit erfaßt wirst. Man entdeckt sich wirklich als Fremder. Ideal für mich.

Saïd hatte nie die Hoffnung aufgegeben, nach Kanada zurückzukehren. Jeder Kurzbesuch am Flughafen frischte seine Erinnerungen auf. Währenddessen kultivierte er seine Revolte. Er war der Jüngste aus einer Familie mit vier Kindern. Der Vater war seit Jahrhunderten tot, behauptete Saïd. Ein ins Schleudern gekommener Autobus war in das väterliche Geschäft gekracht. Seine Witwe wartete immer noch auf die Entschädigung, denn die Versicherung konnte sich nicht entschließen, wie sie diesen Fall einstufen sollte: als Arbeits- oder als Verkehrsunfall.

– Was für ein Trottel! knurrte Saïd, wenn er daran dachte. Sein Vater verstand es wirklich meisterlich, unklare Verhältnisse zu schaffen. Auch sein Ableben stellte keine Ausnahme dar.

Die vier Söhne hatten lange Zeit paarweise in ihren Zimmern gewohnt, vermieden es jedoch, miteinander zu reden. Jeder nährte dem anderen gegenüber einen regelrechten Haß, den ihre erzwungene Nähe nur noch verstärkte. Ihre Beziehungen waren immer knapp vor dem Ausbruch realer Gewalt. Die geringste Bemerkung eines von ihnen löste sofort einen Wortwechsel aus, der schnell zum Handgemenge wurde, in dem jeder Bruder auf den nächststehenden eindrosch. Damit konnte man die aufgestaute Wut für Wochen loswerden. Der älteste sprach davon, sich im Meer zu ertränken, ein anderer erklärte sich bereit, zum Grenzentminungsdienst zu gehen.

– Die beste Arbeit, die ich kenne, behauptete er. Man kann jeden Moment in die Luft fliegen, ohne es überhaupt zu bemerken.

Saïd vertraute Kader an, daß er eines Nachts den Gashahn aufgedreht hatte.

– Nicht um sie umzubringen: ich weiß, daß diese Schweinehunde in der Lage sind, das ärgste Gift einzunehmen, ohne daran zu krepieren. Aber der Älteste, der immer vor Sonnenaufgang aufsteht und den alten Schalter betätigt, hätte die Wohnung zum Explodieren gebracht. Ich hatte allerdings vergessen, daß das Fenster schon seit langem nicht mehr richtig schloß.

Saïd war schließlich aus dem Familiendomizil geflüchtet. Er lebte in einem Keller in der Nähe des Hafens, gemeinsam mit einem Docker und einer Prostituierten.

Das einzige, an dem Saïd wirklich hing, war sein Lastwagen. Er wartete ihn mit hingebungsvoller Geschicklichkeit und überwachte ihn wie ein mißtrauischer Liebhaber. Wenn er ihn in die Werkstatt zur Reparatur bringen mußte, schlich er um die Mechaniker herum, überhäufte sie mit Ratschlägen und ermahnte sie zur Vorsicht.

– Denn diese Idioten sind so schlampig, daß sie mindestens die Hälfte der Schrauben vergessen. Sie sind an den meisten katastrophalen Unfällen schuld. Man kann ihnen nicht vertrauen. Da ist es mir lieber, ich überwache alles.

Trotz wiederholter Aufforderungen seines Chefs weigerte er sich, das Fahrzeug über Nacht auf dem nur fünfhundert Meter von seiner Wohnung entfernten Firmenparkplatz abzustellen.

– Diese Betrüger von Nachtwächtern klauen mir dann sicher die Ersatzteile und verkaufen sie nachher auf dem Schwarzmarkt. Ich kenne sie. Sie leben über ihre Verhältnisse.

Sein unausgesprochener Wunsch war es, am Steuer zu sterben. Wenn er bis jetzt überlebt hatte, dann trotz seines Leichtsinns. Vor jeder Abreise in den Süden besoff er sich gründlich. Er ging in die miesesten, gefährlichsten Kneipen, in denen dunkle Existenzen, Aufsässige und potentielle Selbstmörder

verkehrten. Sie alle kamen, um ihren Überschuß an Aggressivität und Wut loszuwerden.
Er war glücklich, wenn er schon beim Eintreten eine Runde Betrunkener ausmachen konnte, in der es recht laut zuging. Sie waren für ihn die Garantie einer unmittelbar bevorstehenden Keilerei. Er machte sich's in ihrer Nähe bequem und verfolgte ihre Ausbrüche mit einem glücklichen Lächeln. Er war im Siebenten Himmel, wenn er im Saal die wasserstoffverätzte Mähne einer ursprünglich brünetten Prostituierten ausmachen konnte, die von begehrlichen Blicken verfolgt wurde. Er hoffte, daß allein ihre Anwesenheit die Männer heißlaufen ließ und eine Schlägerei auslösen würde.
Mit der gebührlichen Menge an Bier setzte er sich ans Steuer und nahm die schnurgerade Straße, die die Wüste durchschneidet. Er fuhr, was der Wagen hergab, und scherte sich nicht um trügerische Sandstellen.
– Dieser Scheißkübel ist einfach großartig, kommentierte er. Ein Antupfen des Bremspedals, und er bleibt stehen wie nichts, trotz der Tonnen, die er mit sich herumschleppt. Er kennt kein Schleudern, geschweige denn ein Schlingern.

Als er Kader durch den Zoll kommen sah, setzte er eine mitleidige, ernste Miene auf und ging ihm entgegen. Er wußte, was der Grund für Kaders Reise gewesen war.
Als die beiden Freunde zum Ausgang gingen, blieb Kader abrupt stehen:
– Meinetwegen brauchst du keine Leichenbittermiene aufsetzen.
Saïd grinste erleichtert und dankbar. Er wußte nicht, wie er sich angesichts eines Unglücks zu verhalten hatte.
Als Kader den Lastwagen sah, fragte er:
– Mit dem da bist du gekommen?
– Du weißt sehr gut, daß wir unzertrennlich sind.
– Woher kommst du?

– Mitten aus der Wüste. Ich hab schon wieder eine Dummheit gemacht.
– Du läßt dir keine Gelegenheit dazu entgehen.
– Dafür hab ich einen ulkigen Kerl mitgebracht. Er spazierte in den Dünen herum und dachte, er wäre auf den Champs-Elysées.

Saïd bremste scharf ab, obwohl er gerade erst angefahren war.
– Was ist los?
– Ich hab ein hübsches Mädchen am Straßenrand gesehen. Das ist ja auf den Wüstenstraßen kaum die Regel.
Ein freches Gesichtchen tauchte am Fenster auf. Als die Frau die drei Männer sah, sagte sie mißtrauisch:
– Versprecht ihr auch, mich nicht zu vergewaltigen, wenn ich einsteige?
Saïd machte ein unschlüssiges Gesicht.
– Ich komme gerade von einer einsamen Fahrt zurück und bin wie der Seefahrer, der nach mehreren Wochen Abstinenz im Hafen einläuft.
– Geh ich halt das Risiko ein. Aber bei der ersten Berührung schreie ich. Ich warne euch, meine Stimme ist genauso laut, wie die einer Sängerin.
– Komm schon und preß deine Schenkel an meine, schlug Saïd vor. Beim Weiterfahren fragte er:
– Du bist nicht von hier?
– Wie hast du das erraten?
– Du sprichst wie eine meiner Kusinen aus Frankreich.
– Und wie sprecht ihr hier?
– Im allgemeinen vermeiden es unsere jungen Mädchen, ihren keuschen, unschuldigen Ruf durch die Sprache eines Fuhrwerkers zu beschmutzen.
– Scheiße! Ich muß also wie Madame de Lafayette reden! Ich dachte, ich bin nur durch den Raum, nicht auch durch die Zeit gereist.

Kader und Rabah verhielten sich still.
– Wo wohnst du?
Sie hatte in einer Buchhandlung in Montpellier gearbeitet.
– Die undankbarste Aufgabe, die ich kenne: Ich versuche, Leuten, deren Augen vom vielen Fernsehen ganz kaputt sind, feinbedrucktes Papier anzudrehen. Sie gehen alle Regale durch, bewundern die Buchdeckel und gehen wieder. Mit der Zeit sind sie dann überzeugt davon, daß sie alle Bücher gelesen haben, an deren Titel sie sich erinnern.
Die Geschäfte gingen nicht gerade gut, und die Errichtung des Buchgroßkaufhauses FNAC im Stadtzentrum hatte den Besitzer dazu gezwungen zuzusperren. Nadia war arbeitslos. Anstatt neue Arbeit zu suchen, beschloß sie, sich zwei Monate Ferien zu gönnen, um Oran zu besichtigen, wo ihr Großvater aufgewachsen war.
– Man hat mich wie ein Kamel mit Geschenken für eine weitläufige Verwandtschaft beladen. Der algerische Zöllner, der meinen Koffer durchsuchte, wandte sich ab, weil ich soviel fluchte. Ich fand, daß Oran noch mehr heruntergekommen war, als man mir erzählt hatte. In der Straße lauter Barbus, denen es Spaß machte, mich anzurempeln. Sogar die Typen, die einen immer anmachen, sind verschwunden. Kein einziger Autofahrer blieb stehen, um mir einen Spaziergang am Meer vorzuschlagen. Nach vierzehn Tagen hatte ich die Stadt endgültig satt. Aber bevor ich abfuhr, mußte ich meiner algerischen Tante einen absolut häßlichen Teppich vorbeibringen. Es ist ein Wahnsinn, der ganze Scheißkrempel aus Frankreich landet hier. Ein Kusin, der sich die Ohren zuhielt, als ich mit ihm sprach, der jedoch die Augen aufriß, als ich mich setzte und er auf meinen Hintern starren konnte, schlug vor, mich im Auto mitzunehmen, in der Hoffnung, in einen kleinen Waldweg abzubiegen. Der Schlauberger spielte mir die Autopanne vor. Drei vulgäre Flüche von mir und er verzichtete drauf. Skrupellos ließ er mich stehen, und ich nahm

den Zug, wo mir drei Typen die Tasche klauten. Ich hab mein Geld verloren und vor allem meinen Paß. Und die Tante, für die der Teppich bestimmt war, war auf Urlaub. Ich komme vom Flughafen, wo ich versuchte, einen Polizisten zu erweichen. Sogar ein Ausflug auf die Toilette wäre mir dafür recht gewesen. Es funktionierte nicht. Ich stelle fest, daß ich besser dem Schweinskerl von Kusin nachgegeben hätte.
Ihr saftiges Vokabular amüsierte Saïd.
– Willst du, daß wir deine Verwandten verständigen?
– Welche? Die, die hier leben? Denen bin ich egal. Ihre Geschenke haben die schon gekriegt.
– Und die in Frankreich?
– Ich habe niemanden.
– Waise?
– Aber nein! Ich bin das Opfer einer jener Verbindungen, die derzeit in Mode sind: ein Überraschungsei. Meinem armen Vater, Schweißer von Beruf, kaputte Augen, kranke Brust, war ein großartiges Los bestimmt. Er kam auf die schlechte Idee, seine Frau nach Montpellier nachkommen zu lassen. Sie war zu jung und zu schön, um einem armen Leidenden, der schon einen Buckel vom Arbeiten bekam, treu zu bleiben. Sie war empfänglich für einige hübsche Knaben, bevor sie in Begleitung eines Schurken abhaute. Mein Vater hoffte, sein eheliches Unglück im Rotwein ersäufen zu können. Vom Delirium tremens befallen, lebt er jetzt in einem Asyl.
Als sie in der Stadt ankamen, fragte Saïd:
– Wo soll ich dich absetzen?
– Ich akzeptiere gern die Gastfreundschaft desjenigen von euch, der mich nicht ficken möchte. Ich biete ihm als Gegenleistung dafür einen wunderschönen Teppich aus reinem Acryl an.

4

Kader haßte es, am Morgen die Augen zu öffnen und sich sofort wieder in der Welt zu wissen. Jeden Morgen verspürte er eine dunkle Angst, die ihm die Kehle zuschnürte. Sein vom Schlaf noch schwerer Körper bewegte sich nur langsam. Er mußte sich einem langen, komplizierten Ritual unterwerfen, um sich in der Realität wieder zurechtzufinden. Die heiße Dusche und der Kaffee, an dem er nippte, halfen ihm, die Nebel in seinem Hirn zu zerstreuen und sich mit dem Tag anzufreunden.

Nur das Lächeln seiner Mutter, die sein Lieblingsgetränk gerade in dem Moment auf dem Tisch stellte, als er das Wohnzimmer betrat, konnte seine Welt aufheitern.

Aber an diesem Freitag gab es weder Lächeln noch Kaffee. Er wußte, daß seine Mutter jeden Morgen ihren Korb nahm und die Geschäfte abklapperte, in der Hoffnung, jene Waren zu finden, die selten geworden waren: Öl, Butter, Zucker, Kaffee oder Tomatenmark. Kader wurde wütend, wenn er sie sich in dem Gewühl vorstellte, das zwangsläufig vor den Regalen entstand, auf denen die begehrte Ware angeboten wurde.

Er hatte wiederholt versucht, sie von diesen täglichen Rundgängen abzuhalten. Er hatte ihr klar gemacht, daß er genausogut Nudeln und Kartoffeln essen konnte. Sie nickte, aber am nächsten Tag ging sie wieder los, nur um Stunden später erschöpft und enttäuscht mit leerem Korb wiederzukommen. Kader ertrug es kaum mitanzusehen, wie ihr Leben auf Hausfrauenpflichten reduziert war. Es schmerzte ihn, diese Frau zu beobachten, die vor der Zeit alt geworden war. Ihre Schultern hingen von Mal zu Mal weiter herab, ihr Rücken krümmte sich zusehends. Sie wurde immer kleiner. In den Augen ihres Sohnes jedoch blieb sie immer schön. Am Abend zuvor hatte er sich etwas lächerlich gefühlt, als er ihr das sündteure Parfum aus Paris überreichte. Sie hatte den Flakon lange abgewogen und dabei den Kopf hin und her geneigt, wie um das Ungeheuerliche eines solchen Geschenks zu unterstreichen. In Wahrheit erlaubten ihr aber diese Gesten, den Hausgeist anzurufen, dem sie nun ein bewegtes Lächeln schenkte.

Kaders Mutter vegetierte nur noch dahin, seit ihr eines Tages von einem bestürzten Boten die Nachricht vom Tod ihres Mannes überbracht worden war.

Sie hatte ihn an der Universität Algier kennengelernt. Er stammte aus adeligem Hause und war es gewohnt, sich überall so zu verhalten, als wäre er auf erobertem Terrain. Er näherte sich der jungen Frau ohne den geringsten Vorwand und teilte ihr ziemlich schnell seine Anliegen und Sorgen mit, als würde er sie seit urdenklichen Zeiten kennen und als wäre er sich ihres Interesses sicher. Zwei Stunden später gab sie ihm ihre Hand. Sie zog sie nie mehr zurück. Ihr Gedächtnis behielt die kleinsten Details dieser wunderbaren Begegnung. Es war ein herrlicher Oktobertag. Ein leichter Wind spielte mit den toten Blättern der Platanen, ohne jedoch den Himmel verdunkeln zu können. Der Sommer kündigte seinen Abschied an und gab der Szenerie eine nostalgische Note. Sie trug ein leichtes Kleid mit blauen Blumen, etwas kurz. Ihre Haare waren zu einem Pferdeschwanz gebunden und unterstrichen die Erscheinung eines jungen Mädchens, das zu schnell groß geworden war. Es war kurz nach Mittag. Sie ging mit zwei Freundinnen in die Mensa, als er ihnen den Weg verstellte. Er gab sich nicht einmal die Mühe, die beiden anderen Frauen zu grüßen, aus deren Kreis er sie entführte.

Er zog sie sofort in eine andere Richtung. Sie folgte ihm ohne zu protestieren, obwohl ihr leerer Magen sich auflehnte und die Windböen sie frösteln machten. Er kündigte ihr mit siegesgewissem Ton an, daß die Pflicht oft Opfer verlange. Diesen Worten entnahm sie, daß er genauso hungrig war wie sie. Sie ließ sich vom nationalistischen Eifer dieses Studenten der

Politikwissenschaft überzeugen, obwohl sie sich mit solchen Fragen nie beschäftigt hatte. Nachdem sie einige Komplimente über sich ergehen hatte lassen, die in einem so frechen Ton gesagt wurden, daß sie nicht einmal errötete, befand sie sich auf einmal in einer geheimen Versammlung von Aktivisten, im Laufe derer er eine ebenso flammende wie unnütze Rede hielt.

Wollte er sie beeindrucken? Tatsache war, daß sie ihm noch am selben Abend die Tür zu ihrem Zimmer öffnete.

Er hielt ihr einen langen Vortrag, bevor er sie ins Bett zog.

Aber kurz darauf vernachlässigte der Student seine Vorlesungen und seine Geliebte. Er ging nach Kairo, wo die FLN ihn beauftragte, die Leitfiguren des Panarabismus, die seit der Machtübernahme von Nasser in die ägyptische Hauptstadt gezogen waren, weil sie in dem Anführer der freien Offiziere ihren Messias sahen, für die nationale Sache zu sensibilisieren. In der Diplomatie noch unerfahren, war er überrascht über den Mangel an Interesse, den der Mittlere Osten für den Fall Algerien bekundete. Von dem Land selbst wußten diese Menschen so gut wie nichts, und die meisten von ihnen weigerten sich, es als Teil der arabischen Welt anzusehen, hielten das Land eher für eine französische Provinz. Der Politikneuling glaubte, ihnen die einzige Wahrheit präsentieren zu können, die ihren verrückten Ambitionen, die Halbgötter zu spielen, gerecht würde. Er versteifte sich darauf, all jene zu belagern, die man ihm als einflußreich beschrieben hatte. Das skeptische Lächeln, das jedes Mal auf den Lippen seiner Gesprächspartner erschien, verstärkte nur seine Besessenheit, sie zu überzeugen.

Die Vertretung der FLN in Kairo hatte mehr Enthusiasmus als Geld. Der junge Mann lebte erbärmlich, in einem heruntergekommenen Zimmer, war Untermieter eines Gemüsehändlers, dessen Nachkommenschaft zahlreich und laut war. Er mußte sich an seine Erinnerungen klammern, um sowohl dem Charme und den Avancen der ältesten Tochter als auch den Argumenten des Händlers zu widerstehen, der ihm nahelegte, daß er als Schwiegersohn vom Zahlen der Miete enthoben wäre. Um solchen Versuchungen endgültig einen Riegel vorzuschieben, nutzte er einen kurzen Aufenthalt in Algier, um jene Frau zu heiraten, der er seine langen Briefe geschrieben hatte. In diesen gab er allerdings den Beschreibungen seiner umfangreichen Unternehmungen und deren mageren Resultaten mehr Raum, als seinen Gefühlen für die Adressatin. Er schätzte, daß diese seine Gefühle für gegeben nahm, und das enthob ihn der Pflicht, diese ständig neu zu bestätigen.

Eines Tages hatte er das Glück, Nasser auf einem Empfang zu begegnen, und es gelang ihm, mit diesem ein paar Worte zu wechseln. Die Augen des Raïs leuchteten kurz auf. Das war alles. Aber von diesem Tag an verbesserte sich einiges. Eine Woche später wurde er von einem mittleren Beamten empfangen, der ihm einen Kredit gewährte, ein kleines Büro und eine bescheidene Zuwendung zur Verfügung stellte.

Einige Zeit später machte er eine wichtige Begegnung. H. C. war Jude, Kommunist und Ägypter – eine einzigartige Persönlichkeit. Er war hager wie eine Bohnenstange, hatte den erleuchteten Blick eines Mystikers, die knochige, fleischlose Brust eines Tuberkulosekranken, die kalte Logik eines Buchhalters und die Begeisterungsfähigkeit eines Gauklers. Er kämpfte für ein proletarisches Regime und war Feuer und Flamme für jede Art antikolonialen Kampfes. In seinen Augen sollte Algerien die Fackel auf dem Wege der Befreiung Afrikas sein. Dies war für den Kämpfer der FLN süße Musik. H. C. nahm ihn gastfreundlich bei sich auf. Er wohnte in einem Palast, den er von seinem durch Stoffhandel reich gewordenen Vater geerbt hatte. Er stellte ihm seine geheime Druckerei zur Verfügung und eröffnete ihm Zugang zu seinem unschätzbaren Netz von Freunden und Bekannten.

Der Patriot benutzte diese Annehmlichkeiten vorerst einmal, um seine Frau nachkommen zu lassen. H. C. wußte, wie ein revolutionärer Kampf vorzubereiten war, und organisierte für seinen Gast eine Reise in die sozialistischen Länder, auf der dieser etwas Geld und alte Waffen auftrieb. Die Gewehre aus dem Ersten Weltkrieg wurden über die marokkanische Grenze geschmuggelt und von den Guerillakämpfern begeistert in Empfang genommen. Die Leitung der FLN bat ihn, eine zweite Reise zu machen. Auf dieser mußte er die schmerzliche Erfahrung machen, daß die Sympathien der Lenin-Epigonen für die FLN nicht mit Philantropie verwechselt werden konnten und daß Waffen bezahlt werden mußten. H. C. brachte ihm bei, wie man Militärgut schmuggelt.
Seine Erfolge hatten eine Versetzung nach Tanger zur Folge, wo er das gesamte Waffennetz überwachen sollte. Zu zweit bestiegen sie das Schiff und verließen es zu dritt, seine Frau hatte ihm auf der Überfahrt ein Kind geboren. Vom französischen Geheimdienst verfolgt, lebte er im Untergrund, weit weg von seiner Frau, die er nur gelegentlich sah. Kader, ihr zweites Kind, kam einige Tage vor dem Eintreffen des Boten mit der erschütternden Nachricht zur Welt.
Die Witwe glaubte kein einziges Wort von der offiziellen Version. Als sie nach der Unabhängigkeit in ihr Land zurückkehrte, hörte sie nicht auf, die wichtigsten Führungspersönlichkeiten mit Briefen und Termingesuchen zu drangsalieren. Sie wollte die Wahrheit über das Verschwinden ihres Gatten wissen, da behauptet wurde, er sei von seinen eigenen Kameraden erschossen worden. Sie hat nie eine Antwort erhalten.

Und jetzt mußte sie die Nachricht vom Tod ihres ältesten Sohnes erfahren. Noch bevor sie sich von Kader bei seiner Rückkehr umarmen ließ, fragte sie wie aus der Pistole geschossen:
– Nun?

Den Koffer noch in der Hand, erzählte Kader von seinen Zweifeln.
– Ist er vielleicht noch am Leben?
– Wir müssen den Abschluß der Untersuchung abwarten. Aber ich glaube nicht, daß die Leiche, die ich gesehen habe, seine ist.
– Dein Wort in Gottes Ohr, mein Sohn.

Das Quietschen des Metallbettes weckte Saïd. Mit geschlossenen Augen tastete er nach seiner alten Matrosenmütze, die er bei seiner Ankunft in Algier gegen den Saharaturban eingetauscht hatte. Aber seine Handfläche stieß an eine weiche, feste Brust. Er hob die Lider, stütze sich auf den Ellenbogen auf. Nadia schlief neben ihm.
Er wandte den Kopf, um Salima zu beobachten, die etwas weiter weg mit gespreizten Beinen einen schnurrbärtigen Riesen auf sich herumturnen ließ. Dieser rackerte wie ein Galeerensträfling, ohne daß es ihm gelang, sich zu erleichtern.
– Du beginnst ja deine Arbeit ganz schön früh heute, sagte Said und erhob sich.
– Man soll Kunden nicht warten lassen. Es gibt genug, die einen Morgenständer haben.
Mit dem Röcheln eines Gefolterten kündigte der Riese an, daß er nun soweit war. Durch das plötzliche Nachlassen seiner Muskeln neigte sich sein Oberkörper bedrohlich weit zu der Brust seiner Partnerin hinunter. Salima entschlüpfte der Umarmung geschickt und entkam so gerade noch dem Sturz des Felsbrockens.
– Gibt's Kaffee? fragte Saïd.
– Nein, kein einziges Gramm mehr.
– Djelloul ist gar nicht nach Haus gekommen?
– Doch, aber du hast schon längst geschnarcht. Die Kleine hat dich wohl müde gemacht. Du bist die intimen Spielchen nicht mehr gewohnt.

– Ist er wieder weg?
– Er spielt den braven Familienvater, seit er weiß, daß er mir ein Kind gemacht hat.
– In deinem Zustand solltest du dir Kunden suchen, die von der Natur nicht so gut ausgestattet worden sind. Du solltest es vermeiden, deinen armen Fötus durch diese Hammerschläge zu mißhandeln. Wie spät mag es wohl sein? In diesem Loch ist es immer Nacht.
– Wenn du Djelloul siehst, sag ihm, daß seine Gefährtin, die nun Kalorien für zwei braucht, nichts zum Beißen hat.
Nachdem er seine Mütze wiedergefunden und seinen Kopf damit geschmückt hatte, war Saïd einige Augenblicke unschlüssig. Er wollte Nadia noch nicht wecken. Er wies mit dem Kinn auf sie hin und bat Salima:
– Sag ihr, daß ich dabei bin, ihre Angelegenheiten zu regeln, und so schnell wie möglich zurückkomme.
Saïd schob die Metalltür mit einer Schulterbewegung beiseite und ging. Die aufgehende Hafensonne schien ihm voll ins Gesicht. Als er vor dem Hafengitter ankam, bemerkte er, daß dort eine ungewöhnliche Stimmung herrschte. Die Schiffe warteten mit offenem Bauch, daß man die Ladung löschte. Die Lastkraftwagen bildeten längs der Kais eine Reihe. Die Kräne standen still. Die Docker diskutierten leise in Gruppen. Saïd machte sich auf die Suche nach Djelloul, fand ihn aber nicht.
Er lehnte sich in der Sonne an eine Mauer. Nach einer Weile rutschte er langsam nach unten. Der grobe Zementverputz kratzte ihm angenehm den Rücken. Er setzte sich und zog den Schirm der Mütze bis zur Nase hinunter, fest entschlossen, seinen von Salimas morgendlichen Aktivitäten unterbrochenen Schlaf nachzuholen. Gerade als er spürte, wie die Wärme ihn durchströmte und sanftes Wohlbefinden verbreitete und sein Geist dabei war, sich in andere Sphären zu begeben, wurde er rüde angesprochen.

– He! Hast du eine Zigarette?
Saïd schüttelte den Kopf, ohne sich die Mühe zu machen, die Augen zu öffnen.
– Ich rauche nicht.
Ein Geruch von gebratenen Sardinen kitzelte seine Nase und weckte seinen Hunger. Sollte er sich vielleicht einen Fisch zum Frühstück gönnen? Er erinnerte sich daran, daß sein Gehalt ja vorläufig auf Eis gelegt war.
– Hast du denn keine Zigarette?
Neuerliches Verneinen.
– Ich rauche nicht.
Die Wärme hatte Saïds Körper entspannt. Er begann, wie eine Katze zu schnurren.
– Wie spät ist es?
– Ich hab keine Uhr.
– Bist du auch arbeitslos?
Saïd hob nun genervt den Schirm seiner Mütze. Er drehte sich zu dem jungen Mann um, der zu seiner Rechten saß und blickte in ein ausgehungertes Gesicht.
– Siehst du es mir denn nicht an, daß ich ein Rentner bin, dessen Vermögen in Staatsschuldverschreibungen brav vor sich hin wächst? Hast du mich nicht in meinem ledergeposterten, blitzenden Schlitten daherkommen sehen? Kapierst du nicht, daß ich in diese Elendsviertel nur deshalb komme, um mich für ein paar Stunden wie eine Sau zu benehmen, mir die Gauner gut anschaue und mich am Schauspiel der armen Leute erfreue? Suchst du Streit? Hau schleunigst ab, bevor ich die Hände aus den Taschen ziehe!
Der lästige Typ verzog sich sofort.
Es begann heiß zu werden, und Saïds Gesicht lief rot an. Er kroch einen Meter weiter unter den spärlichen Schatten eines mickrigen Feigenbaums. Er versuchte, wieder einzuschlafen. Djelloul jedoch, der ihn von weitem entdeckt hatte, ging auf ihn zu. Er lehnte sich an einen Ast.

– Öffne die Augen, glückliche Eidechse, und du wirst den Feigen auf diesen Zweigen beim Wachsen zusehen können. Wenn du dich dazu entschließt, den Kopf etwas zur Seite zu rücken, werden sie dir direkt in den Mund fallen. Beim Kauen wirst du den Geschmack der Küsse deiner Traumfrau wiederschmecken. Sie schläft noch in deinem Palast in vollkommener Dunkelheit, und du wirst sie bei Einbruch der Nacht voller Liebe und Laszivität antreffen. Ihre zarte Haut fürchtet das Sonnenlicht. Sie wacht in der Dämmerung auf wie eine Blume, die sich der Sonne öffnet. Sie hat kein Gedächtnis und jeder Tag ist wie ein Neubeginn für sie. Du mußt sie bei jedem Wiedersehen aufs neue verführen. Wie keine andere kann sie dir Zärtlichkeiten geben, die dir unter die Haut gehen. Ihre geschickten Bewegungen öffnen dir ungeahnte Wege zur Lust. Du wirst die Inseln des Paradieses und deren üppige Gärten entdecken. Sie hat nicht gelernt, zu essen oder zu trinken, sondern nur zu lieben. Glücklicher Mann!
Ohne sich zu bewegen murmelte Saïd:
– Salima trägt dir auf, ja nicht ohne Nahrungsmittel nach Haus zu kommen, wenn du nicht erleben willst, daß dein Kind noch vor der Geburt an Unterernährung stirbt.
Saïd entschloß sich endlich aufzustehen.
– Was ist hier eigentlich los? Der Hafen ist in tiefste Lethargie versunken. Ich weiß, daß heute Freitag ist, aber ich dachte, daß der große Mufti euch eine Fetwa verschafft hat, damit ihr auch am heiligen Tag arbeiten könnt, wo doch das Liegegeld, das die Reeder verlangen, so unerschwinglich hoch ist.
– Genaues weiß man nicht. Seit einigen Tagen werden nach Herzenslust Komplotte geschmiedet. Partei, Gewerkschaft, Integristen, Polizei, jeder hat seine Intrigen laufen. Alle sprechen von einem mysteriösen Bärtigen, der in einem grünen Honda sitzt. Überall, wo er vorbeikommt, gibt 's eine Explosion.
– Woher kommt dieser Typ?

– Zuerst dachte man, daß er ein Handlanger der Islamisten wäre, und zwar wegen seines Bartes. Aber die seltsame Handlungsfreiheit dieses Sprengmeisters legt nahe, daß er zur bewaffneten Staatssicherheit gehört. Ich hab das Gefühl, daß es bald krachen wird.
– In diesem Fall laß ich dich mit deinem Schauspiel allein. Amüsier dich gut. Ich gehe zu meinem Freund Kader Kaffee trinken. Vorher muß ich dich um einen Gefallen bitten.
– Ja?
– Der Frau, die ich heute nacht mitgebracht habe, ist der Paß gestohlen worden. Sie kann nicht mehr nach Frankreich zurück. Kannst du sie nicht auf irgendeinem Schiff unterbringen?
– Ich hab sie gestern zu Gesicht bekommen. Hübsches Gesicht. Hat sie einen geilen Arsch?
– Zweifellos.
– Kein Problem, wenn sie den ins Treffen bringt.
– Ich glaube nicht, daß sie eine von der zickigen Sorte ist.

Kader begab sich brummend in die Küche und machte sich daran, einen Kaffee zuzubereiten. Ein unnachgiebiges Läuten der Türglocke hinderte ihn daran, den ersten Schluck seines Lieblingsgetränks zu sich zu nehmen. In der Tür erschien das breit grinsende Gesicht von Saïd.
– Alle warten unten auf dich!
– Weswegen?
– Hast du den Anschlag im Hauseingang nicht gelesen?
– Nein. Worum geht es?
– Dieser Freitag ist der Tag der Freiwilligen. So hat es der unverwüstliche Bada beschlossen.
– Der geistert schon wieder herum, der Alte? Die Glanzzeiten der Einheitspartei sind doch schon längst vorüber.
– Im Gegenteil. Er verdoppelt seinen Elan. Er spürt, wie sich der Wind zugunsten der Islamisten dreht, und versucht, sie zu

vereinen. Sein Rundschreiben hat als einzige Anrede: Im Namen Gottes, des Gütigen, Barmherzigen ...
– Als Briefkopf nicht so schlecht. Und was schlägt er uns vor?
– Eine Säuberungskampagne. Wenn sich auch die Ziele verändert haben, sind die Parolen die gleichen geblieben. Wir haben die Straßeninstandhaltungsarbeiten zu übernehmen: Abfälle einsammeln, verstopfte Abflüsse reparieren, die Gehsteige neu tünchen.
Saïd hob die Hände wie zum Gebet gegen den Himmel.
– Oh sprachlicher Wahnwitz! Heute ist alles eine Sache des Vokabulars. Damit wir unzumutbare Zustände akzeptieren, werden sie einfach anders genannt. Die Zwangsarbeit, die unsere Väter unter dem Kolonialregime kannten, wird heute an den sogenannten Tagen der Freiwilligen verrichtet. Damit versichert man uns unter der Herrschaft der Partei eine goldene Zukunft und das Paradies, in dem uns Jungfrauen am Ufer der Honigflüsse erwarten.
– Komm schon und trink einen Kaffee mit mir, schlug ihm Kader vor.

Etwas später gesellte Kader sich zu jenen, die sich am Ende der Straße mit Schaufel und Besen in der Hand bereits nützlich machten. Bada leitete die Arbeiten. Er begrüßte den Arzt mit einem zustimmenden Kopfnicken. Die Freiwilligen taten, als würden sie sich ihre Aufgabe zu Herzen nehmen, aber die Arbeit schritt kaum voran. Said, der sich nicht betroffen fühlte, kam mit einer Zigarette im Mundwinkel, um die Neulinge anzufeuern. Er beobachtete Nacer, der gerade versuchte, einen verstopften Abfluß wieder flottzukriegen, bevor er bemerkte:
– Das kommt davon, wenn man ein Nobelquartier bewohnt. Dazu gehören nun einmal Verpflichtungen.
Nacer warf ihm einen wenig freundlichen Blick zu.
– Reg dich nicht auf, ich bin ja da, um euch zur Hand zu gehen. Gib mir dein feines Werkzeug.

Gegen elf Uhr kam ein gutgelaunter Journalist mit aufgezwirbeltem Schnurrbart und machte ein paar Tonbandaufnahmen mit erbaulichen Sprüchen.

– Wenn der mir sein Mikro gibt, dann steck ich's ihm in den Rachen, knurrte Nacer, der immer noch dabei war, die toten Blätter aus dem Abfluß zu holen, der bei jedem Regenguß verstopft war. Dadurch wurden die benachbarten Bidonvilles überschwemmt.

Aber der Medienheini wurde von Bada ohnehin mit genügend Stoff versorgt. Er ließ sich die Show nicht stehlen, sprach viel von Parteieifer und von Gott und bezeichnete schließlich die freiwilligen Freitagskanalräumer als Soldaten der öffentlichen Hygiene. Dieser Ausdruck gefiel dem Journalisten. Schon schulterte Saïd seine Schaufel und begann, im Gleichschritt zu marschieren.

– Schade, daß das Fernsehen nicht gekommen ist, meinte Nacer, der dem Vergnügen nicht widerstehen konnte, seinen Freund nachzuahmen.

– Du da, sagte Saïd zu ihm. Ich verbiete dir, mich nachzuäffen. Vergiß nicht, daß Bada dich überwacht.

Gegen Mittag führte Si Morice seinen biblischen Patriarchenbart spazieren. Er lächelte zufrieden, als eine Brise darüberstrich. Er betrachtete die glänzenden Trottoirs und nickte wohlwollend mit dem Kopf.

Der römische Brunnen und Si Morice waren die beiden großen Sehenswürdigkeiten des Viertels. Der exzentrische Greis lebte als Einzelgänger im letzten Stock eines Wohnblocks und huldigte der Kunst, seine Nachbarn zu provozieren. Er ging gerade dann in die Kneipe, wenn seinesgleichen die Moschee besuchte. Er ließ keine Gelegenheit aus, den bigotten Bewohnern, die ihm über den Weg liefen, einige gotteslästerliche Worte nachzurufen.

– Ich weise euch darauf hin, daß Gott zu mir in die Wohnung flüchtet, während ihr in den überfüllten Moscheen sitzt. Er haßt große Räume und liebt die Stille. Da er feine Ohren hat, erträgt er eure infernalischen Lautsprecher, die zum Gebet rufen, überhaupt nicht. Wir verstehen uns großartig, er und ich, und wir teilen uns Brot und Wein. Ihr müßtet eigentlich zu mir kommen, um ihm die Ehre zu erweisen.

Mitten im Befreiungskrieg, als er sich gerade durch den Untergrund schlug, wurde er zum Erben seiner väterlichen Güter. Bei der Unabhängigkeitserklärung vermachte er mit einer Geste, die einem Schmierenkomödianten alle Ehre gemacht hätte, all seine Ländereien und Häuser dem Staat, mit Ausnahme der bescheidenen Wohnung, in der er lebte. Die Presse hatte diesen großzügigen Akt glorifiziert. Seine großsprecherische Rede für die Journalisten ließ die Mikros, die seinem Bart entgegengehalten wurden, erzittern. Aber seinen Nachbarn gegenüber, die ihn beglückwünschten, führte der Held des Tages ganz andere Worte im Mund:

– Um ehrlich zu sein, konnte ich mir nicht vorstellen, zu meinem Grund und Boden zurückzukehren, vor allem, da die Pächter mich bereits für tot hielten. Sie betrachteten das Land, das sie bebauten, ohnehin schon als das ihre und hätten mich mit Gewehrsalven empfangen, wenn ich gekommen wäre. Ganz zu schweigen davon, daß sie mich gar nicht erkannt hätten, ich hätte mir schon meinen Bart rasieren müssen. Dazu aber konnte ich mich doch nicht entschließen. Was die Häuser betrifft, die ich geerbt habe, waren sie nur eine Belastung. Da ihr ja auch dazugehört, wißt ihr sehr wohl, daß diese Schweine von Mietern kein einziges Mal ihre Miete gezahlt haben. Sie behaupten, daß die Wohnungen dem kalabresischen Mieteneintreiber gehörten, den mein Vater angeheuert hatte. Da ich im Untergrund war und damit beschäftigt, Stacheldrahtzäune durchzuschneiden, hatte er ein leichtes Spiel, wenn er sagte, er konnte mir kein Geld überweisen. Er behielt es also für sich und war sich sicher, daß dieser Bauer nie in die

Stadt kommen würde, um die ihm zustehenden Summen zu verlangen. Als der Waffenstillstand verkündet wurde, beeilte er sich, sein Geld auf der anderen Seite des Mittelmeeres in Sicherheit zu bringen. Der Landsmann, den ich beauftragte, seine Nachfolge zu übernehmen, hatte eine zu gute Seele. Er weinte sich das Herz aus dem Leibe, wenn die Hausfrauen, von denen er das Geld eintreiben sollte, ihm ihre Schwierigkeiten erzählten, und ging mit leeren Händen wieder weg. Aber in dem Moment, in dem er die Tür wieder schloß, vergaßen diese verlogenen Weiber nicht, ihn auf die fälligen Reparaturen aufmerksam zu machen. Daher war diese Schenkung eine rentable Sache für mich.

Der Staat, der nun Besitzer geworden war, brachte nicht mehr dieselbe Geduld auf. Es regnete alsbald Zahlungsaufforderungen. Und in aller Illegalität berechnete man auch die Rückstände, die noch vor der Schenkung datierten. Die Bewohner gingen sofort zu Si Morice, um sich zu beschweren, und verlangten von ihm, daß er seine Güter zurückforderte. Er zeigte ihnen als einzige Antwort den Zinszettel, den er selber eben erhalten hatte, und zerriß ihn vor ihren Augen. Er forderte sie auf, dasselbe zu tun. Das gab ihm den Vorwand, sich über bürokratischen Mangel an Konsequenz zu mokieren. Wiederholte Mahnungen landeten ebenfalls im Papierkorb. Bis zu dem Tag, als er den Besuch eines jungen Beamten hatte, der ihm befahl, seine Rückstände zu zahlen, andernfalls würde er vor die Tür gesetzt.

Si Morice hörte ihm selig lächelnd zu, dann bot er ihm einen Kaffee an. Das verblüffte seinen Gesprächspartner. Dieser zögerte, nahm dann an, froh darüber, dem ewigen Gejammere der Mieter einmal zu entkommen. Si Morice gab ihm die Zeit, seine Tasse zu leeren, dann holte er aus dem Koffer sein altes Maschinengewehr aus den Zeiten seiner Heldentaten heraus. Er stieß ihm den Lauf der Waffe zwischen die Rippen und sagte:

– Mein junger Freund, ich begleite dich an die Tür. Wenn du noch einmal den Fuß in meine Wohnung setzt, wird die Waffe sprechen.
Si Morice beobachtete die Reinigungsarbeiten und nickte erneut zufrieden mit dem Kopf.
– Ich bin sehr zufrieden, sagte er zu der Putzkolonne, wenn ich sehe, wie man meine Ex-Besitztümer pflegt.
Si Morice bestand darauf, sich als Kaders Vormund aufzuspielen, trotz der ironischen Bemerkungen der Nachbarn, die meinten, daß die Rollen umgekehrt sein müßten. Während der ersten Tage der Unabhängigkeit hatte er das ganze Land durchforstet, um die Mutter mit ihren beiden Kindern zu finden. Die Familie kam gerade aus Marokko zurück und wußte nicht, was werden sollte. Si Morice bestand darauf, sie in einem seiner Gemeindebauten unterzubringen und kümmerte sich viele Jahre um das Lebensnotwendigste, denn Kaders Mutter war mehr damit beschäftigt, den Mörder ihres Mannes ausfindig zu machen, als die notwendigen Schritte für die Erlangung einer Witwenpension zu unternehmen.
Si Morice machte es sich zur Gewohnheit, sie zu besuchen. Er machte es sich bequem, tat so, als würde er zögern, wenn die Mutter ihm Kaffee anbot, akzeptierte schließlich aber doch. Nachdem er seinen Zuhörern gegenüber einige Bemerkungen gemacht hatte, marschierte er mit der Genugtuung, seine Pflicht erledigt zu haben, wieder nach Hause. Er fragte jedes Mal, wie Kaders Studium fortschritt. Kader selbst konnte sich die Gründe für dieses Interesse nicht erklären. Er nahm das Benehmen des Alten als gegeben hin.

Als sie die Arbeit beendet hatten, lud Bada die Freiwilligen in die Moschee zum großen Freitagsgebet ein. Nacer bestand darauf, Kader mitzunehmen, der sich aber davor drückte. Gegen Saïd, der Kaders Platz einnehmen wollte, wehrte er sich jedoch, denn er kannte dessen Lust zur Provokation.

– Hast du die Strategie unseres lieben Bada begriffen? fragte Saïd den Arzt.

Der Imam war noch nicht ganz bei der Sache. Sein Gebet brauchte eine Weile, bis es den üblichen Tonfall annahm. Er war bekannt dafür, die Gläubigen zu terrorisieren. Für den geringsten Fehler versprach er ihnen Gottes Donner und Blitz. An diesem Tag verwandelte sich seine Rede in einen Biologiekurs, in dem die bösen Teufel sich in heimtückische, zerstörerische Mikroben verwandelt hatten, Krankheitsüberträger, die Körper und Geist traktierten. Der Prediger war natürlich Befürworter der Prophylaxe.
– Meine Brüder, nur der Glaube und die Hygiene können euch vor diesen bösartigen, heimtückischen Wesen schützen!
Kader und Saïd, die hundert Meter von der Moschee entfernt auf einer Bank saßen, versäumten kein Wort dieser Rede.
– Ich hab dir immer gesagt, daß Kirche und Partei unter einer Decke stecken.
Am Ende des Gebets gesellte Nacer sich zu ihnen.
– Du hast etwas versäumt. Es war eine sehr schöne Rede.
– Man hört von hier aus genauso gut.
Nacer setzte sich neben sie. Er betrachtete den Fernfahrer und fragte ihn plötzlich:
– Was bedeutet Gott für dich?
Saïds Lippen spitzten sich und er war nahe daran, einen Fluch loszulassen. Aber er hielt sich zurück und deutete ein Schulterzucken an.
Nach einer langen Stille zischte er mürrisch:
– Gott? Nicht die geringste Bedeutung mehr. Er ist zur gemeinsamen Geißel von Partei und Islamisten geworden. Wenn es darum geht, uns zu betrügen, werden die zu Komplizen. Die einen versprechen uns, daß die Tugenden des Sozialismus das Paradies auf Erden bringen. Nur sollen wir unseren Glauben kultivieren, damit wir es auch im Jenseits schön

haben. Die anderen versichern uns, daß der wahre Sozialismus der Weg zur Anwendung des göttlichen Rechtes ist. Aber trotz ihrer heuchlerischen Allianz sind sie Todfeinde. Sie machen einander Geschenke, aber sind immer knapp daran, sich an die Kehle zu springen. Gott interessiert sich für keine dieser Parteien. Sie haben ihn in die Rolle eines Subalternen gesteckt. Meiner Meinung nach ist es Zeit für ihn, sich zu zeigen und ihnen zu sagen, was Er von ihnen hält, und das so deutlich wie möglich. Das beste wäre, ihn zu einer großen Fernsehdebatte einzuladen.

Die Nacht brach herein. Saïd stand neben Nadia am Quai und wartete auf Djellouls Rückkehr. Er wollte sich so ungerührt wie möglich geben. Sie überwachte ihn mit koketter Miene aus den Augenwinkeln.
– Ich warne dich, sagte sie. Wenn du eine einzige Träne vergießt, bleib ich. Aber ich frage mich, was du dann mit mir anfängst. Du würdest ganz schön in der Patsche sitzen. Also halt dich zurück. Wenn du eines Tages Lust hast, Montpellier einen Besuch abzustatten, zeig ich dir die Stadt. Bis dahin solltest du dein unbändiges Verlangen nach Seeluft beherrschen. Du schaust ja wie ein Gorilla aus, wenn dir die Brust schwillt.
Saïd, der nicht wußte, was er antworten sollte, begnügte sich damit, mit den Schultern zu zucken.
– Gesteh doch, fügte sie hinzu, daß du recht froh darüber bist, mich loszuwerden.
Er begann, vor sich hin zu träumen. Was sollte er ihr antworten.
– Die Welt ist einfach beschissen!
Djelloul kam zurück.
– Es funktioniert. Aber wir müssen uns beeilen.
Saïd machte eine kleine Abschiedsgeste zu Nadia, die bereits am Arm gepackt wurde.
– Adieu, kleiner Dummkopf, sagte sie zu ihm und entfernte sich.

Saïd zog es vor, ihnen den Rücken zu kehren. Da er keine Lust dazu hatte, in seinen Keller zurückzukehren und sich lebendig zu begraben, beschloß er, Si Morice einen Besuch abzustatten. Als er vor seinem Haus ankam, bemerkte er mehrere Gruppen von Männern, die mit halblauter Stimme diskutierten. Er war erstaunt darüber, denn Algier war nicht gerade berühmt für sein Nachtleben. Immer mehr Leute versammelten sich. Die meisten kamen direkt aus den Moscheen. Sie folgten sicher einem Befehl.

Si Morice schlief. Die Whiskyflasche, die ihm der Fernfahrer geschenkt hatte, stand halbleer auf seinem Nachttisch. Si Morice schloß seine Tür nie ab. Angeblich, weil er seine Schlüssel nie finden konnte. In Wahrheit war er sich sicher, daß die Diebe ihn zu sehr respektierten, um bei ihm einzubrechen. Und dann wußte er, daß kein Dieb auf seine Kosten kam. Die Wohnung war in einem Zustand fortgeschrittener Verwahrlosung. Abblätternder Verputz, zerbrochene Fliesen, schief hängende Türen, verstopfte Wasserhähne, durchgerostete Leitungen, alles sehr einladend. Si Morice dachte nicht einmal daran, seine Glühbirnen zu erneuern. Er begnügte sich mit einer winzigen Küche und einem Eisschrank von verblüffender Zuverlässigkeit. Er verfügte über einen Vorrat unterschiedlichster Teller, weil er zu Festtagen immer mit Speisen beschenkt wurde, die Teller, auf denen sie lagen, jedoch nie zurückgab.

– Wach auf, Alter. Du schläfst, und zu deinen Füßen findet eine neue Revolution statt. Früher hättest du da nicht so zugesehen.

Ohne sich die Mühe zu machen, die Augen zu öffnen, streckte Si Morice die Hand nach der Flasche aus.

5

Louisa saß artig da und bedachte Kader mit einem vorwitzigen Blick.

Sie war aufgedonnert wie für einen Galaabend. Ein kräftiger schwarzer Strich mit dem Kohlestift vergrößerte ihre Rehaugen, deren Lider kunstvoll flatterten. Zuviel Rouge übertünchte die Farbe ihrer Wangen. Die genau nachgezogenen Lippen wirkten verheißungsvoll; man konnte sich vorstellen, wie das Karmesinrot beim Küssen dahinschmelzen würde. Ihr Kostüm mußte ein Vermögen gekostet haben.

Kader fragte sich, was er wohl mit dieser Luxuskrankenschwester machen sollte, die man ihm zugewiesen hatte. Der Leiter der Gynäkologie war sogar an seinem freien Tag ins Spital gekommen, ihm diesen exotischen Vogel vorzustellen. Das spitzbübische Lächeln, das in den Augen des Professors blitzte, gab Kader schließlich zu denken. Wer mochte diese Frau wohl sein, daß sie sich der Ergebenheit des berühmtesten Klinikchefs Algeriens sicher sein konnte? Hatte sich Doktor Meziane im Herbst seines Lebens gar vom Dämon der Lust verzaubern lassen? War sie die Geliebte einer einflußreichen Persönlichkeit?

– Was für ein Zufall, spottete Kader. Als Sie mir in Paris „Auf Wiedersehen" sagten, dachte ich, es handle sich um eine reine Höflichkeitsfloskel.

Er wußte nicht, wie er die Rauchwolke deuten sollte, die sie ihm in die Nase blies.

Kader dachte an das Aufsehen, das sie auf der Station erregen mußte. Die Krankenschwestern, mit denen er es normalerweise zu tun hatte, schienen es darauf angelegt zu haben, sich in der Nachlässigkeit ihres Aussehens gegenseitig zu übertreffen, und er als Arzt war betrübt über dieses Sichgehenlassen. Er war überzeugt davon, daß ihrer schlampigen Kleidung ein viel tiefer liegendes Unbehagen zugrunde lag. In der Ausübung ihres Berufes waren sie nämlich genauso wenig sorgsam. Sie stießen die Infusionsnadel aufs Geratewohl in die Vene des Kranken, mit genausowenig Präzision, wie sie ihre Lippen nachzogen. Sie vergaßen sowohl die Flecken auf ihren Kleidern als auch die medizinischen Instrumente zu reinigen. Die dienstlichen Vorhaltungen, die Kader ihnen machte, beleidigten diese jungen Frauen, die den Mangel an Aufmerksamkeit sich selbst und den Kranken gegenüber normal fanden. Es kam immer öfter vor, daß Kader vor einem offensichtlichen Fehler die Augen schloß und mit gesenktem Kopf wegging. Er spürte, daß seine Hartnäckigkeit, gegen die Auflösung seiner Welt anzukämpfen, mit der Zeit nachließ. Jeden Morgen fühlte er sich resignierter, fatalistischer, verbitterter.

Er beobachtete seine neue Helferin und fragte sich, was wohl diese Schönheitskönigin dazu gebracht hatte, sich im Sumpf eines Spitals durchzuschlagen. Sie ahnte sicher nicht, daß sie von nun an in Schmutz und Elend leben würde. Sie konnte sich trotz ihres hübschen Namens sicher nicht vorstellen, daß Fruchtwasser abstoßend war und daß ihre feinen, weißen Hände bald damit beschmutzt sein würden. Wie würde sie reagieren, wenn er ihr eines Tages aufträgt, sich die Nägel zu schneiden, damit sie die Genitalien der Gebärenden nicht verletze?

Sich der Wirkung ihres Charmes bewußt, blieb die junge Frau still und begnügte sich damit, dem Arzt einen Blick zuzuwerfen, der weit war wie das Meer. Wieviele Männer waren darin schon ertrunken? Die aufgesetzte Schüchternheit verbarg nur schlecht ihre Selbstsicherheit. Sie zweifelte keine Sekunde daran, aufgenommen zu werden, da der Professor es beschlossen hatte. Ja, er hatte sogar in einem ironischem Ton hinzugefügt:

– Ihre Gesellschaft ist nicht unangenehm, du wirst sehen.

Ihre Unterwerfung vortäuschende Haltung ärgerte Kader. Er meinte mit einem grausamen Lächeln:

– Ich muß mich über den Zustand eines kleinen, zu früh zur

Welt gekommenen Wesens informieren. Möchten Sie mich begleiten?
Die junge Frau erhob sich, immer noch schweigend. Er reichte ihr einen Arbeitsmantel.
Es war achtzehn Uhr. Die Krankenschwestern hatten den großen Gemeinschaftsraum verlassen und waren essen gegangen.
Der Säugling war zwar winzig, aber in gutem Zustand. Kader nahm ihn auf den Arm, um ihn zu untersuchen. Dann reichte er ihn seiner zukünftigen Mitarbeiterin, die ihre Arme mit deutlichem Widerwillen öffnete. Er entledigte sie ihrer Last nach einer Minute, da er fürchtete, sie würde das Kind fallen lassen.
– Hier ist seine Mutter.
Eine zweite Metallwiege beherbergte eine sehr kleine Frau, die über das ganze Gesicht strahlte. Ihre Armstummel und die Waden, die direkt am Gesäß anschlossen, gaben ihr das Aussehen eines Pinguins. Ihre gute Laune verstärkte das groteske Aussehen eines mißgestalteten Jahrmarktwesens.
– Sind Sie verheiratet? fragte Kader, der ihre Geschichte sehr gut kannte.
Die Behinderte zögerte nicht und begann zu erzählen. Sie war, von allen vergessen, in einem Schrank ihres Elternhauses aufgewachsen. Man hatte diese Schande vor der Außenwelt verstecken wollen und gab ihr zu essen wie einem Hund. Der Bräutigam ihrer älteren Schwester hatte sie zufällig in der Hochzeitsnacht entdeckt, als er darauf wartete, in das Zimmer der Angetrauten eingelassen zu werden. Er hatte sich an ihr vergangen, bevor er seine Braut entjungferte.
– Und du hast dich nicht gewehrt?
Als Antwort zeigte sie ihre Armstummel.
– Hast du nicht um Hilfe geschrien?
– Nein, antwortete sie mit einer entwaffnenden Offenheit.
Zufrieden mit seiner Vorstellung drehte sich Kader um und

ging in sein Büro. Louisa folgte ihm einige Augenblicke später. Nach einem langen Moment des Schweigens hob er doch den Kopf. Ein vorwurfsvoller Blick richtete sich auf ihn. Er schnitt eine Grimasse und machte eine entschuldigende Geste.

– Die Nacht bricht herein, meinte er. Ich rate ihnen, jetzt nach Hause zu gehen. Ich habe Nachtdienst. Ich wäre sehr gerne in Ihrer Gesellschaft geblieben, aber in dieser Zeit des Streits und der Unruhen rate ich Ihnen, nicht lange mit dem Heimgehen zu zögern. Denken Sie daran, was sich bereits vor den Toren des Spitals abspielt. Ich erwarte Sie übermorgen um acht Uhr.

Ohne ein einziges Wort zu sagen, ging die junge Frau mit schnellen Schritten weg.

Kader war besorgt um den Zustand einer Patientin, die am Vortag zu ihm gekommen war. In der kleinen Stadt, in der sie lebte und unterrichtete, hatte sie sich von einem ihrer Kollegen verführen lassen, der sie im Wald in einer ebenso kurzen wie ungeschickten Umarmung defloriert hatte. Beide hatten von diesem Moment an mit der Vorstellung gelebt, einen nicht wieder gutzumachenden Fehler gemacht zu haben. Ihre lustlosen Liebesspiele wiederholten sich, und nach einigen Monaten war sie schwanger, erstaunt darüber, daß man mitten im Dickicht ein Menschenwesen zeugen konnte. Sie schluckte alles, was ihr in die Hände kam, von Aspirin angefangen, bis zu dem abscheulichen Gebräu, das ihr sogenannte Engelmacherinnen verabreichten, wurde aber nur krank davon. Als ihre Schmerzen anfingen, irrte die ledige Frau von Spital zu Spital, wurde immer zurückgewiesen, bis sie in einer zwielichtigen Klinik landete, wo eine vorschnelle Hebamme am Werk war, deren verschwörerische Miene ihren Mangel an Kompetenz schlecht verbarg. Der Zustand des Fötus war kritisch. Sie entschloß sich zu einem Kaiserschnitt, verfügte aber

weder über die dazu notwendigen Instrumente noch über Medikamente.
Professor Mezianes Urteil war eindeutig:
– Die Matrix ist infiziert. Wir müssen alles entfernen.
Im Spital war jedoch keine einzige Blutkonserve der Blutgruppe Null negativ aufzutreiben. Der durch das Radio vermittelte Spendeaufruf war bis jetzt erfolglos geblieben. Man mußte warten.
– Wird sie bis dahin überleben? fragte sie Kader.
Der Leiter der Station hatte sich damit begnügt, seine Machtlosigkeit durch ein Ausbreiten der Hände einzugestehen. Kader revoltierte innerlich bei dem Gedanken, diese junge Frau dahingehen zu sehen, nur weil sie sich zu allzu menschlichen Gefühlen hatte hinreißen lassen. Er hatte angeordnet, sie bis zum Tag der Operation mit Antibiotika vollzupumpen, weil er hoffte, daß sie so überlebte. Er war den flehenden Augen der Leidenden gegenüber sensibler als gegenüber den Vorhaltungen seines Chefs, der ihm riet, doch mehr Distanz zu wahren.
– In unserem Beruf, erinnerte er in dem professoralen Ton, den er immer am Vortragspult des Hörsaals anzunehmen pflegte, müssen wir darauf gefaßt sein, in jedem Augenblick dem Tod zu begegnen. Wir dürfen auf keinen Fall ein Leben über das andere stellen. Das Schicksal derjenigen, deren dahinsiechende Schönheit dich berührt, darf dich nicht dazu bringen, das Martyrium der derben Bäurin gering zu achten.
– Das heißt, ich muß das menschliche Individuum aufgeben, um unparteiisch zu sein.
Kader wußte sehr wohl, daß sich Meziane vor einigen Jahren geweigert hatte, dem Ärzteteam anzugehören, das den Präsidenten zu behandeln hatte, der an einer unheilbaren Krankheit litt.
– Ich kann nichts für ihn tun, hatte er geantwortet. Ich bin Gynäkologe. Ich würde den Kollegen nur im Weg stehen.

Um das Staatsoberhaupt zu beruhigen, hatte man die besten Ärzte Algeriens um dessen Krankenbett versammelt, auch wenn das Fachgebiet der meisten von ihnen in keinem Bezug zu der Krankheit stand, an der er litt. Der allmächtige General, der dreizehn Jahre lang das Land nach eigenem Gutdünken regiert hatte, mußte schließlich einsehen, daß er verletzlich war. Je mehr er sich auf universales Ärztewissen berief, umso unsterblicher glaubte er zu sein. Mit dem Handrücken wischte er die Worte seiner Verleumder von sich und verwies auf das Urteil der Geschichte. Er war außer sich, als er feststellen mußte, daß sein Körper, wie der der anderen auch, den Gesetzen der Biologie unterworfen war. Was für eine Ungerechtigkeit! In ihrer Todesstunde haben die Mächtigsten dieser Erde Ängste wie Kinder.

Meziane wußte, daß seine Entscheidung seiner Karriere nicht förderlich war. Er mußte jahrelang die Folgen tragen. Jene aber, die sich damit begnügt hatten, am Bett des im Koma liegenden Präsidenten weise Reden zu schwingen, machten einen Karrieresprung nach dem anderen, obwohl ihr durchlauchter Patient schließlich doch gestorben war.

Kader setzte sich an das Bett der Lehrerin und senkte den Kopf, damit er ihren beunruhigten Blick nicht sehen mußte. Er begnügte sich damit, ihre Hand zu halten.

– Du darfst dich nicht aufgeben. Vergiß nicht, daß du geliebt wirst. Ich stehe dir bei.

Als Kader kurz nach Mitternacht den Krankensaal verließ, sah er den Portier des Pavillons mit wehendem Bart und erhobenem Zeigefinger auf sich zustürzen. Aus seinen, gegen Gott und die Welt gerichteten Verwünschungen konnte Kader entnehmen, daß sein Freund Nacer eben in der Notaufnahme eingeliefert worden war, in der jedoch kein diensthabender Arzt aufzutreiben war. Kader wußte, daß seine Kollegen sich immer öfter weigerten, auf dieser Station den Nachtdienst zu

versehen, da sie dort immer häufiger von den Verwandten der Kranken angegriffen wurden. Trotz zahlreicher Beschwerden blieb die Polizei gleichgültig.
Er folgte mit schnellen Schritten dem Portier.
Der Saal wimmelte von bärtigen Islamisten mit grünen Armbinden, die sich in sinnlosem Eifer um die Bahren herum zu schaffen machten.
Die Mehrzahl der Eingelieferten litt an Atembeschwerden, nachdem sie in eine Tränengaswolke geraten waren. Als Kader den Saal betrat, wurde er sofort von einem Hitzkopf am Kragen gepackt, der ihm vorwarf, seinen Posten verlassen zu haben. Es hagelte Beschimpfungen von allen Seiten. Einige umringten ihn mit drohender Miene. Die Erklärung des Portiers konnte die Gemüter nicht beruhigen.
Kader schob sie zur Seite und wandte sich an die einzige anwesende Krankenschwester.
– Wo sind die anderen Ärzte?
– Woher soll ich das wissen? Glauben Sie im Ernst, daß die mir Rechenschaft ablegen?
Kader entdeckte Nacer halb bewußtlos am Boden. Er hob das Knochenbündel mit Leichtigkeit auf. Eine breite Brust versperrte ihm den Weg.
– Wo bringst du ihn hin?
Vor Kaders angriffslustigem Gesichtsausdruck wich der Riese zurück.
Als er in die Entbindungsstation zurückkam, entledigte Kader sich seiner Last und führte Nacer Sauerstoff zu. Der Kranke erlangte nach und nach sein Bewußtsein. Aber er wurde von Hustenanfällen gepackt, die ihn zu ersticken drohten.
– Wann wirst du endlich aufhören, den Idioten zu spielen? fragte ihn Kader bitter.
Nacer war tuberkulosekrank gewesen. Er hatte seine Nachbehandlung verschlampt und trotz des formellen Verbots seines Arztes wieder zu rauchen begonnen.

– In deinem Zustand vergnügst du dich damit, Tränengas einzuatmen. Glaubst du, daß das deinen Lungen zuträglich ist?
Nacer war immer bei allen Aufständen dabei. Als Chefelektriker in einem Lastwagenunternehmen hatte er zuerst einer trotzkistischen Gruppierung angehört, was einige polizeiliche Untersuchungen zur Folge hatte. Er handelte sich mehrmals Prügel ein.
– Wißt ihr, wovon ich träume? meinte er daraufhin zu seinen Freunden. Daß ich denen eines Tages mitten im Verhör unter den Fingern wegsterbe. Da säßen sie ganz schön in der Patsche.
– Glaubst du das im Ernst? ereiferte sich Saïd. Was hast du doch für Illusionen über unsere Machthaber.
Trotz seiner flammenden Hetzreden machte Nacer auf Kader niemals den Eindruck, der gefährliche Staatsfeind zu sein, als der er in den Berichten des Geheimdienstes aufschien. Kader wußte, daß Nacer, mehr als jeder andere für menschliches Elend empfänglich war. Sein Adrenalinspiegel stieg, wenn er auf der Straße ein barfüßiges Kind sah. Auch dem dümmsten Bettler gelang es, ihm seinen letzten Heller aus der Tasche zu ziehen. Er konnte sich auch nie dazu entschließen, die Unachtsamkeit seiner Untergebenen zu bestrafen.
– Er hat ein Herz aus Butter, behauptete Saïd. Er schmilzt dahin, wenn ihn jemand anfleht.
– Aber er hat auch schlechte Lungen, fügte Kader hinzu.
Als vor einigen Monaten in seiner Fabrik ein Streik ausbrach, wurde Nacer als erster verhaftet. Etwas später gestand er seinen Freunden:
– Ich war natürlich schuld an dem Stromausfall, der die schwarzen Schafe dazu brachte, die Arbeit niederzulegen.
Er verbrachte die ganze Nacht auf dem Kommissariat. Als er hinausgeworfen wurde, blieb er lange zusammengekrümmt auf dem Trottoir liegen, war unfähig, sich zurechtzufinden und spukte purpurfarbigen Schleim. Ein schüchterner Licht-

schimmer kündigte die Morgendämmerung an. Die Straße war verlassen. Es war, als befände er sich in einer Geisterstadt. Er war am Ende seiner Kräfte. Wen konnte er um Hilfe bitten? Er hob die Augen zum Himmel. Als der Gesang des Muezzins ertönte, war er überzeugt davon, daß sein stummer Ruf gehört worden war. Er hatte auf einmal genügend Kraft aufzustehen, ging los, wurde von der Stimme aus dem Lautsprecher geführt. Er kam zu einer Moschee, ging in den noch leeren Gebetsraum, vergaß, seine Schuhe auszuziehen. Er flüchtete in den dunkelsten Winkel. Und blieb lange im Gebet liegen. Dann sackte er zusammen. Als er die Augen öffnete, sah er einen Imam vor sich sitzen, der eine Sure des Koran sang. Nacer ließ sich von dem durchdringenden, aber sanften Rhythmus des Gesangs wiegen. Er überraschte sich dabei, mit schmerzhafter Aufmerksamkeit den Versen zu lauschen. Tränen rannen ihm über die Wangen.

Nacer blieb auch lange nach dem Ende des Gesanges in seiner Ekstase, den Blick wie hypnotisiert auf die Arabesken des Teppichs gerichtet. Als er versuchte, sich zu erheben, wurde er von Schwindel gepackt, und seine Beine gaben nach. Der rettende Arm des psalmodierenden Imam verhinderte den Sturz.

– Sag mir, fragte ihn Nacer, woher kommt dir diese Reinheit, wo wir doch in einer Welt voller Unruhen leben?

– Aus dem Buch der Bücher.

– Du bist den anderen so gar nicht ähnlich. Ich sehe Milde in deinem Blick.

– Allah ist am barmherzigsten.

– Erlaubst du mir zu beten?

– Natürlich.

Nacer war in seiner eigenen Falle gefangen und versuchte, sich herauszuwinden.

– Die Gebetsstunde ist aber schon vorbei, sagte er zum Imam.

– Gott kennt keine Zeit.

– Ich habe meine rituellen Waschungen nicht gemacht.
– Die Reinheit der Seele zählt mehr als die Reinheit des Körpers.
– Ich habe die Verse der Fatiha vergessen.
– Ich spreche sie dir vor.
Am nächsten Morgen in der Dämmerung befand sich Nacer – ohne es zu bemerken – wieder auf dem Weg zur Moschee. Er nahm unter den Gläubigen Platz. Er warf sich zu Boden, konnte sich jedoch nicht mehr erheben. Die Augen öffnete er erst in der Intensivstation der Tuberkuloseabteilung wieder. Der Imam, den er am Vortag kennengelernt hatte, saß, den Koran in der Hand, an seinem Bett und las. Als Nacer ihn anstarrte, schloß er das Buch, legte es auf das Bett und entfernte sich schweigend.
Als Kader und Saïd kamen, hielt Nacer den Koran in den Händen.
Saïd machte ihn darauf aufmerksam, daß seine Bekehrung ein Schock wäre.
– Möchtest du wirklich Trotzky gegen Mohammed eintauschen?

Kader stellte erleichtert fest, daß sich die Atmung seines Freundes normalisierte. Er wußte nichts von den Ereignissen, die vor dem Spital stattgefunden hatten.
– Was ist denn passiert?
Nacer erhob sich und stützte sich auf den Ellenbogen.
– Wir haben ein Sit-in auf dem Hauptplatz organisiert. Aber die Polizei ging heute nacht auf Angriff über. Sie will uns von dort weghaben. Der Kampf tobt noch immer.
– Damit habt ihr doch rechnen müssen.
– Man hat uns versprochen, daß uns nichts passiert.
– Glaubst du wirklich, daß es eine Regierung gibt, die seelenruhig zusieht, wie Aufwiegler öffentliche Plätze besetzen?
– Es gibt ein geheimes Abkommen.

– Man lernt nie aus, schloß Kader. Aber ich gebe dir schriftlich, daß deine Bronchien die feuchten Nächte in der Stadt und die Tränengasbomben nicht mehr lange überstehen werden. Ich weise dich darauf hin, daß die anderen, die dich dazu aufgefordert haben, die ganze Nacht mitzukampieren, gesunde Lungen haben.

Er ging in sein Büro zurück und mühte sich eine halbe Stunde lang am Telephon ab, bis er einen der Ärzte erreichte, die in der Notaufnahme Dienst versehen sollten. Zehn Minuten später stand ein Neuling vor ihm, Zigarette im Mundwinkel, die Hände tief in den Taschen seines Arbeitsmantels. Kader erinnerte sich daran, ihm hie und da über den Weg gelaufen zu sein. Der Kollege reichte ihm eine schlaffe Hand, die er sofort wieder zurückzog, um sie wieder in der Tasche verschwinden zu lassen.

– Was gibts?

Die Frechheit des Tons und die Nonchalance seiner Haltung reizten Kader aufs äußerste. Er unterdrückte mit Mühe seine Wut.

– Es gibt viele Leute, die auf deine Hilfe warten.

– Soviel ich weiß, bist du noch nicht mein Vorgesetzter. Geh zurück auf deine Station und kümmere dich um deine Mädels.

Der Mann drehte ihm den Rücken zu und ging weg. Nach einigen Schritten überlegte er es sich anders und kam wieder auf Kader zu, den Zeigefinger warnend erhoben.

– Hast du gesehen, was da draußen los ist. Die Jünger Allahs entscheiden an unserer Stelle, welche Pflege den Kranken zukommen hat. Wozu soll ich da noch gut sein? Ich bin nicht zum Prügelknaben berufen. Ich geh' wieder schlafen.

Empört über einen solchen Mangel an Pflichtbewußtsein, beschloß Kader, selber in die Notaufnahme zu gehen.

Er packte den Gorilla, der ihm kurz vorher noch den Weg hatte versperren wollen, am Ärmel:

– Komm mit, sagte er.
Der Koloß folgte ihm in unerwartetem Gehorsam. Nach einem langen Marsch durch das Spitalsgelände wies Kader auf die Tür eines Häuschens. Ein kräftiger Stoß mit dem Ellenbogen genügte, und das alte Schloß zerbarst. Ordentlich aneinandergereihte Sauerstofflaschen waren zu sehen.
Kader wies seinen Helfer an, das Qamis auszuziehen. Dieser machte zuerst Miene, sich dieser Anweisung zu widersetzen, folgte dann doch. Der Arzt knüpfte die Ärmel des Kleidungsstücks zusammen, um darin die Flaschen transportieren zu können. Der Riese, der nun begriffen hatte, nahm die Beute auf die Schulter.

Nachdem er Si Morice verlassen hatte, wurde Saïd von einem Feuerwerk überrascht, das den ganzen Platz erleuchtete. Da er nicht wollte, daß ihm etwas von diesem Spektakel entging, bog er in eine kleine Gasse ein, die ihm eine bessere Sicht gewährte. Rauchschwaden von Tränengasgranaten zogen über den Himmel. Die in Atemnot geratenen Einwohner der umgebenden Wohnblocks schlugen als Zeichen des Protests wild mit Löffelrücken auf ihre Blechtöpfe. Alte Frauen waren in Ohnmacht gefallen. Junge Leute liefen von Wohnung zu Wohnung und rieten den Bewohnern, sich ein essiggetränktes Taschentuch vor die Nase zu halten. Fünfzig Meter von ihm entfernt, standen einige Taxis mit offenen Türen. Die Fahrer boten sich an, die von dem Angriff Betroffenen gratis ins Spital zu führen.
Saïd verließ seinen Beobachtungsposten und ging auf die Demonstranten zu.
– Wir kriegen sie, diese Schweinehunde! ertönte es von allen Seiten.
– Wir kennen jeden Winkel in dieser Gegend. Die anderen kommen von draußen.
– Wir haben das Schaufenster des Weinhändlers eingeschla-

gen. Wir brauchen den Essig, den er aufbewahrt, um seinen Wein pantschen zu können.
Messaoud legte Saïd den Arm auf die Schulter.
– Bist du auch zu diesem Fest gekommen? Dein Freund Nacer ist ins Spital transportiert worden. Er ist eher schlecht dran.

Si Morice wachte auf. Er war durstig, verstört, seine Nase steckte in einem Müllhaufen. Er erhob sich mit Mühe und nieste. Er bemerkte erstaunt, daß er die Kachabia angelegt hatte, die er als Partisane getragen hatte.
– Das ist doch seltsam, stellte er fest. Warum sollte ich mich mit diesem Fetzen bekleiden, der doch einen ehrwürdigen Ruhestand verdient hat und den ich als Andenken aufbewahrt habe?
Seine Kleider waren staubig, aber der Alte war vollauf damit beschäftigt, seinen Bart zu säubern.
– Scheiß Whisky. Ich kann mich an nichts mehr erinnern. Wie lange habe ich geschlafen? Ich habe eine trockene Kehle.
Es war stockdunkel. Er fühlte sich völlig orientierungslos.
– Was ist aus den Lichtern der Stadt geworden?
Seine Glieder waren steif. Auf seinen Stock gestützt, kletterte er aus dem Trümmerhaufen und ging dann in der menschenleeren Straße weiter.
– Warum ist denn niemand mehr in der Stadt? Was ist aus ihren Einwohnern geworden?
Nach einigen Metern stolperte er aufs neue über einen Haufen Scherben. Unter seinem Stock klapperte ein Stück Plexiglas. Er grub es aus, hob es gegen das schwache Licht des Himmels. Heiterkeit überkam ihn. Er hatte den Schriftzug des Scherbens entziffern können.
– Ah! Vom Gemischtwarenhändler, der heimlich Wein verkauft. Recht geschieht ihm. Mir wollte er nie Kredit geben. Jetzt kann er sich an unserem Durst nicht mehr bereichern.

Ich bin sicher, daß sie den ganzen Inhalt seines Magazins ausgeräumt haben. Da hätt ich gern mitgemacht.
Er schreckte auf.
– Was zum Teufel treib ich da? Ich bin ganz schön weit von meiner Wohnung entfernt.
Er hatte den Eindruck, daß die Hand eines Riesen die ganze Stadt neu geformt hatte.
– Ich erkenne nichts mehr. Bin ich schon ganz blöd? Das ist sicher der Alkohol, der meine Gehirnzellen durcheinanderbringt. Das muß ein gepantschter Whisky gewesen sein. Saïd hat ihn mir geschenkt. Der soll sich vor den Beduinen in acht nehmen, mit denen er verkehrt.
Er tastete sich mit dem Stock vorwärts. Er glaubte, in der Ferne das Leuchten eines Brandes wahrzunehmen. Seiner Kehle entkam ein nervöses Husten.
– Es ist schon lange her, daß Gott uns verlassen hat und gleichgültig geworden ist, murmelte er.
Zum ersten Mal verspürte er die Last seines Alters. Er hockte sich an eine Mauer und genoß es, sich von einem Gefühl der Verzweiflung überwältigen zu lassen.
– Die Stadt ist zur Falle geworden. Ich weiß nicht, wie ich in mein Viertel zurückfinde. Alle meine Freunde haben mich verlassen.

Der Strahl einer Taschenlampe leuchtete in das Gesicht von Si Morice, der immer noch ausgestreckt am Boden lag.
– Was machst du da, alter Mann? fragte eine Stimme.
– Ich bin kein alter Mann, protestierte Si Morice und erhob sich schnell. Mein Bart ist nur vom Staub so grau. Ich warte das Ende der Nacht ab, um mich zu waschen.
– Du solltest lieber nach Hause gehen. Die Zeiten sind für nächtliche Spaziergänge nicht günstig. Einige Hundert Meter von hier bringen sich die Leute gegenseitig um.
– Ich finde aber den Weg zurück nicht mehr. Kommst du aus

dem Land der Zwerge? fügte er hinzu und deutete auf die Gestalt des anderen.

– Ich werde dich nach Hause führen, wenn dir der Straßenname wieder einfällt.

Si Morice beugte sich nach vor. Der Junge vor ihm war etwa fünfzehn.

– Laß mich auf deine Schulter stützen. Meine Knie tun mir weh.

– Wohin gehen wir?

– Ich habe den Namen der Straße vergessen. Es ist genau gegenüber vom römischen Brunnen.

– Diesen Ort würde ich dir nicht anraten. Dort ballern sie herum.

– Ich muß wissen, was aus meinen Freunden geworden ist.

– Wenn das so ist, lasse ich dich hier zurück. Du brauchst nur geradeaus zu gehen.

– Nein, flehte Si Morice. Bleib bei mir. Ich habe noch zwei volle Weinflaschen. Ich schenk sie dir.

– Was soll ich damit?

– Ich hab auch ein bißchen Geld.

– In den Tagen, die auf uns zu kommen, wird Geld die unnötigste Sache der Welt sein. Was uns fehlen wird, ist Brot. Ich war gerade im Supermarkt, um mir einige Vorräte anzulegen.

– Du weißt mir für dein Alter zuviel. Woher kommst du?

– Aus den Elendsvierteln der Stadt. Die sind eine gute Schule.

– Was machst du zu dieser Stunde noch auf der Straße? Deine Eltern machen sich sicher Sorgen um dich.

– Meine Eltern?

– Ja.

– Unbekannt. Ich bin ein Produkt des Kinderheims.

– Ich wußte gar nicht, daß es in diesem Viertel eines gibt.

– Die Behörden verheimlichen geschickt die Existenz dieser

Asyle für Kinder, die von ihren Müttern in Stich gelassen wurden. Umso besser. Die Bigotten, die wie du den Bart tragen, würden sie schnell plündern.
– Ich bin nicht bigott, empörte sich der Greis. Ich bin dem Whisky zusehr zugetan. Ich heiße Si Morice. Du müßtest von mir gehört haben.
– Noch nie.
– Seltsam. Ich bin in der Stadt ziemlich bekannt.
– Ich bin ein Jahrhundert, nachdem dein letztes Barthaar weiß wurde, geboren.
– Die vergehende Zeit ist wie der Staub, der sich ansammelt: er fällt einem nicht auf. Ich bin nichts als ein Vorfahre, ein Überlebender. Eines Tages erzähle ich dir meine Abenteuer. Da wirst du sehen, was ich für ein toller Bursche war!
Von einer plötzlichen Neugier gepackt, beugte sich der Greis zu dem Jungen:
– Erzähl mir, wie es sich in einem Asyl so lebt.
Der Waise sagte sich, daß er mit dem Verrückten seine Zeit vergeudete.
– Glaubst du, daß dies der passende Moment dafür ist?
Der Junge erinnerte sich daran, daß der Ort, wo er das Licht der Welt erblickt hatte, einen noch schlechteren Ruf hatte, als ein Bordell. Für die Kinder, die dorthin gebracht wurde, war Haß das tägliche Brot. Sie wurden verachtet und mißhandelt, wuchsen ohne die geringste Zuneigung auf und wurden entweder debil oder Verbrecher. Die ersteren starben an Dummheit, die zweiten fanden sich in einem Erziehungsheim wieder. Der Junge war den zweiten Weg gegangen und hatte mehrere solche Anstalten frequentiert. Sobald er interniert wurde, dachte er an nichts anderes als Flucht. Die Polizei wurde es eines Tages müde, ihn zu suchen.
– Das gehört der Vergangenheit an. Ich bin schon wieder ausgerissen. Und du kannst dir die Moralpredigt, die du mir jetzt halten willst, für deine Söhne aufheben.

– Für Moralpredigten bin ich nicht der Richtige. Ich habe selber genug Fehler gemacht.
– Du trägst deine Vergangenheit mit dir herum, wie eine Frau ihr Neugeborenes. Ich muß jetzt gehen. Ich erinnere dich daran, daß du dir den Bart verbrennen wirst, wenn du dich darauf versteifst, nach Hause zurückzukehren. Ich rate dir, die andere Richtung zu nehmen. Hinter dem Spital sind die Straßen etwas ruhiger.
– Das Spital? rief Si Morice aus. Dort arbeitet ja Kader. Er hat heute Nachtdienst. Ich werde ihn besuchen gehen.
Sein junger Begleiter war schon weit weg.
– He! rief Si Morice. Wie heißt du überhaupt?
– Palsec, antwortete ihm eine Stimme in der Nacht.
– Guter Junge, murmelte er zu sich selber.
Si Morice ging zögernd in Richtung Spital. Saïd überraschte ihn beim Eingangsgitter.
– Woher kommst du? fragte ihn der Greis.
– Ich habe mir das Feuerwerk angeschaut. Sehr gelungen.
– Geht man jetzt schon ohne mich aufs Fest? Werde ich denn ganz vergessen?
– Wo warst du?
– In einem Trümmerhaufen vergraben.
– Schade, daß du davongekommen bist. Ich hab schon gehofft, daß ich deine heimliche Whiskyreserve erbe.
– Du weißt sehr wohl, daß ich unsterblich bin.
– Nicht unsterblich. Aber ohne Alter.
Der Alte brach in ein ruckartiges, fast erzwungenes Gelächter aus, wie um sich im nachhinein von seiner Angst zu befreien. Said erzählte ihm, daß Nacer eben eingeliefert worden war, und daß er Kader davon in Kenntnis setzen wollte, damit dieser sich um ihn kümmere.
– Sinnlos, dich vor dem geschlossenen Portal aufzuhalten. Folge mir, ich kenne einen geheimen Hintereingang, fügte er hinzu.

6

In den Nächten, in denen er seinen Dienst versah, liebte Kader die Momente vor der Morgendämmerung wegen ihrer Reinheit am meisten. In der Welt des Leidens, in der er lebte, wußte er, daß sogar die am härtesten betroffenen Kranken um diese Zeit am wenigsten Schmerz empfanden. Sie versanken endlich in einen leichten Dämmerschlaf, ihr Stöhnen hörte auf. Die Station wurde zu einem Ort friedlichen Rückzugs, tausende Meilen von der turbulenten Welt entfernt.

Sie hatten sich um Nacers Bett herum versammelt. Si Morice hatte darauf bestanden, daß eine Matratze auf den Boden gelegt wurde, auf der er sich gemütlich ausstreckte. Er schien sich von den Schrecken seiner nächtlichen Irrgänge erholt zu haben. An diesem einzigartigen Ort der Zuflucht hatte er seine Selbstsicherheit und Energie zurückerlangt. Es gefiel ihm, scheinbar außerhalb von Zeit und Raum zu sein. Dieser Aufschub ermöglichte es ihm, wieder an die eigene Geschichte zu glauben.

Kader empfand einen morgendlichen Sympathieschub für diesen Mann, der nur noch von seinen Erinnerungen lebte. Durch das Verharren in der Vergangenheit konnte er die Gegenwart leichter ertragen, mit der er nur oberflächlich in Berührung kommen wollte, als würde er darin nur die Bedeutungslosigkeit sehen. Die aktuellen Ereignisse in diesem Land schienen in seinen Augen lächerlich. Im Alkohol fand er einen wichtigen Verbündeten, der ihm half, die Dinge oberflächlich zu betrachten und die Tage, die ihm leer und schal vorkamen, ohne Bedauern an sich vorüberziehen zu lassen.

Er liebte es, von sich zu erzählen. In den seltenen Augenblicken, in denen er seine übliche Großsprecherei aufgab, gab er seinen engsten Freunden gegenüber zu, daß er ein alter Schwätzer geworden war. Die Überzeugung, daß er an einem großartigen Heldenepos teilgenommen hatte, erhellte und rechtfertigte sein ganzes Leben. Andererseits raubte sie ihm jegliche Zukunft, denn er hatte die Gewißheit, daß kein Ereignis der Gegenwart dem Vergleich mit dem standhielt, was er erlebt hatte. Nichts konnte nunmehr seine Begeisterung wecken.

– Ich rede viel, sagte Si Morice, aber ich kann auch meinen Mund halten. Trotz meiner Geschwätzigkeit habe ich niemals meine Geheimnisse preisgegeben. Ich weiß erschütternde Dinge über die wichtigsten Persönlichkeiten dieses Landes. Deshalb fürchtet und verschont man mich höheren Orts. Ich habe keine Meriten. Mein Mund bleibt aus Angst geschlossen. Ich kenne meine ehemaligen Kampfgefährten sehr gut: wegen eines einzigen Wortes bringen die dich um. Glaubt mir, ich versuche nicht, euch Märchen zu erzählen, um mich wichtig zu machen. Ich weiß Dinge, die schwerer wiegen als unsere Erde selbst.

Als einziges Kind eines Großgrundbesitzers der Hochebene, hatte Si Morice eine problemlose Kindheit ohne Zwänge. Er wurde von seinen Eltern verhätschelt, ja angebetet, zahlreiche, dienstbeflissene Diener waren ihm untertan.

– Ich bin in der Vorstellung aufgewachsen, daß mir alles gestattet ist. Gott wird mir all meine Gemeinheiten verzeihen, denn ich handelte in vollkommener Unwissenheit.

Er erzählte, daß er inmitten einer verschlossenen, mittelalterlichen Welt geboren wurde, die alle Kaprizen und Dummheiten zuließ. Er hielt seinen Vater für einen Feudalherren, der von seinen Bauern verehrt wurde, obwohl er diese wie Sklaven behandelte. Sein Vater verkörperte den alten Stammeshäuptling, der arrogant aber pragmatisch war. Er wußte daher nur allzugut, daß die Zukunft einer Smala von der Anzahl der männlichen Nachkommen abhing. Er war es aber auch, der seine Frau jeden Monat tröstete, wenn sie über das Einsetzen ihrer Regel wiedereinmal enttäuscht war. Die Zeit verstrich, und die Taille der Ehefrau blieb zum Kummer der Familie

immer gleich schlank. Trotz massiven Drucks weigerte er sich, jene Frau zu verlassen, die man der Sterilität bezichtigte, und eine neue Heirat einzugehen, was in solchen Fällen damals üblich war.
Vielleicht liebte er sie wirklich, dachte Si Morice. Sein Verhalten war in dieser Gesellschaft auf jeden Fall unüblich. Unsere Auffassung von Männlichkeit verlangte, daß wir alle Gefühlsregungen unterdrückten.
Die Geburt des Kindes gab dann Anlaß zu nie endenwollenden Festlichkeiten.
– Meine Mutter hob nun endlich stolz das Haupt und hielt ihrem Gatten den so erhofften Erben hin.
Si Morice sprach selten von ihr. In seinen üblichen paradoxen Äußerungen sagte er manchmal, daß sie nie wirklich gezählt habe.
– Deshalb ist es schwer, etwas über sie zu sagen, fügte er, in einer sichtlichen Anstrengung, seine Zärtlichkeit zu verbergen, hinzu.
Immanente und banale, dennoch lebenswichtige Präsenz. Ein einziger Tag, an dem sie nicht zu Hause war, weil sie ihre Verwandten besuchte, genügte, um ein Erdbeben auszulösen. An einem solchen Tag ging alles schief. Der Vater bekam wegen der geringsten Kleinigkeit Wutausbrüche, terrorisierte das Personal. Er wartete nicht lange, zitierte sie unter nichtigen Vorwänden zurück. Sie stieg strahlend aus dem Wagen, schloß ihren weinenden Sohn in die Arme und hob den Blick zu ihrem Gatten, der versuchte, seine Freude zu verbergen.
– Vielleicht liebte er sie, wiederholte Si Morice.
Er fügte hinzu, daß eine Heirat damals von den Eltern arrangiert wurde und daß sein Vater die Mutter in strengem Respekt der Tradition ehelichte. Er hatte das junge Mädchen, das ihm bestimmt war, vorher nie gesehen. Ihre Vormünder hatten den Heiratsvertrag leicht schließen können, die beiden Familien standen sich in Ansehen und Vermögen in nichts nach.

Si Morice liebte es, jedes Kapitel seiner Erinnerungen mit einem schicksalsschweren Fanfarenstoß zu schließen.

– Ich weiß, daß ihr so etwas nicht erlebt habt, vertraute er seinen Freunden an. Ihr seid viel später geboren. Aber wie ihr feststellen könnt, hindert mich mein Alter nicht daran, euch zu verstehen. Kann man das von euch vielleicht auch sagen? Ich glaube nicht.

Si Morice erhob sich leicht und stützte sich auf den Ellenbogen. Mit den Augen verfolgte er lange einen Käfer, der auf der Decke des Raumes dahinkroch.

– Von meinen ersten Lebensjahren habe ich nur mehr wenig Erinnerungen.

Auf Grund der Bestechungsgelder und Interventionen des Vaters kam das Kind in die feinste Volksschule Algiers, die den Söhnen der großen Kolonialherren vorbehalten war. Sein Erzeuger stand in der Gunst eines einflußreichen Senators, dem er zugesichert hatte, die Felle all seiner Schafe an dessen Gerberei zu liefern.

– Ich verstehe, daß er für seinen einzigen Sohn große Ambitionen hegte. Aber durch dieses Exil in der Hauptstadt hatte ich meine Mutter verloren und die Aura ihrer Liebe, die meinen Weg bis dahin begleitet hatte. Ich war nicht auf die Einsamkeit und Dunkelheit vorbereitet. Das ist die Ursache meiner Irrtümer.

War Si Morice ein glänzender Schüler? Wenn es nach ihm geht, nicht. Er behauptete, daß er nicht fähig war, Anstrengungen auf sich zu nehmen. Er achtete bloß darauf, in der Benotung nicht allzusehr abzufallen, um seinen Vater nicht zu blamieren und um seiner Mutter keinen Kummer zu bereiten. Er erinnerte sich daran, daß er ohne Schwierigkeiten ins Gymnasium aufgenommen worden war. Der Schulvorstand, der in eine schmutzige Vergewaltigungsaffäre verwickelt war, wurde freigelassen, nachdem der Vater des Opfers seine Klage zurückgezogen hatte: Dessen Grundstück grenzte wiederum

an das des Großgrundbesitzers und dieser hatte ihm schon einige Dienste erwiesen.
Nach einem erstaunlichen Erfolg beim Abitur wurde Si Morice nach Frankreich geschickt, wo er von einer Universität zur nächsten wechselte.
– Ich konnte mich für kein Fachgebiet entscheiden. Daher meine unaufhörlichen Wanderungen.
Er fügte jedoch hinzu, wie um das Gesagte sofort zu relativieren, daß er für das Studium weniger Begeisterung aufbrachte, als für seine amourösen Abenteuer, die all seine Nächte und finanziellen Mittel aufbrauchten. Er hatte begonnen, unter seinen Hörsaalkolleginnen zu wüten. Um seiner zukünftigen Beute zu imponieren, lud er das betreffende Mädchen in die teuersten Restaurants ein. Dort gab er an einem Abend soviel Geld aus, wie der Studentin als Halbjahresstipendium zur Verfügung stand. Diese war über eine solche Verschwendung entsetzt. Er machte sein Opfer schließlich mit langen Reden mürbe, in denen sich Prahlerei und Provokation abwechselten.
– Hör doch auf, dich darüber zu wundern. Ich bin der Sohn eines Großgrundbesitzers. Ich habe seine Mentalität geerbt und warte nur noch auf sein Vermögen. Wir sind die Apostel der Verschwendungssucht, wie es die Herren des Mittelalters waren. Wir vergeuden unsere Einkünfte in prächtigen Freundschaftsmahlen, in endlosen Reisen, in Schmuckkäufen und anderen Extravaganzen. Glücklicherweise sind wir für die kapitalistische Mystik und für deren Bekenntnis zu Investitionen völlig unzugänglich. Gottseidank verfügen wir noch über die Kunst, unsere Reichtümer zu verschwenden.
Wenn der Cognac serviert wurde plusterte er sich erst richtig auf. Er erzählte, daß man bei seiner Beschneidung ein Festmahl organisiert hatte, das die Familie fünf Jahreseinkommen gekostet hatte. Sein Vater sah sich daraufhin gezwungen, noch mehr Pacht einzufordern. Wie in den Märchen wurde sieben Tage und Nächte lang gefeiert und gegessen.

Gleichzeitig herrschte jedoch in der ganzen Gegend große Not. Sobald der Festtermin bekannt war, kamen alle Hungerleider der Umgebung angerannt. Sie biwakierten im Olivenhain und blieben bis zum Ende der Festlichkeiten. Dieses Ereignis trug wesentlich dazu bei, das Prestige der Familie zu erhöhen, das sich für die Bedürftigen am Umfang ihrer Geschenke maß.

Deshalb hatte mein Vater niemals große Schwierigkeiten, Hunderte von Erntearbeitern anzuwerben. Das Schwingen der Sense in der heißen Julisonne ist ja durchaus mit Zwangsarbeit zu vergleichen. Man schwitzt alles Wasser aus seinem Körper. Zwölf Stunden pro Tag verbringt man in gebückter Haltung. Die scharfkantigen Splitter der abgeschnittenen Halme verletzen das Auge, oder sie bleiben, wenn man sie eingeatmet hat, in den Nasenlöchern und am Gaumen kleben. Wenn man dann in der Abenddämmerung endlich dazu kommt, sich Mund und Nase zu spülen, färbt sich das Wasser rot vor Blut. Die Augen tränen. Unaufhörliches Jucken stört den Schlaf der ausgelaugten Arbeiter.

– Sieben Tage und sieben Nächte? wiederholte die ungläubige Begleiterin, eine ernsthafte und tapfere Bürgerin aus der Normandie, die im Kult der Sparsamkeit und Mühsal aufgewachsen war.

– Mein Vater rügt mich der Form halber, aber ich weiß, daß er tief in seinem Inneren entzückt darüber ist, wie ich hier das Geld verschleudere. Übrigens mache ich nichts anderes, als seinem Beispiel zu folgen.

– Aber warum kannst du all dieses Geld nicht für etwas Nützliches ausgeben?

Der junge Mann seufzte, überzeugt von der Zwecklosigkeit jeglicher Erklärungen.

Er wurde ziemlich schnell selber zum Freiwild. Er frequentierte kosmopolitische Kreise, machte ohne Unterschied falschen russischen Prinzessinnen, Argentinierinnen mit rollendem

„R", verstoßenen Gattinnen betuchter Emire und sanften Blondinen des russischen Geheimdienstes den Hof. Schließlich entflammte er für eine gefährlich routinierte Liebesdienerin. Er wollte sie von ihrem Zuhälter freikaufen und der einzige sein, der von ihrer erotischen Erfahrung profitierte, aber der schnulzige Brief, den er an seinen Vater richtete, um ihm den Betrag des „Lösegeldes" herauszulocken, beunruhigte diesen. Er entschloß sich, den Sohn zu besuchen. Dann horchte er dessen Studienkollegen aus, und entdeckte so die neueste Manie seines Sprößlings. Er begab sich zu der Auserwählten, und es gelang ihm, nicht ohne den Preis für eine Nacht bezahlt zu haben, sie dazu zu überreden, den Sohn in seinen Hörsaal zurückkehren zu lassen. Die Dame zeigte sich weniger für die Moralpredigt, als für das vergoldete Äußere des Predigers empfänglich. Und da ihre Rührung ihr Korsett gefährlich spannte, erlag ihr schließlich auch der Vater des mißratenen Sohnes, rechtfertigte seine Kapitulation allerdings mit der Vorauszahlung. Der Vater dürfte ebenso entzückt gewesen sein, wie der Sohn, denn er entledigte sich der gewünschten Summe und verschwand mit ihr. Er hatte immerhin noch Zeit genug, seiner Frau zu schreiben und ihr anzukündigen, daß er sich dazu entschlossen hatte, seine Abwesenheit mit einer Reise zu den Heiligen Stätten zu verbinden und damit seine Pflicht eines gläubigen Moslems zu erfüllen.

– Ich frage mich, ob meine Mutter diesen Vorwand glaubte. Sie war zu intelligent dazu. Aber wenn sie Zweifel hatte, ließ sie sich nichts davon anmerken. Sie konnte die Augen zudrücken, da sie wußte, daß sie geliebt wurde.

In den Sommerferien kehrte der junge Müßiggänger zur Stätte seiner Wiege zurück, um seine Lebenslust dort auszuleben, bestieg die prächtigen Hengste des väterlichen Gutes und begab sich auf waghalsige Ritte. Er zögerte nicht, sich auf die Spuren jeder Bäuerin zu begeben, die er auf den Feldern entdeckte. Zu dieser Zeit war gute Arbeit selten, und

die Väter der so geschändeten Jungfrauen wagten es nicht, sich über die Ausschweifungen des Sohnes eines angesehenen Bürgers zu beschweren.
– Wieviele Nachkommen habe ich wohl auf dieser Hochebene gezeugt? Ein Verhalten, das mit meinem Mangel an Klassenbewußtsein zu tun hatte, wie mir später meine Pariser Professoren erklärten.
In einem Hotel in Cannes, in dem er seine neueste Eroberung treffen wollte, erfuhr Si Morice durch das Radio, daß die FLN den bewaffneten Kampf angesagt hatte. Darüber entrüstet, daß man das Feuer ohne ihn eröffnet hatte, ließ er seine Geliebte sitzen, ohne das Hotelzimmer zu bezahlen, kehrte nach Hause zurück, plünderte die väterliche Kasse und gesellte sich zu den Untergrundkämpfern.
Der Gruppenführer, in dessen Hände diese gewaltige Summe gelangte, kämpfte mit sich selbst. Er hätte sich dieses Vermögen am liebsten angeeignet, aber die Angst trug den Sieg davon: Die Aufständischen hätten kurzen Prozeß gemacht. Ihre Messer saßen locker.
Sein erster Vorgesetzter der Katiba war ein religiöser Fanatiker, dessen Ehrgeiz es war, die grüne Fahne des Propheten zu hissen, sobald er die Berge erobert hatte, und die Ungläubigen zu köpfen. Er zwang seine Mannschaft zu einem strikten islamischen Ritual – fünf Gebete pro Tag waren Pflicht – und begann den Kampf erst, nachdem er eine passende Passage aus dem Heiligen Buch gelesen hatte. „Allah ist der Größte" war das Angriffssignal. Natürlich war es für Si Morice eine Angelegenheit der Ehre, sich diesen nicht militärischen Regelungen zu widersetzen.
Der bigotte Anführer hatte tatsächlich die Absicht, diesen Ungläubigen erdrosseln zu lassen, aber seinen Adjudanten gelang es, Si Morice durch Versetzung loszuwerden.
Si Morice schleppte sich dann einige Jahre lang von Zone zu Zone.

Da ihm der Ruf, ein lästiger Spötter zu sein, vorauseilte, bemühte sich jeder Kommandant, dem er zugewiesen wurde, ihm eine Aufgabe zuzuschanzen, die er im Alleingang erledigen konnte. Alle hatten Angst, daß seine Ideen die Truppe ansteckten. So beauftragte man ihn mit schwierigen, abstoßenden, zum Teil skurrilen Aktionen. Unter dem Vorwand, die Revolutionskassen wieder aufzufüllen, mußte er die Goldplomben aus den Zähnen der Leichen entfernen, die auf den Schlachtfeldern zurückgeblieben waren, wobei er keinen Unterschied zwischen Freund und Feind machen durfte.

– Das mußte schnell gehen, bevor die Totenstarre die Kiefer der Leichen erfaßt hatte. Armselige Beute. Das eingefrorene Grinsen der französischen Soldaten wies nur perfekte, weiße Zahnreihen auf, die davon zeugten, daß diese regelmäßig geputzt worden waren. Die zurückgezogenen Lippen meiner Landsleute hingegen zeigten nichts als schwarze Stummel.

Der unfreiwillige Leichenräuber bemerkte bald, daß sein Vorgesetzter sich mit den erbeuteten Edelmetallresten selbst bereicherte, um sich eine bequeme Rente nach Kriegsende zu sichern.

– Ich habe ihn natürlich angezeigt. Er wurde erwürgt.

Si Morice machte es sich zur Gewohnheit, sich für die gefährlichsten Aufträge freiwillig zu melden. Aber sein loses Mundwerk blieb sein Handicap.

– Ich liebe es, die Leute anzuschwärzen. Da ich meistens recht habe, bin ich unbequem. Ich habe auch festgestellt, daß Ehrlichkeit sich nicht bezahlt macht. Seitdem bemühe ich mich, meine Zunge im Zaum zu halten, wie ihr bemerkt habt.

Eines Tages schickte man seine Kompanie los, um einem zähen Haufen von Gegnern den Garaus zu machen, der sich in den Festungen der Hochebenen verschanzt hatte. Die Untergrundkämpfer dachten, daß es sich um eine banale Säuberungsaktion handelte. Aber als sie zum Angriff übergingen, hörten sie, wie ein Echo ihrer eigenen Gebete, von den Geg-

nern die gleichen Allah-Rufe. Sie blieben wie erstarrt stehen, glaubten an ein Mißverständnis.
Nur der Offizier war auf dem laufenden. Er bestätigte den Befehl, das Feuer zu eröffnen.
– Ein schreckliches Blutbad. Die Verwundeten wurden mit dem Messer erledigt. Es handelte sich aber um unsere eigenen Kameraden. Aus welchem unerfindlichen Grund hatte man beschlossen, diese zu töten?
Nach diesem Massaker, desertierten viele der Mitstreiter oder ergaben sich der französischen Armee. Andere überraschten sich dabei, die Worte des unverschämten Haudegens zu wiederholen, der behauptete:
– Wenn eine Sache gerecht ist, so schützt sie uns deshalb nicht unbedingt davor, ungerecht zu sein. Im Gegenteil, die Überzeugung, daß wir im Recht sind, führt meistens dazu, daß wir weniger wachsam sind. So beginnen die Übergriffe.
Auf höheren Befehl hin wurde die Kompanie aufgelöst und ihre Soldaten in alle Winde zerstreut.

Von seiner Erzählung erschöpft, schlief Si Morice ein wie ein Kind. Die Sonne erhob sich hinter den Glasscheiben der Spitalsfenster.
Was wird uns der nächste Tag bringen? fragte sich Kader.

7

Als Kader das Spital am Nachmittag betrat, wurde er von einer seltsamen Vorahnung gepackt. Von dem Aufstand der vergangenen Nacht war nichts mehr zu sehen. Im Gegenteil: eine ungewöhnliche Ruhe herrschte. Etwas hatte sich verändert, aber er konnte nicht sagen, was. Er gab schließlich seiner Müdigkeit die Schuld an seinem Unbehagen.
Der Mann mit der breiten Brust, den er am Vorabend ken-

nengelernt hatte, versperrte ihm den Weg zu seinem Pavillon.
– Wohin gehen Sie?
– Zu meiner Station.
Der Kamerad seiner nächtlichen Hilfsaktion auf der Suche nach Sauerstofflaschen brauchte lange, bis er ihn erkannte, ließ ihn dann aber gehen.
Als er in seinem winzigen Büro ankam, mußte er feststellen, daß dort der Portier auf seinem Stuhl saß. Kader ärgerte sich kaum, weil er es gewohnt war, daß die kleinen Angestellten sich hier recht ungeniert benahmen. Er nahm an, dieser sei gekommen, um ihm eine kranke Verwandte ans Herz zu legen. Aber der Beamte erhob sich nicht einmal und begrüßte den Arzt mit einem strengen Blick.
– Ich möchte die Karteien meiner Patientinnen sehen, sagte Kader trocken.
– Jetzt nicht, antwortete ihm der Portier in einem Ton, der keine Widerrede duldete.
Er fügte hinzu, daß im Spital nun eine neue Ordnung herrschte und daß er zum Verantwortlichen dieses Stockwerks ernannt worden sei. Kader spürte Wut und Verbitterung in sich aufsteigen. Er wußte, daß gegen diesen ehemaligen Krankenwärter mehrere Klagen vorlagen. So soll er die Verwandten der Kranken erpreßt, Medikamente entwendet und am Schwarzmarkt teuer verkauft haben. Professor Meziane hatte sich damals geweigert, diese Beschwerden an die Krankenhausverwaltung weiterzuleiten und sich damit begnügt, ihm einen anderen Posten zuzuweisen. Diese Milde hatte seine Mitarbeiter in Erstaunen versetzt. Kaders Protesten entgegnete er, daß noch viel schwerere Verdachtsmomente gegen diesen Mann existierten. Er hätte eine schwangere Frau vergewaltigt. Aber er hätte mächtige Schutzherren, die im dunkeln blieben. Der Direktor des Spitals selbst hatte bekannt, machtlos zu sein. Um die Entlassung dieses Menschen zu erreichen, drohte Meziane damit, selber zu gehen.

– Das war dumm von mir, vertraute er später seinem Mitarbeiter an.
– An jenem Tag begriff ich, daß man den Fortschritt des Bösen nur begünstigt, wenn man ihnen das Feld überläßt. Du weißt sehr wohl, daß eine Blutvergiftung mit allen Mitteln bekämpft werden muß. In der Hoffnung, die Katastrophen, die auf uns zukommen werden, einzudämmen, war ich also damit einverstanden, jeden Morgen auf die Begrüßung dieses Saukerls zu antworten.

Kader stürzte in das Büro seines Vorgesetzten. Als er entdeckte, daß auch dieser einen Wächter bekommen hatte, verschwand sein Grimm. Dessen plötzlich angespannte Miene brachte den Stationschef sogar zum Lachen.
Der Mann, der sich unverschämt neben dem ehrwürdigen Professor aufbaute, war in der Anstalt wohlbekannt. Vor fünfzehn Jahren hatte er beschlossen, mit Frau und Kindern Msila zu verlassen, um ohne Vorankündigung bei seinem jüngeren Bruder aufzutauchen, der mit seiner Gattin und seinem Sohn in Algier einen einzigen Raum ohne Licht im Keller eines Mietshauses bewohnte. Wenn der Jüngere bei dem Gedanken, nun noch enger zusammenrücken und noch mehr Mäuler stopfen zu müssen, konsterniert war, so zeigte er dies nicht. Der so freiwillig Emigrierte mußte auf der Suche nach Arbeit feststellen, daß die Hauptstadt nicht das Schlaraffenland war, das ihm beschrieben worden war. Er erntete eine Absage nach der anderen.
Müßiggänger, der er nun war, machte er es sich bald zur Gewohnheit, seinen Bruder ins Spital zu begleiten, wo dieser in der Reprographie arbeitete, und bei ihm mitzuhelfen. Dieser Analphabet manipulierte also, die Hände voller Druckerschwärze, Tag für Tag die Wachsmatrizen, die Hunderte von Seiten druckten.
Er war entsetzt darüber, daß die Ausübung der Medizin die

Erzeugung von soviel Papierkram mit sich brachte. Das gute Funktionieren des Spitals bemaß er von nun an an der Anzahl der Blätter, die aus dem Vervielfältigungsapparat herauskamen. Die Wichtigkeit, die ein Arzt in seinen Augen hatte, variierte nach der Menge der Ausdrucke und Schriften, die sie ihm übergaben. Wenn die Kranken sich bei ihm über den Mangel an Fäden für die Nähte und an Kompressen beklagten, erklärte er ihnen stolz, daß der Ankauf jedes Artikels die Erstellung einer gewissen Anzahl von Formularen in mehreren Ausfertigungen als Zeichen komplexer Organisation notwendig machte. Er machte deutlich, daß einige gewissenhafte Schreiberlinge, die in unerreichbaren Büros verschanzt waren, diese subtilen Verfahren beherrschten. Was ihn betraf, so konnte er die Dokumente, die die Maschine ausspuckte, begutachten soviel er wollte, es gelang ihm niemals, hinter das Geheimnis dieser Hieroglyphen zu kommen, die die Lieferung von Gazerollen oder Serumflaschen bestimmten. Er betrachtete sich selbst bald als Unwissenden, der jedoch täglich Wunder wirkte. Er war höchst beglückt, sobald er den Lieferwagen kommen sah. Er war immer wieder entzückt mitanzusehen, wie die schwarzen Kritzeleien, die die Maschine produzierte, sich in Kisten von Medikamenten verwandelt hatten, und zwinkerte dem unbekannten Chauffeur jedesmal verschwörerisch zu. Der Arbeitslose stellte sich täglich auf die Stufen des Verwaltungsgebäudes und begrüßte die Angestellten. Er gab den Besuchern Auskunft, half denen, die die Pakete brachten, machte sich erbötig, Kaffee zu bringen. Der Direktor machte ihn vergeblich darauf aufmerksam, daß er seine Dienste nicht benötigte, er fand ihn am nächsten Morgen wieder am selben Platz vor. Das ganze Personal lobte seine Beflissenheit und seine Freundlichkeit. Gerührt von seiner Beständigkeit stellte ihn der Anstaltsleiter schließlich als Rettungsfahrer ein. Obwohl er einen Führerschein hatte, zeigte er gleich zu Beginn eine beunruhigende Ungeschicklichkeit.

Aber sein guter Wille war so groß, daß niemand daran zweifelte, daß er das Fahrzeug nach einigen Tagen Übung beherrschen würde. Jedoch war jener Mann, den alle bald nur El Msili nannten, auch nach einigen Wochen nicht in der Lage, seinen Wagen korrekt zu fahren. Der Direktor war unentschlossen, verlängerte die Probezeit, ließ sich schließlich dazu breitschlagen, ihn als Fahrer zu bestätigen, seines Gejammeres und seiner Ergebenheitsbezeugungen müde.

Eines Tages jedoch kam El Msili zu Fuß zum Spital zurück. Er war mit seinem Rettungswagen gegen einen Baum gefahren. Nach einem Monat süßen Nichtstuns, das ihm die Reparatur seines Fahrzeugs bescherte, fuhr er einen Polizisten nieder. Man mußte ihm das Auto wegnehmen. Sich seiner Rechte bewußt, verweigerte er alle neuen Aufgaben, die man ihm anvertrauen wollte, zog es vor, seine Tage in den Gängen des Spitals zu verbringen. Er hörte damit auf, den Leuten seine Hilfe anzubieten. Man konnte nun nie mehr etwas von ihm verlangen, ohne ihn aufschreien und auf seine Fähigkeiten als Fahrer hinweisen zu hören. Er verwarf sogar den Vorschlag, seinem Bruder wieder zu helfen.

Er wurde zum Aktivisten in der Partei, überzeugt davon, daß er sich damit auf einem Königsweg befand. Dank seiner Ausdauer und seiner Streitreden bei den Generalversammlungen wurde er in die Sektionsleitung gewählt, bekam sogar eine Wohnung zugeteilt, übervorteilte damit Dutzende von Ärzten, die seit einigen Jahren auf Unterkunft warteten. Von diesem Moment an fühlte er sich unverwundbar, und es war ihm eine Freude, beim Anblick der Professoren, ja sogar des Anstaltsdirektors selbst, den er der Freunderlwirtschaft bezichtigte, die Nase hoch zu tragen.

Einige Jahre später richtete er wiederum sein Mäntelchen nach dem Wind. Er ließ sich einen Bart wachsen und wurde zum religiösen Eiferer. Er verließ die Sache der Proletarier, um sich in den Dienst Allahs zu stellen. Er tauschte seine Hosen

gegen ein Qamis ein. Er leugnete seine rudimentären Kenntnisse marxistischer Ethik, um massenhaft göttliche Verse auswendig zu lernen. Die Moschee wurde seine Heimstätte.
Die Unverblümtheit seiner Äußerungen ließ sogar seine eigenen Glaubensbrüder erzittern. El Msili schien von flammendem Haß erfüllt zu sein, der auch vor seinen Kindern nicht Halt machte. Er terrorisierte seine Frau. Diese erschien öfters im Spital, um sich das mit blauen Flecken übersäte Gesicht verarzten zu lassen. Er drosch so zügellos auf seine jüngste Tochter ein, daß diese daraufhin debil wurde. Sein ältester, siebzehnjähriger Sohn, der von ihm des öfteren im Schlaf angegriffen worden war, schlief nur noch mit dem Messer an seiner Seite.

– Gehen wir auf einen Kaffee, schlug Professor Meziane vor.
Die beiden Männer verließen den Pavillon und gingen durch die Hauptallee zu dem Campingwagen, der als Cafeteria diente. Eine ungewöhnliche Atmosphäre herrschte im Spital. Normalerweise ging es hier zu, wie in einem Vogelhaus, an diesem Morgen jedoch lagen die Gebäude wie von einem Bannstrahl getroffen da. Die Menschen schlichen langsam, mit leeren Blicken, wie Schlafwandler vorbei. Sie begegneten sich, ohne zu grüßen, standen Schulter an Schulter, ohne sich zu erkennen. Die Putzfrauen, die normalerweise lauthals miteinander diskutierten, schienen von Sprachlosigkeit befallen. Die Spatzen hatten die Feigenbäume verlassen. Man erwartete die Apokalypse.
Professor Meziane schien am allermeisten davon betroffen zu sein.
– Mein lieber Kader, sagte er zu seinem Assistenten, ich werde dir nun übel mitspielen. Du wirst mich während zwei oder drei Monaten vertreten. Das trifft sich schlecht, ich weiß, aber mein ausgezeichneter Kollege Professor Allel meint, daß meine Operation nicht länger warten darf.

Kader wußte davon überhaupt nichts.
– Eine Operation? Sie haben mir davon nie etwas gesagt.
– Ein kranker Arzt wirkt immer lächerlich. Denk an die Witze, die man hinter meinem Rücken gemacht hätte.
Kader fand den letzten Schluck seines Kaffees ziemlich bitter.
– Woran leiden Sie?
– An der Cronschen Krankheit. Eine Schweinerei, die dir den Darm nach und nach zerfrißt. Unheilbar, macht sich in Schüben bemerkbar. Ein Teil meines Darmes ist bereits zerstört. Mein Kollege ist der Ansicht, daß man dieses Stück entfernen muß.
Kader hob sein Gesicht zum Himmel, der von einer beleidigenden Klarheit war. Er hätte sich Donner und Blitz gewünscht, die Sintflut oder eine Springflut, Feuer und glühende Lava.

Kader sah Louisa, die in seinem Büro den Portier anschrie, und hätte sich ihr am liebsten an den Hals geworfen, aber er hielt sich zurück, packte sie am Ellenbogen und zog sie in den Gang.
Auf einmal beruhigt, schenkte sie dem Arzt ein Lächeln, das ihn mit der Welt versöhnte. Er sagte sich, daß er zu anderen Zeiten, an einem anderen Ort ... Er hätte sie gern am Strand des Meeres getroffen, auf einer dieser Inseln, auf denen ewig Sommer herrschte und deren Bewohner sorglos lebten. Er hätte sie gebeten, seine Träume Wirklichkeit werden zu lassen. Louisa am Morgen, von den Wellen hin und her geschaukelt. Lachend läuft sie über den Strand. Sie ist so fern. Er wartet seit einer Ewigkeit auf sie. Sie tut so, als wüßte sie nichts von der Ungeduld eines Liebenden, der sich nach ihrer salzigen Haut verzehrt. Er hat nicht die Kraft, ihr zu folgen. Seine Sehnen wurden ihm durchgeschnitten.
Kader zwang sich, dieses kitschige Bild aus seinen Gedanken zu vertreiben. Aber nein, sagte er sich, wir fahren nirgends ge-

meinsam hin. Wir sind dazu verdammt, in der Stadt unserer Kindheit der Feindschaft zu begegnen. Wir leiden an den Orten, wo wir einst gelacht haben, als ob wir nun den Preis unserer damaligen Sorglosigkeit zu zahlen hätten. Wir sind in unserem Innersten getroffen, sind hier zu schlechten Komödianten geworden, die sich in sinnlosen Gesten erschöpfen, um ihren Kummer zu verbergen.

Er kündigte Louisa in offiziellem Ton an, daß er sich auf Grund der eingetretenen Ereignisse gezwungen sehe, ihren Dienstantritt aufzuschieben.

Die junge Frau fand ihre Wut schnell wieder.

– Was bedeutet das? Sie waren einverstanden damit. Warum haben Sie jetzt ihre Meinung geändert? Ich will Professor Meziane sehen.

– Professor Meziane ist beurlaubt.

Kader hatte gute Lust, ihr zu raten, so schnell wie möglich aus dieser nicht lebenswerten Welt zu fliehen und nach Paris zurückzukehren, um sich beim Anblick einer Amateurtheatergruppe zu zerstreuen. Sie könnte wieder so tun, als ob sie die Metro versäumt hätte, um die angebrochene Nacht mit einem jungen Mann zu verbringen.

Er wußte jedoch nichts Besseres, als ihr den Rücken zu kehren.

El Msili betrachtete Kader mit sicherer Gelassenheit. Seine neue Autorität hatte seinen üblichen Haß gedämpft, die Muskeln seines Gesichtes hatten sich entspannt und machten ihn richtig ausgeglichen.

Er verlangte, in die Krankenkarteien Einsicht zu nehmen. Der Arzt mußte unwillkürlich grinsen.

– Können Sie überhaupt lesen?

El Msili ignorierte die sarkastische Frage. Er wartete auf Antwort. Kader gab ihm zu bedenken, daß die Dokumente vertraulich seien und nur für den behandelnden Arzt bestimmt waren. Aber der ehemalige Rettungsfahrer wischte diesen Einwand mit einer gleichgültigen Geste beiseite.

– Ich sage Ihnen, daß sich in diesem Land vieles verändern wird. Die Zeit der Schlamperei ist vorbei. Ich rate Ihnen zu Ihrer Sicherheit, dies zur Kenntnis zu nehmen.
– Warum wollen Sie Einsicht in die Karteien nehmen? Sie verstehen ohnehin nichts davon.
– Das ist unsere Angelegenheit.
Kader erschauerte vor der kalten Entschiedenheit seines Gegenübers. Er glaubte ein tödliches Leuchten in dessen Augen zu sehen.
Er dachte zuerst, daß der Portier des Pavillons seinem Helfershelfer nahegelegt hatte, die Aufzeichnungen über seine Missetaten verschwinden zu lassen.
– Wir wissen genau, daß dieses Spital Frauen aufnimmt, die auf die schiefe Bahn geraten sind und die hier das Produkt ihrer Ausschweifungen loswerden können.
Kaders verzweifelter Blick rettete sich zu der mit Rissen durchzogenen Decke. Er fragte sich über die Art der neuen Ordnung, die diese Männer errichten wollten. Seine Station hatte allerdings tatsächlich immer ledige Mütter aufgenommen. Er weigerte sich, ihre Situation öffentlich zu machen, um sie nicht der Verachtung ihrer Bettnachbarinnen auszusetzen, die offiziell mit einem Mann gesegnet waren. Ein sehr alter Regierungsbrief gestattete dies. Kader hatte Lust, seinem Gegenüber zu antworten, daß diese Praxis legal sei, aber er ahnte, daß der Mann auf die Gesetze pfiff, die dieses Spital, ja das ganze Land regierten. Kader war vor allem schockiert über das fehlende Mitleid dieser Männer, die sich zu Dienern Gottes ernannt hatten. Er hatte große Lust, El Msili frech zu fragen, ob er die nicht verheirateten Frauen auf die Straße werfen werde. Aber er las im Blick des ehemaligen Rettungsfahrers, daß dieser ohne weiteres dazu fähig wäre. Er war sich dessen sicher, daß der Prophet der erste wäre, der diese neuen Eiferer ablehnte.
Als er den Pavillon verließ, hatte er den Eindruck, aus einem schwarzen Tunnel zu kommen.

Louisa saß auf einer niedrigen Zementmauer und wartete auf ihn. Er seufzte deutlich vernehmbar auf, als würde er es bedauern, sie erneut zu treffen. Aber er war sich sehr wohl bewußt, daß seine Lungen sich weiteten, als er sie sah. Trotzdem tat er so, als wäre er verärgert.
– Sie sind immer noch hier?
– Ich werde jeden Tag wiederkommen und von früh bis spät hier sitzen, bis Sie mich einstellen.
Er war glücklich, ihr nachgeben zu können.
– O.K., sagte er. Sie können morgen beginnen.

Das Geräusch schneller Schritte zwingt Kader, sich umzudrehen. Louisa will nach Hause zurückkehren, sie weiß aber nicht, wo die nächste Metrostation ist. Kader lacht schallend. Louisa hat ihren ersten Sieg davongetragen.
– Fünfzig Meter von hier. Aber der erste Zug ist noch nicht angekommen. Vielleicht in zwanzig Jahren, wenn sie den Tunnel fertig gebaut haben.
– Dann muß ich halt zu Fuß gehen. Ich kenn' mich aber in dieser Stadt nicht aus.
Sie gehen Seite an Seite, als ob nichts wäre. Trotzdem beobachten sie einander, wie Feinde, die einander jederzeit an die Kehle springen könnten. Wenn er so tut, als würde er ein Denkmal bewundern, folgt sie seinem Blick. Sie lächelt ohne Grund, und er beginnt, eine fröhliche Melodie zu summen. Er runzelt die Stirn und ihr Gesicht wird sofort ernst. Sie spricht, er beobachtet die Bewegung ihrer Lippen. Er kratzt sich die Wange, sie stellt fest, daß er sich heute morgen nicht rasiert hat. Sie steckt die Hand in die Tasche, zieht ein Feuerzeug heraus und beginnt es zu streicheln. Sie wagt es nicht, eine Zigarette anzuzünden. Er weiß, daß sie Lust hat zu rauchen, aber sich weigert, ihre Schritte länger zu machen. Er starrt auf ihre Schuhe, als ob er deren Farbe eben erst entdeckt hätte. Sie betrachtet den Himmel, der sich verdunkelt.

Sie sind allein auf der Straße.
Sie vermeint, den Duft von Jasmin wahrzunehmen. Er fühlt sich unsicher, ja lächerlich. Er hat nichts zu sagen. Er begnügt sich damit, die Schultern hochzuziehen, um sich die Haltung eines Bären zu geben. Sie beschließt, das Zigarettenpaket aus ihrer Tasche zu ziehen. Er hat nichts gesehen. Er reißt im Vorbeigehen einen Rosmarinzweig aus und schnuppert lange daran. Ein Betrunkener, der auf einer Bank sitzt, streckt ihnen die Hand entgegen. Er steckt ihm, ohne, daß sie es bemerkt, eine Münze zu. Er würde sich bei diesem Fremden am liebsten für das Glück bedanken, das er eben erfährt, so fühlt er sich dazu verpflichtet, seinen Tribut zu zahlen. Er weiß sehr wohl, daß die Orangenbäume am Straßenrand nur bittere Früchte tragen. Aber er pflückt schließlich doch eine, mit einer nachlässigen Geste, wie man es im Film macht. Er tastet diesen großen Kricketball lange ab und widersteht dem Vergnügen nicht, ihn einem Jungen zuzuwerfen, der ihnen entgegenkommt.
Kader fürchtet sich davor, am Ende der Straße anzukommen. Er verlangsamt seine Schritte. Er hätte ihr so gern eine Geschichte erzählt, aber er kann sich nicht dazu entschließen, das komplizenhafte Schweigen zwischen ihnen zu durchbrechen. Also macht er eine vage Geste, um ihr damit das Unsagbare mitzuteilen.
Er haßt diese kurze Straße. Sie wird in eine Trennung münden. Er versucht, Umwege zu machen. Mit unendlicher Sanftheit nimmt er Louisas Ellenbogen, um ihr beim Überqueren der Straße zu helfen. Die Autofahrer, die auf sie zuschießen, erlauben es ihm, seine Hand zu ihrer Achsel hinaufgleiten zu lassen, um sie besser zu führen. Er zögert lange, bevor er sie wieder freigibt. Sie ist damit einverstanden und hat bereitwillig ihren Arm leicht gehoben.
Er ist blind und taub für alles, spürt nur mit seinen Fingerspitzen. Die samtige Weichheit ihrer Haut. Seidige Schauer durchlaufen seinen Körper. Er hebt die Augen in einem still-

schweigenden Dank zum Himmel. Und dann zieht sich seine Hand mit unendlichem Bedauern zurück. Er weiß nicht, was er mit seinem, nun alleingelassenen Handrücken tun soll.
Sein Gang wird ungeschickt, und er findet Spaß daran, an ihre Schulter zu streifen. Sie scheint dem Kontakt nicht auszuweichen. Jede Berührung veranlaßt sie, ihre Schritte zu verkleinern.
Er wird euphorisch. Er ertappt sich dabei, vor sich hin zu singen. Er ist wie ein kleiner Junge. Er beugt sich nieder, um seine Schuhe neu zu binden. Er setzt zu Gesten an, die er sich nicht fortzuführen traut. Er hat Lust dazu, ihr eine Haarsträhne aus der Stirn zu streifen. Er geht zurück und kauft eine Zeitung. Sie folgt ihm. Er tut so, als würde er sich in die Lektüre der Schlagzeilen vertiefen, während sie den Kopf über seine Schulter neigt und ihre Haare seinen Hals kitzeln. Er stupst sie, um wieder auf die gegenüberliegende Straßenseite zu gehen, um noch einmal ihren Oberarm halten zu dürfen. Seine Fingerspitzen spüren ihren Brustansatz. Sie hat Lust, ein Paket Zigaretten zu kaufen. Natürlich begleitet er sie gern.
Aber nein. Sie werden nie am Ende der Straße ankommen. Und plötzlich fühlt Kader sich stark. Plötzlich hat er den Mut, es mit den Barbaren aufzunehmen.
Er verläßt Louisa, ohne ihr ein Zeichen des Abschieds gegeben zu haben.

8

Als Si Morice die Tür öffnete, entdeckte er Palsec umringt von Kisten. Der Junge erklärte ihm, daß er die Beute seiner nächtlichen Razzia hierhergeschleppt hätte. Da er über keinen Ort verfügte, wo er seine Vorräte unterbringen konnte, hatte er gedacht, daß Si Morice sich nicht weigern würde, ihm einen Schrank zur Verfügung zu stellen.

– Dafür darfst du in bescheidenem Ausmaß daran teilhaben.
– Meine Tür ist nie verschlossen. Du kannst jederzeit kommen.
Si Morice war beunruhigt. Trotz der Hitze weigerte er sich, seine Kachabia auszuziehen. Er wollte sich auf die Suche nach Saïd machen und schlug Palsec vor, ihn zu begleiten.
Er entdeckte den Fernfahrer bei seinem Lastauto, das er gerade liebevoll pflegte. Rabah döste gegen ein Rad gelehnt vor sich hin.
– Gott weiß, was uns in der nächsten Nacht erwartet. Es wird sicher wieder Stunk geben. Meine Lungen sind mit dem Alter empfindlich geworden. Es wäre bedauerlich, wenn ich am Qualm der Tränengasgranaten erstickte, noch bevor ich Zeit gefunden hätte, euch meine Abenteuer fertigzuerzählen.
Er hatte vor allem Angst, allein zu bleiben.
– Ich nehme dich gern in meinem Anhänger auf, sagte Saïd. Du wirst sehen, dort ist es gemütlich. Wenn es Zusammenstöße gibt, können wir uns immer noch aus dem Staub machen.
– Wirklich?
– Komm und schau. Der Wagen ist sehr praktisch.
– Und Kader?
– Ich werde seine Mutter verständigen, damit er sich nach seiner Heimkehr zu uns gesellt.
Saïd half Si Morice auf die Ladefläche. Vorsichtig machte der Alte einige Schritte.
– Aber hier ist ja alles leer. Wir werden doch nicht auf dem Blechboden schlafen. Das hält mein altes Skelett nicht aus.
– Man kann ihn gemütlich einrichten.
– Müssen wir die Türen schließen?
– Das wäre vorsichtiger.
– Ich kann im Dunklen nicht schlafen.
Saïd wies mit dem Finger auf drei Deckenlampen.
– Und du glaubst, daß wir hier drinnen nicht ersticken?

– Der Hersteller dieses Wagens hat an alles gedacht. Hier sind Lüftungslöcher.
– Das beruhigt mich nicht.
– Du hast unrecht. Es ist sehr bequem hier drinnen.
Palsec wurde beauftragt, aus Si Morices Wohnung einige Habseligkeiten zu holen.
Danach begann er damit, Schaummatratzen aufzulegen. Si Morice unterbrach ihn:
– Du hast hoffentlich nicht auf das Radio vergessen.
Der Junge zuckte mit den Schultern. Si Morice, der bereits ausgestreckt dalag, zeigte mit dem Stock auf ihn und sagte zu seinen Freunden:
– Das ist mein Sohn. Ich habe ihn adoptiert, weil er einen sehr praktischen Geist hat. Sollte ich sterben, so wird er meine Pfeife und meine Alkoholvorräte erben.
– Ich habe bereits Gras und Alkohol probiert und mag weder das eine noch das andere.
– Im Alter wirst du schon noch auf den Geschmack kommen. Aber wo bleibt bloß Kader?
Der Arzt gesellte sich eine Stunde später, bei Sonnenuntergang zu ihnen. Palsec bemühte sich gerade, einen alten Petroleumofen in Gang zu bringen.
– Wo hast du dieses Gerät aufgetrieben? fragte ihn Si Morice.
– In einem Schrank deiner Wohnung.
– Unglaublich.
– Du weißt es nicht, aber du wohnst in der Höhle von Ali Baba.
Der Junge kündigte ihnen an, daß er ihnen trotz der bescheidenen Mittel köstliche Spaghetti zubereiten werde.
– Du wirst feststellen, Alter, daß ich letzte Nacht recht getan habe, als ich einen Umweg in den Supermarkt machte.
– Bring mir lieber das Radio. Ich will die ausländischen Sender hören. Nur so können wir erfahren, was zwei Meter von hier entfernt los ist.
Si Morice fühlte sich endlich wohl. Er warf Saïd einen flehen-

den Blick zu. Dieser verließ das Auto und kam einige Minuten später mit einer Whiskyflasche in der Hand zurück.
– Ich seh dir an der Nasenspitze an, was du willst. Aber da ich nur ein Zauberlehrling bin, konnte ich dir keine Eiswürfel fabrizieren.
Si Morice war nun überglücklich. Er lag auf der Matratze, war von seinen Freunden umgeben, hatte sein Lieblingsgetränk in Reichweite und eine lange, zu durchwachende Nacht vor sich.
– Was wird noch alles passieren? fragte Kader beunruhigt. Gott möge Mitleid mit uns haben.
– Gott ist barmherzig, aber die Menschen sind es kaum. Auf jeden Fall haben wir Mittel, um uns zu verteidigen.
Als Antwort auf Saïds fragenden Blick zog Si Morice mit einem wichtigtuerischen Lächeln ein Maschinengewehr unter seiner Kachabia hervor.
– Die hättest du dem Museum schenken sollen, meinte Saïd.
– Die Waffe war der einzige Gefährte, dem ich vertrauen konnte, als ich in den Bergen war. Sie hat mir kein einziges Mal den Dienst versagt; damit ihr wißt, wie wertvoll sie mir ist.
Si Morice war entzückt über dieses aufmerksame Publikum.
– Wenn ich noch lebe, dann dank dieser Waffe.
Rabah hatte sich in eine Ecke gekauert und tat so, als schliefe er. Palsec überwachte seine Nudeln. Saïd und Kader berieten sich mit halblauter Stimme.
Am Ende ihres Gesprächs erhob sich der Fernfahrer begeistert. In einem feierlichen Tonfall kündigte er seinen Freunden an, daß er binnen kurzem Kader auf einer Erkundigungstour begleiten werde.
– Aber ich warte noch, bis ihr gegessen habt.
Si Morice wurde lebendig und verlangte, genauer informiert zu werden. Dabei stieß er sein Glas um. Saïd konnte dem Vergnügen nicht widerstehen, ihn einzuweihen.
– Was für eine gute Idee! Natürlich, da bin ich mit von der

Partie. Ich bin in der Lage, euch zu verteidigen, fügte er hinzu und streichelte seine Waffe.
Mit einer dankenden Geste wies er den Teller zurück, den Palsec ihm reichte.
– Wir haben etwas anderes vor.

Er erhob sich schnell und voll freudigem Eifer. Er hatte das Gefühl, die feurigen Jahre seiner Jugend noch einmal zu erleben. Auf einmal ungeduldig geworden, nötigte er die anderen, jetzt gleich loszufahren.
Alle Insassen des Anhängers wollten an der Expedition teilnehmen. Das Lastauto fuhr in das Spitalsgelände genau in dem Augenblick ein, in dem der Muezzin zum Abendgebet rief. Die neuen Wärter hatten die Pavillons verlassen, um in die Moschee zu gehen. Und der Auszug ging blitzschnell vor sich. Eine halbe Stunde später stand das Fahrzeug wieder an seinem gewohnten Platz. Si Morice war euphorisch. Die Aktion hatte ihn zu neuem Leben erweckt.
– Ich habe das Gefühl, mein lieber Kader, daß du eben eine große Dummheit gemacht hast. Das freut mich. Als ich jung war, habe ich auch keine Gelegenheit dazu ausgelassen.

Nachdem sich seine Kompanie aufgelöst hatte, hielt Si Morice sich im Grenzgebiet auf. Er hatte den Auftrag, Waffen und anderes Kriegsgerät aus dem Nachbarstaat über die elektrisch gesicherte Grenze zu schmuggeln.
Der Stacheldraht war von einer teuflischen Perfektion. Er reagierte sogar auf einen flüchtenden Hasen. Bei der geringsten Erschütterung ballerten die elektronischen Kanonen los, Hubschrauber stiegen auf und gepanzerte Draisinen setzten sich in Bewegung.
– Ein Riesenspaß. Ich habe mich sehr gut amüsiert.
Er liebte es zu zerstören und gab sich dieser Beschäftigung mit Leidenschaft hin.

– Ich habe diese Apokalypse manchmal nur provoziert, um das Ziffernblatt meiner Uhr besser lesen zu können.
Jeden Tag erfand er neue Tricks, um diesen Stacheldrahtverhau zu demontieren. Wenn er sich langweilte, trieb er ein bösartiges Wildschwein in Richtung Grenze. Das Schwein verfing sich im Drahtgeflecht und löste ein herrliches Spektakel aus.
– Ich habe den Grenzposten in meinem Sektor das Leben schwer gemacht. Damals bin ich zum Nachtwandler geworden.
Sein Prophetenbart bebte vor Vergnügen, als er die Freuden jener Kriegstage wieder aufleben ließ. Die Sache mündete in ein Duell zwischen ihm und dem Ingenieur, der das Netz kontrollierte. Si Morice dachte an nichts anderes, als dessen Unzulänglichkeiten aufzuspüren.
– Da ich im Vorteil war, tat ich ihm hie und da einen Gefallen. Der erste durchschnittene Draht sorgte für Aufregung. Falscher Alarm. Ich war noch am Testen. Ich muß zugeben, daß mein weit entfernter Gegner prompt reagierte. Er kapierte schnell, daß ein einziger durchschnittener Draht den Fluchtweg öffnete. Er korrigierte sich.
Der Spezialist verfeinerte sein System von Tag zu Tag. Er verdreifachte die elektrische Spannung. Si Morice mußte sich Zangen mit besser isolierten Griffen besorgen. Die Kanonenschüsse wurden präziser. Der Partisane nützte Unebenheiten des Bodens aus, um dem Radar zu entkommen. Die Panzer begaben sich schneller an Ort und Stelle. Er kannte Tricks, um sie zu täuschen.
Aber der teuflisch raffinierte Experte hatte die Idee, eine zweite Linie in V-Form aufzuziehen, die sich der ersten Sperre zu öffnete und wie ein Fangnetz funktionierte. Sie führte jene, die den ersten Stromstoß überstanden hatten, unvermeidlich zu ihrem Angelpunkt. Dort warteten bereits die Hubschrauber.
– Ich stellte fest, daß ich, indem ich den Stolz des Ingenieurs

herausforderte, ein willkommenes Versuchskaninchen war. Die Fluchtwege, die ich organisierte, wurden zu Massengräbern. Neun von zehn Personen ließen dort ihr Leben.
Si Morice nickte mit dem Kopf und ignorierte den Teller, den Palsec ihm reichte. Seine Erinnerungen waren ihm Nahrung genug. Das einzige, was ihn interessierte, war die angefangene Flasche.
– Eines Tages kam man zu mir und gab mir bekannt, daß zwei wichtige Personen durchgeschleust werden sollten. Der Kurier bestand darauf, daß ich alle nur erdenklichen Vorbereitungen treffe. Ich hatte vergessen, ihn zu fragen, in welche Richtung der Grenzübertritt gehen sollte. Erst im letzten Augenblick begriff ich, daß unsere Bonzen abhauen wollten, um in die viel sichereren Gefilde des Nachbarstaates zu gelangen.
Auf einem Felsen postiert, hatte Si Morice die Ankunft der Gruppe überwacht. Die Verantwortlichen trugen Anzüge unter ihren geborgten Kachabias. Die zwei Partisanen, die sie begleiteten, behandelten sie mit Furcht und Respekt. Si Morice fand es nicht der Mühe wert, seinen Beobachtungsposten zu verlassen. Er betrachtete sie lange von seinem Aussichtspunkt aus.
– Hallo! rief er schließlich und verließ seinen Taubenschlag.
– Wollen Sie etwas Tee?
– Wir sind in Eile, sagte ein großer Schnauzbärtiger.
– Da liegt ihr falsch. Ihr müßt euch auf einige Tage einstellen. Daher bin ich glücklich, euch die Gastfreundschaft meines Palastes anbieten zu können. Ich hoffe nur, daß in eurem Beutel genügend getrocknete Feigen sind, denn ich esse den kümmerlichen Fraß der Wildschweine. Ich ernähre mich nur von Eicheln.
Dann drehte er ihnen den Rücken zu. Einige Minuten später kamen ihm die vier Männer in seine Grotte nach. Si Morice war gerade dabei, das Kohlenbecken zu entfachen. Der Vierschrötige der beiden setzte sich ihm gegenüber und versicherte

ihm, daß er sehr gerne eine Tasse Tee hätte. Mit einem Lächeln versuchte er, den Schlepper zu erweichen, dessen brüske Gesten unterdrückten Zorn verrieten. Sein Blick wanderte im Raum herum, er nickte mit aufgesetzter Befriedigung.

– Dein Heim ist nicht schlecht.

Si Morices Wut stieg.

– Ich tausche gerne mit Ihnen.

– Ich heiße Belkacem. Ich habe vor allem in den Kellern bestimmter Villen gewohnt. Sie sind mit sehr hochentwickelten Waffen ausgestattet. Auf meinem Körper sind immer noch die Spuren der Versuche zu sehen, denen man mich unterzogen hatte. Ich habe auch in Lambeze gewohnt, das ist der Gang der zum Tode Verurteilten.

Si Morice mußte feststellen, daß er sich ein falsches Bild von diesem untersetzten Mann gemacht hatte. Seine Wut legte sich, und er beobachtete sein Gegenüber mit neu gewonnener Hochachtung. In ernstem Ton fragte er, ob dieser Grenzübergang unerläßlich sei.

– Ich denke schon. Warum diese Frage?

– Weil diese Operation einige Menschenleben kosten wird.

– Erklären Sie mir das.

Nachdem sie ihre Gläser geleert hatten, verließen die beiden Männer die Grotte, um sich auf Si Morices Lieblingsfelsvorsprung niederzulassen. Es dämmerte. Man hörte die letzten Vogellaute. Der Wald öffnete sich der nächtlichen Fauna. Si Morice hob den Arm zu der Befestigung, die nach ihm benannt bleiben würde.

– Dort ist sie, die „Morice-Linie“, zwei Kilometer von hier. Sie ist so kunstvoll gebaut, daß viele Tiere sie nicht mehr überqueren können. Sie sind ihren Nachbarn fremd geworden. Die algerischen Wölfe können ihre tunesischen Brüder nicht mehr treffen, um eine einzige Horde zu bilden. Selbst die Füchse mit ihrem nachgiebigen Rückrat bleiben hängen. Statt dessen kommen die Hasen auf ihre Rechnung. Wenn sie

verfolgt werden, laufen sie immer in Richtung Stacheldraht. Das Niemandsland ist voll von ihren Bauten. So sterbe ich wenigstens nicht an Hunger.
Der Besucher beobachtete den Horizont und versuchte, die legendäre Linie zu finden.
– Sinnlos, sich darauf zu konzentrieren. Sie werden nichts sehen.
Si Morices Gefährte blieb still, aber aufmerksam.
– Wir brauchen drei Kommandos, um die Drähte an mehreren Orten zu durchschneiden, damit die Kanonen, die auf die Vibrationen des Zauns reagieren, nicht mehr wissen, in welche Richtung sie schießen sollen. Das bringt zwei, maximal drei Tote. Unsere Gruppe wird aus fünfzehn Personen bestehen. Mitten im Feuerwerk werden wir die Maultiere, die Sie bis dahin getragen haben, gegen die Linie treiben, damit diese den Großteil von Minen zum Explodieren bringen, bevor sie in Fetzen fliegen. Und Sie achten darauf, in deren Spur zu bleiben. Natürlich werden Sie als letzter gehen. Auf diesen fünfzig Metern werden uns ein oder zwei Männer verlassen. Trotz ihrer zerfetzten Glieder oder verstümmelten Körper dürfen Sie sich nicht von ihren durchdringenden Schreien aufhalten lassen und müssen weiterlaufen. Wir können zwanzig Drähte kappen, aber nicht mehr. Danach wird jede Zange einen Kanonendonner entfachen. Die Treffgenauigkeit ist bestürzend. Unter den Stacheldrähten sind andere Minen gelegt. Einige der Männer, die zuerst unter ihnen durchkriechen, werden mit ihnen in die Luft gehen. Dann müssen wir wie die Verrückten laufen, um dem Panzerfeuer zu entgehen, denn ihre Aufklärerraketen machen die Nacht greller als die Mittagssonne den Tag. Wenn wir dem entgehen, befinden wir uns erst im Fangnetz der zweiten Linie. Ich werde erneut mit den Zangen arbeiten. Das ist weniger riskant. Mit zunehmender Entfernung verlieren die Anschlüsse an Präzision. Dieser Verhau dient nur dazu, uns aufzuhalten. Dann können wir zu

ernsteren Dingen übergehen. Wir werden erschöpft sein, obwohl wir gerade jetzt das Tempo beschleunigen müssen. Die Partisanen, die uns begleiten, sind in der Lage, ein solches Tempo einzuhalten. Aber auf Sie werden wir warten müssen. Und ganz in der Nähe der rettenden Grenze werden wir Ausschau nach Fallschirmjägern halten, die von den Hubschraubern abspringen. Mit denen dürfen die Überlebenden, in der Hoffnung, Ihre Flucht damit zu begünstigen, in Nahkampf gehen. Am Ende dieses Unternehmens werden nur einige wie durch ein Wunder überlebt haben.

Der kleine Mann blieb lange still.

– Mein Begleiter und ich haben den Auftrag, bei unseren Führern, die in Tunis leben, mehr Waffen und Menschen anzufordern. Unsere Partisanen werden von der französischen Armee erdrückt.

– Aber wo sollte man sie durchschleusen?

– Das ist es ja. China hat uns Waffen versprochen, die diese Linie sprengen könnten. Wo sind die gelagert? Worauf wartet man, um sie zu liefern? Unsere Verantwortlichen auf der anderen Seite der Grenzen beschäftigen sich mit Manövern, die uns nicht gefallen. Wir müssen diese Situation aufklären.

Si Morice dachte, daß mit solchen Instrumenten das Spiel weniger aufregend würde.

– Ich glaube, daß ihre Mission einige Opfer verträgt. Wir starten übermorgen. Aber ich muß Sie warnen.

– Wovor?

– Wenn die Kanonen donnern, die Raketen den Wald erhellen, der Panzerbeschuß losgeht, wenn der Himmel von einer Hubschrauberwolke verdunkelt wird, dann wird eine panische Angst die Brust Ihrer Männer zusammendrücken, ihre Sprunggelenke lähmen, und sie werden sich auf den Boden werfen, unfähig, die geringste Bewegung zu machen, armselig, aber noch heil. Sie werden an der Stelle, an der sie hingefallen sind, sterben.

– Was raten Sie mir also?
– Ich habe noch einige Gramm Kif. Vor unserem Abmarsch biete ich ihnen zwei Zigaretten an. Sie werden sehen, die Reise wird Ihnen wie eine Vergnügungstour vorkommen.

Si Morice machte eine Pause, um sich am Interesse seiner Zuhörer zu weiden. Sein Essen war kalt geworden, aber der Inhalt der Flasche hatte sich sichtlich verringert. Mit einer lebhaften Kopfbewegung forderte Saïd ihn auf, weiterzureden.
– Die erhofften chinesischen Bomben sind niemals angekommen. Die Zeit der mageren Jahre brach an. Die Schleppdienste wurden seltener. Ich langweilte mich zu Tode. Ich verbrachte meine Tage damit, zu wildern oder zu träumen. Ich hatte sogar an Gewicht zugenommen.
Nach und nach hatte in Si Morices Kopf eine Idee Gestalt angenommen. Ohne wirkliche Überzeugung verfaßte er einen Brief, ließ ihn aber einige Tage in seiner Höhle liegen. Dann beschloß er, ihn dem Waldhüter mitzugeben, der ihm als Lieferant und Kurier diente. Dieser sollte den Brief bei seinem nächsten Aufenthalt in der Stadt aufgeben. Der Bewohner der Wildnis war Bote der Partisanen, wurde aber auch verdächtigt, ein Spitzel der französischen Armee zu sein.
Si Morice verließ ihn, nachdem er seinen ganzen Rotweinvorrat ausgetrunken hatte. Er fragte sich, ob er den Brief tatsächlich aufgeben oder ihn einer der Parteien zutragen würde, deren Spion er war.
Drei Monate später tauchte der Waldhüter in Si Morices Höhle auf, in der Kapuze seiner Kachabia befanden sich zwei Flaschen mit langem Hals.
– Die Tage sind wohl sehr ruhig? fragte er als Einleitung.
– Trister als ein Leben ohne Liebe.
Der Besucher entkorkte die erste Flasche und reichte sie seinem Gastgeber.

– Ich hab die Gläser vergessen, meinte er.
– Wir können darauf verzichten.
Sie tranken in aller Stille, dann erhob sich der Bote und kündigte an, daß das Paket angekommen sei. Er fügte hinzu, daß er es, da es sehr umfangreich wäre, nicht lange bei sich behalten könne.
– Außerdem sind die Reserven in meinem Keller nicht unerschöpflich. Wann wirst du die Lieferung in Empfang nehmen?
– Noch heute Nacht.
Als Si Morice die Tür der Hütte aufstieß, sah er an den beiden Enden eines riesigen Tisches zwei Köpfe, die, von einer Batterie leerer Flaschen getrennt, berauscht hin und her wackelten. Jo entdeckte ihn, erhob sich mit überraschender Lebendigkeit, lief ihm entgegen und warf sich an seinen Hals. Sie rieb ihre Wangen lange am Dreitagesbart des Partisanen. Dann machte sie sich los, um Si Morice besser betrachten zu können.
– Sag einmal, du schaust ja wir ein Guerillero aus.
– Aber ich bin doch einer.
– Ein waschechter?
– Ein garantiert echter Fellache.
– Du trägst die *Kachabia* und einen Bart und du schaust aus wie auf den Photos in den Zeitungen. Aber wo ist deine Waffe?
Der Mann wies auf die Kanone unter dem dicken Wollstoff seiner *Kachabia.*
– Ach so, meinte Jo enttäuscht. Die habe ich vorhin gespürt, aber ich hoffte, daß es sich um ein anderes Kaliber handelte.
– Beide können jederzeit losgehen.
Jos Augen leuchteten wollüstig auf. Sie schnappte Si Morices Hand und zog ihn zu einem Bett im hinteren Teil des Zimmers.
– Vor Ungeduld wollte ich dich schon mit diesem alten Eremiten betrügen, gestand sie ihm.

Um unerkannt zu bleiben, hatte sie sich Männerkleider angezogen. Sobald sie ihren Turban abnahm, fiel ihr prächtiges Haar in großen Locken auf ihre Schultern. Goldgelber Weizen zur Erntezeit! Ein heftiges Verlangen ließ Si Morices Körper, der solange abstinent gewesen war, erzittern. Aber er blickte in die Richtung ihres Gastgebers, der im Alkoholdunst dahinschwamm.
– Schlag ihm vor, seine Fallen überprüfen zu gehen, sagte Jo.

Kader war nun doch dem Schlaf erlegen. Si Morice betrachtete ihn mit Bedauern aber auch mit Zärtlichkeit, so wie man ein Kind beobachtet, das seine Nase im Kissen vergräbt und einschläft. Dann fand er seine Erzählung und seine Berge wieder.
Jo hatte sich nicht verändert, obwohl ihre letzte Begegnung Jahre her war. Er hatte sie in Paris kennengelernt, als ihr Mann zum französischen Botschafter in Ottawa ernannt wurde. Sie hatte sich geweigert, diesen zu begleiten. Sie war im Pariser Stadtteil Marais geboren worden, hundert Meter vom Haus Victor Hugos entfernt. Sie behauptete, daß sie diese alten Steine und Häuser liebte und es nicht ertragen würde, in einem Käfig aus Glas und Stahl zu leben. Wenn sie den schönen Akzent ihrer Verwandten aus Kanada auch liebte, so rechtfertigte dies nicht ein so weites Exil. Der Diplomat insistierte nicht lange, war sogar recht froh, daß er den Ozean zwischen sich und die Launen seiner so eigenwilligen Gattin schieben konnte. Sie hielt ihm jedoch sein schwächliches Verhalten vor.
– Dieser Undankbare hatte alle vergessen, die ich in meinem Bett aufnahm, damit er seine Karriere machen konnte. Mein Geschlecht hat sehr wohl seine Schuldigkeit getan.
An einem regnerischen Morgen sah sie eine Gruppe Touristen, die die Fassade von Notre-Dame Meter für Meter abknipsten. Jo regte sich darüber auf, bedrohte sie mit ihrem

Regenschirm. Ihre Hand blieb an Si Morices Ärmel hängen, der den Platz gerade überquerte.
– Siehst du diese Ausländer, die unsere historischen Bauten klauen?
Si Morice bemerkte, daß sie betrunken war, und befreite sich von ihrem Griff.
– Natürlich, rief sie ihm nach. Du als Araber weißt ja gar nicht, was diese Kathedrale bedeutet. Du hast sicher nicht einmal Victor Hugo gelesen.
Er hörte das Klappern von Stöckelschuhen und drehte sich gerade noch rechtzeitig um, um den Regenschirm abzuwehren, der über seinem Kopf geschwungen wurde.
– Verdammter Kanake, flüsterte sie in einer giftigen Alkoholwolke.
Si Morice klopfte ihr freundlich auf die Wange und drehte sich um.
– Gehen wir etwas trinken? schlug sie ihm plötzlich vor.
Mit dieser Beschäftigung hatte sie offensichtlich die ganze Nacht zugebracht.
– Tut mir leid, ich hab keine Zeit dazu.
– Ficken wir miteinander?

Sie liebte es, bei ihm zu jeder Tages- und Nachtzeit aufzutauchen, um mit ihm sexuelle Spiele zu beginnen. Wogen von Wollust. In den Pausen bestürmte sie ihn mit verrückten Plänen. Auf ihr Betreiben schwänzte er wieder einmal seine Vorlesungen, um mit ihr die berühmtesten Bordelle Oraniens zu besichtigen. So lernten sie Raï-Sängerinnen kennen, die in solchen Etablissements auftraten, und nahmen an den nicht enden wollenden Zechgelagen teil, die jeder Aufführung folgten. Jo half im Bordell hie und da aus, um das Leuchten in den Augen so manches kräftigen Pferdehändlers, der von ihrem hellen, sandigen Teint verzaubert war, zum Erlöschen zu bringen.

– Eine verrückte Zeit, meinte Si Morice, um sich zu rechtfertigen. Viele von uns gefielen sich in diesen Ausschweifungen, im unbewußten Verlangen, die Ausweglosigkeit unseres Schicksals eines kolonialisierten Volkes zu verleugnen. Die Söhne der algerischen Aristokratie rollten lieber unter den Tisch anstatt ihre Bitterkeit immer und immer vor sich herzutragen. Unsere Übelkeit am nächsten Morgen war nicht nur auf den Alkoholmißbrauch zurückzuführen.

Als Jo sich wieder anzog, bedachte sie Si Morice mit einem bewundernden Blick.
– Du hast nichts von deiner Männlichkeit verloren.
– Hier haben wir kaum die Möglichkeit, uns in einer solchen Schlacht zu beweisen. Was ist aus deinem geschätzten Mann geworden?
Jo nahm an, daß er in Ungnade gefallen war, sicherlich weil es ihm nicht gelungen war, für sie eine genauso feurige Nachfolgerin zu finden.
– Er repräsentiert unser hehres Vaterland, das offiziell immer noch das deine ist, und zwar in irgendeiner asiatischen Diktatur.
Sie betrachteten einander lange, jeder war erstaunt, die Zerstörung des Alters im Gesicht des anderen feststellen zu müssen.
– So bist du also einer jener Rebellen geworden, die von unseren Truppen täglich seitenweise in den Zeitungen niedergemetzelt werden?
– Zu Diensten.
Jo löcherte ihn mit Fragen.
– Ist das gefährlich? Kämpft ihr oft? Mit richtigen Kugeln? Wie in den Filmen? Kann ich das einmal sehen? Wirst du mich mitnehmen?
Si Morice erklärte ihr, daß seine Grotte genauso bequem war, wie ihr hübsches Nest im Pariser Marais.

– Schlafen deine Männer dort? Wielange haben sie schon keine Frau gesehen? Das wird ja aufregend.
– Bei mir ist niemand.
Jo verstand nicht, daß ein Kompagniekommandant so weit von seinen Männern entfernt leben konnte. Als sie erfuhr, daß er weder Hauptmann noch Truppenführer war, lächelte sie ihm überrascht aber vertrauensvoll zu.
– Das erklärst du mir am Weg.
– Gehen wir. Draußen steht ein kräftiges Maultier, das auf die zärtliche Berührung deiner schlanken Beine an seinen Flanken wartet.
Nachdem sie ihre Sachen gepackt hatte, gab Jo dem Waldhüter einen feuchten, vielversprechenden Kuß. Sie fand die Reise auf dem Maultierrücken sehr lustvoll. Sie gestand ihrem Begleiter, daß sie sich in Paris langweilte, da die leidenschaftlichsten, kernigsten jungen Männer sowohl unter den Kolonialisierten als auch unter den Kolonialherren die Stadt verlassen hatten, um sich in den Bergen Algeriens gegenseitig umzubringen.
– Dafür wimmelt es in Algier von schönen Fallschirmjägern. Sie sind stark, braungebrannt und gewalttätig. Ich hätte mich einigen von ihnen beinahe hingegeben. Aber der Begleiter, den du mir geschickt hast, war unerbittlich. Auch er war übrigens nicht abstoßend. Ich war sowohl für seine schönen Augen als auch für seine kaltschnäuzige Art empfänglich. Aber er war wie ein Mönch. Keinen einzigen Augenblick auf der langen Reise legte er die Hand auf mein Knie, das an das seine streifte.
Nach drei Tagen in der Grotte wurde Jos Enttäuschung offensichtlich.
– Ich versteh eure Angelegenheit nicht. Wo spielt sich denn euer Krieg nun ab? Wo sind die Scharmützel, die Hinterhalte, die bombardierenden Flugzeuge, die brummenden Hubschrauber, die dröhnenden Panzer, die brennenden Dörfer,

die Asche und das Blut, all diese Bilder, die man in den Nachrichten sieht? Ist das pure Angeberei? Macht ihr Kratzfüße voreinander? Meine Herren Araber, schießen Sie bitte zuerst! Als ich zu dir fuhr, bin ich größere Gefahren eingegangen als du, der hier in seiner Höhle hockt und von ein paar Wildschweinen umgeben ist.

– So wisse, daß es sowohl im Partisanenkampf als auch in der Fabrik eine Aufgabenteilung gibt. Jeder hat seine Rolle zu spielen.

– Was ist die deine?

Si Morice versuchte, ihr die strategische Bedeutung seiner Funktion zu erklären. Mit der heftigen Kopfbewegung, die ihm so vertraut war, warf sie ihr Haar auf die linke Schulter, bevor sie anmerkte, daß es auch bei den Fluglinien eine Aufgabenteilung gebe, aber daß das Prestige des Latrinenputzers nie an das des Bordkommandanten herankäme.

Natürlich blieb Jos Anwesenheit nicht unbemerkt.

– Dafür wird der Waldhüter schon gesorgt haben, nahm Si Morice an.

Sein Vorgesetzter ließ ihn rufen und befahl ihm, sich von dieser Hure zu trennen. Neben dem Kommandanten stand dessen Untergebener, ein Albino, gut aufgelegt wie immer. Er genoß jedes Wort dieser Schimpftirade.

– Sie muß weg! Wenn man Wind von ihrer Anwesenheit bekommt, wird man uns beschuldigen, sie als Geisel zu halten.

Si Morice lachte ihm ins Gesicht. Er wußte sehr wohl, daß die Soldaten der Kompanie wie Fische im Wasserglas waren, wo der Sauerstoff langsam zu Ende ging, und nur er war in der Lage, ihnen hie und da ein paar Luftblasen zukommen zu lassen, indem er sie mit Waffen und Munition versorgte.

– Wenn du nicht gehorchst, schicke ich den Albino zu dir. Er wird sie schon dazu bringen, daß sie abhaut.

Jos Langeweile wuchs, und ihre Bemerkungen wurden immer bissiger. Sie sagte, während sie sich ohne Appetit über einen gebratenen Hasenschenkel hermachte:
– Ich muß feststellen, daß ihr euch mehr mit dem Wild als mit dem Feind beschäftigt. Ihr dezimiert nicht den Feind, sondern die Tiere des Waldes.

Si Morice erhob sich um sein Glas nachzufüllen. Er war erfreut darüber, daß Saïd und Rabah ihn mit offenen Augen anstarrten.
– Einige Zeit später erhielt ich den Besuch des Albinos. Wie alle anderen seines Schlages hatte er schrecklich rote Augen. Er war der Doppelgänger des Kommandanten in Gestalt eines Urmenschen, ein stummer, aber heiterer Zerberus, vertrauenswürdig, konnte alle schmutzigen Geschäfte erledigen, der einzige ehrliche Bote, wie eine unerschütterliche Schildwache, die über den Schlaf ihres Meisters wachte. Er hörte nie auf, zu lächeln. Er lächelte beim Essen, Sprechen, Schlafen, Töten, ich war sicher, daß er auch seinen letzten Atemzug lächelnd machen würde. Eines Tages überraschte er mich, als ich aus der Höhle kletterte. Ich dachte, nur der Waldhüter wußte, wo ich hauste.
Die blutroten Augen, die von einer erstaunlichen Beweglichkeit waren, musterten Si Morice mit bedrohlicher Eindringlichkeit.
– Was willst du?
– Ist das Mädchen noch bei dir?
Die Unruhe des Höhlenbewohners verstärkte die Heiterkeit des Albinos. Er hob mit einer nachlässigen Geste den Lauf seines Maschinengewehrs.
Si Morice klebte mit dem Rücken am Felsen und bedauerte es, die Waffe in seinem Bau zurückgelassen zu haben.
– Ich habe mir wohl gedacht, daß der Block der Schiiten mich an die Wand stellen wird. Jede Revolution ist purita-

nisch. Unsere Anführer scherzten mit dem Sexuellen nicht. Eine ganze Reihe wohlverdienter Mitstreiter wurde hingerichtet, weil sie dem Charme einer hübschen Partisanin oder der verwirrenden Anziehung eines aufsässigen Adonis nicht wiederstehen konnten.

Aber der Besucher setzte den Lauf der Waffe wieder am Boden auf und sagte mit fröhlichem Gesicht:

– Beruhige dich wieder, ich habe noch nicht den Befehl, dich aus dem Weg zu räumen. An jenem Tag, der meiner Meinung nach nicht allzu fern ist, wirst du nicht einmal genug Zeit haben, zu sehen, wie sich meine weißen Brauen heben. Bietest du mir Kaffee an?

– Tut mir leid, aber in diesen schwierigen Zeiten ist dieses Produkt genauso selten geworden wie eure berühmten Überfälle aus dem Hinterhalt.

– In diesem Fall begnüge ich mich mit meinem Kautabak. Willst du auch einen Priem?

– Ich dachte, eure Anführer hätten den Tabakkonsum verboten?

Der Alkohol machte Si Morices Erzählen etwas mühselig. Aber seine Ausführungen wurden überraschend lebendig, als er über die Anführer der FLN herzog.

– Wozu sollte das nützen, den Leuten das Rauchen zu verbieten? Ihrer Gesundheit galt das sicher nicht. Was sie bewirkten, war, daß die Nikotinliebhaber den Vorschriften zuwider handelten. Und viele von uns wurden dazu veranlaßt, sich mit Haschisch anzufreunden. Ich zum Beispiel. Die Dummheit der Gesetze führt zur Perversion oder zur Anarchie. Ihre schlimmsten Angewohnheiten haben sich unsere Politiker im Untergrund geholt. Waren sie einmal an der Spitze des Landes, machten sie noch mehr Fehler.

Nachdem er seiner Wut Luft gemacht hatte, erklärte Si Morice, daß der Albino nicht wegen Jo gekommen war. Er lenkte die Aufmerksamkeit seines Gegenübers auf das Militärlager der ALN, das sich auf der anderen Seite der Grenze befand. Si Morice wußte über dessen Existenz Bescheid.

– Ich habe mich gefragt, warum sie derart lange zögern, die Lücken in unseren so lichten Reihen zu schließen.

– Genauso könnte man sich fragen, führte der Albino diesen Gedanken fort, was für einen Nutzen das Kriegsmaterial hat, das sie dort unten sammeln. Es gibt dort eine Menge gut geschmierter tschechischer Waffen und soviele Kartuschen, daß man nicht mehr weiß, wen man noch damit treffen könnte.

Die gute Laune des Boten war ansteckend, und Si Morice brach in lautes Lachen aus.

– Aber unser Kommandant sagt, daß das unsere Waffenbrüder sind.

– Und wenn sie Widerstand leisten?

– Wir brauchen die Munition, wiederholte der Albino.

– Das wäre ein großartiger Skandal.

– Genau, und um diesen zu vermeiden, will unser Kommandant, daß wir französische Uniformen anziehen.

– Es wird immer besser.

– Unsere Leute sind nicht deiner Meinung. Sie weigern sich, das Käppi zu tragen. Aber sie werden gehorchen. Ich wollte nur wissen, ob es möglich ist, die Sperre in so großer Zahl zu durchbrechen.

– Das ist meine Sache. Begnüg dich damit, zu leben und dein knallrotes Gesichtchen in den Himmel zu halten. Sobald du merkst, daß ein Gewitter kommt, bringst du Soldaten mit. Versuch, eher die mageren aufzutreiben.

– Das sind sie alle. Du weißt, daß sie sich selten sattessen.

– Na dann, bis bald.

Es war nicht schwer, Jo dazu zu überreden, wegzugehen. Sie erhob nur aus Prinzip Protest.

– Warum gerade jetzt?

– Es wird eine große Operation geben. In einigen Tagen wird es hier mehr Hubschrauber als Mücken geben.
– Da passiert endlich was?
– Ich weiß, daß du davon träumst, in die Arme eines Mannes in Leopardentarnkleidung zu sinken. Aber sie schießen von weitem, mit dem Maschinengewehr. Du läufst Gefahr, für einen der unsrigen gehalten zu werden. Mein Kommandant möchte einen solchen Zwischenfall nicht. Versuche, nicht mit allen Männern zu schlafen, die dich zurückbegleiten.
– Warum? Bist du eifersüchtig?
– Mit dir wäre das reiner Selbstmord. Aber der Atavismus dieser Männer macht ihre Vorstellungen engstirnig und ihre Gesten brutal. Sie ficken dich sicher mit Verve und behandeln dich nachher wie eine Hure. Damit verlierst du den Respekt, der dir als Gattin eines hohen Staatsbeamten zusteht, und ich verliere meinen Ruf als guter Verführer.
– Glaubst du, daß wir uns eines Tages wiedersehen werden?
– Klar.
– Wann?
– Wenn du mich nicht mehr „Kanake“ schimpfen kannst.
Sie brach in Lachen aus.
– Sollte ich das an dem Eifer messen, mit dem ihr euren Kampf führt, werden wir alt und bucklig sein und das Zipperlein haben. Dann können wir nur mehr auf einer Parkbank sitzen und von unseren tollen Eskapaden von früher reden.
– Unsere Anführer sind optimistisch. Sie meinen, daß der Sieg kurz bevorsteht.
– Vielleicht wirst du getötet.
– Das wäre gar kein so schlechtes Ende.

Si Morice verschonte seine Zuhörer mit der Schilderung des Abschieds.
– Wie seid ihr mit der Truppe des Albinos durch den Stacheldrahtverhau gekommen? fragte Palsec.

– Ihr kennt doch die Heftigkeit unserer Gewitter. In wenigen Augenblicken füllen sich die trockenen Wadis mit Wasser, schwellen an und reißen mit ihrem Wasser alles mit, was sich in ihrem Flußbett befindet. Die Regenflut grub tiefe Gräben, in denen man das Niemandsland gefahrlos überqueren konnte. Es genügte, unter den Stacheldrähten durchzuschlüpfen. Es gab weder Alarm noch Bombardements.

9

Als Kader am nächsten Morgen ins Spital kam, ging er direkt in den Pavillon für Magen- und Darmerkrankungen zu Professor Meziane.
Er zog den Stuhl zum Kopfende des Bettes, nahm sich nicht einmal die Mühe, ihn zu begrüßen, so, als hätte er ihn eben verlassen. Ein langer Moment der Stille verging, in dem jeder sich bemühte, die Anwesenheit des anderen zu ignorieren.
– Ich bin gerade dabei, die Situation eines Kranken von der betroffenen Seite her kennenzulernen, murmelte Meziane endlich. Das wird mir in Zukunft sehr nützlich sein. Obwohl ich Professor bin, fühle ich mich hier abhängig von den Worten meines Kollegen. Sein Urteil ist wie ein Orakel für mich. Und, ohne es zugeben zu wollen, fürchte ich mich vor dem Moment, in dem ich in den Operationssaal hineingeschoben werde. Habe ich Angst vor dem Tode? In meinem Alter und in meinem Beruf ist das wohl nicht angebracht.
Meziane liebte lange Reden. Kader erinnerte sich, daß er bei seinen Vorlesungen, sobald er bemerkte, daß die Aufmerksamkeit der Studenten nachließ, lange Ausschweifungen machte, um die Stille in diesem riesigen Hörsaal wieder herzustellen. Seine Stimme wurde lauter, die Redegeschwindigkeit langsamer. Seine Gesten wurden ausladender, majestätisch, während 300 Kugelschreiber auf die Schreibpulte

aufgesetzt wurden. Auch die zerstreutesten Studenten unterbrachen ihre Träumereien. Der, der den Schenkel seiner Nachbarin streichelte, zog die Hand zurück. Die Lebhaftesten zeigten sich lammfromm. Und auch vom entferntesten Punkt der ansteigenden Stufen sah man, wie der kleine Mann am Pult größer zu werden schien. Er wuchs zu einem Riesen an und nahm den ganzen Raum in Besitz.

Ein tragischer Schauspieler, der als Professor wiedergeboren wurde. Er duzt alle und weist mit dem Zeigefinger auf sie. Sie hängen an seinen Lippen. Er schmeichelt ihnen, rügt sie. Er schreitet vor, geht ein paar Schritte zurück, klettert ein paar Stufen hinauf, geht wieder hinunter. Er legt Pausen ein, dann schwillt seine Stimme an. Er ist gleichzeitig spöttisch, ernsthaft, sarkastisch, feierlich. Er senkt den Ton, und alle spitzen die Ohren, um von der Anektote nichts zu versäumen. Sie geraten in Versuchung, auf Grund der so offensichtlichen Moral, die er aus der Geschichte zieht, zu applaudieren, aber er hat seine Vorlesung schon wieder aufgenommen und ist zu den üblichen Dimensionen zurückgekommen.

Kader erinnert sich daran, ihn eines Tages in einer Warteschlange um einen Liter Öl vor dem Supermarkt gesehen zu haben. In der hektischen Menge wurde seine magere Gestalt von vorne und hinten eingeklemmt. Stoisch ertrug er das Gerempel, ohne sich zu beschweren, während die Chauffeure einiger Staatswagen beim Hintereingang des Geschäftes herauskamen, die Arme voller Lebensmittel.

Kader war entsetzt darüber, mitansehen zu müssen, daß sein Meister zu einem solchen langen, demütigenden Warten verurteilt war. Er fragte sich, wieviele kranke Menschen der Professor in dieser Zeit hätte heilen können. Er schloß daraus, daß in seinem Land fünf Liter Öl einige Menschenleben aufwogen. Er schämte sich dafür. Mit gesenktem Kopf drehte er sich weg. Aber Meziane rief ihn. Er schien entzückt.

– Da kannst du sehen, daß mich mein Titel nicht von den

täglichen Pflichten der Ernährungsbeschaffung befreit. Du bist im Unrecht, wenn du dich darüber aufregst, daß der dubioseste Bürokrat besser behandelt wird und mehr Lebensmittel erhält, als ich. Meine Funktion als Klinikchef gibt mir genug Befriedigung, so daß ich es ohne Drama akzeptieren kann, einmal ohne Kaffee auszukommen, wenn er gerade rationiert ist. Der kleine Angestellte, der sicher pausenlos von seiner Arbeit frustriert ist, glaubt, daß er umkommt, wenn er keine Butter hat, die er sich aufs Brot streichen kann. Mich flehen die Mächtigen an, sie wieder gesund zu machen, ihn schreit sein Chef nieder. Wenn er sich durchboxt, um ein Fernsehgerät zu bekommen, dann deshalb, weil er es dringender braucht als ich. Wenn er nach Hause kommt, will er die Schikanen des Tages vergessen. Ich jedoch nehme mir meine Akten mit. Er hat Eile, sein Büro zu verlassen, ich jedoch vergesse oft das Abendessen.
So hatte Kader mitten in einem lärmigen Geschäft eine Privatstunde bekommen.
– Du bist nicht einer meiner brillantesten Studenten, aber du wirst mein bester Schüler sein. Ich möchte, daß du sofort bei Beginn deines Turnus' auf meine Abteilung kommst.

Kader blieb sorgenvoll.
– Was beschäftigt dich so? fragte ihn der Bettlägrige.
– Ich glaube, ich habe eine Dummheit gemacht.
– Schon jetzt?
– El Msili wollte unsere Krankenkarteien konfiszieren. Ich habe die Gebetsstunde dazu benutzt, sie verschwinden zu lassen. Er wird darüber nicht sehr zufrieden sein.
Meziane nickte. Kader konnte nicht erkennen, ob er seine Initiative begrüßte oder nicht.
– Das wichtigste ist, daß du zu deiner Tat stehst.
Kader weigerte sich zuzugeben, daß eine Gesellschaft sich auf Haß und Intoleranz gründen kann.

– Wer sind diese Männer? Und warum sind sie ohne Mitleid?
Der Professor machte eine vage Geste.
– Sie sind die wurmigen Früchte der sozialen Ungerechtigkeit, sie sind ein lebender Vorwurf. Sie sind in den Kellern und Slums aufgewachsen. Was gibt es da Normaleres, als auch einen Platz an der Sonne zu verlangen.
– Was mich so erschreckt, ist ihr völliger Mangel an Mitleid. Ich weiß, daß El Msili die ganze Erde verwüsten könnte, ohne jemals seinen Haß zu stillen.
– Das Böse ist bereits geschehen.
Meziane war überzeugt, daß die Menschen mehr Sicherheiten als die Wahrheit brauchten. Der Weg zur Wahrheit aber war der härteste. Er verstand, daß man dem Imam glauben konnte, der versicherte, daß die Erde auf den Hörnern eines Stiers ruhte, und nicht Kopernikus, der verlangte, daß man sich mit den Gesetzen der Schwerkraft vertraut machte.
– Das Problem ist, daß die Suche nach Gerechtigkeit, die dem Menschen innewohnt, oft zu den größten Verirrungen geführt hat. Aber kann man auf dem Skeptizismus eine Moral gründen? Ich glaube nicht. Der, der vereinigen will, darf niemals zweifeln, er muß immer bekräftigen.

Louisa wartete auf Kader vor der Tür zu seinem Büro.
– Hat man Sie hereingelassen?
Das Lächeln, das sie an ihn richtete, war voll der zärtlichen Erinnerung an ihren gemeinsamen Spaziergang. Aber Kader schien alles vergessen zu haben. Sie hatte nur einen sorgenvollen Arzt vor sich.
– Wenn ich recht verstanden habe, haben Sie keine Ausbildung als Krankenschwester.
– Ich wiederhole Ihnen, daß ich vier Jahre Medizin studiert habe.
– Das ist nicht dasselbe.
Angesichts ihrer Wut bedauerte Kader die Direktheit seiner

Bemerkung. Als Zeichen der Entschuldigung kratzte er sich die Wange.

– Ich werde ihnen die Oberschwester vorstellen. Professor Meziane ist ihr Bruder.

– Ich weiß.

Beeindruckt hob Kader leicht die rechte Augenbraue. Er dachte, daß die junge Frau etwas zu selbstsicher war.

Nefissa schien um zehn Jahre gealtert. Diese Vierzigjährige war der gute Geist der Abteilung. Seit sieben Uhr morgens machte sie nichts anderes, als die Gänge abzugehen, ihre Assistentinnen zu beraten, den Besuchern Auskünfte zu erteilen, den Ärzten behilflich zu sein, die Kranken zu beruhigen. Sie kam und ging, ohne Unterlaß mit Fragen überhäuft, aber immer zur Verfügung. Manche Ärzte hatten, als sie auf die Station kamen, Professor Meziane der Vetternwirtschaft verdächtigt. Sie hatte die zweifelnde Ärzteschaft nach einigen Tagen eines besseren belehrt. Der Professor hatte zwei Jahre gebraucht, um seine Schwester zu überreden, Paris zu verlassen, wo sie ihren Beruf ausübte, und ihn zu unterstützen. Ihre Diplome und ihre Berufserfahrung waren kostbar. Nach einem Monat wurde sie mehr verehrt als ihr Bruder. Sie schien dazu geboren, Worte des Trosts zu sprechen, beruhigende Gesten zu machen. Kader hatte den Eindruck, von ihr mindestens ebensoviel gelernt zu haben, wie von seinem Lehrer. Seit ihrer ersten Begegnung waren sie Komplizen.

Kader wußte, daß Nefissa die schlimmsten Schmähungen über sich ergehen lassen mußte, als sie einen Franzosen, einen Juden obendrein, heiratete. In ihrer Kindheit waren sie Stiegennachbarn gewesen. Sie hatten gemeinsam gespielt, waren Hand in Hand zur Schule gegangen. Sie verstanden sich so gut, sahen einander so ähnlich, daß man sie für Bruder und Schwester hielt. Wenn Nefissa einige Stunden abwesend war, wußten ihre Eltern, daß sie sich in der Nebenwohnung be-

fand. Wenn Joseph seinen Teller nicht leeraß, wußte man, daß er nebenan bereits gegessen hatte. Als Jugendliche blieben sie unzertrennlich und gingen sogar gemeinsam ins Gymnasium. Am Vorabend der Unabhängigkeit beschlossen Josephs Eltern, nach Paris zu emigrieren. Es war ein Tag im Juni. Nefissa und Joseph gingen solange am leeren Strand entlang, daß sie sich verloren vorkamen. Ein leichter Nebel hüllte die Stadt stufenweise ein. Der Sand wich vor ihren Füßen zurück. Sie wagten nicht, sich anzusehen oder miteinander zu sprechen. Und plötzlich fielen sie sich leidenschaftlich in die Arme.
Sechs Monate später war Joseph wieder zurück. Er gestand Nefissa, daß er sich an die Hektik der französischen Hauptstadt nicht gewöhnen konnte.
Die Wohnung, in der er das Licht der Welt erblickt hatte, war jedoch bereits besetzt: die lärmende Familie eines Kanalräumers der Kasbah, der täglich mit seinen vier Eseln von der Arbeit nach Hause kam, wohnte hier. Die Tiere schliefen in der Eingangshalle des Gebäudes. Durch Bezahlung seiner Mietrückstände erreichte Joseph, daß der Magistratsbeamte die Tür zu der Wohnung im unteren Stockwerk, die noch immer leerstand, aufbrach. So konnte sich der andere Mieter mit seiner Kinderschar dort einrichten. Dann wurde Joseph bei Nefissas Vater vorstellig, um die Hand der Tochter zu bekommen. Umsonst. Ein kostspieliger Imam mußte gekauft werden, der die Gebete sprach, die für die Vereinigung der beiden Kinder unterschiedlicher Religionen notwendig waren.
Sie waren jedoch sovielen Anfeindungen ausgesetzt, daß sie sich doch dazu entschlossen, den Ort ihrer gemeinsamen Kindheit zu verlassen und nach Frankreich zu gehen. Joseph starb zwei Jahre später bei einem Autounfall.

Nefissa empfing Kader mit einem fragenden Blick.
– Die Stimmung deines Bruders ist besser als meine, erklärte dieser ironisch. Ich vermute stark, daß er dabei ist, einige neue

Vorlesungen für uns vorzubereiten. Er wird uns damit bei seiner Rückkehr bombardieren. Auf jeden Fall weiß ich, daß viele Gedanken in seinem Kopf herumschwirren.
Bekümmert merkte er an, daß der Pavillon seines Kollegen sauberer wäre als sein eigener. Als Bettlägriger hatte er Zeit, die Kakerlaken zu zählen, die das Zimmer bevölkern, sobald es dunkel wird. Er nimmt an, daß diese Viecher bei uns noch besser gedeihen. Er will den Grund dafür wissen. Macht euch bei seiner Rückkehr auf einige Veränderungen gefaßt. Ich sehe ihn schon, wie er ab sieben Uhr morgens tadelnd herumgeht. Ich rate euch, alle Insektenvertilgungsmittel zu horten, derer ihr habhaft werden könnt.
– Wenn man uns die Freiheit dazu läßt, seufzte Nefissa. Unsere Wächter haben eine originelle Entscheidung getroffen: die männlichen Ärzte dürfen die Krankensäle nicht mehr betreten. Und ich mache dich darauf aufmerksam, daß El Msili dich erwartet. Ich wußte nicht, daß du die Anlagen zum Dieb hast.
Wie immer begnügte Kader sich damit, einen krummen Rücken zu machen. Er beglückwünschte sich zu seiner Sorglosigkeit, die ihn davon abhielt, die Konsequenzen seiner Taten vorauszusehen.
Er packte Louisa am Arm und stellte sie Nefissa vor.
– Ich glaube, du kennst unseren Neuzuwachs.
Das komplizenhafte Lächeln beider freute den Gynäkologen. Die eine war zwar älter als die andere, das Gesicht der einen faltig, das der anderen frisch erblüht, aber beide waren gleich schön, und beide bedachten ihn mit einem netten Blick.

Zwei Unbekannte bewachten den Eingang zum Krankenzimmer. Der eine bedeutete Kader, daß er ohne Erlaubnis von El Msili nicht eintreten könne. Dieser tauchte ein paar Sekunden später in einem makellosen Qamis auf. Er hatte seinen Bart parfümiert und seine Lider mit Kohlestift nachgezeich-

net. Er hatte bereits die kleinen Gesten des Herrschers angenommen, die Beflissenheit ausdrücken sollten, aber nichts anderes als seine Verachtung unterstrichen. Er war von Höflingen umgeben, bei jedem Schritt amtshandelte er. Dabei zeigte er sich leutselig. Er stimmte zu oder korrigierte. Er gab mehr Vorschläge als Befehle. Als er den Arzt bemerkte, schob er seine Begleiter mit dem Handrücken weg, und die Züge seines Gesichts wurden hart.
– Ich muß mit Ihnen sprechen, sagte er.
– Hinter dieser Tür liegt eine Diabetikerin, deren Blutdruck ich messen muß.
– Es gibt wichtigere Dinge.
– Sie ist bereits blind. Sie trägt ein totes Kind. Sie muß operiert werden, so schnell es geht.
– Ich warte oben auf Sie.
El Msili drehte ihm den Rücken und entfernte sich mit kleinen Schritten, gefolgt von seinem Hofstaat.

Kader irrte untätig in den Gängen umher, konnte weder zu seinen Kranken noch in sein Büro. Er fragte sich, welcher Fluch über seinem Land lag, der El Msili gestattete, über Meziane zu herrschen. Er war überzeugt davon, daß die Wurzeln dieses Übels in einer frühen Vergangenheit lagen und daß jene, die den Mord seines Vaters angeordnet hatten, den Urspung dieses Hurrikans verursacht hatten, der nun das Land verwüstete.
Er merkte, wie ihm schlecht wurde. Er hatte Lust, Louisa zu treffen. Er entdeckte sie beim Sterilisieren von Instrumenten, ernsthaft und fleißig wie eine neue Schülerin.
– Es ist Mittag. Wenn Sie Hunger haben, könnte ich Ihnen ein Sandwich mit gehacktem Fleisch anbieten.
– Die Einladung seines Chefs verweigert man nicht.
Kader führte seine Begleiterin zu den Höhen des Spitals, die vom Personal weniger frequentiert wurden. Er versuchte mit

kleinen Fragen, sie zum Reden zu bringen, denn er wußte nichts von ihr. Aber er stellte fest, daß seine Neugier Louisas Schweigsamkeit nur noch verstärkte, während Traurigkeit ihren Blick trübte. Er hörte auf damit, sie mit Fragen zu quälen. Sie setzten sich auf eine Bank. Die junge Frau hatte ihr Sandwich noch nicht einmal angerührt.

– Ich haßte meinen Vater, sagte sie plötzlich.

Mit einer Kopfbewegung forderte Kader sie auf weiterzuerzählen.

– Ich nehme an, daß er so tun wollte, als könne er neu anfangen. Mit dreißig hatte er beschlossen, die familiären Bande zu durchtrennen, und verließ ohne Gewissensbisse und ohne Bedauern die Berge Kabyliens, seiner Heimat, seine Frau und seine Kinder. Er emigrierte nach Constantine. Was für ein schreckliches Ereignis hatte diesen Landarbeiter dazu veranlaßt, das Land gegen die Stadt einzutauschen? Mokrane, der den Anfangsbuchstaben A seines Namens von nun an wegließ, verleugnete damit auch seine Vergangenheit.

Es gelang ihm, vom Agrarhandel auf den Handel mit Edelmetallen umzusteigen. Mit Ringen, Ketten, Armbändern, Ohrgehängen beladen, ging er durch die Straßen und bot seinen Schmuck den eleganten Städterinnen an. Der ehemalige Bergbewohner erwies sich als sehr geschickt darin, seine Ware zu verkaufen, und verfügte bald über einen stolzen Besitz mitten in der Stadt. Nach einigen Jahren hatte er die Leitung von vier Geschäften mit prächtigen Schaufenstern inne.

– Du kennst ja die Schwäche der Frauen Constantines für Gold. Keine von ihnen würde einen Schritt auf die Straße machen, und sei es nur, um Brot kaufen zu gehen, ohne mit einem guten Kilo Gold behängt zu sein.

Der reiche Bauer schätzte sich also in der Lage, eine Frau zu ehelichen. Er prüfte alle Partien, die ihm die Heiratsvermittlerinnen anboten. Kandidatinnen gab es genug, und manche von ihnen hatten eine fürstliche Mitgift von Gold, Silber und

Edelsteinen aufzuweisen. Er hatte sein Auge auf ein Lämmchen geworfen, dessen Folgsamkeit man mehr rühmte als seine Schönheit. Mokrane wurde bei ihrem Vater vorstellig, der mit einem gestickten Burnus bekleidet war und einen herrlichen Widder hinter sich herzog. Er ließ sich von einem kostspieligen Würdenträger der Stadt begleiten. Der Brauch verbietet es dem Brautwerber, seine Werbung selbst zu formulieren. Er hatte seinen Vermittler nur dadurch gewinnen können, daß er ihm versprochen hatte, eine ganze Nacht mit Ausschweifungen und Schandtaten in einer Stadt seiner Wahl zuzubringen, wo beide nicht Gefahr liefen, ihre Ehrenhaftigkeit bei einer unliebsamen Begegnung zu verlieren. So begann also das traditionelle Feilschen zwischen dem Vater der Jungfrau und dem Schmuckhändler. Wie bei jedem unredlichen Handel kam der Abschluß schnell zustande, zur Befriedigung beider Partner. Jeder war insgeheim sicher, den anderen hereingelegt zu haben.

Die Hochzeit fand einige Wochen später statt.

– Meine Mutter war blöd wie die Nacht finster. Sie glaubte, ihm bereits in der Hochzeitsnacht reinen Wein einschenken zu müssen, auch über das, was unter ihren Röcken bis jetzt vorgegangen war. Sie gestand ihm sofort, daß er mit ihr auf keine umfangreiche Nachkommenschaft hoffen dürfe.

Sie erklärte ihm, daß ihre Familie von einem Fluch belastet sei, der sie dazu verdammte, nur ein einziges Kind, eine Tochter zu zeugen. Der Ehemann grunzte unzufrieden, aber nur zum Schein. Er spreizte ihr die Beine, behielt aber für sich, daß er, was den Nachwuchs betraf, ohnehin schon gesegnet genug war. Einige Wochen später kündigte er ihr an, daß sie sich im Familienbuch als seine dritte offizielle Frau einzutragen habe. Um sie zu beruhigen, versprach er, daß er sofort nach der ersten Scheidung auch den Namen der zweiten Frau streichen lassen werde. Da sie ja nicht Jungfrau gewesen war, war sie gezwungen, ihr Einverständnis zu geben. Er hielt aber sein Versprechen nur halb: Er ließ sich von der einen scheiden, behielt aber die zweite, ohne jedoch mit ihr zu leben.

– Wie um den Fluch der Ahnen zu bestätigen, kam ich zwei Jahre später auf die Welt. Meine Mutter war darüber verzweifelt und hörte nie damit auf, mir ihre Gesten der Zuwendung streng zu bemessen. Meine Großmutter mütterlicherseits zog zu uns ins Haus.

Zart und schwächlich wuchs Louisa wie eine Treibhauspflanze auf. Wegen ihrer schwachen Konstitution wurde ihr verboten, auf die Straße zu gehen. Trotz aller Vorhaltungen Mokranes schlief sie in den Armen ihrer Großmutter. Die alte Frau begleitete sie in die Schule, wartete am Ausgang. Louisa kannte von der Stadt nur den kurzen Schulweg, den sie mit ihr ging.

– Ich glaubte, ihren Tod nicht überwinden zu können. An welcher Brust sollte ich von nun an meinen Kummer ausweinen?

Wie um diesen Verlust wettzumachen, verdoppelte der Schmuckhändler nun die Aufmerksamkeiten, die er ihr entgegenbrachte. Sie wurde seine anspruchsvolle und kapriziöse Prinzessin. Mit zunehmendem Alter jedoch wurde sie sich dessen bewußt, daß der ehemalige Feldarbeiter seiner Frau eine ganz andere Behandlung angedeihen ließ. Diese existierte nur, um ihm zu dienen. Sie erhob sich früh und verbrachte den ganzen Tag damit, zwischen Haushalt und Küche hin und her zu hasten. Sie wurde gescholten, wenn ein Gericht etwas zu stark gesalzen war, ein Hemd schlecht gebügelt, die Schuhe nicht geputzt. Louisa forderte sie vergeblich dazu auf, sich zu verteidigen, zu protestieren, sie gehorchte weiterhin, mit gesenktem Kopf, so als ob sie, von ihrem Fluch belastet, ihren Kreuzweg täglich auf sich nehmen müßte.

– Der Goldhändler sah keinen Widerspruch zwischen der Sklavinnenrolle, zu der er sie gezwungen hatte, und der Freiheit, die er mir angedeihen ließ.

Mit fünfzehn durfte Louisa ausgehen, wann sie wollte, die Nacht bei einer Freundin verbringen, allein ins Ausland reisen.

– Damit hatte er mir einen Gefallen erwiesen. Nach seinem Tod stellte ich schnell fest, daß die Gesellschaft, in der ich lebte, nicht bereit war, mir dieselben Begünstigungen zuzugestehen.

Louisa war nun mit einer Mutter, die sie niemals wirklich gekannt hatte, allein. Diese erkrankte schwer, als die Tochter ihr viertes Studienjahr begann. Gleich nach Ende ihrer Vorlesungen stürzte Louisa nach Hause, um die Bettlägrige zu füttern, zu waschen, zu pflegen, an deren Krankenbett zu wachen. Dennoch verschlimmerte sich der Zustand ihrer Mutter zusehends. Als man sie an die Infusionsnadel hängen mußte, verlangte der Arzt, daß sie ins Krankenhaus eingeliefert werde.

– Das gab dem Tratsch meiner so wohlwollenden Kusinen genug Nahrung. Sie verbreiteten, daß ich mich derer entledigen wolle, die mich zur Welt gebracht hatte, damit ich noch größere Freiheit genießen könne. Sie haben mein Verhalten nie wirklich gebilligt.

Kader hörte mit gespannter Aufmerksamkeit zu. Das Spital hatte er ganz vergessen.

– Warum haben Sie Ihr Studium abgebrochen?

– An dem Tag, an dem meine Mutter starb, wurde ich der Universität verwiesen.

Louisa befand sich von nun an in ihrem großen stillen Elternhaus allein, irrte dort herum wie ein flüchtiger Schatten.

– Ich hatte nur eine einzige Freundin. Ich glaube, daß ich ohne Fadila vor Hunger gestorben wäre.

Diese kam jeden Morgen zu ihr, bevor sie in die Arbeit ging, war immer lebendig und gesprächig, hatte die Hände voller Lebensmittel. Sie forderte Louisa immer wieder auf, ihre Lethargie abzulegen. Am Wochenende zwang sie sie, sich zum Spaziergang anzukleiden. Sie nahm sie zu einigen Festen mit, an denen Louisa gelangweilt teilnahm, obwohl sie von einem Schwarm von Verehrern umgeben war, die sich in Höflichkeiten übertrafen.

Louisa brauchte lange, bis sie das Motiv dieser besonderen Aufmerksamkeit erriet. Als ihre Eltern noch lebten, war sie die ehrenwerte Tochter einer besseren Familie gewesen. Aber als Waise, die allein lebte, wurde sie Zielscheibe männlicher Begierden. Unter dem Einfluß von Alkohol wurden manche von ihnen geradezu unverschämt.

– Ich stellte fest, daß es bei uns keine freundschaftliche Beziehung zwischen Frau und Mann geben kann. Ein Junge und ein Mädchen, das ist nichts anderes als ein Männchen, das dem Weibchen nachstellt. Geradezu pathologisch. Eines Tages sollte man sich dazu entschließen, dieses Unkraut des sexuellen Verlangens, das wie ein Geschwür in euren Köpfen wuchert, auszureißen. Eine Frau wie ich, die sich schminkt, raucht und von Zeit zu Zeit ein Glas Whisky trinkt, ist ein Mariechen-leg-dich-hin für euch. Das Unglück ist, daß die anderen Frauen genauso denken.

Louisa besaß also eine ganze Schar von Verehrern und eine Reihe neuer Freundinnen. Einige von ihnen schauten bei ihr vorbei, um heimlich zu rauchen oder mit ihrem Freund zu telephonieren, weit weg von den indiskreten Ohren der prüden Familie. Andere, die mehr Mut besaßen, baten sie geradeheraus, sie ein, zwei Stunden mit ihrem Freund aufzunehmen.

– Ich warf dieses nette Völkchen aber ziemlich bald hinaus.

Dann kam es noch besser.

Hohe Verwaltungsbeamte und Parteifunktionäre kamen etwas spät auf die Idee, ihr ihr Beileid auszusprechen. Am Telephon erkundigten sie sich mit großem Wohlwollen nach ihrem Befinden und beschworen sie, nur ja anzurufen, wenn es ihr an etwas mangelte. Dann kamen sie, um ihr die Details ihrer unglücklichen Ehen zu schildern.

– All diese Unglücklichen erlebten mit ihren Frauen angeblich

ein wahres Martyrium und waren dabei, sich scheiden zu lassen.
Eines Tages machte sie sich das Vergnügen, bei einem dieser Männer in Anwesenheit seiner angeblich tyrannischen Gattin die sanften Worte zu wiederholen, die er ihr zuvor ins Ohr geflüstert hatte. Die Ohrfeige, die die Wange des Fünfzigjährigen anschwellen ließ, bestrafte ihn für seine Kühnheit.
– Diese Welt von brünstigen Rüden kotzte mich an. Und zwar so sehr, daß ich an einem Abend den Avancen eines Schwachsinnigen, der auf der Straße herumlungerte, nachgab. Er nahm mich in einer Hauseinfahrt, mit soviel Eile und so ungeschickt, daß er nicht einmal merkte, daß ich noch Jungfrau war.
Louisa schwieg auf einmal, als ob sie fürchtete, mit ihren Geständnissen und vertraulichen Mitteilungen zu weit gegangen zu sein und sogar einen Arzt schockiert zu haben.
Sie erhob sich.
– Ich muß zu meiner Arbeit zurück.

Nachdem Louisa gegangen war, ging Kader gedankenverloren spazieren. Er kam zu dem Platz vor dem Spital, der immer noch von den Islamisten besetzt war.
Im Moment stand das Barometer auf Brüderlichkeit. Der Polizeikordon schien eher dazu zu dienen, die Demonstranten zu schützen als sie zu bewachen. Es war die Zeit des Mittagessens. Von allen Seiten tauchten Teller mit Couscous und Chorba auf, niemand wußte woher. Die Männer setzten sich mitten in der prallen Sonne in einen Kreis und begannen nach den Danksagungen an die unbekannten Spender mit dem Essen. Man hätte glauben können, an einem Fest teilzunehmen. Die Demonstranten riefen sich von weitem Scherze und lustige Bemerkungen zu, rückten lächelnd zusammen, glücklich, daß sie so zahlreich waren. Kein Zweifel: das ganze Volk war auf diesem Platz versammelt.

Bei Einbruch der Dämmerung verändert sich alles. Am Ende des Gebets mischen sich Männer mit entschlossenem Gesichtsausdruck unter die Platzbesetzer. Sie beginnen, alarmierende Nachrichten zu verbreiten. Mit starrem Blick auf die Uniformierten sprechen sie von entführten Demonstranten, vergewaltigten Frauen, Kindern, die von den Ordnungskräften ermordet worden seien. Die Spannung steigt. Die Polizisten werden nervös. Sie weichen zurück und machen ihre Waffen schußbereit. Bärtige Islamisten nähern sich ihnen mit Drohgebärden. Beschimpfungen zischen da und dort aus der Menge. Einige schüchterne Slogans werden sofort von einem Stimmenchor wiederholt. Aus den anliegenden Straßen kommen Halbwüchsige. Sie beginnen, die Blauuniformierten zu reizen. Ein Stein landet auf dem Schild eines Polizisten. Eine Tränengasgranate steigt in den Himmel. Schreie, die Masse wogt nach vorn, die Polizisten beziehen, Waffen im Anschlag, hinter den Arkaden Stellung. Die Walkie-Talkies beginnen zu rauschen. Die Verstärkung wird bald kommen. Von weitem hört man den Lärm der Hubschrauber. Die Nacht wird heiß werden.

Kader begann, neugierig zwischen den Demonstranten herumzuwandern. Er entdeckte Rabah unter den Sitzenden. Von weitem machte er ihm ein Zeichen. Der Deserteur erhob sich und gesellte sich zu ihm.

– So, bist auch du schon in ihr Lager übergewechselt.

– Nur für die Mahlzeit. Man kann hier gratis essen.

Die zwei Männer gingen den Boulevard entlang, der sich zu den Höhen der Stadt emporschlängelte. Je weiter sie gingen, desto ruhiger wurde es um sie herum, als ob der Lärm des Platzes ihnen nur mit Mühe folgen konnte.

– Sind wir dabei, an einer Revolution teilzunehmen? fragte sich Kader laut.

Sein Begleiter begnügte sich damit, mit den Schultern zu zucken. Er hatte für diesen Wahnsinn, der die Stadt erfaßt hatte, nur Gleichgültigkeit übrig. Er verstand nichts davon und versuchte auch nicht zu verstehen. Er begnügte sich damit, dorthin zu gehen, wohin ihn seine Schritte trugen. Nichts schien ihn berühren zu können. Kader beneidete ihn um seine Abgehobenheit. Er zögerte lange, bevor er ihm die Frage stellte, die ihn quälte.

– Saïd sagte mir, daß du in Constantine Medizin studiert hättest.

– Saïd spricht zuviel, murmelte Rabah. Er ist nett, aber er kann den Mund nicht halten.

– Hast du eine gewisse Louisa gekannt?

– Wie bitte?

– Ihr müßt zur selben Zeit zur Uni gegangen sein.

Rabah machte plötzlich ein mürrisches Gesicht und tat so, als würde er in seinen Erinnerungen graben.

– Ich erinnere mich nicht, sagte er nach einem Moment.

– Sie ist aber eine Frau, die man schwer übersehen kann.

Rabah starrte auf seine Füße.

– Du weißt, daß es in einem Jahrgang einige Hundert von Studenten gibt.

– Sie wurde bei uns im Spital angestellt, sagte Kader. Ihre Vergangenheit beschäftigt mich.

Rabah mußte unwillkürlich lächeln.

– Und natürlich hast du dich in sie verliebt.

Dann wurde der Deserteur gesprächiger.

– Auch ich war damals in sie verknallt, wie alle anderen Studenten. Sie hatte bald alle Kollegen mit ihrem Charme verführt. Sie ist dazu geboren, alle Männer dieser Erde zu erobern. Du solltest dich vor ihr in acht nehmen oder sie meiden. Aber ich sehe schon, dafür ist es zu spät, und du wirst meinem Rat nicht folgen.

Rabah legte eine lange Pause ein.

– Sie sagte, daß sie der Universität verwiesen wurde. Weißt du warum?

Rabah sah Louisa vor sich, wie sie im großen Hörsaal auftauchte, oft zu spät dran, immer aufgedonnert wie eine Kurtisane. Ihre engen Röcke unterstrichen auf unverschämte Weise die Linie ihrer Hüften. Sobald es draußen wärmer wurde, sah man sie in einem ärmellosen T-Shirt erscheinen, das unter den Achseln weit ausgeschnitten war. Bei der geringsten Bewegung wurde der Brustansatz sichtbar. Wenn sie kam, ging ein Raunen durch die Ränge. Ihr Parfum gab zu kühnen Träumen Anlaß, und niemand hörte mehr dem Hampelmann zu, der sich unten am Vortragspult die Kehle aus dem Leibe schrie. Louisa verschwand sofort am Ende der Vorlesung, als ob sie es verabscheute, sich unter die Kommilitonen zu mischen. Die meisten von ihnen nahmen an, daß sie sich beeilte, einen ihrer vielen Liebhaber zu treffen. Sie stellten sie sich in orgiastischen Nächten, lasziv und hingebungsvoll vor. In den kleinsten Details beschrieben sie einander diese verschlossenen Orte mit gedämpftem Licht, wo die Hetären den Wein über ihre nackten Brüste rinnen ließen.

– Sie kultivierte ihre Vorliebe für Provokation. Wollte sie uns herausfordern? Sie war von geradezu verrückter Sorglosigkeit. Hatte sie nicht bemerkt, daß bei jedem neuen Jahrgang auch die Flut jener Studenten stieg, die es als sinnvoller erachteten, ihre Zeit mit der Lektüre des Korans zu verbringen als mit der Studie von Krebszellen? Sie waren überzeugt davon, daß Gott in seiner Allmacht dazu fähig wäre, die Gläubigen von ihren schlimmsten Krankheiten zu befreien, wohingegen bei den Ungläubigen die beste Behandlung nichts fruchte.

Als wir verlangten, daß die Bibliothek länger offen bleiben sollte, wollten sie einen eigenen Gebetssaal. Wir verlangten, daß die Busse häufiger fuhren, sie forderten, daß die Kurse beim Gebet des Muezzin unterbrochen werden. Wenn ein Aids-Spezialist einen Vortrag hielt, wurde einige Tage später ein Imam eingeladen, der dessen Thesen wiederlegte. Während wir uns über die ungenügenden praktischen Übungen be-

schwerten, weigerten sie sich, an Sezierkursen teilzunehmen. Sie akzeptierten nicht, was ihnen das Mikroskop offenlegte. Und eines Tages machte im Hörsaal eine Petition die Runde, die ein Verbot gemischter Hörsäle verlangte.
Rabah schwieg erneut.
– Ich muß gestehen, daß ich sie unterschrieben habe.
Die Verwaltung zeigte sich allerdings ungerührt. Es gab Drohungen, die Kurse zu unterbrechen. Aber es nützte nichts.
– Einige Wochen später ging ein zweiter Text von Hand zu Hand. Er verlangte die Ausweisung Louisas auf Grund ihres ungehörigen Verhaltens und ihrer ausschweifenden Sitten. Er war von allen männlichen Studenten, aber auch von einigen Studentinnen unterschrieben worden. Eine Delegation, die aus den Verfassern dieses Dokuments bestand, gab dem Direktor des Instituts zu verstehen, daß sie ihre ersten Forderungen vergessen würden, wenn er der zweiten Genüge leiste.
Da dieser auf seiner Weigerung beharrte, wurde ein Streik ausgerufen.
– Wir trugen eine solche Abscheu gegen das System in uns, daß der geringste Vorwand genügte, um eine Revolte auszulösen. Die Sache wurde dem Rektor vorgetragen. Unsere Sprecher ließen anklingen, daß die Haltung des Direktors sich daraus erklärte, daß er Louisas Gunst genossen hatte.
– Aber ich nehme an, daß sie dir das alles erzählt hat.
– Nein.
– Sie hat recht gehabt. Es war zu gemein. Man machte ihr den Prozeß, als ihre Mutter im Spital in den letzten Zügen lag. Sie wurde eine Woche vor den Prüfungen ausgeschlossen, am selben Tag, an dem sie Waise wurde.
– Warum habt ihr die anderen unterstützt?
– Diese Frage quälte das Gewissen vieler von uns. Die anderen waren fest entschlossen, wir waren unschlüssig. Sie haben uns schließlich im Namen des Koran ein schlechtes Gewissen eingejagt. Sie waren blind gläubig, während wir eine aristo-

kratische Skepsis an den Tag legten. Sie machten Druck, und wir gaben nach; sie machten einen Schritt nach vor, und wir wichen zurück. Der Rektor selbst glaubte, daß er die heikle Frage gemischter Hörsäle gelöst hatte, als er ihrer Forderung nachgab. Er irrte sich. Schon in den ersten Wochen des nächsten Studienjahres fingen sie wieder damit an.

– Die wahre Antwort ist, daß wir Feiglinge sind, gab Rabah schließlich zu.

Mit einer großen Geste wies er auf den Platz unter ihnen.

– Da unten kämpfen sie zu Hunderten für ihre Überzeugung. Was machen wir währenddessen?

Rabah war davon überzeugt, daß diese Flutwelle alles umstürzen würde. Er hatte für sich entschieden, sich nicht dafür zu interessieren. Er war nicht weit davon entfernt, diesen Umsturz herbeizuwünschen, den die Integristen verlangten. Was hatte er schon zu verlieren, er, der nichts besaß? Er sah nur das Versprechen von weiteren Irrfahrten und Ausschweifungen vor sich. Er hatte seine Studien nur fortgesetzt, um nicht wählen zu müssen. Da er seine Prüfungen bestand, war es das Einfachste, weiterzumachen. Er hatte Medizin inskribiert, weil der Schulabgänger in der Schlange vor ihm dasselbe Fachgebiet ankreuzte. Er hatte sich jedoch nie vorstellen können, Arztkittel und Stethoskop anzulegen. Er hatte nicht einmal sein Diplom abgeholt. Übrigens hatte er den Eindruck, alles vergessen zu haben, was er je gelernt hatte. Er war nicht einmal sicher, ob er eine Spritze geben könnte und begnügte sich damit, mit dem Strom mitzuschwimmen. Nur die Erinnerung an seine Mutter konnte ihn noch in Rührung versetzen. Diese arme Witwe hatte das Leben nie wirklich ertragen und fiel von einer Depression in die andere. Und eines Tages kehrte sie ihrem Kind den Rücken und ging in Richtung Hängebrücke. Ihr Körper wurde nie gefunden.

10

Kader kehrte erst am Nachmittag ins Spital zurück. Die Sekretärin der Station war durch einen Mann ersetzt worden. Dieser ließ ihn mehr als eine halbe Stunde warten, bevor er ihn zu El Msili hineinließ, welcher breit in einem Fauteuil lümmelte und es verabsäumte, ihm einen Stuhl anzubieten.

– Wo sind die Krankenkarteien? fragte ihn der neue Herr des Ortes.

– Das weiß ich nicht.

– Sie werden sich wohl kaum in Luft aufgelöst haben.

Kader konnte sich nicht damit abfinden, daß ein solcher Mensch den Pavillon leiten sollte. Er wollte gern zugeben, daß die Verdammten dieser Erde ihren Platz an der Sonne verlangten, aber er konnte nicht akzeptieren, daß man Wissen gegen Unwissenheit eintauschte, Mitleid gegen Haß. Er fragte sich, was wohl die Haltung von Professor Meziane gewesen wäre. Dieser schien sich jedoch an der Situation, in der Kader sich befand, zu ergötzen. Es war, als ob er darauf erpicht wäre, ihn auf die Probe zu stellen. Er hatte sich geweigert, ihm Ratschläge zu geben oder ihn zu warnen. Da er für den Augenblick seiner Verpflichtungen enthoben war, fand er Vergnügen daran, den Zuschauer zu spielen.

– Ich komme, um Sie daran zu erinnern, daß die Diabetikerin auf unserer Station in Lebensgefahr schwebt, wenn sie ohne ärztliche Aufsicht bleibt.

– Wir werden uns darum kümmern.

– Ich betreue aber diese Patientin seit ihrer Aufnahme.

– Sie sind Ihres Dienstes enthoben, bis die Verantwortlichen über ihren Fall verfügt haben.

Kader konnte ein Grinsen nicht unterdrücken.

– Sie sollten die Sache nicht so leicht nehmen.

– Ich habe das Gefühl, einer grotesken, aber tragischen Farce beizuwohnen, sagte Kader und knallte die Tür zu.

Er konnte diese junge sechzehnjährige Frau nicht vergessen, die von einer grenzenlosen Naivität gewesen war. Sie hatte vor einem Jahr geheiratet, aber nie damit gerechnet, schwanger zu werden, obwohl sie zuließ, daß ihr Mann sich ihr näherte. Sie wußte von ihrer Diabetes nichts und unterzog sich daher keiner Behandlung. Das Kind war in ihrem Bauch gestorben. Ihr Zuckerspiegel stieg dermaßen an, daß sie blind wurde. Da sie nicht verstand, was mit ihr geschah, beklagte sie sich ununterbrochen über den Verlust ihres Augenlichtes und über das Kind in ihrem Bauch, das sich nicht mehr bewegte. Derzeit war sie nicht operierbar, und der Arzt hatte sich vorläufig darauf beschränkt, ihr blutdrucksenkende Mittel zu verabreichen. Der Lärm im Krankensaal wurde immer lauter. Die Besuchsstunde war jedoch schon vorbei. Kader war versucht, hineinzugehen, aber die Anwesenheit der beiden Wächter hielt ihn davon ab. Die Tür öffnete sich plötzlich, und Nefissa erschien. Sie war den Tränen nahe. Kader folgte ihr in ihr Büro. Er setzte sich, während sie schniefend in ihren Laden kramte.

– Ich hoffe, daß du das alles nicht dulden wirst, sagte sie, ohne ihn überhaupt anzusehen. Mein Bruder hätte ein solches Verhalten nicht zugelassen.

Kader erfuhr, daß man von den Verwandten der Kranken verlangte, ihren Aufenthalt im Spital zu rechtfertigen, und dies mit Personalausweis, Geburts- und Heiratsurkunde.

– Und unsere kleine Lehrerin?

– Sie wissen bereits, daß sie nicht verheiratet ist.

– Der Pinguin?

– Ihr Schicksal ist beschlossen: Sie wird ausgestoßen.

– Aber ihr Baby muß unter ärztlicher Aufsicht bleiben. Und außerdem weigern sich die Eltern, sie abzuholen.

– Das habe ich ihnen auch erklärt, aber sie machen einfach, was ihnen paßt.

– Ich muß dich bitten, den Blutdruck unserer Diabetikerin zu messen. Ich darf nicht hinein.

– Das habe ich bereits getan, Chef. Ich weiß, daß dich ihr Zustand beunruhigt. Da sind die Resultate.
– Ich glaube, daß es an der Zeit ist, zu operieren, meinte Kader nach einer Analyse der Zahlen.
– Aber wer soll das machen, bitte?

Als er ging, wurde Kader von einer Frau im Hidjab angesprochen, die ihm mitteilte, daß man sie damit beauftragt hatte, die Leitung der Abteilung zu übernehmen.
– Wer sind Sie?
– Seien Sie beruhigt. Ich bin Ärztin.
– Genau das macht mir Angst. Können Sie für das bürgen, was im Krankensaal vor sich geht? Was für eine Art Ärztin sind Sie überhaupt? Und vor allem, was für eine Art Frau? Haben sie eine Ahnung, was die da drinnen jetzt erleiden müssen?
Kader mußte eine Rede über begangene Sünden und über gerechte Strafe über sich ergehen lassen. Er dachte, daß diese Frau sogar schön sein hätte können, wenn sie sich Mühe dazu gegeben hätte. Aber sie tat alles, ihre Züge zu verwischen, und schien es sogar zu bedauern, mit einem anziehenden Gesicht ausgestattet zu sein. Sie versteckte ihren Körper, als ob sie sich für ihn schämen müßte. Kader kam plötzlich ein unpassender Gedanke: Hatte sie je gewagt, sich nackt im Spiegel ihres Badezimmers zu betrachten? Er fragte sich, wie sie reagieren würde, wenn ihr ihr Mann eines Tages ihre zahlreichen Schleier wegzunehmen versuchte. Würde es ihm gelingen, ihr den Slip auszuziehen? Ahnte sie, daß sie dann mit einem unförmigen Bauch auf derselben Abteilung landen würde und daß sie zu gegebenem Zeitpunkt mit gespreizten Beinen daliegen würde und fremde Hände in ihrem Unterleib herumwerken lassen müßte?
Er zog es vor, ihr den Rücken zu kehren.

Malika war überrascht, als Kader auftauchte. Sie hatten sich auf den Bänken der Hörsäle kennengelernt. Er hatte sich ihr genähert, und sie war seinen Annäherungen gegenüber nicht ganz gleichgültig gewesen. Bei gemeinsamen Spaziergängen hatte er es gewagt, ihre Hand zu nehmen. Sie hatten sogar einige Küsse und Zärtlichkeiten ausgetauscht. Aber das Herz spielte doch nicht mit. Sie sprachen mehr von ihren Vorlesungen, als von ihrer Beziehung. Sie begingen eine Ungeschicklichkeit nach der anderen, bis die Trennung unvermeidlich wurde. Keiner der beiden hatte ein Drama daraus gemacht. Später trafen sie sich im selben Spital wieder und bemühten sich, einander aus dem Weg zu gehen.

– Gehen wir eine kleine Runde spazieren? schlug er vor.

Überrascht folgte ihm Malika. Sie wußte, daß Kader lange brauchte, bis er zur Sache kam. An seiner geduckten Haltung, seinem eingezogenen Hals merkte sie, daß er sich nicht wohl fühlte. Wollte er ihre Beziehung wieder aufwärmen? Er merkte an, daß die Feigenbäume der Allee genauso schnell wuchsen, wie sich der Zustand der Pavillons verschlechterte.

– Sind diese Bäume genauso alt wie die Gebäude?

Er lächelte bei dem Gedanken, daß diese unpassende Frage keine Antwort hervorrief. Es gab Zeiten, da hatte Kader bedauert, Malika nicht geheiratet zu haben. Sie hätten ohne Leidenschaft, aber auch ohne herzzerreißende Szenen miteinander gelebt. Sie hätten sicher ein ausgezeichnetes Ärztepaar abgegeben. Kader fragte sich, ob er je ein bestimmtes Ziel im Leben gehabt hatte. Er gestand sich ein, daß er nie recht gewußt hatte, was er machen wollte, daß es ihm genügt hatte, sich vom Lauf der Tage und der Ereignisse tragen zu lassen. Er gab zu, daß er nicht zu jenen gehörte, die ihr Schicksal in die Hand nahmen. Zu sehr eingeschüchtert, zu brav? Er dachte an Louisa. Er fühlte dumpf, daß er vor dieser feurigen Frau Angst hatte.

– Ich nehme an, daß in deiner Abteilung weniger Aufruhr herrscht als in meiner, sagte er zu Malika.

– Sie macht ihnen weniger Probleme. Wir kümmern uns nicht um Dinge, die mit Sexualität zu tun haben. Wir reparieren nur banale Organe.
Kader stellte sich ihr gegenüber, um ihr seine Bitte vorzutragen. Auf Malikas Lippen erschien ein bitteres Lächeln.
– Du bist aus gutem Holz geschnitzt.
Malika hätte ihren Studienkollegen lieben können. Er brillierte nicht durch Gewandtheit, dafür hatte er die Standfestigkeit einer Eiche. In Diskussionen stand er nie im Mittelpunkt, aber seine Mitschüler hörten auf seinen Rat. Er ging meist eigene Wege und war mit Komplimenten geizig. Mit zwanzig braucht man aber kleine Aufmerksamkeiten. Sie erinnerte sich daran, daß Kader sich, außer einigen flüchtigen Zärtlichkeiten, immer jede Schmeichelei versagt hatte. An einem Frühlingstag hatte er sie eingeladen, ihn mit seinen Freunden auf einem Ausflug in die Berge zu begleiten. Sie brauchte eine Stunde, um sich schön zu machen. Als sie jedoch zu der Gruppe stieß, sagte ihr Kader, daß ein so mageres Ergebnis nicht soviel Mühe rechtfertige. Zu Hause weinte sie die ganze Nacht über diese Bemerkung. Aber Kader gestand ihr nie, daß auch er sich wegen dieses unglücklichen Satzes gegrämt hatte.
– Ich kann das Risiko nicht eingehen, deine Patientin zu operieren. Ich habe keine Erfahrung mit dieser Art von Eingriff. Würde sie sonst sterben?
– Wenn man nichts für sie macht, stirbt sie sicher.
Malika lächelte verständnisvoll.
– Du bist unverbesserlich. Weil du schöne Augen hast, mache ich es halt. Bist du verliebt in sie?
– Ich bin in alle meine Kranken verliebt. Ich pflege sie und fürchte mich schon vor dem Moment, in dem sie gehen. Sie haben oft mehr Liebe als Behandlung nötig. Ich muß manchmal wie eine Glucke zu ihnen sein.
– Schade, daß du mir diese Worte nie gesagt hast, als ich sie brauchte!

Als Kader am Ende des Nachmittags das Spital verließ, sah er Louisa vor dem Ausgang stehen. Sie trug eine Tasche in der Hand.
– Warten Sie auf die Metro?
Louisa war froh, Kader zu sehen, und verheimlichte ihre Freude nicht.
– Ich habe ein kleines Problem.
– Und das wäre?
– Der Kusin, der mir seine Gastfreundschaft anbot, ist verreist. Er hielt es nicht für nötig, mir seine Schlüssel zu überlassen. Ich kenne niemanden in der Stadt, und man sagt, daß die Hotels von zweifelhaftem Ruf sind.
Die Kühnheit und Schamlosigkeit Louisas verblüfften Kader. Seine offensichtliche Verwirrung verstärkte ihren Mut noch.
– Wenn Sie mich für einige Tage unterbringen könnten, hätte ich nichts dagegen.
– Ich glaube, daß meine Mutter froh wäre, unsere triste Zweisamkeit, die wir seit Jahren pflegen, einmal zu unterbrechen.

Kader wagte es nicht, seiner Mutter in die Augen zu schauen. Seine Arme fühlten sich klobig und schwer an wie die eines Gorillas. Seine umständlichen Erklärungen führten nur dazu, daß die alte Dame mißtrauisch wurde. Sie betrachtete lächelnd die reizende junge Frau, die ihr Sohn mit linkischen, aufgesetzten Gesten vorstellte. Sie fragte sich, auf welchen seltsamen Pfaden er diese zarte Gazelle aufgetrieben hatte, und war sicher, daß er es wohl sehr eilig hatte, sonst würde er es sich nicht erlauben, sie nach Hause mitzubringen. Sie verdoppelte ihre Vorsicht Louisa gegenüber in dem selben Maße, wie die Verlegenheit des Arztes stieg.
Nach kurzer Zeit jedoch waren die beiden Frauen zu Komplizinnen geworden und begannen, einander Blicke des Einverständnisses zuzuwerfen und unergründliche Bemerkungen

auszutauschen. Kader hatte den Eindruck, daß er der Fremde in seiner Wohnung war.
– Ich werde uns Kaffee machen, schlug er vor.
– Wenn du willst.
Seine Mutter machte nicht einmal Anstalten, sich zu erheben, obwohl sie ihm normalerweise streng untersagte, auch nur die geringsten Verrichtungen im Haushalt zu machen. Louisa und sie saßen einträchtig nebeneinander und ließen sich ohne die geringsten Umstände bedienen, ja unterbrachen nicht einmal ihre Unterhaltung.
Nach mehr als einer Stunde sagte seine Mutter zu ihm:
– Du weißt, daß ich zur Hochzeit deiner Kusine geladen bin. Dein Onkel wird mich abholen kommen. Ich bleibe fast eine Woche bei ihm. Ich muß die Ereignisse vergessen, die sich vor unserer Haustür abspielen. Ich hab dir das Abendessen schon vorbereitet. Du brauchst es nur aufzuwärmen.

Sie sind allein. Kader ist hilflos. Louisa macht es sich bequem, als ob sie bei sich zu Hause wäre. Er bedauert, ihr nach dem Kaffee nichts anbieten zu können. Aber sie will nichts. Er dreht das Radio auf. Sie ist darüber unangenehm berührt. Er zeigt ihr einen Artikel über Aids. Sie versucht, sich dafür zu interessieren. Er muß einen Freund anrufen, dieser aber hebt nicht ab. Er versucht, in einem Buch zu blättern, das auf dem Parkettboden liegt und dessen Umschlag unter seinem Schuh geknistert hat. Er öffnet das Fenster, und der Lärm des belagerten Platzes erfüllt den Raum.
– Es ist heiß, stellt er fest.
Sie begnügt sich damit, ihm lächelnd zuzustimmen. Aber bei der ersten Schwade Tränengas, die durchs Fenster kommt, bekommt sie einen Hustenreiz. Er beeilt sich, das Fenster wieder zu schließen.
– Das hatte ich vergessen, entschuldigt er sich.
Er weiß, daß sie miteinander schlafen werden. Sie wünscht es.

Ihre Ruhe entwaffnet ihn. Er versucht, zu erahnen, mit welcher Art Frau er es zu tun hat. Er ist unruhig. Sie scheint sich zu amüsieren. Er beginnt zu sprechen, um seine Verlegenheit zu überbrücken. Si Morice wird in Saïds Anhänger auf ihn warten. Er hat kein Recht, seinen Vormund in Stich zu lassen. Er behauptet, daß er ihn aufsuchen werde, bleibt aber weiter sitzen. Sie nickt. Sie bricht in Lachen aus, als er Saïds unzählige Streiche erzählt.

Kader hört nun nicht mehr auf zu reden. Er entdeckt sein Erzähltalent. Aus dem geringsten Wort entsteht eine lange Geschichte. Jeder Vorwand ist willkommen. Louisa läßt sich von dem unerwarteten Elan des normalerweise so lakonischen Arztes mitreißen.

Sie ist auf einmal damenhaft und elegant. Sie zieht einen Zigarettenhalter aus ihrer Tasche und bittet Kader um Feuer. Sie streichelt das Armband, das schwer an ihrem Handgelenk hängt. In der Pose eines Starletts stützt sie ihr Kinn in die Handfläche. Sie nimmt einen Ohrring ab, um das juckende Ohrläppchen fest zu drücken.

Dann wiederum ist sie die Hausfrau. Sie beginnt, die Kaffeetassen zu waschen, die auf dem Tisch herumstehen. Sie ist enttäuscht darüber, daß sie keinen einzigen schmutzigen Teller findet.

Sie ist kokett. Sie frischt ihre Schminke im Badezimmer auf. Sie läßt sich Zeit, kämmt sich lange.

Und dann erhebt sie sich. Sie will gehen. Es ist ihr egal, daß es schon Nacht ist. Sie wird gehen. Sie weiß nicht, warum. Sie hat bereits ihre Tasche in der Hand.

Er fühlt, wie ungeschickt und lächerlich er ist. Hat er sie beleidigt? Er weiß nicht, was er tun soll, um sie zurückzuhalten. Er tut so, als würde er sie wirklich gehen lassen. Sie hat die Hand schon an der Türklinke. Da stürzt er sich mit barbarischer Heftigkeit auf sie. Sie knickt in seiner brutalen Umarmung zusammen.

Er schlief gleich nach dem Lieben ein, wie ein Baby, das sein Fläschchen ausgetrunken hat. Sie erhoben sich erst gegen Mitternacht, um zu Abend zu essen. Louisa schien traurig zu sein, als ob sie bedauern würde, was passiert ist. Kader versuchte einige Gesten der Zärtlichkeit, aber sie war unentschlossen. Sie aßen schweigend, wie ein altes Liebespaar. Plötzlich, ohne daß es vorherzusehen gewesen wäre, fand sie ihre Heiterkeit wieder, wie ein Kind, das unter Tränen wieder zu lachen beginnt. Und dann wurde sie so wollüstig, daß Kader keine Mühe hatte, sie wieder zum Bett zu ziehen.

Als er wach wurde, war Louisa in der Küche gerade dabei, das restliche Geschirr in der Abwasch zu spülen.
Kaders morgendliche Stumpfheit brauchte lange, um zu vergehen. Er hätte lieber eine laszive Louisa in seinen Armen vorgefunden.
– Was hältst du davon? fragte ihn Louisa, die ins Zimmer zurückgekommen war. Sie achtete darauf, dem Bett fernzubleiben. Sie wußte, daß er darauf lauerte, sie zu schnappen und sie erneut an sich zu ziehen.
Kader war nicht in der Lage, ihr eine Antwort zu geben.
– Der Kaffee seiner Majestät Faulpelz ist fertig, sagte sie und flüchtete. Ich muß mich beeilen, ihn zu servieren.
Sie kam mit kleinen Geishaschritten, hielt die Tasse mit dem Kaffee wie eine Reliquie vor ihrer Stirn. Sie kniete sich wie eine Japanerin vor ihn hin und reichte ihm die Schale mit gesenktem Kopf.
– Oh, mein Meister, mögt Ihr Euch herablassen, dieses fade Getränk zu kosten, das Euch von Eurer unwürdigen Dienerin bereitet wurde.
Kader spielte mit, um Louisa dann blitzschnell umarmen zu können. Aber sie hatte diese Bewegung vorausgeahnt, sprang mit einem Satz auf, war außer Reichweite, und Kaders Arm hing in der Luft.

Als er feststellen mußte, daß er keine Chance hatte, Louisa erneut zu nehmen, erhob sich Kader murrend und folgte ihr in die Küche.
– Wirst du endlich aufhören, vor mir davonzulaufen?
Sie empfing ihn mit ernstem Blick.
– Was wollen diese Leute, die den Platz besetzen?
Kader schenkte sich Kaffee nach.
– Das sind Träumer. Sie glauben, daß die Welt so aussehen kann, wie sie es sich vorstellen. So fangen alle Revolutionen an.
– Sie wollen aber die Frauen bestrafen.
– Irgendeinen Feind brauchen sie ja. Einen großen Chitane, der die Ursache aller Übel ist. Die Juden sind ja schon einmal drangekommen.
– Was versprechen sie uns?
– Viele Gerichtsprozesse, viele Schlächter. Ein fanatischer Wunsch nach Reinheit beseelt sie. Sie weigern sich, den utopischen Charakter ihres Projekts zu akzeptieren und drehen alle Argumente um. Wenn auf der Schwelle der Moscheen die Gläubigen den anderen Gläubigen die Schuhe klauen, bedeutet das, daß es in ihren Reihen genug Verlogene gibt. Man müßte sie aufdecken und bestrafen. Und trotzdem hat man zu allen Zeiten, auch als der Prophet noch lebte, immer die Schuhe vor den Moscheen geklaut.
Kader verstand wohl, daß die Anhänger der Islamisten diese banale Realität nicht zugeben durften, weil sie sonst Gefahr liefen, die Basis der idealen Gesellschaft, die sie mit ihren Gebeten herbeiwünschten, zu unterminieren. Nichts durfte die Autorität des Propheten in Frage stellen.
– Taktische Verweigerung der Geschichte, setzte er fort. Ihre Führer sind doppelzüngig wie Politiker. Sie wissen sehr wohl, daß, auch wenn sie an die Macht kommen, trotz aller Säuberungen immer noch Schuhe vor den Moscheen gestohlen werden.

Aber Kader hatte überhaupt keine Lust, über dieses Thema länger zu philosophieren.
– Wir müssen ins Spital zurück, sagte er.
– Sag lieber, daß du mich vor die Tür setzen willst, rief sie unerwartet heftig, lief weg und knallte die Tür zu.
Als er sich so mit seinem Egoismus konfrontiert sah, ging Kader lange mit hängenden Armen auf und ab. Louisas Reaktionen überraschten ihn immer wieder aufs neue. Als er vor die Tür trat, sah er sie auf einer Treppenstufe sitzen, die Hände um die Knie geschlungen. Sie weinte still vor sich hin. Mit äußerster Vorsicht nahm er sie unter den Achseln, um sie hochzuheben. Sie ließ dies unerwartet gefügig zu und folgte ihm in die Wohnung.
– Ich bin nicht die dumme Pute, die du in Paris aufreißen wolltest, um deinen Aufenthalt in der Stadt der Lichter angenehm zu machen. Da bist du auf dem Holzweg. Ich kann sehr lästig sein. Ich weiß, daß ich dir gefalle, und du bist mir auch nicht gleichgültig. Wir hätten schon am ersten Abend, als wir uns kennenlernten, miteinander ins Bett gehen können, und alles wäre gesagt gewesen. Du wärest am nächsten Morgen weggegangen, von Verlangen und Gefühl befreit. Du hättest diesen One-Night-Stand nur im Zustand der Betrunkenheit erwähnt, und ich hätte dich nach einigen Tagen vergessen. Aber als ich mit ansah, wie du mit hängenden Schultern herumgeschlichen bist und versucht hast, deine Angst zu überwinden, konnte ich meine Zärtlichkeit nicht mehr zurückhalten. Und ich, die sich geschworen hatte, nie mehr in dieses Land zurückzukehren, bin wegen dir hierhergefahren, weil du dort, an jenem Abend vor der Metro-Station ausgesehen hast wie Adam, der sich nach Hawa verzehrt, die an den Ufern der Seine im Exil lebt.
Sie zündete sich eine Zigarette an.
– Du möchtest ins Spital zurück. Ich aber will, daß du mir zuhörst.

Nach ihrem Ausschluß von der Universität verließ sie die Stadt der Adler, das römische Constantine, die so fragil auf einem Felsen gebaut ist, daß man befürchten muß, sie wird jeden Moment in den Abgrund stürzen.
– Ich trieb mich zwei Jahre lang in Paris herum. Siebenundzwanzig Monate irrte ich in den zu breiten, schnurgeraden Avenuen umher, die nie mit Überraschungen aufwarten und sich keine Kaprizen gönnen. Sie führen immer nur zu dem Ort, zu dem man gehen will. Sie sind bar jeder Koketterie. Oh, meine Heimatstadt, die so hoch über dem Abgrund thront! Wie ein Labyrinth ist sie gebaut und genießt es, die Besucher in eine Falle zu locken. Ihre Straßen spielen mit den Felsvorsprüngen. Sie können jedem Hinterhalt ausweichen. Sie führen scheinbar in den Abgrund und vermeiden ihn plötzlich, um aufreizend in eine andere Richtung zu flüchten. So verhalten sich unsere Frauen mit ihren Liebhabern.
Kader hörte gespannt zu.
– In Paris passierten mir merkwürdige Dinge.
– Was denn?
– Ich habe oft die Orientierung verloren. Wenn ich aus der Metro kam, drehte ich der Straße, in der ich wohnte, den Rücken und bemerkte meinen Irrtum erst nach einigen hundert Metern. Das wiederholte sich so oft, daß ich schon richtig beunruhigt darüber war. Schließlich entdeckte ich den Grund dafür: die Sonne. Ohne meine Sonne, mit deren Hilfe ich gewohnt war, mich zurechtzufinden, verliere ich jeden Orientierungssinn. Ich stellte fest, daß ich sonnensüchtig war, der Blick war immer gegen den Himmel gerichtet, wie es die Blumen in meinem Land machen. Ich konnte mich nicht an dieses einheitliche Grau gewöhnen, das die Spiele von Licht und Schatten verwässert. Ich schleppte überall meinen Regenschirm und meinen Weltschmerz mit mir herum.
Louisa hatte sich in der anonymen Garçonnière, in der sie sich eingemietet hatte, nie wirklich zu Hause gefühlt. Die

Wohnung blieb genauso unmöbliert, wie sie sie vorgefunden hatte. Sie weigerte sich unbewußt, diesen Raum persönlich zu gestalten.

– Meine Welt? Einige Algero-Französinnen, die dem Land ihrer Väter gegenüber entweder Haß oder nostalgische Gefühle pflegten. Wir trafen uns von Zeit zu Zeit, um Couscous zu essen, eine Demo von SOS-Racisme zu unterstützen oder ein lächerliches Theaterstück in Beaubourg anzusehen. Einige Freunde, Algerier oder einfach gestrandete Existenzen oder beides gleichzeitig. Sie waren verständnisvoll, immer zur Verfügung und diskret. Es kam schon vor, daß ich mit einem von ihnen die Nacht verbrachte.

Kader wollte nicht einmal das.

Er erinnerte sich daran, daß er selbst eher dunkle Orte aufgesucht hatte, wo er Ruhe hatte. Er spürte, wie sich in Louisa ein Gefühl von Niedergeschlagenheit und Widerspruchsgeist regte. Sie war wie ein Kind, das schnell vom Weinen zum Lachen wechselte. Er zog es vor, stumm zu bleiben. Sie hielt sein Schweigen für Gleichgültigkeit. Sie begann, ihm die widersprüchlichsten Vorwürfe zu machen. Am Abend zuvor hatte er ihr von der Kollegin erzählt, in die er einmal schwach verliebt gewesen war.

– Ihr seid alle gleich. Ihr denkt nur ans Bett. Danach wollt ihr nichts anderes, als schnell abhauen.

Ihre Worte wurden unzusammenhängend.

– Übrigens bin ich überzeugt davon, daß du sie immer noch liebst. Du hast es nur deshalb so eilig, ins Spital zu kommen, weil du sie wiedersehen willst. Ich weiß wohl, daß du gestern zu ihr gegangen bist.

Louisa war zugleich scheußlich, pathetisch, flehend zu ihm. Sie stürzte sich schließlich auf ihn, die Krallen ausgefahren, von einem frenetischen Verlangen getrieben. Ein heftiges Scharmützel folgte. Nach dem Kampf waren sie zittrig und geschwächt.

– Ich benehme mich schon wie eine alte Mätresse, die Angst davor hat, vernachlässigt zu werden, meinte sie lakonisch.
Er küßte ihre Lippen, die zu einem Schmollmund geschürzt waren. Er hätte sie gerne in seinen Armen gewiegt, fürchtete aber, daß sie erneut auffahren würde. Er ahnte, daß er den Wünschen dieses gequälten Wesens alles unterordnen, für sie alles aufgeben könnte, was ihm wichtig war, bis der endgültige Schiffbruch drohte. Aneinandergeklammert fielen sie in eine sanfte Hoffnungslosigkeit.

11

Si Morice war enttäuscht. Das komplizenhafte Lächeln von Saïd und Rabah hatte ihm zu verstehen gegeben, daß Kader heute Nacht nicht zu ihnen stoßen würde.
– Wo ist er? Uns geht es hier doch so gut.
– Er ist in guter Gesellschaft. Seine Abwesenheit dürfte dich nicht daran hindern, eine kleine Geschichte zu erzählen, schlug Saïd vor. Aber iß erst einmal deine Nudeln.
– Ich hasse Spaghetti. Das erinnert mich an meine abscheuliche Schulzeit.
Der alte Mann war schlechter Laune. Er liebte es nicht, verlassen zu werden.
– Aber wo schläft er?
– In sehr sanften Armen.
Si Morice verlangte, eingeweiht zu werden. Mit konspirativer Miene hielt er Saïd sein Ohr hin und hörte nickend und zufrieden zu. Er blieb einige Augenblicke lang still, bevor er sich mit blitzenden Augen aufsetzte, beflügelt, obwohl keine Flasche mit Alkohol in Reichweite war.
– Ich habe eine Idee. Ich schlage euch einen Wettbewerb vor. Jeder von euch wird seine schönste Liebesgeschichte erzählen. Wir werden dann abstimmen, welche die beste ist. Die Verlie-

rer müssen dem Gewinner eine Flasche Whisky spenden. Was haltet ihr davon?
Die Kameraden begrüßten diesen Handel mit gebührendem Enthusiasmus. Keiner von ihnen war dumm. Das war nichts anderes als ein origineller Auftakt. Es kam gar nicht in Frage, daß einer von ihnen beiden ein amouröses Abenteuer erzählte. Si Morice hätte nie die Geduld zuzuhören und wäre beim dritten Satz eingeschlafen. Übrigens wies die Art des Preises bereits auf den zukünftigen Preisträger hin. Aber die Bewohner des Anhängers erwarteten sich von der versprochenen Erzählung Augenblicke des Vergessens.
Si Morice beeilte sich hinzuzufügen:
– Ich mache vom Privileg des Alters Gebrauch und beginne.
Seine Gefährten stimmten eifrig zu.
Si Morice blieb einen Augenblick lang still, den Blick in eine imaginäre Ferne gerichtet, um die Neugier seiner Zuhörer aufzustacheln. Dann vertiefte ein zärtliches Lächeln die Falten seines Gesichtes.
Dieser Teufelsbursche, der Albino, kam zu mir zurück ...
Wenn Si Morice nüchtern war, verlor er sein übliches, angeberisches Getue. Er wurde ernst, seine Worte wurden vertraulicher. Er gab sich zu erkennen. Er war nichts weiter als ein alter Mann, der erzählte.
– Natürlich bin ich immer schon ein Komödiant gewesen, der zu allem bereit war, um aufzufallen und bewundert zu werden. Das ist der Fehler meines Vaters. Er hat mich schlecht erzogen.
– Du bist mit dem Alter nicht besser geworden, fügte Saïd hinzu.
– Aber ich schwöre euch, ich hatte von dieser neuen Mission bis zu dem denkwürdigen Tag nichts gewußt.
Sie mußten wieder über den Stacheldraht. Auf der anderen Seite der Grenze wartete ihr Begleiter. Er führte sie zum Rand eines kleinen Dorfes, von wo ein Wagen sie bis nach Tunis

brachte. Sie wurden in einem diskreten Hotel untergebracht. Ihr Begleiter versorgte sie mit etwas Geld und empfahl ihnen, sich Stadtkleidung zu besorgen. Sie hatten vierundzwanzig Stunden frei.

– Der Albino und ich kamen uns kostümiert vor wie Bauern, die zum Volksfest gehen. Ich war diese Hosen mit den engen Hosenbeinen nicht mehr gewohnt. Sie zwickten mich im Schritt.

Nach einigen, in den Bergen verbrachten Jahren betrachteten beide jedoch entzückt die Lichter der Stadt, die Passanten, die Menschen, die auf den Terrassen der Kaffees saßen. Sie waren überzeugt gewesen, daß all dies aufgehört hatte zu existieren.

– Wir lebten diese Periode des Friedens wie eine Erleichterung, wie die Euphorie nach dem Abklingen des Schmerzes, wie das Erwachen in der Morgendämmerung in der kurzen Stille, bevor die Vögel zu singen beginnen.

Sie waren sich auch darüber einig, daß sie sich zuallererst mit den Bordellen der Hauptstadt vertraut machen müßten.

– Ein komisches Land: die Huren sind dort freundlich und zärtlich. Ich hätte mich beinahe in eine von ihnen verknallt.

Aber ihr Mentor erschien, und sie mußten ihr Bündel wieder schnüren.

– Wohin fahren wir?

Auf Si Morices wiederholte Fragen kam keine Antwort. Das Geheimnis um ihre Reise wurde immer undurchdringlicher. Ihr Fahrer führte sie zum Flughafen und gab ihnen echte Flugtickets und falsche tunesische Pässe. Sie checkten für den Flug nach Rom ein.

– Als wir auf den Anschlußflug warteten, sprachen wir dem zollfreien Whisky tüchtig zu, unter dem rügenden Blick unseres Begleiters.

Sie landeten in Rabat, wo neuerlich ein Wagen auf sie wartete. Die Fahrt dauerte mehr als vier Stunden.

– Wohin fahren wir? fragte Si Morice erneut.

– Wir kommen schon an.
Die jodhaltige Luft ließ Si Morice die Nähe des Meeres erahnen. Er liebte Küstenstädte.
– Die sind offener als die anderen, bieten sich mehr an. Ein Hafen ist ein Tor zum Rest der Welt. Die Hafenstädte sind nicht so puritanisch und fremdenfeindlich wie die anderen. Das wissen die Matrosen am besten.
Die Stadt, die die Gruppe aufnahm, verströmte Lebensfreude. Riesige Bäume spendeten den Straßen Schatten. Öffentliche Gärten und Springbrunnen gab es in Hülle und Fülle. Wenn der Tag zur Neige ging, bevölkerten sich die Plätze mit Passanten und Verliebten.
– Tanger ist auch heute noch für mich der ideale Zufluchtsort, der letzte Rückzugspunkt, wo man den Balsam des Vergessens auf die Wunden einer Vergangenheit träufeln lassen kann, die nicht aufhört, uns zu quälen.
Sie wurden in einem großen Haus untergebracht, das von Leuten mit geheimnisvollen Gesten und undefinierbarem Status frequentiert wurde.
Der Albino wurde rasch zum Liebling der Frauen in jenem Viertel, in dem es von Nachtclubs, Stundenhotels, Opiumhöhlen, Bordellen und zweifelhaften Import-Export-Büros wimmelte.
– Das ist bloß Neugier, meinte er zu seinem Gefährten. Sie halten mich für ein seltsames Tier und wollen ausprobieren, wie ich gebaut bin.

Si Morice erhob sich. Er versuchte, gegen die Nostalgie anzukämpfen, die ihn nach und nach erfaßte. Er brauchte einige Streichhölzer, bevor es ihm gelang, den Tabak seiner Pfeife zu entzünden.
– Ich muß verhindern, daß die Flamme den Bart eines alten Partisanen versengt. Neben dem Whisky und dem Gras ist mein Bart der einzige Luxus.

Seine Erzählung stockte. Er hatte wenig Lust, fortzufahren. Kader fehlte ihm.

– Und weiter? fragte Rabah.

Ein Leuchten machte die Augen des Erzählers wieder lebendig.

– Diese Stadt der sorglosen Lebenskünstler lud zur Euphorie ein.

Si Morice war bereit, sich in die erstbeste Passantin zu verlieben. Er fand alle Frauen entzückend und die Männer nachsichtig und verständnisvoll. Die Bewohner schienen nur den Genuß des Lebens im Sinn zu haben. Während der Albino sich anschickte, jede weibliche Neugier zu befriedigen, durchforstete Si Morice die Bars der zahlreichen Hotels. Diese luxuriösen Paläste waren fast immer leer. Ein übereifriges Personal tat so, als würde es die unbewohnten Zimmer reinigen, eilfertige Rezeptionisten warteten auf Kunden, die nicht kamen, gestylte Barkeeper putzten saubere Gläser, aufwendige Orchester spielten vor leeren Tanzflächen. Diese künstlichen Paradiese wirkten wie große Kinderspielzeuge. Si Morice fragte sich, welcher seltsamen Laune eine so große Anzahl unnötiger Gebäude entsprungen war. Diese Frage stellte er seinem neuen Freund.

– Dem Fieber nach leichtem, schnellem Gewinn, antwortete dieser. Diese Bauten waren nach Abschluß internationaler Abkommen, die aus Tanger eine offene Stadt, einen Hafen außerhalb aller Gesetze machten, wie die Pilze aus dem Boden geschossen. Von der ganzen Welt strömten also zwielichtige Zwischenhändler, Schwindler aller Art, patentierte Betrüger, erfahrene Zuhälter, staatenlose Gauner, korrupte Geschäftsleute, Waffenhändler, Spione und unehrliche Reeder zusammen. Geschäftemachereien aller Art blühten: Alkohol, Zigaretten, Mädchenhandel, aber vor allem Drogen und Waffen. Diese ganze zwielichtige Gesellschaft verschwand, als die Stadt den Status der Exterritorialität verlor. Die Hotels leerten sich.

Er hatte Abdelkrim in der dreizehnten Etage eines solchen Hotels kennengelernt. Als einziger Barbesucher langweilte dieser sich hinter seinem Weinglas zu Tode. Die beiden fanden einander schnell sympathisch. Abdelkrim lebte im Müßiggang des reichen Erben. Dreißigjährig und elegant führte er seinen Weltschmerz von Stadt zu Stadt, von Hotel zu Hotel, von Frau zu Frau, von Abenteuer zu Abenteuer spazieren. Das immer mit Lärm verbundene Erscheinen Si Morices in der Bar war ihm eine willkommene Abwechslung. Die beiden Männer entdeckten mit Freude, daß ihre beiden Pariser Exilwohnungen nebeneinander gelegen waren und bedauerten, daß sie sich dort nicht kennengelernt hatten.

– Wir wurden unzertrennlich. Ich schätzte seine Verschwendungssucht, und ihn amüsierten meine paradoxen Ideen.

Sie trafen sich jeden Abend, um bis zum Morgengrauen zu diskutieren und zu trinken. Eines Tages wurde Si Morice von ihm eingeladen, an einem besonderen Abend teilzunehmen.

– Interessiert es dich, an einer richtigen Orgie mitzumachen?

– Nichts lieber als das.

Er stieß zu einer Gruppe von ehemaligen Studienkollegen, die beschlossen hatten, sich alle vier Jahre, zwischen zwei Olympiaden wiederzutreffen, um miteinander zu feiern und ihre frivole und sorglose Studentenzeit wieder aufleben zu lassen.

– Bis jetzt ist noch keiner von uns diesem Treffen ferngeblieben. Normalerweise amüsieren wir uns ganz gut.

Da der Mentor der beiden Partisanen für den Augenblick kein Lebenszeichen von sich gab, kündigte Si Morice dem Albino an, daß er für drei Tage verschwinden würde.

– Wohin?

– Das weiß ich nicht.

Abdelkrim wartete in einem Geländewagen auf ihn, trug Gummistiefel und hielt eine gefütterte Jacke im Arm.

– Fahren wir zum Nordpol?

– Ich habe dir dieselbe Ausrüstung besorgt.

Sie fuhren den ganzen Vormittag lang. Nach einem Imbiß in einer hübschen Raststätte nahmen sie eine kurvenreiche Straße, die unaufhörlich anstieg.

– Warum haben Sie einen so isolierten Treffpunkt ausgewählt?

– Weil uns dort niemand belästigen kann.

Vom Wein und vom Rütteln des Wagens müde, schlief Si Morice ein. Er öffnete die Augen erst, als es dämmerte. Am Straßenrand wurden Schneewächten sichtbar. Je höher sie hinauffuhren, umso mehr war der Boden des Waldes mit Schnee bedeckt.

– Du hast recht daran getan, dich auszuruhen. Die Nacht wird lang sein.

Drei Stunden später erschien ein großes Landhaus im Licht der Scheinwerfer, vor dem bereits vier Wagen parkten.

– Ich glaube, wir sind die allerletzten, sagte der Fahrer.

Als Si Morice über die Schwelle trat, schien er in eine Traumwelt einzutauchen. Abdelkrims Erscheinen wurde gebührend beklatscht. Man grüßte auch seinen Freund mit Ehrerbietung. Um ein großes Holzfeuer waren ein Dutzend Männer und Frauen versammelt, die entschlossen waren, sich zu amüsieren. Sie rauchten, tranken, scherzten, lachten oder sangen.

– Ich liebe eine solche Atmosphäre, sagte Si Morice. Ich fand mein Erzähltalent nach dem dritten Glas wieder. Unser sehr weiser Prophet hat nicht begriffen, daß wir nur trinken, um zu sein, wie wir wirklich sind, klar im Geist und abgebrüht. Ich habe immer mehr als notwendig getrunken. Wenn ich keine Entschuldigung dafür habe, brauche ich mich auch nicht zu rechtfertigen. Der Alkohol beflügelt mich halt. Ich konnte dem Vergnügen nicht widerstehen, diesen neuen Zuhörern einige meiner Abenteuer zu erzählen.

Wie gewohnt brauchte Si Morice nicht lange, um die Aufmerksamkeit des Publikums ganz für sich zu gewinnen.

– Natürlich übertrieb ich, wie ich es auch heute bei euch

mache. Aber man muß anerkennend sagen, daß die Festgäste ihren Wein und meine Erzählungen in sich aufsogen. „Sie" hatte es vorgezogen, sich zum Feuer zurückzuziehen und betrachtete mit Nachdruck die Flammen, fasziniert von dem Schauspiel der knisternden Scheite. Von Zeit zu Zeit drehte „Sie" den Kopf, um den Großsprecher mit einem vorwurfsvollen Blick zu bedenken.

Si Morice war jetzt weit von seinen Gefährten im Lastwagen entfernt. Er war ganz in seinen Erinnerungen versunken.

– Wir haben geplaudert, getanzt, gegessen ...

Dann zogen sich die Geladenen paarweise zurück. Si Morice war nun allein. Er ging vor die Tür, um die eiskalte Luft des kommenden Tages zu atmen. Die umgebenden Berge erinnerten ihn an jene, die er vor kurzem verlassen hatte. Er glaubte sogar, in der Ferne, im Dämmerlicht des Morgens, die bedrohliche Linie der elektrisch gesicherten Grenze wahrzunehmen.

– Ich wußte nicht, daß andere Stacheldrahtzäune uns von unseren marokkanischen Brüdern trennten.

Während Si Morices Blick sich auf den Abgrund zu seinen Füßen richtete, murmelte eine Stimme in seinem Rücken:

– Sie hätten das alles nicht erzählen sollen.

Er stand „Ihr" gegenüber.

– Ich mag Aufschneider nicht, fügte „Sie" in strengem Ton hinzu.

Eine scharfe Antwort lag Si Morice auf den Lippen, aber der ernste, bedauernde Blick der Unbekannten hielt ihn davon ab.

– Warum spotten Sie so über Ihre Gefährten, die für die Befreiung Ihres Landes kämpfen? Sie verwandeln einen heroischen Kampf in einen Schelmenroman. Viele Völker haben die Augen auf uns gerichtet und applaudieren bei jedem Erfolg. Für die, die noch in der kolonialen Umnachtung leben müssen, sind Leute wie Sie Fackelträger. Und diese amourösen Abenteuer, die Sie mit soviel Inbrunst schildern, sind Sie wirklich so stolz drauf?

Erstaunt und amüsiert hörte sich Si Morice diese Vorhaltungen an und streichelte währenddessen seinen Bart.

– Was sollte ich meiner schönen Moralpredigerin wohl antworten? Es war kalt. Ich schlug ihr vor, zum Feuer zurückzukehren.

Sie überschüttete ihn mit heiklen Fragen. Si Morice versuchte, seinen heiteren Ton wieder anzuschlagen, aber ein Runzeln der Augenbrauen hielt ihn davon ab. Sie wollte genau wissen, wie man im Untergrund lebte, wie man kämpfte, wie die Situation sich entwickelte.

– Die französische Armee wird uns bald erstickt haben. Die Operationen „Jumelles" und „Pierres précieuses" sind gefürchtet. Sie durchkämmen die Gegend so gut, daß wir kaum aus unseren Löchern kommen können.

Sie unterbrach mit einer verärgerten Geste seine pessimistischen Kommentare und ermutigte ihn, die Fortschritte des Partisanenkampfes zu unterstreichen, die errungenen Siege und die Entschlossenheit, den Kampf weiterzuführen.

Aus der Nähe war das Gesicht der Unbekannten faszinierend, und Si Morice ließ sich von den großen Augen, die auf ihn gerichtet waren, betören.

– So machte ich die Bekanntschaft der schönsten Frau der Welt.

Einer der Geladenen, der als erster erwacht war, fand die beiden, wie sie immer noch bei dem ausgehenden Feuer saßen.

Si Morice befragte Abdelkrim über „Sie".

– Wer ist sie?

– Ein Geschenk des Himmels.

Als sein Gefährte sich entfernte, fragte der Partisane „Sie":

– Was bedeutet Glück für dich?

– Eine Oase in der Wüste. Oder vielleicht nur deren Luftspiegelung.

Der alte Mann richtete sich auf.

– In dem Landhaus mitten in den Bergen haben wir so drei Tage und drei Nächte verbracht. Ich kann nicht erzählen, wie. Es läßt sich nicht beschreiben. Wir lebten außerhalb von Zeit und Raum.

Bei der Abreise fragte „Sie" Abdelkrim, ob er einen kleinen Umweg machen könnte, um sie zu Hause abzusetzen.

– Um noch ein wenig mit dir zusammenzusein, flüsterte „Sie" mir zu.

Die Unebenheiten der Landschaft verdeckten den Marktflecken, der durch eine verborgene Straße mit der Außenwelt verbunden war. Diese Straße war in keinem Reiseführer verzeichnet.

„Sie" lud ihre Begleiter auf einen Drink ein. Eigentlich konnte „Sie" ihnen nur Wasser anbieten. Als Si Morice sich erhob, um Abschied zu nehmen, postierte „Sie" sich plötzlich in der Tür, um ihm den Weg abzuschneiden. Tränen liefen ihre Wangen hinunter.

Abdelkrim entfernte sich diskret.

– Ich kann mich nicht dazu durchringen, dich jetzt wegzulassen. Bleiben wir doch noch eine Nacht zusammen.

– Das ist unmöglich. Ich habe einen Auftrag zu erfüllen. Mein kleiner Ausflug war nicht vorgesehen und meine Kommandanten werden unruhig sein. Sie scherzen nicht mit Deserteuren.

– Ich flehe dich an, eine einzige Nacht.

Si Morice zögerte lange. Er erklärte seinen Zuhörern, daß er eine ganz andere Angst hatte, denn im Grunde war ihm die Reaktion seiner Vorgesetzten egal. Aber seine Eroberung glich einer Heldin aus einem Photoroman: schön, fein, elegant, immer geschminkt, ideal in jeder Hinsicht. Als Nachtpflanze verlangte ihre Anwesenheit eine subtile Beleuchtung. Er fürchtete für „Sie" den brutalen Einfall des Sonnenlichts.

– Wenn ich mit dieser Nacht einverstanden gewesen wäre,

wie hätte ich „Sie“ dann am nächsten Morgen vorgefunden? Bis jetzt hatten wir in der Verzückung der Dunkelheit gelebt, an einem fremden, dämmrigen Ort. „Sie“ bei Tageslicht zu sehen, wie „Sie“ sich in ihrem ureigensten Zuhause bewegte, hätte den Zauber vielleicht gebrochen ... Natürlich bin ich letztendlich doch geblieben. Und, setzte Si Morice lauter hinzu, stellt euch vor, „Sie“ hat mich wirklich beeindruckt!
Er war entzückt, zuschauen zu dürfen, wie die zarten Finger seiner Fee Kartoffeln schälten, den Besen zur Hand nahmen, nähten, das Geschirr wuschen. Er verbrachte eine Woche in diesem Dorf, das vor dem Rest des Landes verborgen war. Die Häuser waren hübsch und geputzt. Sie schienen aus einem Zeichentrickfilm zu stammen. Mächtige, ausladende Bäume gaben Schatten, die Straßen waren von penibler Sauberkeit, aber fast leer. Einige wenige Geschäfte boten ihre Waren einigen wenigen Kunden an. Die sich dort versorgten, kauften soviel ein, daß man meinen hätte können, die Waren wären gratis. Aber daß es hier keine Kinder gab, machte Si Morice noch nachdenklicher. In der Woche seines Aufenthaltes begegnete er keinem einzigen. Welches Schicksal hatten die Dorfbewohner für ihre Nachkommenschaft vorgesehen? Brachten sie die Neugeborenen um? Schickten sie sie ins Exil?
Si Morices Geliebte lebte in einer geheimnisvollen Isolation. „Sie“ schien weder Freunde, noch Arbeit, noch Verwandte zu haben. „Sie“ ging nie aus. Die Fensterläden blieben immer fest verschlossen. „Sie“ war aller materiellen Nöte enthoben, und es schien, als ob „Sie“ mit der Verachtung, die „Sie“ dafür übrig hatte, die Welt nach ihren Wünschen ausrichtete. Jeden Morgen fand „Sie“ einen Korb mit Lebensmitteln vor ihrer Tür. „Sie“ gab vor, über deren Herkunft nichts zu wissen und Si Morice zog es vor, an ihre magischen Kräfte zu glauben. Wenn das Körbchen einmal nicht vor der Tür stand, beschloß „Sie“, ohne im geringsten darüber verstimmt zu sein, die Reste vom Vorabend wieder aufzuwärmen. Si Morice bewunderte in

„Ihr“ ihre Gleichgültigkeit den Zufälligkeiten des täglichen Lebens gegenüber.
„Sie“ konnte auf alles verzichten, auf das Essen, das Trinken, das Schlafen, das Rauchen – nur auf seine Anwesenheit nicht. Jeden kurzen Spaziergang ins Dorf mußte er mit „Ihr“ aushandeln. Wenn er sich verspätete, fand er „Sie“ in Panik. „Sie“ warf sich ihm an den Hals und drückte ihn so fest, daß er nicht mehr wußte, bei wem er sich für dieses unerwartete Geschenk der Liebe bedanken sollte. Das Herz voller Zärtlichkeit vergrub er sein Gesicht in ihren feinen Haaren, damit „Sie“ nicht sah, wie sich seine Augen mit Tränen füllten. „Sie“ sagte, daß „Sie“ von der Angst erfüllt war, er könne wieder weggehen, und ihre Alpträume vergrößerten diese Angst noch. Selbst wenn er im Haus anwesend war, wurde „Ihr“ jedes zu lange Schweigen suspekt, und „Sie“ begann, ihn zu suchen.
– Meine Angst, „Sie“ am Morgen ohne Schminke aufwachen zu sehen, war ungerechtfertigt. „Sie“ war immer gleich schön. Ihre tägliche Toilette glich einer richtigen Zeremonie. „Sie“ schloß sich zwei Stunden im Badezimmer ein, in dem es mehr Kosmetika gab, als auf einem Regal eines Pariser Supermarkts. „Sie“ erschien jeden Tag wie verwandelt, jeden Tag noch entzückender.
Die Nächte verbrachten sie damit, sich zu lieben, und ihre Umarmungen endeten am Morgen erst mit dem Ruf des Muezzins.

Si Morice schwieg, und die plötzliche Stille unterstrich die unerwartete Ruhe der Nacht.
– Es ist schwer zu erklären, nahm der alte Mann die Erzählung wieder auf, ich glaube, daß „Sie“ der einzige Mensch war, der mich wieder mit mir versöhnte.
Er hatte lange für die Entdeckung gebraucht, daß man ihn um seiner selbst lieben könnte.

– Eine schreckliche Erfahrung. Jenes Wesen kennenzulernen, das sich mit dir selbst begnügt, glücklich über deine bloße Anwesenheit ist und nur das verlangt.

Das erlaubte Si Morice, sich seiner Unabhängigkeit, der Intensität seines Lebens bewußt zu werden und der Möglichkeit, für sich zu leben und nicht gegen die anderen.

– Nein, wiederholte „Sie". Ich hasse es, wenn du den Komödianten spielst. Du bist zu gut dafür. Dein Engagement beweist das. Laß doch diesen zur Schau getragenen Zynismus. Ich liebe dich, wenn du ganz du selbst bist, wenn du lachst oder weinst, ohne an das Bild zu denken, das du dabei abgibst.

– Was konnte ich darauf sagen? meinte Si Morice. Wißt ihr was? In der ganzen Woche, die wir miteinander verbrachten, habe ich keinen Schluck Alkohol getrunken. Wunderbar, nicht wahr?

Si Morice war gerührt, versuchte aber seinen spielerischen Tonfall wiederzufinden, als ob er Angst davor hätte, sich zusehr entblößt zu haben.

– Natürlich haben auch die schönsten Träume ein Ende. Eines Tages, am frühen Abend, als wir uns von unserem Mittagsschlaf erhoben, bemerkte ich hinter dem Zaun das grinsende Gesicht des Albinos. Sein starres Lachen genügte, und ich wußte, daß meine Eskapade zu Ende war.

Si Morice machte eine lange Pause, und seine Zuhörer glaubten, daß er mit seiner Erzählung am Ende wäre.

– Ich wollte mich immer schon vergewissern, ob die schönsten Abenteuer meines Lebens der Zeit standhielten. Das ist ein selbstmörderisches Verhalten, aber sicher wollte ich mich damit meiner Fantasmen entledigen. Fünfzehn Jahre später also nahm ich denselben Weg, auf der Suche nach diesem kleinen Dorf aus Pappmaché. Aber nach drei Tagen Bemühungen hatte ich noch immer keine Spur davon gefunden.

– Und weiter? fragte ihn Saïd.

– Ich hatte alles erfunden: Abdelkrim, das Fest in der Berghütte, die Frau, das Dorf. Ist das nicht großartig?
– Es wird Zeit schlafenzugehen, schloß Saïd enttäuscht und löschte das Licht.
Nach einigen Minuten erhob sich Si Morices Stimme wieder in der Dunkehlheit.
– Ich ging also weg und hörte auf, an die Geister zu glauben, die mich solange verfolgt hatten, als sich plötzlich die kleine Straße vor mir auftat. Ich entdeckte das Dorf und das Haus. Ich hatte auf einmal schreckliche Angst. Würde „Sie" mich wiedererkennen, mit meinen ergrauten Haaren, meinem dicken Bauch und meinem vom Alkohol aufgedunsenen Gesicht? Und vor allem, wie würde ich „Sie" nach all diesen Jahren wiederfinden?
Si Morice hustete laut und heftig, in der Hoffnung, daß er damit seine Gefährten wach halten könnte.
– Falscher Alarm. Das Haus war verlassen, die Fensterläden geschlossen, der Verputz abgebröckelt, der Garten mit Unkraut überwuchert. „Sie" hatte das märchenhafte Dorf verlassen. „Sie" war sicher verheiratet und Mutter schreiender Rotzbuben. Durch ihre wiederholten Schwangerschaften war „Sie" sicher in die Breite gegangen. Die Wäsche, die „Sie" täglich wusch, konnte ihre feinen Hände nur abnützen. Als schwer arbeitende Hausfrau konnte „Sie" sicher nicht mehr zwei Stunden im Bad verbringen. Zwischen Kochen und Geschirrabwaschen wurde das Vergehen der Zeit für „Sie" nur durch die Abnützung ihrer Wäsche sichtbar. Was für ein Unglück! So gehen die schönsten Träume dahin, ich hatte es so gewollt!
Palsec glaubte, ein Schluchzen zu vernehmen.
– Du kannst dich jetzt ausruhen, murmelte er. Alle schlafen schon.
– Mit gesenktem Kopf ging ich weg, als ich meinen Namen rufen hörte. Ich hatte gerade noch genug Zeit, mich umzudrehen, da lag „Sie" schon in meinen Armen. „Sie" hatte all

die Jahre auf mich gewartet. Wie war das nur möglich? Aber viel seltsamer noch: „Sie“ war genauso schön und begehrenswert wie früher ... Was für eine wunderschöne Geschichte, nicht wahr?

12

– Du wirst mir folgen müssen, kündigte El Msili Kader an.
Der Arzt war eben erst im Spital erschienen.
– Wohin?
– Das wirst du rechtzeitig erfahren. Du wolltest meine Warnungen nicht zur Kenntnis nehmen. Das war nicht richtig.
Kader nickte zum Zeichen der Billigung mit dem Kopf. Er bemerkte mit Erstaunen, daß er keine Angst hatte.
Ein Lieferwagen wartete vor der Tür des Pavillons. Kader wurde von El Msili hineingestoßen. Zwei bewaffnete Männer saßen vorne. Der Wagen fuhr gleich darauf an. Man fesselte dem jungen Mann die Hände, verband ihm die Augen. Er ließ alles ohne Widerstand geschehen.
Kader hatte sich immer gefragt, wie er sich verhalten würde, wenn er sich in Gefangenschaft befände. Er zweifelte daran, die trostlose Lage des Eingeschlossenseins ertragen zu können. Sein Körper und sein Geist waren von besonderer Kälteempfindlichkeit. Er mußte sich jeden Morgen einem strengen Ritual unterziehen. Erst am Ende dieser Zeremonie gehorchten seine Glieder, und das Gewicht in seinem Kopf wurde leichter. Was würde er machen, wenn er nun einer anderen Ordnung unterworfen würde? Wie sollte er auf einem Zementboden schlafen, wo er doch sicher war, daß durch die Feuchtigkeit und die Kälte sich der Rheumatismus seiner Kindheit wieder bemerkbar machen würde? Würde er wirklich nach Erlöschen des Lichtes einschlafen können? Hätte er die Erlaubnis, außerhalb der dafür vorgesehen Stunden auf

die Toilette zu gehen? Durfte man trinken, wenn man Durst hatte? All diese lächerlichen Fragen quälten Kader, der auf dem Boden des Fahrzeugs lag, durchgerüttelt wurde und noch gar nicht wußte, was man mit ihm vorhatte.

Als die Tür der Garage zuging, in die man ihn gestoßen hatte, verspürte Kader ein Gefühl des Entsetzens. Er nahm sich die Augenbinde ab. In dem Maß, wie sich seine Augen an das schwache Licht einer Glühbirne gewöhnten, überraschte er sich dabei zu lächeln. Er ahnte, daß er auch dem schlimmsten Feind die Stirn werde bieten können.

Fünf andere Gefangene waren hier versammelt.

– Kannst du „Schwarzer Peter" spielen? fragte ihn ein fünfzehnjähriger Junge. Meine Gefährten haben ja von nichts eine Ahnung.

Der Jugendliche saß im Schneidersitz in einer Ecke des Raums und hielt ein Kartenspiel in der Hand. Kader setzte sich zu ihm.

– Ich will gern mit dir spielen, wenn du nicht mogelst.

– Das hat ja dann keinen Witz. Hast du eine Zigarette?

– Ich rauche nicht.

Kader zog seine Jacke aus und rollte sie zusammen.

– Ich werde endlich meinen Rausch ausschlafen.

– Willst du, daß ich die Glühbirne zerschlage? fragte ihn der Kartenliebhaber und zog einen Schuh aus.

– Nicht notwendig. Ich bin daran gewöhnt, bei Licht zu schlafen.

Kader streckte sich auf dem Betonboden aus und schloß die Augen.

– Warum bist du hier?

– Ich habe einen Teppich gestohlen.

– Ich sehe den Zusammenhang nicht.

– Der Teppich lag in einer Moschee.

Das islamische Gericht habe verfügt, daß ihm eine Hand abgehackt werde, fügte der Junge hinzu.

– Das scheint dich nicht sonderlich zu berühren.
Der Dieb trug einen für sein Alter beachtlichen Fatalismus zur Schau. Er fand, daß die Menschen dem Leben eine zu große Bedeutung beimaßen. Man hatte ihm erzählt, daß er mit sechs Jahren an Röteln erkrankt war und knapp am Tod vorbeiging. Sein Vater war an bloßem Herzversagen gestorben. Er erinnerte sich an einen Sturz, der aus ihm beinahe einen Querschnittgelähmten gemacht hätte. Er wußte sehr wohl, daß täglich Hunderte Menschen durch verschiedenste Unfälle verstümmelt wurden.
– Ich wäre nur ein Verkrüppelter mehr.
Kader schlief ein.
War das ein fernes Murmeln, eine dumpfe Klage, ein unterirdisches Stöhnen? Kader richtete sich auf. In einer Ecke der Garage hatte ein Mann begonnen, in lamentierendem Tonfall die Verse des Korans zu psalmodieren. Dies erinnerte an die bezahlten Klageweiber, die man für Begräbnisse anheuerte. An seinen schniefenden Lauten konnte man ahnen, daß er weinte.
– Was hat er?
– Er gehört zu denen, antwortete sein Nachbar.
Er war der Häresie angeklagt. Man hatte bestimmt, daß seine Predigten sich zu oft von der offiziellen Linie entfernten. Das verstand er nicht: er machte ja nichts anderes, als das göttliche Wort zu wiederholen. Er konnte nicht zugeben, daß man den heiligen Text zensuriert hatte.
– Sein Fall ist viel schwerer als meiner.
– Die Dissidenten sind gefährlicher als die Feinde, murmelte Kader.

Mit abgewandtem Kopf weigerte sich Kader, den beiden Inquisitoren des Gerichts zu antworten. Seit er vorgeführt wurde, hatte er ihnen das Recht verweigert, ihn zu verhören. Er stellte fest, daß seine Haltung nur ihre Entschlossenheit verstärkte. Er durfte keine mildernden Umstände erwarten.

– Gibst du zu, daß du die Unterlagen gestohlen hast?
– Sag die Wahrheit.
– Wohin hast du sie gebracht?
– Du mußt dir unsere Nachsicht verdienen.
– Wer hat dir den Auftrag dazu gegeben?
– Du bist getäuscht worden.
– Was hattest du zu verbergen?
– Zu deinem Besten solltest du alles gestehen.
– Wer sind deine Komplizen?
– Hab Vertrauen zu uns, wir wollen dir nichts Böses.
– Erfüllst du deine religiösen Pflichten?
– Wir sind hier, um dir zu helfen.
– Wo arbeitet dein Vater?

Kader hatte sich vorgenommen, einen klaren Kopf zu behalten. Aber als man seinen ermordeten Vater erwähnte, hatte er trotz aller Bemühungen Tränen in den Augen. Er begnügte sich damit, den Richter anzustarren, der zwischen den beiden Männern saß und der die ganze Zeit über geschwiegen hatte. Kader hatte einige Zeit gebraucht, bis er dieses Gesicht erkannte, auf dessen Stirn eine afghanische Mütze thronte, dieses Gesicht, das von einem dichten Bart unkenntlich gemacht wurde: Sein Bruder Hocine, der in Paris verschwunden war, saß hier mit unbeweglicher Miene vor ihm.

Hocines Beisitzer, die nun glaubten, Kaders Widerstand gebrochen zu haben, verdoppelten ihre Anstrengungen. Aber der Arzt blieb stumm. Er weinte in der Erinnerung an den Vater, der im Kampf um die Freiheit sein Leben gelassen hatte. Er weinte vor Wut in Anbetracht der Anschuldigungen dieser beiden Verrückten, die sich nun Mühe gaben, die Erinnerung an den Vater zu beschmutzen und dies mit dem stillen Einverständnis von dessen ältestem Sohn, der sich selbst zum Richter gemacht hatte. Er dachte an seine Mutter. Was würde sie empfinden, wenn sie erfuhr, daß Hocine sie freiwillig an seinen Tod glauben ließ?

Kampfesmüde beendeten die beiden Inquisitoren die Anhörung. Sie waren sich ihrer Überzeugung sicher. Sie zogen sich zurück und ließen Hocine mit Kader zurück.
Außer sich starrte der Arzt den Richter an.
– Hast du es gewagt, ihnen zu gestehen, daß du mein Bruder bist?
– Du irrst dich. Ich bin nicht dein Bruder.
Kader wußte nicht, warum sich seinen Gedanken plötzlich eine Erinnerung aufdrängte. Als Kind hatte er sich einmal allein in die Gassen Tangers vorgewagt und sich im Labyrinth der alten Stadt verirrt. Nach mehreren Versuchen, den Weg wiederzufinden, hatte er sich erschöpft auf die Schwelle einer Haustür gesetzt und zu weinen begonnen. Er war allein auf der Welt und sah sich schon als Geisel der Barbaren. Ihr Anführer war derselbe wie der auf dem Umschlag des Buches, das er am Vorabend gelesen hatte. Und dann sah er Hocine außer Atem eine Treppe herunterlaufen. Dieser hob ihn auf. Ihr gemeinsames Lachen sagte genug über die Erleichterung des einen und die Freude des anderen.
– Du bist nicht einmal auf den Gedanken gekommen, deine Mutter zu besuchen. Sie hat dich so lange nicht gesehen. Sie ist sehr gealtert, weißt du. Sie ist nur mehr ein Schatten von einer Frau. Ich glaube, sie schrumpft vor Kummer, da ihr die Kunde von deinem Verschwinden sehr zugesetzt hat.
Hocine versuchte zu erklären.
– Ich hatte ja aufgrund des Prozesses, den ich gegen meinen Arbeitgeber wegen unstatthafter Kündigung angestrengt hatte, ein Aufenthaltsverbot, wie du weißt. Ein zwielichtiger Bürokrat hatte beschlossen, mich für immer zu verbannen.
– Aber nicht aus unseren Herzen.
– Vergiß nicht, daß die, die an der Macht sind, den Mord an unserem Vater in Auftrag gegeben haben. Es ist ihnen sogar gelungen, mir die Mutter wegzunehmen. Die islamistischen Brüder hatten mir die Rückkehr und das Ende meines Exils

versprochen. Ich bin ihnen also gefolgt. Mit ihnen kämpfe ich gegen Ungerechtigkeit.
– Mit einer Afghanenmütze?
– Wieviele andere gibt es, die die Mütze Stalins oder das Gewand Maos angenommen haben?
– Wer hat dich in diese mittelalterliche Gesellschaft geführt, um dich zu indoktrinieren? Wer hat bezahlt? Du bist nichts als das Instrument eines politischen Auftraggebers.
– Dasselbe Argument kann ich dir auch entgegenhalten.
– Kein Mensch könnte mich je dazu zwingen, meinen eigenen Bruder zu verurteilen. Ihr seid die Kinder des Hasses. Auf Rachegelüsten kann man kein Land aufbauen, man kann nur seinen selbstmörderischen Absturz beschleunigen. Du weißt sehr wohl, daß ich die Krankenkarteien gestohlen habe. Viele Freunde haben mir geholfen. Das sind meine Brüder.
– Dann müssen wir dich also verurteilen.
– Alle, die eure Ordnung verweigern, verurteilt ihr. Und Leïla, deine Frau? Hast du dasselbe Schicksal für sie auf Lager?
– Du hättest nicht von ihr sprechen sollen.
Kader verstand nicht.
– Ich weiß, daß sie sich in dich verliebte, sobald sie dich sah. Ich weiß über eure Eskapaden, eure Diskussionen, eure zärtlichen Vertrautheiten Bescheid. Ich sage dir ganz offen: Ich konnte mich nie damit abfinden, daß mein Bruder meine Frau fickt.
Kader war zutiefst getroffen und verzog schmerzlich das Gesicht.
– Du verdächtigst mich, das getan zu haben? Denkst du wirklich so von mir?
Der Arzt hatte den Eindruck, einem Monster gegenüberzustehen. Er fragte sich, von welchen düsteren Ideen sein Bruder, den er gut zu kennen glaubte, besessen war.
– Du bist also zum islamischen Richter avanciert. Was für eine Überraschung! Und du hast ein Kind dazu verurteilt, daß

ihm die Hand abgehackt wird. Welches Urteil darf ich mir erwarten? Werde ich wegen Diebstahls von Dokumenten verurteilt oder wegen des vermeintlichen Ehebruchs?
Kaders Bestürzung wich dem Aufruhr.
– Wer seid ihr eigentlich? Fürchtet ihr nicht den Zorn jenes Gottes, dessen Namen ihr unaufhörlich im Munde führt? Ihr habt nichts Menschliches an euch. Ihr seid jenen verabscheuungswürdigen Kreaturen ähnlich, die unsere Alpträume bevölkern. Eines Tages werdet ihr euch für diese Anmaßung verantworten müssen. Am Tag des Jüngsten Gerichtes wirst du mehr Angst haben als ich, das weiß ich.

– Was werdet ihr nun tun?
Sie stehen mit gesenktem Kopf um Louisa herum, linkisch wie Hampelmänner.
– Ich wiederhole noch einmal: Kader ist entführt worden.
Sie wagen es nicht, ihrem düsteren Blick zu begegnen.
– Er ist doch euer Freund, oder nicht?
Die Hände in den Taschen wankt Saïd wie ein Baum, der an der Wurzel angesägt wurde. Er fühlt sich in die Länge gezogen, riesengroß. Sein Kopf ist weit vom Boden entfernt. Ihm ist schwindlig. Er kann Louisas heftigen Tonfall nicht ertragen. Er hat Lust, ihr schützend den Arm um die Schultern zu legen, um sie zu beruhigen. Si Morice begnügt sich damit, düstere Vergeltungsschwüre zu murmeln. Er spricht davon, wieder in den Untergrund zu gehen, alle seine alten Gefährten zu mobilisieren, das Land in Feuer und Asche zu legen, alle Bigotten der Erde zu ermorden, die Sonne zu steinigen, den Mond zum Platzen zu bringen.
Louisa dreht ihnen den Rücken zu und entfernt sich schluchzend.
Bei Einbruch der Nacht gesellt sich Nacer zu ihnen in den Lastwagen. Als Antwort auf die fragenden Blicke macht er ein negatives Zeichen. Si Morices Bart zittert vor Wut.

– Aber es sind doch deine Freunde.
– Niemand weiß, wer Kaders Entführung veranlaßt hat, und noch weniger wissen sie, wo er gefangengehalten wird. El Msili und seine Henker sind nur Ausführende.
Der Greis schwingt drohend seinen Stock.
– Ihre Lügengeschichten haben dich schon ganz blind gemacht. Sie sprechen wie Heilige, aber handeln wie Schurken.
Si Morice gerät außer sich wie ein Verrückter. Seine Stockspitze spielt der Metallwand übel mit.
– Folge mir, befiehlt er Saïd plötzlich. Und häng schnell den Anhänger ab. Wir machen eine Erkundungsfahrt. Mit einem kategorischen „Nein“ weist er Nacer zurück, der mitfahren will.
– Du mußt die Suche in deiner Schurkengesellschaft weitertreiben. Komm ja nicht nocheinmal unverrichteter Dinge zurück.

– Trinkt gefälligst in aller Stille, ihr Saufbolde, oder ich höre auf, euch einzuschenken. Schämt ihr euch nicht, euch hier zuzuschütten, wo doch einige Meter weiter unsere Nachbarn gerade eine Revolution anzetteln? Sie werden bald in meiner Höhle auftauchen und euch alle aufschlitzen.
Der Lärm im Saal wurde hörbar leiser.
In diesem Moment wurde heftig an die Eisentür geklopft. Der Wirt weigerte sich, seinen Hocker zu verlassen. Des Klopfens überdrüssig, öffnete er nach einer Weile doch, nahm sich aber vor, dem Eindringling keinen Wein einzuschenken, sondern ihn mit Schimpfworten wieder wegzujagen.
Er war überrascht, Si Morices langen Bart vor sich zu haben.
– Na so etwas, seh' ich einen Geist? grunzte er. Der gepantschte Whisky und der schlechte Wein haben deiner Leber noch nicht den Garaus gemacht?
In den Heldenzeiten der Partisanenkämpfe hatte sich „Der Einser“ ähnlich wie Si Morice auf das Zerschneiden von Sta-

cheldrahtzäunen spezialisiert. Die beiden hatten oft zusammenarbeiten müssen, um den Weg für größere Konvois oder für Persönlichkeiten wie Belkacem zu öffnen. Von der so geschlagenen Bresche profitierten sie des öfteren, um sich auf der anderen Seite mit einigen Flaschen Wein einzudecken. Aber der Einser hatte weniger Glück als Si Morice. Er bekam ein Holzbein verpaßt, nachdem das Original mit einer Mine in die Luft geflogen war. Bei der Unabhängigkeitserklärung kehrte er in das Viertel seiner Kindheit zurück und eignete sich, kraft seines Holzbeines, eine Cafébar an, die von ihrem Eigentümer aufgelassen worden war. Er kannte den Laden gut, da er ihn genügend oft frequentiert hatte, bis zu dem Tag, an dem er ihn auf Anordnung der FLN in die Luft sprengen mußte. Als er das Lokal in Besitz nahm, stellte er mit Genugtuung fest, daß die neue Einrichtung luxuriöser war. Hier wurden bald die größten Saufgelage der Stadt gefeiert. Gegen acht Uhr abends setzte er die Laufkundschaft vor die Tür. Drinnen blieben nur die passionierten Säufer. Er schob den Vorhang zu und drehte sich zu ihnen um. Und dann begann ein herrliches Besäufnis, das erst endete, wenn der letzte unter dem Tisch lag.

In dieser herrlichen Zeit kam Si Morice sehr oft. Er nahm sich das Recht, eingedenk ihrer alten Kriegskameradschaft immer gratis zu trinken.

– Warum weigerst du dich, zu zahlen? fragte ihn der Versehrte. Mit dem, was du in dich hineinbecherst, treibst du mich in den Ruin.

– Du weißt sehr wohl, daß ich alle meine Güter dem Staat vermacht habe. Jetzt bin ich ein waschechter Bedürftiger.

Aber einige Jahre später wehte bereits ein puritanischer Wind und brachte trockene Zeiten. Unter dem Druck der Bigotten, die die Schließung dieses Ortes der Verderbnis forderten, stellte der Bürgermeister fest, daß der Einser nie Steuern gezahlt hatte, ja nicht einmal eine Lizenz besaß. Der Einbeinige

ignorierte den Bescheid, der ihn dazu aufforderte, den Schlüssel abzugeben.
Er legte das Maschinengewehr auf den Tisch, um die Polizisten, die ihn an den Bescheid erinnern würden, gebührend zu empfangen. Nach langem Hin und Her einigte man sich auf einen Kompromiß. Er bekam die Erlaubnis, die Bar heimlich zu führen. Der Einser nahm das Ladenschild ab, malte die Scheiben an und schenkte nur noch bei verschlossenen Türen aus. Und da er sich in einer Art Illegalität befand, verdoppelte er den Bierpreis.
Si Morice war einer der wenigen, die wußten, daß sein Spitzname nicht von dem Verlust seines Beins herrührte. An einem Tag, an dem das Besäufnis scheinbar nie zu Ende ging, hatte der Krüppel ihm gestanden:
– Ich bin mit einem winzigen Schwanz zur Welt gekommen. Ich habe einen einzigen Hoden, der verschrumpelter ist als eine Feige unter dem Baum. In meiner Kindheit haben meine Freunde das schnell entdeckt und mir diesen Spitznamen gegeben.
Aber er war sich sicher, daß ihm dieses erste Handicap das Leben erleichtert hatte. Da Begegnungen mit Frauen ausgeschlossen waren, widmete er sich schamlos seinem einzigen Laster: dem Alkohol.
– Wie du ja weißt, trinke ich seit meinem zwanzigsten Lebensjahr ununterbrochen und bin immer noch in Form. Was man von dir nicht sagen kann. In unserer ruhmreichen Zeit warst du trinkfester als die Wildschweine, mit denen du verkehrtest, jetzt aber torkelst du schon nach der vierten Flasche Wein.
Der Einser war der Ansicht, daß seine Lage nur eine einzige Unannehmlichkeit hatte: Er wußte nicht mehr, was er mit seinem Vermögen anfangen sollte.
– Die Banknoten stapeln sich in meinem Laden, zahlreicher noch als die Typen, die sich um eine Frau in meinem Lokal

scharen würden. Trotz meiner Verschwendungssucht ist es mir unmöglich, nur ein Viertel von dem auszugeben, was ich ohne Anstrengung verdiene. Da ich keinen Erben habe, wird mein Zaster dem Staat zufallen, was mich zur Raserei bringt. Ich glaube, ich werde den Bau einer Moschee finanzieren.

Der Einser wich zur Seite und ließ Si Morice ein. Der Saal war verraucht und wieder lärmig.

– Die Grotte, die mir damals als Unterschlupf diente, war heimeliger als diese Bar. Wie kannst du in diesem Saustall leben?

– Du kennst das doch selber gut genug. Deine Klarsichtigkeit kommt nur daher, daß du heute noch nichts getrunken hast.

Der Einser ging hinter die Theke, nahm eine Flasche Bier und schlug sie gegen den Tresen.

– Kein Bier mehr! schrie er ins Publikum. Sperrstunde! Schluß für heute!

Die Proteste derer, die der Meinung waren, daß sie ihre tägliche Dosis noch nicht intus hatten, vermischten sich mit den heftigen Forderungen nach einem letzten Glas. Aber der Kellner, der seit langem genervt war, hatte nur auf dieses Signal gewartet. Er ignorierte neue Bestellungen und kassierte ab. Der Einser forderte die Nachzügler auf, ihr Glas schnell auszutrinken.

– Sperrstunde! Sperrstunde!

Als der letzte Kunde verschwunden war, befahl der Einser dem Kellner, den Vorhang zu schließen. Er bat seinen Besucher, sich zu gedulden, stieg in den Keller hinunter und kam mit zwei neuen Flaschen Wein wieder. Er stellte sie auf den Tisch und erklärte seinem Gast:

– Auf uns. Dies ist ein Jahrgang aus einer Zeit, als unsere Weinbauern noch über das savoir-faire der Franzosen, bei denen sie arbeiteten, verfügten.

Si Morice schaute ihn mit ernster Miene an.
– Ich bin nicht zum Trinken gekommen.
– Das ist noch nie passiert! rief der Einser aus.
Der ehemalige Spezialist für durchschnittene Stacheldrähte entschuldigte sich mit einer Geste bei seinem Kollegen.
– Einer meiner Freunde ist entführt worden. Ich möchte diesen Akt nicht unbestraft lassen. Ich muß daher meine ehemaligen Kriegskameraden zusammentrommeln. Ich weiß, daß wir alt geworden sind und Gliederschmerzen haben, daß wir am Morgen nur mühsam wach werden und unser Erinnerungsvermögen nachläßt. Ich habe jeden Kontakt mit ihnen verloren, denn ich bin nichts anderes als ein alter Einsiedlerkrebs. Deshalb bin ich zu dir gekommen.
Der Einbeinige konnte seine Begeisterung kaum verbergen.
– Du hast richtig gehandelt. Ich mache dich darauf aufmerksam, daß meine Waffe immer noch unter der Theke liegt, und daß ich mich durch meine Holzprothese nicht behindert fühle. Ich schließe mich euch an. Wohin gehen wir?
– Erinnerst du dich an Belkacem? Den kleinen Mann, dem wir geholfen haben, durch den Stacheldrahtverhau zu kommen?
– Na klar. Du hast mich damals als Verstärkung angefordert. Ich erinnere dich daran, daß ich damals mein Bein verloren habe.
– Weißt du, wo er wohnt?
– Nicht weit von hier.
– Wenn wir ihm einen Besuch abstatten? Ich glaube, daß er mir einen Gefallen schuldig ist.
Die beiden Männer gingen zu Saïd, der geduldig in seinem Lastwagen auf sie wartete.
– Abmarsch! brüllte Si Morice, der offensichtlich die Überschwenglichkeit seiner Jugend wiedergefunden hatte.

Als Belkacem die Tür öffnete, glaubte er, Gespenstern gegen-

überzustehen. Mit vorgereckter Schulter bahnte sich Si Morice den Weg ins Zimmer. Er setzte sich in einen Fauteuil, der auf ihn zu warten schien. Der Einser stellte sein Holzbein neben den Stock des Greises.
– Ich sehe, daß du es gut getroffen hast, stellte Si Morice nach einer schnellen Inspektion fest. Du mußt also genug Whisky auf Lager haben. Einem Glas wäre ich nicht abgeneigt.
Si Morice war begeistert. Er fand seine abenteuerliche Jugend, er fand seine Gefährten von damals wieder.
Mit ausgestreckten Beinen verlangte er Eis.
– Wir kommen, um dich um Hilfe zu bitten.
Belkacem konnte nichts tun, aber er schlug vor, sie zu einem seiner mächtigen Freunde zu bringen. Er nahm den Hörer zur Hand.
– Bleib in deiner Höhle, sagte er. Hier sind Freunde von mir, die dich brauchen.

Im nüchternen Ambiente des Büros wirkten die vier Eindringlinge wie einem Kuriositätenkabinett entsprungen. Als Si Morice Abdelkrim gegenüberstand, fand er seine Nüchternheit schnell wieder.
– Na so etwas. Ich habe Sie schon mal irgendwo gesehen.
Abdelkrim bedachte ihn mit einem ironischen Lächeln.
– Du bist schlecht gealtert.
Si Morice gelang es nicht, sich die Umstände der Begegnung mit dem Mann, der ihnen die Tür geöffnet hatte, in Erinnung zu rufen. Sein perplexer Gesichtausdruck erwirkte schließlich das rettende Wort:
– Ifrane!
Und wunderbare Erinnerungen stürmten auf den alten Mann ein. Tanger und die leeren Hotels, dann der verrückte Ausflug in die Berge, seine Begegnung mit jener Frau, deren Namen er nie erfahren würde.
– Das Fest war nur ein Vorwand, gestand Abdelkrim. Es

deckte eine Generalstabsversammlung. Ohne es zu wissen, warst du mit den wichtigsten Führern der FLN zusammen.
– Jetzt weiß ich, warum ich die dumpfe Vorahnung hatte, einen Hurensohn kennengelernt zu haben. Du hast mich ganz schön hinters Licht geführt!
– Ich stehe weiterhin zu deinen Diensten. Was kann ich für dich tun?
– Man hat einen meiner Freunde entführt. Belkacem meint, daß du immer über alles informiert bist. Deshalb sind wir da.
– Fürs erste rate ich euch, den Rest der Nacht hierzubleiben. Über die Straßen von Algier werden über kurz oder lang graugrüne Panzer rollen.
– Wie das?
– In einigen Stunden wird der Belagerungszustand ausgerufen. Die Armee hat beschlossen, die Plätze der Stadt zu säubern. Die Schlupfwinkel der Integristen werden bereits von Spezialeinsatztruppen durchforstet. Wenn euer Freund noch am Leben ist, wird er bald frei sein.
– Er ist ein Junge, der mir sehr viel bedeutet, gab Si Morice zu. Sein Vater wurde kurz vor meiner Ankunft in Tanger ermordet.
Abdelkrim fürchtete zu verstehen, was der Alte ihm mitteilen wollte. Er erinnerte sich an den Leiter seines Nachrichtennetzes, der erwürgt in einem Hotelzimmer aufgefunden wurde. Der Tod wurde dem französischen Geheimdienst angelastet. Er ahnte, daß die Geisel der Integristen dessen Sohn war. Er betrachtete den redegewandten Begleiter seines Ausflugs nach Ifrane lange und fragte sich, was dieser mit der Ermordung zu tun gehabt hatte.
– Aber da wir nicht hinauskönnen …
Si Morice legte sich auf den Teppich und zog die Whiskyflasche heraus, die er bei Belkacem im Augenblick des Aufbruchs mitgehen hatte lassen. Er begann, schamlos daran zu saugen und bald darauf zu delirieren.

– Wenn ihr mir folgen wollt, werden wir den schützenden Wald aufsuchen. Auf dem Weg decken wir uns mit Waffen, Soldaten und trockenen Feigen ein. Meine alten Gelenke werden unweigerlich unter der nächtlichen Feuchtigkeit leiden, aber ihr werdet mir gestatten, daß ich das Gras rauche, das den Schmerz lindert. Ich werde am Morgen schwer hochkommen. Ihr werdet mir gegenüber jene Nachsicht üben, die man einem alten Patriarchen schuldig ist. Eure freundschaftliche Zuvorkommenheit wird mich daran hindern, in die Gefilde eines falschen Paradieses einzutauchen. Eure brüderlichen Arme werden mir helfen aufzustehen, wenn die Stunde gekommen ist, das Feuer zu löschen und uns wieder auf den Weg zu machen. Tief drinnen im Wald müssen wir keine Konzessionen machen, sollten aber solidarisch sein. Wir werden uns schwarz kleiden, und ihr werdet euch – wie ich – zum Zeichen der Revolte Bärte wachsen lassen. Man soll uns schon von weitem erkennen, wenn man sieht, wie unsere Silhouetten mit der Nacht verschmelzen.
Erst am Tag des Sieges werdet ihr eure Wangen rasieren. Wir werden die Bäume, die Vögel und auch jene Bewohner des Waldes respektieren, die sich nicht zu uns gesellen wollten. Natürlich werden wir nicht anders können, als unser politisches Credo zu verkünden. Es wird aber nicht länger sein als eine maschingeschriebene Seite. Unser lapidares Glaubensbekenntnis wird viele Verwechslungen hervorrufen, aber das kann uns nur von Nutzen sein. Wir werden einige Schreiberlinge aufnehmen, die, sobald sie ihre Aufgabe erfüllt haben, an den Ästen eines Johannisbrotbaums erhängt werden. Das wird die einzige Möglichkeit sein, sie daran zu hindern, Hegemoniegelüste zu bekommen. Sie werden gleich zu Beginn über das Schicksal unterrichtet, das sie erwartet. Es wird ihnen freistehen abzulehnen, ohne unsere Repressalien zu fürchten. Unsere Getreuen werden streng ausgewählt. Unsere Fragen werden ihre intimsten Geheimnisse aufspüren. Denn

vor allem werden wir vor ihrer Laxheit auf der Hut sein müssen, die jedem Verrat vorausgeht. Wir werden weder Anführer noch Verantwortliche akzeptieren und noch weniger jene, die man als Sekretäre oder Sprecher bezeichnet. Wir werden die Verwendung der Schrift verbieten, damit verurteilen wir unsere Handlungen und unsere Worte zur Flüchtigkeit. Das wird eine Maßnahme der Demut sein. Der Ehrgeiz gründet sich immer auf ein Verlangen nach Fortbestehen. Wir werden, ohne schwach zu werden, einen radikalen Terrorismus praktizieren. Unser Erscheinen wird überall eine panische Angst hervorrufen. Wir werden unsere Feinde in aller Klarheit unseres Bewußtseins ermorden. Die Machthaber werden unser bevorzugtes Ziel sein. Ich habe viele von ihnen gekannt. Es sind alles Feiglinge. Die Angst raubt ihnen den Schlaf. Sie leben in ihren fensterlosen Höhlen verbarrikadiert und können die Nacht nicht mehr vom Tag unterscheiden. Wir werden alle Sicherheitsdienste infiltrieren, damit dort jeder von jedem verdächtigt wird. Sie werden nicht mehr wagen, ihre Ehefrauen zu besuchen, aus Angst, in einen Hinterhalt zu geraten. Aber wir werden die Unschuldigen verschonen müssen. Ich weiß, daß dies nicht leicht ist, denn wir müssen Richter und Partei gleichzeitig sein. Die Frauen, die uns begleiten werden, müssen auf alles verzichten und der Sache dienen. Sie werden ihre geheimen Verführungskünste entfalten, um die Lüstlinge anzulocken, damit sie in unsere Netze gehen. Sind sie einmal in unseren Händen, werden wir sie von den Wölfen zerreißen lassen. Das ist alles, was sie verdienen. Wir werden eine strikte Gleichheit der Geschlechter anordnen.

Aber ich muß euch gleich jetzt warnen: Niemand wird unseren Vestalinnen nahekommen können. Ihr werdet euch damit begnügen, sie von weitem zu bewundern. Ihr Lachen wird eure Träume versüßen. Sie werden alle schlank sein und lange Haare haben. Das ist unerläßlich. Sie werden nackt im Waldsee baden und bezaubernde Weisen singen. Ihr werdet betört

sein von ihrem Charme, und ihre Anwesenheit wird eure Überzeugungen und euren Kampfgeist stärken. Sie werden auch nicht das Recht haben, euch näherzukommen. Meine Wachsamkeit wird alle Ausflüchte, die sie erfinden werden, um euch zu treffen, sofort aufdecken. Sie werden sich stumm in Liebe für euch verzehren. Von euren muskulösen Armen umfaßt zu werden, wird für sie immer nur ein Traum bleiben. Ich werde unnachgiebig sein. Ich schwöre euch, daß ihr sie nie besitzen werdet. Nur so kann man eine Revolution führen. Ihr werdet also zur Frustration verurteilt sein. Und nach dem Gemetzel und den Schießereien, den Entbehrungen und dem Ausharren werden wir siegreich sein. Ihr werdet an die Macht kommen, und ich werde euch als Phrophet dienen, gutmütig und geheimnisvoll. Ihr werdet das Recht haben, mein Bild auf den Mauern anbringen zu lassen, aber bitte keine Statuen. So werden die Bilderstürmer späterer Zeiten nicht das Vergnügen haben, diese zu zertrümmern, um mit einer solchen Geste den Anfang einer neuen Zeit zu symbolisieren. Auch ihr werdet sofort nach eurer Ankunft tabula rasa machen. Ihr werdet das Ende des Persönlichkeitskultes verkünden und die Errichtung einer kollegialen Führung.
Natürlich werden sich die Ehrgeizigsten unter euch über kurz oder lang gegenseitig bekriegen, weil sie die Gewalttätigkeit der in den Wäldern verbrachten Zeit wiederentdecken. Jeder der Rivalen wird sich unter den Schutz meines Bartes stellen wollen und sich auf mich berufen. Aber ich werde nicht Partei ergreifen. Mein zweideutiges Schweigen wird den Zynischeren unter euch zum Sieg verhelfen. Da ich unsterblich bin, werde ich trotz meines hohen Alters in der Abenddämmerung wieder in den Wald zurückkehren, gefolgt von meinen Vestalinnen. Ihr werdet von ihnen nur ihren Duft zurückbehalten, denn sie haben sich euch immer verweigert, trotz des Goldes und des Prunks eurer Paläste. Wenn ihr eurer Schandtaten müde seid und eine große Müdigkeit über euch kommt, wer-

det ihr die Vorhänge eurer Bürofenster aufziehen, um den Tag einzulassen. Nachdem ihr ein paar Mal die frische Luft eingeatmet habt, werdet ihr verschwinden, ohne dies euren Höflingen gesagt zu haben. Ihr werdet als Einsiedler den Weg in den Wald einschlagen. Meine Jungfrauen, die geduldig auf euch gewartet haben, werden euch mit ausgestreckten Armen und wehenden Haaren empfangen. Mit ihnen werdet ihr eine unsagbare Liebe leben und ein Glück ohnegleichen.
Und Kader wird eine vor Zärtlichkeit bebende Louisa wiedersehen. Sie wird zu ihm über die langen Nächte seiner Abwesenheit und die Qualen des Zweifels sprechen. Aufeinander süchtig, werden sie sich tief in den Wald zurückziehen. Endlich allein auf der Welt, in der nachgiebigen, verbündeten Nacht, werden sie die seidenweichen Gesten wiederfinden, die die Zärtlichkeit erfindet. Ihre Handflächen, empfindsam und äußerst schüchtern, werden sich blind auf die Suche nach einem Körper machen, der plötzlich fügsam geworden ist, von Schauern durchzogen, sich furchtsam anbietet. Kader wird Louisas Nacken heben, um aus ihrem Jungbrunnen zu trinken. Da sie einander seit langem versprochen sind und so lange nicht zueinander kommen konnten, werden sie darunter leiden, sich einander nicht ganz schenken zu können. In der Blindheit der Nacht werden sie sich damit begnügen, sich in ihren Gesten ganz hinzugeben. Ihr Erbarmen füreinander wird die Wunden der Vergangenheit und des Unglücks wegwaschen. Sie werden begnadigt, ja, wie neugeboren werden. Louisa wird ihre Irrfahrten vergessen, und Kader wird dem Mörder seines Vaters vergeben.
Wir werden sie niemals wiedersehen.
Ich werde also endlich sterben können. Ich werde auf dem Rücken eines Schmetterlings dahingehen und all jene, die meine Freunde waren, mit dem Handrücken grüßen.

13

Nachdem Si Morice und der Lastwagenfahrer weg waren, verschwand Palsec ohne ein Wort und ließ Rabah im Anhänger zurück. Aus Gram darüber, daß er von allem ausgeschlossen wurde, schlief der Deserteur sofort ein.

Er wurde durch ein dumpfes Rollen geweckt, das die Wände des Anhängers erschütterte. Der Lärm veranlaßte ihn, hinauszugehen. So konnte er einem großartigen und erschreckenden Schauspiel beiwohnen. Es war ein richtiges Ballett, das sich ihm darbot, wie die Militärwagen und Truppen die Straßen besetzten. Dies geschah unter der Leitung seltsamer Choreographen, deren Befehle vom Hintergrundlärm verschluckt wurden. Die Regisseure dieser nächtlichen Aufführung glichen flinken kleinen Teufeln. Mit Waffen bestückte Fahrzeuge fuhren schnell dahin. Panzer bezogen Stellung. Soldaten sprangen heraus und liefen entlang der Gebäude. Am Himmel überwachten Hubschrauber dieses gigantische Aufgebot. Trotz des Lärms öffnete sich kein einziges Fenster der umliegenden Gebäude.

Rabah begriff, daß die Angst ein mächtiges Schlafmittel war.

Bald hörte man einzelne Schüsse, denen Maschinengewehrsalven antworteten. An den roten Blitzen, die über den Himmel zuckten, erriet Rabah, daß die Armee den Platz, der von den Islamisten besetzt worden war, stürmte.

Er ging wieder zum Anhänger zurück und sperrte sich dort ein. Lautes Röcheln weckte ihn aus seinem unruhigen Schlaf. Er machte den Schlag auf. Im matten Licht der Morgendämmerung machte er einen Körper aus, der einige Meter entfernt am Boden lag. Palsec. Er hob ihn hoch und brachte ihn in Sicherheit.

Der Bauch des Jungen war zu Brei geschossen worden. Trotz seines frechen Grinsens litt er entsetzlich. Es war nicht daran zu denken, ihn ins Spital zu bringen. Rabah erinnerte sich

daran, daß sich im nächstgelegenen Gebäude die Ordination eines Arztes befand.
Der alte Mann begleitete Rabah, ohne viel zu fragen. Nachdem er den Jungen untersucht hatte, schüttelte er betrübt den Kopf.
– Da ist nichts mehr zu machen. Er hat mehrere Schüsse abgekriegt.

Als der Schmerz unter dem Einfluß des Morphiums nachließ, fand Palsec seinen verschmitzten Gesichtsausdruck wieder. Rabah saß an seinem Lager.
– Ich habe den Ort gefunden, wo sie Kader gefangenhalten. Ich kenne ja alle zwielichtigen Gegenden dieser Stadt. Ich vermutete seit langem, daß die große Garage, die scheinbar aufgelassen war, zu schmutzigen Geschäften mißbraucht wird. Ich habe aber zuerst an Drogen gedacht.
Auf dem Rückweg war er in das Feuer einer kleinen Gruppe von Männern geraten, die blind aufeinander schossen.
– Waren das Soldaten?
– Keine Ahnung. Ich sah nur Schatten.
Er verzog verächtlich das Gesicht, weil er daran denken mußte, daß man ihn immer als Chamäleon bezeichnet hatte, weil er die Fähigkeit hatte, unbemerkt zu bleiben. Er bekam sogar den Spitznamen Pal-Secam, der dann zu Palsec gekürzt wurde, weil er so leicht die Farbe wechseln konnte.
Rabah hielt seine Hände, um ihn daran zu hindern, seinen Bauch zu betasten. Der Verwundete hatte das Gefühl, geheilt zu sein. Rabah wagte es nicht, sich zu bewegen, trotz der Blutlache, die seinen Schenkel tränkte.
– Wenn Si Morice zurückkommt, werden wir Kader befreien. Wir werden ihn dazu überreden, dir sein Maschinengewehr zu überlassen. Du weißt ja sicher, wie man es bedient, da du den Militärdienst gemacht hast. Und wir werden wieder alle vereint sein.

Der Blick des Jungen wurde verklärt.

– Wir werden ihn retten. Ich sehe bereits Si Morice, der uns euphorisch ein neues Abenteuer seines Lebens erzählt.

Louisa hatte die ganze Nacht allein in der Wohnung verzweifelt auf Kader gewartet. Jedes Geräusch von Schritten im Stiegenhaus erweckte in ihr eine sinnlose Hoffnung.

Als Kader die Tür öffnete, entdeckte er sie in einem Fauteuil, den Kopf auf der Schulter wie ein toter Vogel. Sie schreckte hoch und stürzte ihm entgegen. Kader öffnete die Arme und hatte Mühe, diesen Ansturm abzufangen. Sie umarmten sich eingedenk aller Hoffnungslosigkeit, hatten es eilig, die geheimen Räume wiederzuerobern, die sich durch die Abwesenheit verdichtet hatten, bekannte Gesten und Schauer wiederzufinden.

Sie liebten sich. Nachdem ihr durch Angst gesteigertes Verlangen abgeebt war, fühlten sie sich ausgelaugt und zittrig, ihre Träume schwammen auf totem Gewässer und warteten darauf, daß die Flut wiederkam.

Louisa wollte jedes Detail wissen. Kader haßte es, von sich zu erzählen. Sie hielt sein Zögern für Gefühlskälte. Angriffslustig wie sie war, bestürmte sie ihn. Kader hätte sie am liebsten in die Arme genommen und wäre mit ihr eingeschlafen, um wieder ihre samtige Haut zu spüren. Aber er mußte sich dazu entschließen aufzustehen. Unendlich schwierige Momente. Louisa wurde aggressiv, während er nur einen Augenblick des Aufschubs wollte.

Er haßt es, gedrängt zu werden. Er hat Lust, sich aufzulehnen. Aber er hat Angst, sie zu verletzen. Er träumt davon, ihr zärtlich zuzumurmeln:

– Louisa, meine Schöne, Louisa, meine Zarte, gib mir die Zeit, dir näherzukommen, wenn dein Zorn vorüber ist. Schließen wir einen Waffenstillstand. Wenn ich einmal auf einem feinen Nadelteppich im Wald liege und mein Kopf auf deinen Schenkeln ruht, werde ich dir alles erzählen, meine erste Kindheitserinnerung bis zu dem Gefühl, das mir jetzt die

Kehle zuschnürt. Daß ich dich nicht früher kennengelernt habe, frustriert mich. Durch dich habe ich mich selbst erst richtig wahrgenommen und ich segne den Zufall, der mir erlaubte, dich kennenzulernen. Geh nicht weg, bitte.
Aber sie hat bereits ihre Tasche geschlossen, in die sie ihre Sachen hineingestopft hat. Sie ist auf und davon, ohne daß er Zeit hat, eine Geste zu machen.
Er tröstet sich bei dem Gedanken, daß er sie im Spital wiedersehen werde, sicher hat sich dann ihre Wut gelegt. Vielleicht ist sie aufs neue liebevoll.

Als der Arzt zu seinen Freunden im Anhänger kam, fand er sie um den Leichnam von Palsec versammelt.
Rabah weinte wie ein Kind. Nacer hörte nicht auf, Koranverse zu psalmodieren. Saïd blieb in einer Ecke liegen. Si Morice war noch nicht ausgenüchtert und delirierte weiter.
– Ich fühle es, ich weiß es, die Stunde der Abrechnung ist gekommen. Der Moment ist da, in dem die Konflikte unter Brüdern bereinigt werden müssen, die sich seit Jahrzehnten aufstauten. Ich sage euch voraus, viel Blut wird fließen und nicht nur das jener Verrückten, deren Bärte meinem ähnlich sind ...
– Hör auf zu brabbeln, Alter, rief ihm der Lastwagenfahrer grimmig zu.
Niemand schien Kaders Erscheinen bemerkt zu haben. Und er hatte gedacht, daß er ihnen eine freudige Überraschung bereiten würde. Er setzte sich neben sie und wagte es nicht, ihnen Fragen zu stellen.

Sie haben das Grab fertiggeschaufelt.
– Wer wird das Totengebet sprechen?
Nacer ist von der Anstrengung erschöpft. Er hört nicht auf, zu husten. Sein Gebet wird von häufigen Hustenanfällen unterbrochen. Die letzten Verse spricht er kniend.

– Er war ein guter Junge, erklärt Si Morice anstatt einer Leichenrede. Ich hätte ihn gern adoptiert.
Mit tausend Vorkehrungen senkt man Palsecs Körper in die Grube. Aber keiner von ihnen kann sich dazu entschließen, eine Schaufel zu nehmen. Sie stehen unbeweglich da und senken die Köpfe. Wer wird es wagen, den ersten Erdklumpen auf ihn zu werfen?
Schließlich bitten sie den Friedhofswächter um Hilfe. Dieser fragt mißtraurisch nach der Bestattungserlaubnis. Die Banknoten, die Kader ihm hinhält, sind ihm Bestätigung genug.
– Ich hatte heute viele Kunden, meinte er. Und ich glaube nicht, daß es sich um eine Epidemie handelt.
Er holte zwei Helfer, mit denen er Palsec zuschaufelte. Man war stillschweigend übereingekommen, daß keiner seiner Freunde Tränen vergießen würde. Aber sie hatten große Mühe, sich von dem Grab zu entfernen.

Bei ihrer Rückkehr verlangte Si Morice eine Flasche Whisky.
– Ich habe keine mehr, antwortete Saïd.
– Ihr seid alle unfähig. Ich weiß, daß Palsec eine Möglichkeit gefunden hätte, mir eine zu besorgen. Ich will trinken. Auf Grund meiner Abenteuer und meines Alters, das all eure Jahre vereinigt, schuldet ihr mir Respekt.
Saïd hatte ungeahnte Quellen. Nach einigen Minuten kehrte er zurück und schwenkte einen Sack Bananen und eine schlanke Flasche mit einem unbekannten Likör.
– Hier bringe ich dir etwas, womit du deinen Hunger stillen und deinen Durst löschen kannst, alter Säufer.
– Was ist das?
– Ein Getränk und exotische Früchte.
– Bananen? Ich dachte, daß diese Früchte seit langem von unserem Erdball verschwunden wären. Was ist in dem Flakon?
– Absinth.
– Unmöglich! Seine Herstellung ist seit so langer Zeit verbo-

ten, daß der frühzeitige Trinker, der ich war, nie das Glück hatte, ihn zu trinken.
– Dein Vater war sicher verrückt danach.
– Ich versteh dich nicht.
– Das ist ein Geschenk aus dem Grab. Mit besten Wünschen von Palsec.
– Erklär mir das.
Palsec war ein eingefleischter Schnüffler. Er hatte im Keller von Si Morices ehemaligem Gebäude eine Stahltür entdeckt, deren Schloß noch nie aufgebrochen worden war. In einem Schrank ruhten seit urdenklichen Zeiten an die hundert Flaschen. Der Junge hatte sie in die Wohnung seines Beschützers getragen, wo er bereits andere Lebensmittel gestapelt hatte. Seine Angst vor dem Hunger, den er seit seiner frühesten Kindheit kannte, hatte aus ihm eine Ameise gemacht, die fleißig Lebensmittel hortete. Si Morice betrachtete das Etikett und jubelte bei dem Gedanken an diese wunderbare Reserve.
– Sicher hat mein Erzeuger sie dort gelagert.

– Was ist aus dem Albino geworden? fragte Kader Si Morice, der eben die Flasche angefangen hatte.
Der alte Mann schenkte dem Arzt, dessen Frage ihm die Gelegenheit gab, in seiner Erzählung fortzusetzen, ein dankbares Lächeln.
– Der falsche Blonde war sehr enttäuscht über den Waffenstillstand. Er glaubte schon, daß er nun arbeitslos wäre. Da er nicht untätig sein konnte, erging er sich in pessimistischen Kommentaren. Aber sein Grimm war nur von kurzer Dauer. Der Albino freute sich, feststellen zu können, daß sich zahlreiche Rivalen mit der Waffe in der Hand in den Wettlauf um die Macht stürzten. Er hatte seine Dienste allen Konkurrenten angeboten, hie und da einen kleinen Auftrag übernommen, ohne wirklichen Enthusiasmus. Er wechselte das Lager häufiger als das Hemd. Er suchte die schwächste Partei.

– Bei den zukünftigen Besiegten amüsiert man sich am besten. Die Stärkeren denken bereits an die Zukunft. Sie möchten auf seriös spielen. Sie sprechen nur von der Tugend. Sie bereiten unsere Nacken für das zukünftige Joch vor.
Zur großen Entrüstung des ewigen Spaßvogels verlief der Bruderkrieg jedoch kläglich im Sand. Der Albino war arbeitslos. Als der Kabylische Untergrund entstand, beeilte sich der Mann mit den weißen Haaren, seine kompetenten Dienste dem Anführer der Meuterei anzubieten. Der erste der Verantwortlichen, den er traf, schielte auf sein immer heiteres Gesicht und sagte:
– Dir sieht man schon von Weitem an, daß du keiner von uns bist. Verschwinde!
Das tat er. Er hing lange Zeit herum, Krokodilstränen in den Augen. Nach unzähligen Interventionen gelang es ihm, sich bei einem Palästinenserführer als Leibwächter anstellen zu lassen. Er ging also nach Beirut.
– Ich sah ihn erst viele Jahre später wieder, an einem Tag, an dem sein Schützling unser Land besuchte, erklärte Si Morice.
Die neue Arbeit des Albinos entsprach in jeder Hinsicht seinen Wünschen.
– Es ist toll, versicherte er. Kaum eine Woche vergeht ohne Attentat auf meinen Chef. Wir wechseln täglich unseren Aufenthalt. Nach den Höhlen des algerischen Untergrunds frequentiere ich nun alle großen Hotels von Beirut. Der Libanon ist ein wunderbares Land: Ich habe keinen einzigen Albino dort getroffen. Du kannst dir also vorstellen, wieviel Erfolg ich bei den Frauen habe.
Er war so erfolgreich, daß der Mossad beschloß, ihn umzulegen, bevor er sich über seinen Arbeitsgeber hermachte. Aber er entkam allen Fallen.
– Erst im libanesischen Bürgerkrieg wurde er von einer verirrten Kugel in den Kopf getroffen, und sein Karnevalslachen

erstarrte für immer. Sein Körper wurde überstellt, und ich hatte die Freude, an seinem Begräbnis teilzunehmen.

– Bist du sicher? fragte Kader nach.

– Ich bin nicht senil und noch nicht betrunken.

Nachdenklich erhob sich Kader und setzte sich abseits. Saïd, dem das Verhalten seines Freundes zu denken gab, folgte ihm.

– Warum all diese Fragen an Si Morice?

– Der Mann, der die Garagentür hochzog, um uns zu befreien, entsprach ziemlich genau der Beschreibung, die Si Morice von seinem Gefährten gegeben hatte.

– Du weißt sehr wohl, daß alle falschen Blonden einander ähnlich sind.

Rabah setzte sich zu ihnen, um ihnen mitzuteilen:

– Der Kommandant der Militärpolizei, der mich lange in der Wüste verfolgt hatte, war auch ein Albino. Was man in der Kaserne über ihn erzählte, überschneidet sich in vieler Hinsicht mit Si Morices Erzählungen.

– Aber er hat uns eben bestätigt, daß dieser Mann tot ist.

– Auf jeden Fall ist mein Albino noch am Leben. Ich muß gehen.

– Wohin?

– Das Land ist groß.

Er verließ sie so schnell, daß keiner daran dachte, ihn zurückzuhalten. Er sprang vom Anhänger und verschwand.

Rabah machte sich ohne Bedauern wieder auf die Reise, denn er ließ nichts hinter sich zurück. Ohne Heimathafen nahm er kurze Aufenthalte nur hin, um seine Irrfahrten wieder besser aufnehmen zu können.

Si Morice war völlig betrunken. Er hörte nicht auf, unverständliches Zeug vor sich hin zu murmeln. Die drei Freunde beschlossen, ihn in seine Wohnung zurückzubringen. Als er sich wieder in seiner gewohnten Umgebung befand, hatte der Alte einen Anflug von Klarheit.

– Der Moment ist gekommen, mich eines Geheimnisses zu entledigen, das ich seit langem mit mir herumtrage. Es betrifft dich, mein lieber Kader.

– Es ist Zeit, daß wir uns zum Essen fertigmachen, meinte der Arzt. Du erzählst uns das später.

– Ich habe nichts zu erzählen, sondern dir eine Tatsache mitzuteilen: Vor dir steht einer der Mörder deines Vaters.

Kader hatte dies seit langem geahnt. Ganz sicher war er sich aber erst, seit Saïd ihm berichtete, was Si Morice über seinen Abstecher nach Marokko erzählt hatte.

– Der andere war dein Albino. Wir haben deinen Vater im Schlaf überrascht. Ich fesselte seine Arme, während der Albino an der Schlinge zog, die er ihm um den Hals gelegt hatte. Es war schrecklich.

– Bleib ruhig, alter Mann. Das gehört der Vergangenheit an.

Kader beobachtete diesen Sohn der Aristokratie, den das Schicksal in einen armseligen Trinker verwandelt hatte. Wer hätte dem verwöhnten Kind, das er war, einen solchen Lebensweg voraussagen können? Dunkle Hintermänner hatten aus ihm einen Mörder gemacht, und die Schändlichkeit seiner Tat quälte ihn noch immer. Kader dachte, daß die Auftraggeber des Verbrechens sicher nicht soweit gekommen waren, daß sie das Vergessen im Alkohol suchten. Er fragte sich, ob das Land nicht gerade dabei war, den gerechten Preis für die Ungeheuerlichkeiten zu zahlen, die damals im Namen der gerechten Sache begangen worden waren. Wurde nicht gerade die Vergangenheit durch die neuesten Ereignisse wieder lebendig? Der Arzt erinnerte sich an einen Satz von Si Morice, der besagte, daß nun die Zeit gekommen war, alte Rechnungen zu begleichen. Er fürchtete, daß noch mehr Blut fließen würde. Seiner Meinung nach war es für das Land jedoch höchste Zeit, sich von den Altlasten zu befreien, die es seit so langer Zeit mit sich herumschleppte.

Kader konnte nicht umhin, Zärtlichkeit für diesen Alten zu

empfinden, der einst die Stacheldrähte durchschnitten hatte. Er dachte an Hocine, der sich angeschickt hatte, ihn zu verurteilen. Er befürchtete, daß er diesem den Mörder seines Vaters vorziehen mußte.

Als Si Morice aus seinem Rausch erwachte, blickte er in das grinsende Gesicht des Albinos, der an seinem Bett saß. Er war in Uniform, an seinen Achselklappen prangten drei Sterne.

– Hallo, alter Schurke!

Si Morice erhob sich langsam. Er bedauerte, seine Waffe wieder verstaut zu haben.

– Ich freue mich, dich wiederzusehen, setzte der Hauptmann fort. Seit meiner Ankunft in Algier suche ich dich.

Si Morice beobachtete den blonden Teufel, der es sich zur Aufgabe gemacht zu haben schien, sein Leben unerträglich zu machen. Er erinnerte sich, daß er an seinem Begräbnis mit einem diffusen Gefühl des Bedauerns, aber ohne wirkliche Trauer teilgenommen hatte. Der Wiederauferstandene erklärte ihm triumphierend, daß diese Inszenierung dazu diente, die israelischen Geheimdienste hinters Licht zu führen, die ihn lange Zeit schon verfolgt hatten. Er hatte also seinen Auftraggeber verlassen und war in die Wüste geflüchtet, wo er seinen Dienst bei der Militärpolizei wieder aufnahm. Er hatte sich auf die Verfolgung von Deserteuren spezialisiert. Vom Wild wurde er zum Jäger. Die Gegend wimmelte nur so von Aufsässigen, die über die Kasernenmauer geklettert waren, um den Verfolgungen der Unteroffiziere zu entgehen. Er widmete seine Zeit diesen Verfolgungen, für die eine unendliche Ausdauer notwendig war.

– Erinnerst du dich an den Leiter unseres Sektors? Er hat dieses falsche Begräbnis inszeniert. An dem Tag, als er sich zu meiner großen Überraschung in der Offiziersmesse mir gegenüber setzte, ahnte ich schon, daß ich dich wiedersehen werde. Man entkommt seiner Vergangenheit nicht. Er gab mir einen Sonderauftrag, nachdem er mich darüber infor-

miert hatte, daß unsere Truppen bald den Befehl erhalten würden, nach Algier zu marschieren.
Si Morice betrachtete das rotwangige Gesicht, dem die Verwüstungen der Zeit fremd waren. Bei der Erinnerung an ihrer beider Schandtaten lief ihm noch im Nachhinein ein Schauer über den Rücken. Er wurde sich dessen bewußt, daß ihre unverantwortlichen Handlungen von einst die Saat für das Böse gelegt hatten, das das Land jetzt von innen aushöhlte. Die Abkömmlinge der kriegerischen Berberstämme hatten sich mit derselben Begeisterung und mit demselben Leuchten in den Augen in das Abenteuer gestürzt, wie ihre Vorfahren gegen die Römer gezogen waren. Die Anführer dieses gigantischen Heldenepos wollten nichts davon wissen, daß sie altern würden. Im Alter wird man vorsichtig. Den bürgerlich gewordenen Haudegen war ihr Komfort lieb geworden. Da niemand frei von Schuld war, wachte jeder über seine Geheimnisse. Um sie zu bewahren, schreckten manche auch nicht vor Morden zurück. Sie wünschten nicht, daß ihre jungen, entzückenden Ehegattinnen erfuhren, zu welchen Ausschreitungen sie in der Vergangenheit fähig gewesen waren. Aber Si Morice fühlte dumpf, daß diese Verbrechen ohne Vorbedacht begangen wurden, im Rausch der Ereignisse.
Er selbst war zum Mörder geworden, aber er hatte vor allem aus Aufschneiderei so gehandelt. Er wünschte sich eine Generalamnestie, damit diese Abrechnungen endlich aufhörten, nicht um straflos auszugehen, sondern um allen Quälereien ein Ende zu setzen. Er verstand nicht, wie ein Land, das von den Göttern gesegnet war, alles daran setzte, sich innerlich zu zersetzen. Er fand, daß seine Mitbürger, die nun endlich frei waren, glücklich unter der Sonne leben könnten. Was für ein Fluch verdammte sie zum Bruderstreit?
Er erinnerte sich an Tagesanbrüche, die weiß waren von Licht, wie ein Liebesschwur. Er erinnerte sich an die Pracht der Obstgärten, die ihre Früchte den Vorübergehenden anboten.

Und an das Meer, das ausgebreitet dalag, wie eine erfüllte Liebhaberin. An Schwalben, die über den Himmel zogen. Der Jasmin duftet in der Dämmerung. Mit dem Sonnenuntergang kommt die Nachsicht. Das ist die Stunde, in der die Vögel zu ihren Bäumen zurückkehren. Die Gärten der Stadt füllen sich mit Spaziergängern, und in den Laubengängen flüstern die Verliebten. Frauen und Blumen sind erblüht. Von allen Seiten kommen zärtliche Weisen. Man vergißt seine Sorgen. Nur die Zärtlichkeit bleibt übrig. Die Passanten haben Lust, einander zu umarmen.
Der Albino rief ihn in die Gegenwart zurück.
– Wir müssen gehen.
Si Morice schlug vor, vorher seine Absinthreserve zu leeren.
– Ich sehe, daß du es nach wie vor mit den harten Getränken hast.

Die beiden Männer verließen erst bei Einbruch der Nacht die Wohnung. Sie gingen nebeneinander her, und trotz ihres geringen Altersunterschiedes sah es so aus, als ginge ein Greis an der Seite eines jungen Mannes. Si Morice war ausgelassen. Der Moment, den er immer herbeigesehnt hatte, war gekommen. Er war sicher, daß er bis zu diesem Tag wohl überleben hatte müssen. Er kam am Ende eines Abenteuers an, das begonnen hatte, als er den Panzerschrank seines Vaters plünderte. Er hatte das Gefühl, zwei Leben gleichzeitig genossen zu haben. Er war der sorglose Lümmel gewesen, dessen Leben aus Saufgelagen und amourösen Eroberungen bestand, dann der verwegene Krieger, der Extremsituationen liebte. Er mußte zugeben, daß er die Partisanenkämpfe aus Freude am Abenteuer und nicht aus Patriotismus mitgemacht hatte. Für ihn war dies eine Möglichkeit, seinem Vater zu imponieren.
Er erinnerte sich, daß er nicht an dem Begräbnis seiner Eltern teilnehmen konnte. Seine so gebrechliche Mutter war an einer einfachen Grippe gestorben. Der Vater hatte sich von einem

Sturz vom Pferd nie erholt, in einer Zeit, in der Si Morice damit beschäftigt war, Stacheldrahtzäune zu durchschneiden. Nach seiner Heimkehr hatte er die beiden nebeneinander liegenden Gräber dieses ewigen Liebespaares besucht. Er verstand, daß die Gnade der Liebe ihnen ein beneidenswertes Schicksal bereitet hatte, während er, der Schmierenkomödiant sich nie binden hatte können.

Als er damals das Elternhaus betrat, hatte er das Gefühl gehabt, ein Eindringling zu sein, einer der ins Haus eingebrochen war, genauso wie in jener Nacht, in der er die Truhe mit den Ersparnissen seiner Eltern weggetragen hatte. Obwohl er hier geboren worden war, wußte er, daß unter diesem Dach vor allem deren romantische Liebe gelebt hatte. Damit niemand sich an diesem Gebäude bereicherte, ließ er es schleifen. Er schenkte die Ländereien, über die er als Jugendlicher zu Pferd geritten war und die ihm nun freudloser als die Wüste vorkamen, dem Staat. Er wußte wohl, daß er mit dieser Geste seinen Eltern für immer den Ort schenkte, wo sie einst glücklich gewesen waren. Das war er ihnen schuldig. Die Fremden, die diesen Besitz kaufen würden, würden sich auf einer jungfräulichen Erde ansässig machen.

– Was hab ich bloß aus meinem Leben gemacht?

Er fühlte sich betrogen. Das Leben hatte ihn mit trügerischen Versprechungen abgespeist. Er gab aber zumindestens zu, daß er nicht sehr geschickt gewesen war. Seine sprichwörtliche Prahlerei war sein Panzer gewesen und hatte ihn daran gehindert, Zärtlichkeit zu empfinden. Er dachte an Kader, den Sohn, den er gern gehabt hätte.

– Ich habe mich damit begnügt, seinen Vater zu erwürgen.

Er war sicher, daß der junge Arzt mit Louisa sein Glück finden werde. Er hätte ihnen gern seine Wohnung vermacht.

– Wer wird von nun an dort wohnen? Und was werden sie mit den Flaschen Absinth machen, die ich doch eben erst geerbt habe?

Si Morice stellte fest, daß er in eine Sackgasse geraten war, weil er seinen Begleiter, der ihm nur zu gern seinen Arm anbot, zu oft herausfordern hatte wollen.
– Dieser Albino ist gerissener als der Teufel.
Und er begann, seine Torheiten zu bereuen. Er folgte dem Albino und dachte, daß das Leben im Laufe der Jahre immer tragischer wurde.

14

Hocine blieb mit mürrischem Gesicht in einem Eck des Zimmers kauern. Er hatte seinen Bart rasiert und seine Afghanenmütze weggeworfen. Kader stellte fest, daß sein Bruder nach der Intervention des Militärs schnell den Weg nach Hause zurückgefunden hatte, um sich dort zu verkriechen. Hocine beobachtete unablässig, was sich auf der Straße abspielte. Er hatte Angst, verhaftet zu werden. Kader brachte es nicht fertig, die Freude seiner Mutter zu trüben, die die Rückkehr ihres so lange vermißten Kindes feierte. Er dachte an Palsec, der die nächtliche Suche nach ihm mit dem Leben bezahlt hatte. Er beschloß, lieber ins Spital zu gehen. Er hatte es eilig, Louisa wiederzusehen.
Als er beim Gehen die Tür öffnete, starrte Hocine ihn an. Er hatte wohl Angst, daß Kader ihn anzeigen werde. Dieser hob einen Arm, um zu zeigen, daß er nicht so schäbig war, war sich aber nicht sicher, ob sein Bruder diese Geste verstand. Er schloß langsam die Tür, so wie man einen Sargdeckel wieder schließt.
Er dachte an seine Mutter, die sicher nicht wußte, auf wessen Seite sie sein sollte. Sie war zu sensibel, um nicht zu spüren, welcher Konflikt ihre beiden Söhne voneinander trennte. Aber sie konnte keine Partei ergreifen.

Professor Meziane hatte die Operation gut überstanden. Er versagte es sich, seine Euphorie zu sehr zu zeigen, aber sein strahlender Blick verriet seine Freude.

– Der Gedanke, Ihnen die Station wieder überlassen zu müssen, betrübt mich, sagte Kader. Ich hatte bereits Gefallen daran gefunden, den Chef zu spielen.

– Ich habe noch einige Jahre bis zu meiner Pensionierung. Du mußt dich gedulden. Mindestens solange, bis ich alle Ideen umgesetzt habe, die ich mir notiert habe.

– Ein umfangreiches Programm!

– Wie ist die Sache für dich gelaufen?

– Ich weiß nicht, ob meine Prüfung härter war als Ihre.

– Ich liebe unseren Beruf. Er zwingt uns dazu, immer mit dem Tod zu rechnen, und damit lehrt er uns auch, ihn auszutreiben. Wenn man einmal über dem Berg ist, hat man ein noch intensiveres Lebensgefühl, so als hätte man eben ein kostbares Geschenk erhalten. Man steht der Welt viel nachsichtiger gegenüber.

– Ich sehe, daß Sie in Hochform sind. Ich verlasse Sie jetzt. Ich werde schauen, ob in unserem Pavillon die alltägliche Anarchie zurückgekehrt ist.

Louisa und Nefissa saßen in Kaders Büro. Beide strahlten.

– Ich sehe, daß meine Rumpelkammer höchst begehrt ist.

Sie grinsten ihn breit an. Louisa schien ihren Disput vergessen zu haben. Sie betrachtete ihn mit einem Blick, der ihn über ihre Gefühle nicht im unklaren ließ.

– Hat alles seine richtige Ordnung wiedergefunden? fragte er Nefissa.

– Fast. Der Portier hat seinen alten Posten wieder eingenommen. El Msili ist verschwunden.

– Was ist aus unseren Kranken geworden?

Die Lehrerin war aus dem Spital ausgewiesen worden, obwohl ihr Liebhaber sogar einen Imam hatte kommen lassen, der die zur Legalisierung ihrer Verbindung notwendige Fatiha ge-

sprochen hatte. Aber El Msili hatte befunden, daß das zuvor begangene Vergehen damit nicht wiedergutgemacht sei. Die junge Diabetikerin war tot. Die kostbaren Blutspenden waren zwar gekommen, aber trotz Nefissas Bemühen hatte die Ärztin, die die Station leitete, die Operation verweigert.
– Dann machen wir zumindest den Geretteten eine Visite, schlug Kader vor.
Als er sie an sich vorbeiließ, stahl Louisa ihm einen Kuß.
Kader wurde von den Krankenschwestern bestürmt, die ihn über seine Entführung ausfragten. Er war versucht, den auf wunderbare Weise geretteten Helden zu spielen, aber Louisas düsterer Blick hielt ihn davon ab. Er ließ sich lächelnd von ihnen ansprechen, entschuldigte sich aber dann bei seinen Begleiterinnen und ging in Richtung Krankensaal.
Die verkrüppelte Frau war immer noch da.
– Hast du die Absicht, bei uns zu bleiben? erkundigte sich Kader.
– Ich gehe an dem Tag, an dem mein Sohn in der Lage ist, mich zu tragen.
– Da nicht einmal die Besetzer des Spitals es geschafft haben, dich rauszuwerfen, muß ich mich wohl damit abfinden.
Kader ging von einem Krankenbett zum anderen. Wie es Brauch war, trug der jüngste Pfleger den Stuhl, den Professor Meziane einnahm, wenn er sich an das Bett der Kranken setzte. Kader bedeutete ihm vergebens, daß er keinen Stuhl brauchte, der Mann stellte ihn trotzdem bei jedem Bett wieder hin.
Die Konsultationen waren ungewöhnlich. Diesmal waren es die jungen Mütter, die den Arzt ausfragten und nicht umgekehrt. Lakonisch wie immer beruhigte sie Kader mit knappen Sätzen. Louisas Blick verfinsterte sich jedesmal, wenn sie feststellte, daß er sich bei einer von ihnen länger aufhielt.

Gegen Mittag öffnete Louisa die Tür zu Kaders Büro und steckte den Kopf hinein.

– Ich habe ein Sandwich bestellt. Da ich noch keinen Lohn erhalten habe, muß ich wohl um ein Almosen bitten.
Sie gingen. Vor dem Campingwagen saß El Msili und schlürfte in aller Ruhe seinen Kaffee. Er wich Kaders Blick nicht aus. Der Arzt ging auf ihn zu.
– Du bist immer noch da?
– Die Armee wird nicht ewig in den Straßen bleiben. Wir warten einfach. Im gegebenen Moment kommen wir wieder.
– Eine Patientin ist gestorben, und du bist daran schuld. Kannst du in der Nacht überhaupt noch schlafen?
– Mein Sohn ist auch gestorben. Er war asthmatisch. Er hat den Rauch der Granaten nicht vertragen. Er war zwei Jahre alt.
– Du warst sicher zu beschäftigt, um ihn ins Spital zu bringen, obwohl du zwei Schritte von hier wohnst.
– Er ist ein Märtyrer. Allah wird ihm die Tür zum Paradies nicht verschließen.
– Dir hingegen wird er die Gastfreundschaft in seinen Gärten sicher verweigern!
Kader drehte ihm den Rücken zu und ging zu Louisa zurück.
– Als meine Mutter zurückkam, war sie erstaunt, daß du nicht mehr da warst. Sie will dich sehen.
Die Krankenschwester blickte ihn lächelnd an. Sie hatte den Grund des Gesprächs erraten. Sie war dem Weinen nahe.
– Ich argwöhne, daß ihr hinter meinem Rücken etwas ausgeheckt habt, fügte Kader hinzu.
Louisa unterdrückte ein glückliches Schluchzen.
Und dann spürte sie plötzlich, wie ihre Beine nachgaben. Sie brach zusammen, und Kader, der sie aufhob, fühlte mehr die Weichheit ihrer Brüste als das Gewicht ihres Körpers.

– Gehen wir ans Meer, schlug Hocine vor.
Kader war eben vom Spital nach Hause gekommen. Er nahm den Vorschlag an. Bevor er ging, öffnete er die Küchentür und rief seiner Mutter zu:

– Wir bleiben nicht lange weg.
Sie überquerten den Platz, auf dem sich kein einziger Demonstrant mehr befand, sprangen über das Gitter des Hafens und kletterten über die Betonblöcke, die das langsame Zerstörungswerk der immer wiederkehrenden Wellen recht und schlecht aufhielten.
Sie gehen über den grauen Sand. Sie sprechen über ihre Erinnerungen an Tanger. Sie entfernen sich von der Stadt. Beide tun so, als ob sie die Möwen auf dem immer dunkler werdenden Himmel beobachten.
Kader hat verstanden. Er hat die Ausbuchtung unter dem Qamis seines Bruders wohl bemerkt. Er hat den Spaziergang akzeptiert, weil er geahnt hat, daß Hocine nicht zögern würde, die Waffe auch vor seiner Mutter zu ziehen. Er beschließt, eine Pause zu machen. Sein Bruder setzt sich neben ihn.
– Ich hatte noch keine Zeit, dich über den Spruch des Gerichts zu informieren.
– Ich glaube, ich weiß, wie das Urteil lautet.
– Du bist zum Tode verurteilt.

Kader fühlte sich müde. Er verstand die Welt nicht mehr. Diesem erneuten Aufflackern des Bösen stand er hilflos gegenüber. Seine ärztliche Praxis hatte ihn zwar die Notwendigkeit gelehrt, Krankheiten immer im Auge zu behalten, um die Zerstörungen gering zu halten. Aber er wußte nicht, wie er sich gegen Haß verteidigen sollte. Man hatte ihm Gesten beigebracht, die retten sollen, aber nicht solche, die töten. Er verstand diese mysteriöse Perversion nicht, die soviele Menschen dazu brachte, ihre Brüder und Nachbarn ermorden zu wollen. Es wurde ihm plötzlich bewußt, daß ein schreckliches Monster den Tiefen entstiegen war und alles verwüsten würde.
Er hatte das Gefühl, daß er trotz seines Alters nichts anderes als ein Überlebender war.
Die Nacht brach herein, und er dachte an Nacer, den er mit

Gewalt in sein altes Spital bringen mußte. Nach unzähligen feuchten Nächten auf dem Platz hatte dieser wieder Blut gespuckt. Als er ihn zurückkommen sah, sagte der ihn behandelnde Arzt:

– Ich ahnte wohl, daß ich dich bald wieder sehen werde. Du gehörst zu jenen, die nicht geheilt werden können.

– Doktor, Sie haben gelernt, daß Ihre Behandlungen die Ursache und nicht die Wirkung bekämpfen sollen. Sie versteifen sich darauf, Individuen zu heilen, auch wenn die Gesellschaft krank ist. Wenn Sie ihren Beruf weiterhin ausüben wollen, müssen Sie die Macht übernehmen.

Der Lungenfacharzt hatte den Kopf geschüttelt.

– Diesen Anspruch haben wir nicht. Mit unseren bescheidenen Kenntnissen begnügen wir uns damit, die Schäden zu begrenzen. Ihre Lungen sind in einem sehr schlechten Zustand, aber Ihr Kopf ist noch viel mehr angegriffen. Mein Wissen kommt gegen das Übel, das ihn zerfrißt, nicht an.

Kader fragte sich, ob Nacer damit einverstanden gewesen wäre, ihn auf Befehl umzubringen. Er war überzeugt davon, daß der Tuberkulosekranke niemals zu einer solchen Handlung fähig gewesen wäre. Dieser junge Mann, der spät zum Glauben konvertiert war, träumte von einer brüderlichen Welt.

Und dann dachte er an Si Morice, der der Mörder seines Vaters gewesen war. Sein Schicksal zeigte, daß Revolutionen sich hervorragend mit dem Mord anfreunden. Wieviele Menschen waren seit urdenklichen Zeiten den Verrücktheiten anderer geopfert worden? Auf Grund seines Charakters hatte Kader, wie vielleicht auch sein Vater, sich immer auf der Seite der Opfer befunden. Und dennoch empfand er bei der Vorstellung seines bevorstehenden Endes nichts anderes als ein unendliches Mitleid für all jene, die zurückbleiben würden. Er sah, wie die Dunkelheit sie wie ein Leichentuch einhüllte, und schloß die Augen.

Sofort erschien Louisas Bild. Gab es in einer Welt, die von Zwietracht zerstört wurde, überhaupt Platz für die Liebe? Er bedauerte zumindest, daß er nun nicht mehr die Wunden dieses so verletzten Wesens pflegen konnte. Er hatte das Gefühl, daß der Seelenfriede den Menschen immer unerreichbar war. Eine ungewöhnliche Frage drängte sich ihm auf: was würde Hocine mit seiner Leiche machen?
Kader hatte der Gedanke an den Tod seiner Mutter, die er altern gesehen hatte, immer erschreckt. Er wußte, daß er unfähig gewesen wäre, die notwendigen Schritte für die Begräbniszeremonie zu unternehmen: die Leichenwäscherinnen zu bestellen, einen Imam einzuladen, damit dieser die letzten Gebete spreche, die Totengräber zu bezahlen, damit sie das Grab ausschaufelten. In diesem Sinn fühlte er sich erleichtert, da er ja vor ihr dahingehen würde.
Plötzlich aber wurde er sich seiner Feigheit bewußt. Wie würde seine Mutter auf die Nachricht von seinem Tod reagieren, sie, die sich nie von dem Verschwinden ihres Mannes erholt hatte? An wen könnte sie sich in Zukunft wenden?
Er begann zu träumen. In der kleinen Wohnung sah er eine glückliche Louisa, die die Mutter verhätschelte und den Sohn umhegte. Wie leicht wäre ihm von nun an das Aufwachen gefallen, wenn er von einer solchen Liebe erfüllt gewesen wäre. Und dann starrte er seinen Bruder an. Er dachte über die Macht der Worte nach, die einen aufmerksamen und sanften Menschen in ein gleichgültiges und kaltes Ungeheuer verwandeln konnten. Glaubte Hocine wirklich, daß seine Frau ihn mit Kader betrogen hatte, oder war das nur ein Vorwand, um damit seine Gewissensbisse besänftigen zu können? Kader betrachtete den Mann, der im gegebenen Moment die Waffe herausziehen würde, um sie auf seine Schläfe zu richten.
Der Scheinprozeß, dem Kader unterzogen worden war, diente offenbar nur dazu, Hocines übermächtiges Verlangen nach Rache zu rechtfertigen. Wen wollte Hocine wirklich mit die-

sem Urteil der Todesstrafe und ihrer gleichzeitigen Exekution bestrafen? Jene, die ihn entlassen und über ihn dann ein Aufenthaltsverbot verhängt hatten? Warum nahm er sich dann gerade seinen jüngeren Bruder vor? Kader verdächtigte Hocine einer dunklen Mordlust, die immer schon latent vorhanden war und deren Emporkommen mit der Lehre des Islams fadenscheinig gerechtfertigt wurde. Er hatte Lust zu weinen, nicht über sein Schicksal, sondern über die Absurdität dieser Verkettung von Umständen.

Kader streckte sich im Sand aus, die Finger im Nacken verschränkt. Er wartete vergeblich auf das Auftauchen eines Sterns.

– Ich möchte jetzt schlafen, sagte er zu seinem Bruder. Möchtest du so nett sein und mir einige Verse des Korans aufsagen?

Nein, er war noch nicht bereit zu sterben.

15

Louisa steht auf dem Balkon und schaut in den Abgrund. Die untergehende Sonne taucht den abrupt abfallenden Granit in mattes Safran. Der Lärm der Stadt scheint innezuhalten, so als ob die Milde der Abenddämmerung ihn zu mehr Zurückhaltung auffordern würde. Nur entferntes Kindergeschrei dringt bis zu ihr. Louisas Körper fühlt sich schwer an. Der Abgrund zieht ihn magnetisch an.

Am Vorabend war sie verstört durch die Straßen ihrer Heimatstadt gewandert, die sie eigentlich nie wiedersehen wollte. Sie hatte den Eindruck, als Einsiedlerin in einem Raum zu wandeln, der von den anderen getrennt war. Sie glitt an den Passanten vorüber, wie ein Ektoplasma ohne Ausdehung. Sie empfand ihre Umgebung nicht als wirklich. Den Dingen und den Menschen, die sie betrachtete, schien eine wesentliche Dimension zu fehlen, sie waren ohne Konsistenz. Es gelang ihr nicht einmal, die für die Straße ihrer Kindheit so charakteristischen Gerüche wahrzunehmen, Küchenfett, Jasmin und Duftschwaden diverser Gewürze. Sie war wie eine Nachtwandlerin an den Ständen des kleinen Marktes vorbeigegangen, von dessen Fülle sie in den ersten Jahren ihres Lebens entzückt gewesen war. Irritiert war sie dann vor der Brüstung gestanden, die vor der Schlucht schützte: Sie hatte nicht damit gerechnet, daß diese so nahe war. Den Kopf in die Hände gestützt, hatte sie den Abgrund lange betrachtet, bevor sie in den verschlungenen Gassen untertauchte.

Sie hatte eine ehemalige Freundin, die ihr entgegengelaufen war, um ihr zwei laute Küsse auf die Wange zu drücken, lange mit einem unbeteiligten Blick angeschaut. Louisa hatte ihr automatisch die Wangen hingestreckt. Sie hatte festgestellt, daß der Abdruck dieser fremden Lippen sich von Kaders Küssen unterschied. Natürlich erinnere sie sich, bekräftigte sie als Antwort auf die beunruhigte Frage der so ungelegen vor ihr Aufgetauch-ten, ja, sie erinnere sich sehr gut an sie. Aber sie wagte nicht zuzugeben, daß die Zeit ihrer Freundschaft so weit entfernt schien, daß sie sich geradezu wunderte, diese Kameradin von damals noch am Leben zu sehen, als ob diese von dieser Welt genauso zu verschwinden hätte wie aus ihrem Bewußtsein. Sie fand die Gegenwart dieser gesprächigen Frau ungehörig. Sie sah sie an und dachte an Kader. Sie tat so, als würde sie zuhören, aber sie hörte nur Kaders Stimme, der ihr endlich seine Liebe gestand.

Louisas kalter Blick maß diese Fremde, die, um die Bedeutungslosigkeit ihres Lebens auch noch zu unterstreichen, von ihrer Ehe, von ihrem Schmuck, von ihren Reisen sprach. Und Louisa beobachtete sie, versuchte, sich diese Zeit in Erinnerung zu rufen, in der sie gemeinsam ausgegangen sein dürften, sich amüsiert hatten, gelacht, sich ihre Geheimnisse und vielleicht auch als Heranwachsende ihre ersten Schwärmereien anvertraut hatten. Aber die vor ihr gestikulierende Silhouette weckte in ihrem Bewußtsein keine Erinnerung und keine

Nostalgie. Sie ertrug den Redeschwall und dachte gleichzeitig an ihre Waschmaschine, die kaputt war, als sie wegfuhr. Würde sie sich reparieren lassen?
Sie erkannte Constantine nicht wieder. Sie erinnerte sich an Kaders scherzhafte Bemerkungen, der sich über ihre unmäßige Liebe zu dieser Stadt lustig gemacht hatte. Er verabscheute Constantine wegen ihrer alptraumhaften Lage. Sie folgte in ihrer Anordnung den Felsvorsprüngen, und hinter jeder Straße lauerte der Abgrund wie ein Hinterhalt. Louisa war über die Böswilligkeit seiner Bemerkungen entrüstet gewesen, dann aber hatte sie sich auf ihn gestürzt, um ihn mit einer Flut von Küssen zum Schweigen zu bringen.
Louisas Oberkörper schwankt über dem Abgrund. Sie wird bei dem Gedanken an die Leere, die vor ihr liegt, von Schwindel gepackt. Wie wird sie diese Tage verbringen, deren vorhersehbare Folge sich drohend abzeichnet? Kader war es bereits nach kurzer Zeit gelungen, ihr ganzes Leben auszufüllen und die Vergangenheit auszulöschen. Würde sie von nun an den Mut haben, neu anzufangen und ihr früheres Leben wieder aufzunehmen? Wäre sie zumindest in der Lage, die einfachsten, alltäglichsten Dinge zu tun, sich zu waschen, anzuziehen, Brot kaufen zu gehen, das Geschirr zu waschen?
In das große Haus ihrer Eltern zurückgekehrt, fühlt sich Louisa wieder ganz allein auf der Welt.

Nachwort

Mimouni oder Der Finger auf der Wunde

Woher die Kraft zum Überleben nehmen? Das fragt sich Louisa, und das fragen sich Tag für Tag die meisten der 26 Millionen Algerierinnen und Algerier, von denen zwei Drittel jünger als 26 sind: angesichts der skandalösen Überteuerung der Grundnahrungsmittel, angesichts der Arbeitslosigkeit, die seit Jahren sämtliche Rekorde bricht, angesichts der katastrophalen Wohnungsnot fühlt sich ein ganzes Volk um seine Zukunft betrogen.

Dabei hatte es so vielversprechend begonnen, 1962, nach der Unabhängigkeit, die sich Algerien nach 132 Jahren französischer Hegemonie bitter und blutig erkämpft hatte. Doch für die meisten waren die Blütenträume schnell ausgeträumt, die Früchte der Revolution wuchsen nur wenigen in den Mund: und denen bleiben sie heute im Halse stecken. Heute steht Algerien am Rande des Bürgerkriegs, und daß es so gekommen ist, kann im Rückblick niemanden überraschen.

Zeugen der Zeitgeschichte sind in Algerien vor allem die Schriftsteller, deren Romane ein nuanciertes Panorama der algerischen Nachkriegs- und Postindépendance-Gesellschaft zeichnen, eine Chronik der Korruption, des schleichenden Verfalls, des sich ankündigenden Todes: Kateb Yacine und Mohammed Dib, Tahar Djaout und Habib Tengour, Rachid Boudjedra und Rachid Mimouni. Die Geschichte der Zwistigkeiten und Richtungskämpfe innerhalb des FLN, der nationalen Befreiungsfront, schon im Maquis; die progressive Verkrustung zum sozialistischen Einparteienregime, unter Ben Bella (1962 - 1965), Boumedienne (1965-1978) und Chadli Bendjedid (1979-1992); die Entstehung einer Nomenklatura, in der Nepotismus, Inkompetenz und der Wille zur Macht eine profitable Allianz eingehen, die Algerien an den Rand des Ruins wirtschaftet; die mißglückte Agrarrevolution und die forcierte Industrialisierungspolitik, die zu Landflucht und Verelendung der Städte führen; die kulturelle Versteppung, das Heraufdämmern des religiösen Totalitarismus im Gefolge der politischen Diktatur.

Im Oktober 1988 entladen sich Frustration und Zorn der algerischen Jugend in einer beispiellosen Rebellion, die zwar blutig unterdrückt wird, aber doch eine neue Verfassung zeitigt, aus der das Wort Sozialismus verschwindet, und die Parteienvielfalt und Meinungsfreiheit toleriert. Es werden zahlreiche Zeitungen gegründet, Frauenvereinigungen ins Leben gerufen, Parteien zugelassen. Unter

anderem auch der FIS, der *Front du Salut Islamique*, die „Islamische Heilsfront" Am 12. Juni 1990 finden die ersten demokratischen Wahlen statt, Kommunalwahlen und Protestwahlen: der FIS zieht mit 54% der Stimmen (33% aller Wahlberechtigten) in 853 von 1541 Rathäusern und 32 von 48 Bezirken ein. Die Parlamentswahlen sind für Mitte 1991 geplant, doch der FIS drängt auf Vorverlegung. Im April ruft er deshalb – erfolglos – zum Generalstreik auf, im Juni läßt er von seinen Anhängern wichtige Plätze von Algier besetzen. Die Regierung verlangt die Räumung, am 4. Juni kommt es zu Massenverhaftungen und blutigen Zusammenstößen mit der Armee, am 5. Juni wird der Ausnahmezustand verhängt, die beiden Anführer des FIS, Ali Belhadj und Abassi Madani, werden verhaftet (und am 12. Juli 1992 zu je zwölf Jahren Zuchthaus verurteilt).
Ende Dezember schließlich finden die Parlamentswahlen statt: schon im ersten Wahlgang erringt der FIS mit nur 3,26 Millionen Stimmen – einem knappen Viertel der Stimmen aller Wahlberechtigten – 188 von 430 Sitzen im Parlament, während der FLN nur 15 Sitze, die sozialistische FFS lediglich 25 Sitze für sich verbuchen können. Kein Zweifel, daß der zweite Wahlgang, der für den 16. Januar 1992 geplant ist, dem FIS die für eine absolute Mehrheit erforderliche Stimmenzahl bescheren würde. Dabei haben die Islamisten für den Fall eines Wahlsiegs die Abschaffung der Demokratie, die Einführung eines islamischen Gottesstaats, in Aussicht gestellt. Um ein zweites Weimar zu verhindern, interveniert die Armee, Chadli demissioniert am 11. Januar 1992, die Wahlen werden abgeblasen, ein neugegründeter Hoher Staatsrat (*Haut Comité d'Etat*) mit der kollegialen Führung der Regierungsgeschäfte betraut. An seiner Spitze Mohamed Boudiaf, einer der neun historischen Führer des Befreiungskrieges, seit 1964 in Marokko im Exil. Doch Boudiaf ist zu integer: seine Kampfansage an die Filzokratie bezahlt er alsbald mit dem Tod. Am 29. Juni 1992 wird er in Annaba während einer öffentlichen Veranstaltung ermordet - von einem Mitglied seiner Wachmannschaft.
Anfang März 1992 wird der FIS verboten, im Dezember desselben Jahres werden in 200 Städten die FIS-Bürgermeister abgesetzt und die Gemeinderäte aufgelöst. Die Islamisten werden verhaftet, gehen in den Untergrund oder ins Ausland. In Deutschland wird ihnen 1992 und 1993 großzügig Asyl gewährt: der Auslandssprecher des FIS, Rabah Kebir, beispielsweise, agiert als „Führer per Fax".
Seither ist der Konflikt eskaliert: Repression und Terror in beiden Lagern, seit zwei Jahren tobt ein heimlich-unheimlicher Bürgerkrieg, mit mindestens 6000 Opfern auf beiden Seiten, einer unübersehbaren Auffächerung der Islamisten, Integristen, Fundamentali-

sten in eine Fülle moderater und militanter Splittergruppen, wie MIA (*Mouvement islamiste armé*) und GIA (*Groupe islamiste armé*), die auf Befehl und auf eigene Faust blindlings zu morden scheinen: Attentate auf Zivilpersonen, auf Algerier und Ausländer, auf Greisinnen und junge Mädchen, auf Hausfrauen, Buchhändler, Taxifahrer. Vor allem aber: auf „Namen". Der telegene Tod, das demonstrative Morden als Politik mit anderen Mitteln: den Auftakt macht im September 1992 der Soziologe Abderrahman Belazhar, der in Constantine vor seiner Wohnungstür abgeknallt wird, und seitdem hat es Dutzende von Intellektuellen getroffen – Journalisten und Schriftsteller, Regisseure und Kinderärzte, Psychiater und Kunsthistoriker, Wirtschaftswissenschaftler und Physiker, Archäologen und Juristen. Es ist von einem *intellectocide* die Rede, zum erstenmal in der Geschichte wird die geistige Elite eines ganzen Volkes eliminiert, und es trifft keineswegs nur die Frankophonen, auch wenn die Propaganda gegen die *hizb França*, die Frankreich-Partei, groß ist: Abdelkader Alloula, der Regisseur, hat im algerischen Dialekt Brecht und Goldoni inszeniert, Youcef Sebti, Agronom und Poet, hat vor allem in arabischer Sprache gedichtet.
Wer im einzelnen die Anstifter sind, bleibt mehr als einmal im dunkeln, denn häufig trifft es jene Intellektuellen, die wie heute den Islamisten, so zuvor schon dem FLN-Regime ein Dorn im Auge waren. *„Jedes Wort, das du schreibst, ist eine Kugel, die du auf dich selbst abfeuerst"* auch wenn Mohammed Dib[1] es so wörtlich nicht meinte, sein Ausspruch ist heute vielfach blutiger Ernst – als ob die Realität sich veränderte, wenn man den Spiegel, der sie reflektiert, zertrümmert, die Lampe, die Licht auf sie wirft, zerschlägt ...

*

Auch Rachid Mimouni hat es inzwischen getroffen. Sein Engagement hat er bisher „nur" mit Telephonterror bezahlt. Doch seit kurzem lebt er mit seiner Familie im marokkanischen Exil.
Für den Roman *Der Fluch* hat er unlängst den Schweizer *Prix Liberté Littéraire* erhalten, den *Ex-Prix Colette*, dessen voriger Laureat Salman Rushdie war.

„Was wir brauchen, ist eine Literatur, die die Gesellschaft verändert, eine Literatur, die den Finger auf die Wunde legt. Natürlich läßt das den Schmerz nur umso stärker aufflammen, und manchmal ist es unerträglich."[2]

Unerträglich in den Augen der algerischen Zensurbehörde war

Mimouni offenbar von Anfang an: er, der einstige Bauernjunge aus Boudouaou, der sich in Algier sein Geld als Dozent für Betriebswirtschaftslehre verdiente, ein Beruf, der ihm nach eigenem Bekunden die fürs Schreiben nötige Distanz und Abgeklärtheit gewährte.
Sieben Jahre hat sich seinerzeit die Publikation seines Erstlings beim Staatsverlag SNED hingezogen: *Le Printemps n'en sera que plus beau* (1978, „Um so schöner wird der Frühling sein"), die tragische Geschichte zweier Liebender in den Wirren des algerischen Befreiungskriegs, die die Frage nach dem politischen Engagement gegenüber dem Kolonialismus aufwirft.
Der zweite Roman, *Une paix à vivre* (1983, „Ein Leben im Frieden"), ist ein Zeitdokument, welches das Studentenleben zwischen Strand, Universität und politischer Betätigung in den ersten Jahren der Unabhängigkeit einfängt, bis hin zu den Demonstrationen anläßlich des Staatsstreichs von Boumedienne (1965): er wird im monatelangen Tauziehen zwischen Mimouni und „Lektürekomitee" derart „kastriert" (Mimouni), daß der Autor beim dritten Roman kategorisch jede Konzession verweigert. Da wird ihm bedeutet, sich anderweitig umzusehen, und Mimouni, der in Frankreich nach eigenem Bekunden *„nicht leben und nicht schreiben" könnte „weil ich mich so von meinen Wurzeln abkappen würde"*[3], avanciert in Paris fast über Nacht zu einem der bekanntesten jungen algerischen Autoren.
Die französische Kritik stürzt sich begeistert auf *Le Fleuve détourné* (1982, „Der umgeleitete Fluß") und *Tombéza* (1984, dt. 1989), Romane, die grimmig, zynisch und korrosiv den Finger auf die offene Wunde Algerien legen: hier die Desillusionierung des totgeglaubten Freiheitskämpfers, der in eine Gesellschaft zurückkehrt, die ihn verleugnet und die revolutionären Ideale mit Füßen tritt; dort die Karriere des korrupten Krüppels Tombéza in einem verrotteten, menschenunwürdigen System. Mit Camus und Kafka wird Mimouni verglichen, und 1989, nach dem Erscheinen von *L'Honneur de la Tribu* („Die Stammesehre"), der 1993 verfilmten Saga vom grotesken Zusammenprall von Fortschritt und Archaik in einem zurückgebliebenen Dorf, sogar mit García Márquez.
1990 folgt der Erzählband *La Ceinture de l'Ogresse* („Der Gürtel der Menschenfresserin"), der dem blumigen Titel der deutschen Ausgabe zum Trotz (*Hinter einem Schleier aus Jasmin*, 1992) ironische Blitzlichter auf die Absurditäten des algerischen Alltags wirft. Und 1991 erscheint mit *Une peine à vivre* („Ein Leben im Schmerz") ein Epos in der Machart der lateinamerikanischen Diktatorenromane, das den skrupellosen Aufstieg eines alten Freiheitskämpfers zum Tyrannen beschreibt.
Mimounis Romane sind engagiert und politisch, sie rütteln auf, ge-

ben zu denken: *„Ich glaube an den Intellektuellen als jemanden, der das Gewissen wachrüttelt, der die menschlichen Werte bewahrt, der auf seinem Posten steht, bereit, die Gefahren beim Namen zu nennen, die die Gesellschaft bedrohen.“*[4]

Und in der Tat nimmt Mimouni kein Blatt vor den Mund: 1992 setzt er sich in seinem Essay *De la barbarie en général et de l'intégrisme en particulier* („Über die Barbarei im allgemeinen und den Integrismus im besonderen“) mit den algerischen Islamisten auseinander, mit Ideologie, Propagandamethoden und Hintergründen des FIS. Von den Integristen streng verurteilt, sind Mimouni und Rachid Boudjedra, der im gleichen Jahr mit FIS *de la haine* (dt. 1993: „Prinzip Haß. Pamphlet»gegen den Fundamentalismus im Maghreb“) eine ungleich polemischere Abrechnung vorgelegt hat, in den westlichen Medien zu *„Galionsfiguren jener Literatur, die der Barbarei den Kampf angesagt hat“*[5], avanciert.

Mimounis Art der Medienpräsenz wird nicht von allen gebilligt, auch von nichtislamistischer Seite gibt es Vorwürfe, er lasse sich vom Westen manipulieren, als Kronzeuge mißbrauchen gegen Algerien, als Marionette in dem altbekannten politischen Spiel ...

Wie immer man sich zu diesen Vorwürfen stellen mag, sie reflektieren auf jeden Fall eines: die uralte Malaise der maghrebinischen Autoren im Schraubstock von Politik und Sprache. Zumal wenn sie Französisch schreiben, laufen sie in den Augen ihrer Landsleute Gefahr, ideologisch vermarktet, vor den Karren des Westens gespannt zu werden. Der spektakulärste Fall dürfte der Marokkaner Driss Chraïbi sein, der mit seinem Roman *Le Passé simple*, in dem er gegen die kolonialen Ungerechtigkeiten wie gegen die rigiden patriarchalischen Strukturen der marokkanischen Bourgoisie zugleich revoltierte, in der einheimischen Presse als Nestbeschmutzer dastand – 1954, im prekären Vorfeld der marokkanischen Unabhängigkeit (1956).

Die französischsprachige Literatur des Maghreb war schon immer ein politisches Phänomen, ein Kind des Unbehagens an den herrschenden Zuständen und ein Stein des Anstoßes allein aufgrund ihrer Existenz.

Und gegen Beifall von der falschen Seite ist wohl niemand gefeit – wie die schamlos vollmundige Bücherwerbung anläßlich des Erscheinens von *La Malédiction* in *Le Monde*[6] belegt:

„Mit pikareskem Schwung erzählt Mimouni von Lebenskunst und Leidenschaft für Alkohol, Raï-Musik und Sex, zweifellos den wahren Pflichten jedes wahren Gläubigen.“

Vielleicht hat Mimouni das Pech, daß er zu flüssig schreibt: mit Leidenschaft und Verve, mit unverhüllter Freude am Fabulieren, prall, sarkastisch, subversiv. Er notiert die Geschichten, die das Leben schrieb, und dem er dabei nur über die Schulter schaut, anklagend, anekdotisch, akribisch, assoziativ: hyperrealistisch, wenn man so will, und wie Mimouni selbst bezeugt: *„wie ein Fotograph, der sein Bestes gibt, um das beste Foto zu machen, das genaueste, das sauberste, das, welches die Realität am repräsentativsten wiedergibt"*.[7] So surreal, wie es den europäischen Leser oft anmutet, freilich nicht: denn es ist nicht der Autor, sondern die Wirklichkeit, die auf Schritt und Tritt Unwirkliches bereithält - wie Habib Tengour, der zur selben Schriftstellergeneration wie Mimouni gehört, in seinem „Manifest des maghrebinischen Surrealismus" (1981) eindrücklich bezeugt.

*

Doch wer kennt sich schon noch aus in der algerischen Wirklichkeit? Nicht umsonst stellt Tengour seinem Roman *Die Bogenprobe* (1990, dt. 1993) ein resigniertes Zitat von Hölderlin voran: *„Ein Zeichen sind wir, deutungslos ..."* Nicht umsonst formuliert Mohammed Dib, der Grandseigneur der algerischen Literatur, in seinem Roman *Die Terrassen von Orsol* (1985, dt. 1991): *„Es ist eigenartig, wie die Welt immer voller von Ausländern ist ..."* Und nicht umsonst kondensiert Rachid Mimouni seine Einschätzung der Lage im Blick auf die Geschichte als *malédiction*, als Fluch: *„Verglichen mit unseren Nachbarn Tunesien und Marokko scheint unserer geschichtlichen Entwicklung ein tragischeres und dramatisches Schicksal beschieden zu sein - so sehr, daß man manchmal das Gefühl hat, es würde ein Fluch auf uns lasten. Die Revolte schon gegen die Römer dauerte länger als anderswo und dasselbe gilt für den Widerstand der Juden und Berber gegen die Araber wie für die Befreiung von den Franzosen, die sieben Jahre dauerte und Hunderttausende von Opfern gekostet hat."*[8]
Rekapitulieren wir kurz: Der Maghreb ist multikulturell der geographischen Peripherie ein brodelnder Schmelzkessel der Kulturen wurde, eine Region, in der sich die Ränder vielfältig überlappen: der Nordrand des Südens (Afrika) mit dem Südrand des Nordens (Europa) mit dem Westrand des Ostens (Arabien), denn nichts anderes heißt auf arabisch Maghreb: „Westen", „Okzident", „Sonnenuntergang" Aus derselben Wortwurzel gh-r-b notabene, der auch die arabischen Termini für „fremd", „seltsam", „Trennung" und „Exil" entstammen - die Etymologie war von schmerzlicher Weitsicht ...
Der augenblickliche Exodus vieler Algerier wirkt wie ein trauriges Remake der Geschichte: hinter vorgehaltener Waffe begleitet der fin-

stere Slogan *„La valise ou le cercueil – Koffer oder Sarg"*, der vor wenigen Jahrzehnten die Ängste der Algerienfranzosen resümierte, heute viele Algerier ins Exil. Es ist die uralte Geschichte von den feindlichen Brüdern: wer stört, wird beseitigt – im Zweifelsfall, wie im Roman *Habel* (1977, dt. 1991) von Mohammed Dib, wird der algerische Abel vom algerischen Kain in die Verbannung geschickt. Kain litt, wir erinnern uns, unter dem Gefühl, zu kurz gekommen zu sein. Bei Mimouni erfahren wir etwas über die Hintergründe: *Der Fluch* zeigt, wie zuvor schon *Tombéza*, sehr deutlich die Täter-Opfer-Dialektik auf – wie, psychologisch nachvollziehbar, aus den Opfern von gestern, Nacer, Hocine, die Täter von heute werden. *„Le FIS est le fils du FLN"* heißt nicht umsonst in Algerien ein geflügeltes Wort: „Der FIS ist der Sohn des FLN". Er ist die Quittung, die der FLN für seine Politik erhält, ist die Partei der sozialen Revanche, die breiten Volksmassen ein schlichtes Identifikationsangebot macht. Der FIS als Sohn des FLN: das heißt aber auch, die logische, konsequente Fortführung der FLN-Politik, die in ihrem jakobinischen Denken, in Zentralismus, Dirigismus und Misogynie schon die Ziele der Islamisten anstrebte: und die vermutlich eher den Aufsteigern und Mitläufern, den Opportunisten und Wendehälsen eine rosige Zukunft garantiert als dem breiten Volk, in dessen Namen sie zu handeln beansprucht. Profiteure sind Leute vom Schlage des El Msili, stellvertretend für jene neue algerische Kaste, die das Produkt der Entwicklung der letzten zwei Jahrzehnte ist, Opfer der Widersprüchlichkeit einer Politik, die bereits kurz nach der Unabhängigkeit die Arabisierung des Erziehungssektors propagiert – in Scharen werden Lehrer aus Ägypten und dem Nahen Osten geholt, deren Dialekt die algerischen Kinder kaum verstehen, die jedoch peu à peu fundamentalistisches Gedankengut ausstreuen –, de facto aber nach wie vor jenen die besseren Posten reserviert, die des Französischen mächtig sind.

Die führenden Köpfe der islamistischen Bewegung sind westlich geprägte Technokraten, die die Existenz der Parabolantennen zwar als Teufelszeug verdonnern, sich aber keineswegs scheuen, mit Laserstrahl und Megaphon Propaganda für den Gottesstaat zu machen. Und das vielleicht sogar im Bündnis mit dem Militär. Das unerwartete Auftauchen des Albinos in Mimounis Roman, zigmal totgesagt und doch immer wieder zur Stelle, korrespondiert mit dem zynischen Urteil mancher Algerien-Experten, denen zufolge die Armee, seit 1965 kontinuierlich an der Macht, darangehe, die sozialen Eliten auszutauschen, die Marionetten, dank derer sie regiere: die politische Zukunft des Landes als islamistisch-militärisches Bündnis, im Würgegriff ein ganzes Volk. Denn der Islam, wie ihn die Islamisten propagieren, ist nicht nur ein Affront gegen die „modernistischen" Elemente, gegen die Frauen, die Jugend, die Kabylen, die stärker denn je auf ihrer Autonomie beharren; er ist ein Angriff auf die kulturelle Identidät aller Algerier, der darauf abzielt, einen historisch gewachsenen regionalen Islam, der einen ganzen Lebenstil prägte, durch ein steriles, intolerantes, reduktionistisches, puritanisches Importmodell zu verdrängen – *„im Namen der Hölle"*, wie Mohammed Dib in seiner apokalyptischen Farce *Désert sans détour* (1992, dt. 1993: „Wüsten") formulierte, oder im Namen der Habsucht?

„L'Islamisme est une maladie de l'Islam"– „Der Islamismus ist eine Krankheit des Islam", hat Roger Garaudy in seinen Überlegungen zur künftigen Entwicklung der Nord-Süd-Beziehungen, zur neuen Welt(wirtschafts)ordnung, geschrieben[9] ... Gesundbeten allein hilft da sicher nicht weiter.

Regina Keil
Heidelberg, im August 1994

1 In *Ruptures* (5), Algier, 16.- 22. 2. 1993.

2 Interview mit Hafid Gafaiti im Vorspann zu *Tombéza*, Alger: Laphomic 1985.

3 Interview mit Raoul Schrott beim Kongreß maghrebinischer Schriftsteller in Aigues-Mortes, 21. 3. 1994. Manuskript im Besitz des Haymon Verlags.

4 Interview mit Hafid Gafaiti im Vorspann zu *Tombéza*, Alger: Laphomic 1985.

5 *Midi Libre* vom 25. 3. 1994, S. 25.

6 FNAC-Publicité vom 5. 11. 1993.

7 Mimouni, zit. nach Sabine Kebir: *Im Fadenkreuz des Islamismus: Rachid Boudjedra und Rachid Mimouni.* in: *Zwischen Fundamentalismus und Moderne. Literatur aus dem Maghreb.* Rowohlt Literaturmagazin 33 (1994), S. 67–75, hier: 68.

8 Interview mit Raoul Schrott beim Kongreß maghrebinischer Schriftsteller in Aigues-Mortes, 21. 3. 1994.

9 Roger Garaudy: *Les relations Nord-Sud.* In: Révolution, Paris, Mai 1994, S. 18.

Glossar

ALN	(frz.) *Armée de Libération nationale*
ASSASSINEN	Angehörige einer muslimischen Sekte, die gegen die Kreuzritter kämpften
BARBUS	(frz.) „die Bärtigen" in Algerien geläufige Bezeichnung für Islamisten, Integristen, Fundamentalisten, Muslimbrüder etc., zu deren Erscheinungsbild Vollbart und langes Hemd (qamis) gehören
BEUR	(frz.) jugendsprachliche Bezeichnung für die Kinder der maghrebinischen Immigranten, die zum Teil schon in Frankreich geboren sind und sich beiden Kulturen verbunden fühlen; deformiert aus *Arabe* (rückwärts gelesen); dazu bereits: *beurette, beurocratie*
BIDONVILLE	(frz.) Slum, Barackenviertel, Elendsquartier
CHITANE	(arab.) Satan, Teufel, Scheitan
CHORBA	(alger. arab.) Suppe
FATIHA	(arab.) „die (Er-)Öffnende" Name der ersten Koransure, die im religiösen Leben der Muslime eine dem Vaterunser ähnliche Rolle spielt, bei den täglichen Gebeten und bei besonderen Anlässen rezitiert wird
FLN	(frz.) *Front de Libération Nationale*
HAWA	(arab.) Eva
IFRANE	Wintersportort im marokkanischen Atlasgebirge
KABYLEN	Name des zahlenmäßig bedeutendsten algerischen Berberstammes, circa ein Drittel der algerischen Bevölkerung
KACHABIA	(alger. arab.) ländlicher Kapuzenmantel aus (Kamelhaar-)Wolle, bei den Berbern und in Marokko weit verbreitet
KATIBA	(arab.) Sektion, Bataillon etc., Untereinheit der Armee
KORNAKE	franz. *cornac:* „Elefantenführer; Bevormunder, Lobredner; Reiseführer"
MEHARISTEN	(arab. frz.) von *Méhari*, Rasse von Kamelen, bzw. Dromedaren, die auf schnelles Laufen dressiert sind; *Meharist:* jemand, der ein solches Rennkamel besitzt
QAMIS	(arab.) Hemd (vgl. frz. *chemise*); Art bis zu den Füßen verlängertes Oberhemd: typische Oberbekleidung der Männer in den arabischen Emiraten; gehört in Algerien neben dem Vollbart zu den typischen Attributen der Islamisten
RAIS	(arab.) Kopf, Haupt; Oberhaupt, Staatschef (in Ägypten)
TARGUI	(TARGI cf. Brockhaus) korrekte Singularform zu „Tuareg" der eigentlichen Pluralform, die im Deutschen irrtümlicherweise auch für den Singular verwendet wird

1

REIHE
SÜD-NORD
IM
HAYMON-VERLAG

Die Reihe präsentiert Literatur an den Schnittstellen
zwischen europäischer und außereuropäischer Kultur.
Süd-Nord also im metaphorischen Sinn:
Literatur als Standortbestimmung und als Neuorientierung
zwischen kulturellen Polen einer multikulturalen Welt.

Alle Bände enthalten eine fundierte Einführung von
namhaften Fachleuten.

Herausgegeben wird die Reihe von
Raoul Schrott und Andreas F. Müller

Gleichzeitig erscheint:
2
Mario Tobino:
Die italienische Wüste
Roman

Eckhardt Fuchs / Günther Fuchs

»J'accuse!«

D1935997

Eckhardt Fuchs
Günther Fuchs

»J'accuse!«

Zur Affäre Dreyfus

Decaton Verlag

Über die Autoren:

Eckhardt Fuchs, Dr., geb. 1961, Studium der Geschichte an der Universität Leipzig, 1992 Promotion, 1991-1992 wiss. Mitarbeiter an der Historischen Kommission zu Berlin, seit 1993 Forschungsaufenthalt an der University of Virginia. Autor von »Geschichtswissenschaft und Positivismus: Henry Thomas Buckle« (Leipzig, i.Dr.) und Verfasser verschiedener Beiträge zur Historiographiegeschichte.

Günther Fuchs, Prof. Dr., geb. 1939, 1968 Promotion, 1974 Habilitation, bis 1991 ordentl. Professor für Allgemeine Geschichte an der Pädagogischen Hochschule Potsdam bzw. der Brandenburgischen Landeshochschule, gegenwärtig wiss. Mitarbeiter an der Historischen Kommission zu Berlin, Mitautor u.a. von »Charles de Gaulle. General und Präsident« (1981) und »Clemenceau. Eine politische Biographie« (1983) sowie Verfasser zahlreicher Veröffentlichungen zur französischen Zeitgeschichte.

Die Verfasser danken Prof. Dr. Hans Henseke (Potsdam) für seine konzeptionelle Hilfe und die Mitarbeit am 1. Kapitel.

Die Deutsche Bibliothek - CIP-Einheitsaufnahme

Fuchs, Eckhardt:
»J'accuse!« : Zur Affäre Dreyfus / Eckhardt Fuchs ; Günther Fuchs. - 1. Aufl. - Mainz : Decaton-Verl., 1994
ISBN 3-929455-27-7
NE: Fuchs, Günther:

Erste Auflage 1994
Copyright © 1994 Decaton Verlag, Mainz
Alle Rechte vorbehalten.
Verlagsanschrift: Postfach 21 61, 55011 Mainz
Satz und Gestaltung: DMS, Mainz
Druck und Bindung: Druckerei Dan
Printed in Slovenia
ISBN 3-929455-27-7

Inhalt

Der Mann auf der Teufelsinsel

Der Häftling ist lebenslänglich auf die Ile du Diable - die Teufelsinsel - vor Französisch-Guayana verbannt. Er lebt in einer Hütte von vier mal vier Metern. Tür und Fenster sind vergittert. In der Nacht ist seine Unterkunft erleuchtet, damit der Gefangene ununterbrochen beobachtet werden kann. Fünf Aufseher bewachen ihn, und sein Bewegungsspielraum auf der Insel ist gering, durch einen Grenzpfahl markiert. Seine Korrespondenz unterliegt strengster Zensur, es ist ihm untersagt, irgend jemanden, mit Ausnahme der Aufseher, anzusprechen. Aber damit nicht genug: Nach einer Meldung über einen angeblichen Fluchtversuch, der niemals stattgefunden hat und unter den gegebenen Umständen auch gar nicht möglich war, wird die Hütte von einer Palisade eingeschlossen, und nur hinter ihr darf sich der Häftling bewegen; wochenlang wird er nachts mit einem Doppeleisen an sein Bett gefesselt, alle Brief- und Paketsendungen an ihn werden zurückgehalten. Die Palisade ist so hoch, daß der Gefangene das Meer nicht sehen kann. Das mörderische Klima, die unmenschliche Behandlung und die absolute Isolierung machen ihn fast wahnsinnig. Es gibt Tage, wo ihn nur der Gedanke an seine Frau und seine Kinder am Leben erhält. Aber er beklagt sich nicht und erfüllt ergeben alle Weisungen seiner Wächter. Nur auf eines verzichtet er in all den Tagen, Wochen, Monaten, Jahren, die er auf dieser trostlosen Insel verbringen muß, niemals: zu versichern, ja zu schwören, daß er unschuldig sei - und er ist unschuldig. Über vier Jahre seines Lebens vegetiert er schuldlos in dieser Hölle, und zwölf Jahre vergehen von seiner Verhaftung bis zur offiziellen Bestätigung der Schuldlosigkeit.

Der Verbannte hieß Alfred Dreyfus, und sein Schicksal löste vor nunmehr hundert Jahren die größte Krise der noch ungefestigten französischen Dritten Republik, die Dreyfusaffäre, aus. Frankreich stand dicht vor dem Bürgerkrieg, die »Affaire« teilte das Land, die politischen Leidenschaften tobten in jeder Familie, trennten langjährige Freunde. Dabei ging es weniger um den Hauptleidtragenden, der auf der Teufelsinsel unentwegt mit seinem persönlichen Mißgeschick haderte und von dem Aufruhr in Frankreich, der die Welt in Atem hielt, nichts ahnte. Längst war Alfred Dreyfus in der nach ihm benannten Affäre nur das Objekt, andere trugen den Kampf aus. Längst ging es nicht mehr nur um die Rehabilitierung eines unschuldig Verurteilten, sondern um eine fundamentale Gesellschaftskrise. Es war ein politischer, sozialer und geistiger Kampf, eine Auseinandersetzung um Recht und Gerechtigkeit, um die Behauptung und demokratische Legitimierung der jungen Republik gegen das gefährliche Zusammenspiel von Konservatismus, Klerikalismus, Nationalismus und Antisemitismus. Als der elsässische Fabrikantensohn und Jude Alfred Dreyfus im Herbst des Jahres 1889 zum Hauptmann der französischen Armee befördert und seine Eheschließung mit Lucie Hadamard vorbereitet wurde, lagen die Jahrhundertfeiern der Großen Französischen Revolution erst wenige Wochen zurück. Während das offizielle Frankreich feierlich auf sein großes Jahr 1789 zurückblickte, schieden sich an den unterschiedlichen Vorstellungen über den Ausprägungsgrad der bürgerlichen Demokratie zunehmend die Geister: Die klerikal-monarchistische Rechte wollte sie liquidieren, die Armeeführung sie beschneiden, die Liberalen sie bewahren und die mit den Sozialisten vereinten Radikalen sie ausbauen. Das tragische Schicksal des jüdischen Hauptmanns

Dreyfus war auslösender Faktor und symbolträchtige Widerspiegelung gerade dieser Auseinandersetzung.
Kein Wunder also, daß die Flut von Büchern und Artikeln über die »Affaire« nahezu unübersehbar ist. Gründe dafür lassen sich viele benennen, wohl auch den, daß kaum ein Kriminalroman besser konstruiert und spannender sein könnte als die Geschehnisse dieser Jahre. Und gerade in Deutschland kann es nützlich sein, immer wieder in Erinnerung zu rufen, wie die Franzosen sich in diesem Konflikt verhielten.

> »Jedes Land hat sein Panama. Jedes Land hat seine Dreyfus-Affäre. Nur werden sie meist nicht ausgetragen. Das französische Volk hatte den Mut und die moralische Kraft dazu. Es verbarg seine Krankheiten nicht, sondern versuchte, sie zu heilen.«[1]

Die Aktualität dieser Ereignisse ergibt sich auch heute, nach einhundert Jahren, noch aus einem prinzipiellen Umstand. Der Ausbau der Demokratie und der Umgang mit ihr sind niemals etwas Abgeschlossenes, Endgültiges, auch wenn es den jeweiligen politischen Machthabern so scheinen mag. Machtmißbrauch ist nicht weit von Machtausübung angesiedelt; Abbau oder gar Beseitigung der Demokratie scheinen für manchen Politiker der beste Ausweg aus gesellschaftlichen Krisensituationen zu sein. Ist die Unvollkommenheit der wie auch immer definierten Organisationsformen menschlichen Zusammenlebens nicht gerade in der Gegenwart sprichwörtlich, und muß nicht daran erinnert werden, daß die Dreyfusaffäre zwar die »Mächte der Finsternis« schwächte, aber nicht beseitigte? Es bleibt dabei: Demokratie war und ist dann lebensfähig, wenn sie nicht nur deklariert, sondern von der Mehrzahl der Menschen als solche empfunden und realisiert wird, wenn sie - auch für den Einzelnen - einklagbar ist und sich - wie im Fall der Dreyfusaffäre - ihre Verteidiger formieren, selbst in scheinbar aussichtsloser Position und gegen schier übermächtige Gegner. Die Dreyfusaffäre ist ein allgegenwärtiges Trauma - nicht nur für Frankreich.

Kapitel 1

Der Prozeß und seine Hintergründe

Ich bin in Mühlhausen im Elsaß am 9. Oktober 1859 geboren. Ich verlebte unter dem wohltuenden Einfluß von Mutter und Schwestern durch die liebevolle Fürsorge des Vaters uns Kindern gegenüber und in der Hut zärtlicher älterer Brüder eine frohe Kindheit.

Mein erstes trauriges Erlebnis, das mir immer schmerzlich in Erinnerung blieb, ist der Krieg 1870. Mein Vater entschied sich nach dem Friedensschluß für die französische Nationalität; wir mußten daher das Elsaß verlassen. Ich begab mich nach Paris, um dort meine Studien fortzusetzen.

Ich wurde 1878 in die Kriegsschule aufgenommen und verließ sie 1880, um als Fähnrich die Artillerieschule in Fontainebleau zu besuchen. Am 1. Oktober 1882 ernannte man mich zum Leutnant des 31. Artillerieregiments in Mans. Gegen Ende des Jahres 1883 wurde ich in die erste Division der reitenden Feldartillerie nach Paris versetzt.

Am 12. September 1889 wurde ich zum Hauptmann im 21. Artillerieregiment befördert und von dort aus an die Feuerwerker-Zentralschule in Bourges abkommandiert. Im selben Winter verlobte ich mich mit Lucie Hadamard, die mir eine hingebungsvolle und tapfere Lebensgefährtin geworden ist. Während meiner Verlobungszeit bereitete ich mich für die höhere Kriegsschule vor und wurde am 20. April 1890 dort zugelassen. Am folgenden Tag, dem 21. April, verheiratete ich mich. Ich verließ die höhere Kriegsschule im Jahre 1892 mit dem Prädikat

»sehr gut« und der Qualifikation zum Generalstab. Dank meiner Klassifikation beim Austritt aus der höheren Kriegsschule wurde ich zum Generalstab abkommandiert. Ich trat dort am 1. Januar 1893 den Dienst an.

Meine Karriere lag glänzend und vielversprechend vor mir, die Zukunft stand unter den besten Vorzeichen. Nach der Tagesarbeit fand ich in meiner Familie Behaglichkeit und den Reiz des häuslichen Lebens. Die Abende verbrachte ich gemeinsam mit meiner Frau bei anregender Lektüre, denn wir interessierten uns für alles, was Menschengeist geschaffen. Wir waren vollkommen glücklich; ein erstes Kind belebte und erhellte unser Heim; ich hatte keine materiellen Sorgen, und auch zwischen den Mitgliedern meiner Familie und der meiner Gattin herrschte tiefe Zuneigung.

Alles im Leben schien mir freundlich gesonnen.[2]

Alfred Dreyfus entstammte einer jüdischen Familie, die seit dem 18. Jahrhundert in Rixheim, einem kleinen elsässischen Dorf im südlichen Rheintal, siedelte.[3] Zunächst war die Familie im Schlächtereigewerbe und später im Straßenhandel tätig. Das Emanzipationsedikt von 1791 stellte für sie, wie für die meisten elsässischen Juden, den Ausgangspunkt für die Assimilation in den französischen Staat dar. Verbunden mit der Integration in das soziale und ökonomische Milieu, wurde Frankreich nach den revolutionären Wirren und der napoleonischen Ära im Laufe des 19. Jahrhunderts für viele Juden zum Sinnbild des »gelobten Landes«. Die jüdische Religion, die uneingeschränkte nationale Loyalität und der Glaube an »Gerechtigkeit« bildeten damit diejenigen Grundpfeiler, auf denen der familiäre Konsensus beruhte.

Diese Integration war bei vielen Juden mit einem sozialen Aufstieg verbunden. Als die dritte Generation der Familie Dreyfus, der Urgroßvater Alfreds, im Jahre 1835 in das nicht weit entfernte Mülhausen umzog, bahnten sich auch für sie Veränderungen an. Die elsässische Metropole hatte begonnen, sich im Laufe des zweiten Drittels des 19. Jahrhunderts durch die Einführung der maschinellen Produktion zum östlichen Zentrum der französischen Textilindustrie zu entwickeln. Alfreds Vater, der seine berufliche Karriere als Agent zwischen verschiedenen Manufakturen und den Käufern startete, konnte bald von der industriellen Expansion profitieren, selbst ins Textilgewerbe investieren und ein beträchtliches Vermögen ansammeln. Schon bald gehörten die Dreyfus' zu den reicheren, anerkannten und damit einflußreichen Mülhausener Familien. Längst fühlten sie sich als Franzosen, die französische Sprache dominierte in den bürgerlichen Kreisen. Ob Katholiken, die die Mehrheit in Mülhausen bildeten, Protestanten oder Juden - alle teilten die Überzeugung von der zivilisatorischen Größe ihrer Nation.

Alfred und seine sechs älteren Geschwister konnten so in der Tat eine unbeschwerte Kindheit genießen. Seine bestimmende Grunderfahrung aber sollte dennoch eine negative sein. Der Einmarsch der Deutschen in das Elsaß und dessen Lostrennung von Frankreich bildete für die Familie einen wesentlichen Einschnitt. Um sein Vermögen zu retten, war Alfreds Vater gezwungen, die Familie zu teilen. Während der älteste Bruder Alfreds im Elsaß verblieb und Deutscher wurde, zog Alfred mit seinem Bruder Mathieu nach Paris. Mathieu folgte seinen älteren Brüdern in das Textilgewerbe, dagegen verschrieb sich Alfred der militärischen Laufbahn. Materiell abgesichert, durch den Besuch von Eliteschulen wie der Ecole Polytechnique legitimiert und angetrieben durch seinen Ehrgeiz wurde er bald zum Offizier befördert, und eine erfolgversprechende Karriere in der Armee stand ihm bevor.

Alfred Dreyfus war einer der wenigen jüdischen Offiziere in der französischen Armee. Er wurde als Musterschüler geschildert, als ehrgeiziger Streber, der, weil er Jude war, immer besser als die anderen sein wollte und wohl auch sein mußte. In gewisser Hinsicht blieb er ein Außenseiter, den man spüren ließ, daß er trotz seines Reichtums, seines Fleißes und seiner Versuche sich anzupassen, im französi-

schen Offizierskorps und vor allem im Generalstab fehl am Platz war. Er durfte nur durch Arbeitseifer auffallen, aber damit hatte er sich längst abgefunden.
Um zu ergründen, warum gerade dieser alles in allem unbedeutende jüdische Hauptmann zum Anlaß einer ganz Frankreich erschütternden Affäre wurde, muß ein Ausflug in die Geschichte unternommen werden.

Vom schweren Werden einer Republik

Die Dritte Französische Republik hatte eine schwere Geburt und stürmische erste Lebensjahre. Nach dem schmählichen Debakel des Napoleonischen Kaiserreiches verkündete Léon Gambetta zwar am 4. September 1870 feierlich, daß Frankreichs Staatsform künftig wieder die Republik sein werde; aber der republikanische Neubeginn erwies sich als überaus schwierig. Die Politiker im seit dem 17. September belagerten Paris waren zutiefst uneins in der Frage, ob und wie der Krieg weiterzuführen sei: Schneller Frieden - um welchen Preis auch immer - oder nationaler Widerstand. Die Antwort auf diese Frage fiel nicht zuletzt auch deshalb unterschiedlich aus, weil die bewaffneten Nationalgarden ihren Druck auf die republikanischen Institutionen verstärkten, um eine erhöhte Verteidigungsbereitschaft und soziale Maßnahmen zu erzwingen. Es war das Zusammentreffen der verschärften sozialen Widersprüche mit der akuten nationalen Bedrohung, das im Frühjahr 1871 zur Pariser Kommune führte. Die Abwehr dieser »Emeute«, dieser Bedrohung der »Ordnung«, führte tendenziell zu politischen Kompromissen nach »Rechts«.
Die Wahlen zur Nationalversammlung am 8. Februar 1871 - angesichts des Bismarckschen Ultimatums Diktatfrieden oder Fortsetzung des Krieges, in vielen Departements unter Aufsicht preußischer Besatzungstruppen und auf der Grundlage eines noch aus der Zeit Napoleons III. übernommenen Wahlgesetzes - brachten dann auch ein stockkonser-

vatives Ergebnis. Unter den 675 Abgeordneten fanden sich nicht weniger als 400 Monarchisten. Die konsequenten Republikaner blieben ein kleines Häuflein. Das als »Krautjunkerversammlung« in die Geschichte eingegangene Parlament wählte den Historiker und Politiker Adolphe Thiers zum Regierungschef, der mit der konservativen Mehrheit im Rücken am 10. Mai 1871 den Friedensvertrag mit dem neugegründeten preußisch-deutschen Kaiserreich abschloß. Das bedeutete die Abtrennung von Elsaß und Lothringen, die Zahlung von fünf Milliarden Francs Kriegsentschädigung und die Besetzung Ostfrankreichs bis zur Bezahlung dieser Summe. Nicht wenige derer, die am linken Flügel der »Krautjunkerversammlung« Platz genommen hatten wie Léon Gambetta und Victor Hugo, legten ihr Mandat nieder. Die langfristigen Folgen dieses »Friedensvertrages« waren überaus schwerwiegend; sie vertieften die gesellschaftlichen Gegensätze in Frankreich ebenso drastisch, wie sie die deutsch-französischen Beziehungen in das Korsett von Nationalismus, Chauvinismus und Revanchismus preßten.

Nachdem Thiers im Mai 1871 die Pariser Kommune in ihrem Blut erstickt hatte, herrschte in Frankreich eine durch Verwirrung, Unsicherheit, Bestürzung und Angst gekennzeichnete Atmosphäre. Diese Situation nutzten monarchistische Kreise aus, um die soeben erst geborene Republik in Frage zu stellen, und ihr Zulauf war durchaus nicht gering. Allerdings waren sie gespalten in Legitimisten, Orleanisten und Bonapartisten. Die Legitimisten träumten der Bourbonendynastie nach, sammelten sich unter dem weißen Lilienbanner der Bourbonen und sahen im Grafen von Chambord ihren Kronprätendenten. Unter dem Namen Heinrich V. galt er, der kinderlose Großenkel des 1836 verstorbenen Königs Karl X., seinen Anhängern als einzig legitimer Anwärter auf den momentan vakanten französischen Thron. Die Orleanisten hatten sich mit der blau-weiß-roten Trikolore abgefunden und setzten auf den Grafen von Paris. Dieser war ein Großenkel des seit 1848 im englischen Exil lebenden Exkönigs Louis-Philippe, der zugunsten des Grafen auf den Thron verzichtet hatte. Die Bonapartisten wiederum standen in der Tradition der »Napoleonischen Legende«, sie glaubten - trotz der kürzlichen Niederlage Napoleons III. - an eine besondere historische Mission der Familie Bonaparte und sahen in dem kaiserlichen Prinzen Eugène Louis Napoléon ihre Symbolfigur.

Geeint durch das antirepublikanische Credo des monarchistischen Legitimationsprinzips, wenn auch getrennt durch Dynastiestreitigkeiten, wagten die Monarchisten bald den Angriff auf die Republik. Thiers hatte ihrer Auffassung nach seine Schuldigkeit getan; er erschien ihnen zu republikanisch, und so verglichen sie - demagogisch und völlig aus der Luft gegriffen - sein Ministerium mit dem der Girondisten, um damit die angeblich drohende Gefahr einer Jakobinerdiktatur beschwören zu können. Am 23. Mai 1873 wurde das Kabinett Thiers gestürzt, der Initiator des Mißtrauensantrages, der Herzog de Broglie, zum Regierungschef und der sich um die Niederschlagung der Kommune verdient gemachte Marschall MacMahon zum Präsidenten gewählt. Nunmehr trat die monarchistische Gefahr in ein akutes Stadium, verstanden sich doch beide als Steigbügelhalter des Grafen Chambord, den - um die Gunst der Stunde nicht zu verspielen - der Graf von Paris als einzigen Anwärter auf den Thron anerkannt hatte.

Schon geriet die Monarchistenpartei in trügerische Siegesstimmung. Ihr Scheitern ergab sich indes nicht nur aus ihrem anhaltenden Streit, ob die Trikolore oder das Lilienbanner die nationale Fahne sei, sondern vielmehr aus der weit verbreiteten Angst, eine monarchistische Restauration würde die Stabilität der Machtausübung gefährden. Eine konservative Republik erschien insbesondere dem liberalen Großbürgertum als beste Gewähr, um alle Angriffe von Rechts und Links abwehren zu können.

Trotzdem mußte die Dritte Republik gewissermaßen - wie es ein Zeitgenosse sarkastisch ausdrückte - in die Geschichte »hineingeschmuggelt« werden. Erst vier Jahre nach Gambettas Ausrufung der Republik konnten am 21. Januar 1875 die sogenannten »einrichtenden Gesetze« - ein Grundgesetz im üblichen Wortsinn besaß die Dritte Republik nie - im Parlament mit einer Stimme Mehrheit Rechtskraft erlangen. Bereits das hauchdünne Abstimmungsergebnis signalisierte die anhaltende Schwäche des Verfassungssystems. Die scheinbar entschiedene Fragestellung »Republik oder Monarchie« blieb auch in den kommenden Jahren keineswegs unumstritten.

Die Feinde der Republik

Die entschiedensten Gegner der Republik standen Rechts und erträumten unverändert eine Restauration der Monarchie. Sie setzten auf ihre auch nach den Wahlen vom Frühjahr 1876 vorhandene Mehrheit im Senat und auf Marschall MacMahon als Präsidenten der Republik. Dieser versuchte im Mai 1877, der nahezu rein republikanischen Abgeordnetenkammer ein promonarchistisches Kabinett unter dem Herzog de Broglie aufzuzwingen, und als diese sich nicht zwingen ließ, löste er sie kurzerhand auf. In den damit notwendig gewordenen Neuwahlen erlitten die Konservativen eine schwere Schlappe. Sie verloren nun auch die Mehrheit im Senat; de Broglie und danach MacMahon mußten zurücktreten. Jedoch blieben ihre Macht und ihr Einfluß ungebrochen, denn die

> »Rechte besaß in den Kreisen der Gesellschaft, vor allem im Hochadel, starken Rückhalt; ihre Bestrebungen fanden darüber hinaus Unterstützung namentlich seitens des Offizierkorps, das in der Dritten Republik vornehmlich das schmachvolle Ergebnis der Niederlage von 1870/1871 sah und sich gleich einem Staat im Staate weiterhin an den Idealen des Second Empire orientierte.«[4]

Traditionell genoß die »große Stumme«, Frankreichs Armee, hohe Achtung und beinahe mystische Verehrung. Für viele Franzosen war sie der Garant für die Wahrung »französischer Größe« und obwohl seit den Zeiten Napoleon I. erwähnenswerte Siege nicht mehr errungen wurden, erwiesen sich solch jahrhundertelange Traditionen als fortwirkende Kraft. Das war umso mehr der Fall, als anschwellender Nationalismus und Revanchismus, aber auch die kolonialen Eroberungen eines »starken Degens« bedurften. Deshalb stärkten die regierenden Liberalen die Effektivität und den politischen Einfluß der Armee, aber auch deren politische Ambitionen und - was das Offizierskorps anbetraf - dessen konservative Exklusivität. Der Generalstab war heilig und unangreifbar, wer ihn angriff, griff die Armee an, und wer die Armee angriff, war ein Feind der Nation.[5] Kritische Zeitgenossen - wie etwa Rosa Luxemburg - erkannten diesen Widerspruch zwischen einer auf der Herrschaft des bürgerlichen Parlaments basierenden Republik und einer großen, auf Kolonial- und Weltpolitik zugeschnittenen ständigen Armee. In dieser Republik mit häufig wechselnden Regierungen, mit einem wählbaren Staatsoberhaupt, also zugänglich für jeden aus der »Bürgerkanaille«, hatte die Armee mit ihrem ausgesprochenen Kastengeist fast logisch die Tendenz, zu einer unabhängigen, mit dem Staatsganzen nur lose zusammenhängenden Macht zu werden, eine Interessengruppe für sich zu sein.[6] Und jede Krise der jungen Republik bot zusätzlichen Nährstoff für solche Entwicklungen.

Auch die katholische Kirche mit ihren zahlreichen Kongregationen, über die sie großen Einfluß auf das Schulwesen ausübte, zählte zu den entschiedenen Feinden der Dritten Republik. Sogar nachdem Papst Leo XIII. 1891 mit der »Enzyklia rerum novarum« die Kirche mit der kapitalistischen Entwicklung in Einklang zu bringen versucht und 1892 die Republik als legitime Staatsform anerkannt hatte, blieb der hohe französische Klerus faktisch bei dieser strikten Ablehnung. Was Wunder also, daß nicht wenige der französischen Bischöfe und Abbés, befangen im Geist der »Lehre von der unbefleckten Empfängnis Maria«, des päpstlichen Unfehlbarkeitsdogmas und des Syllabus, einer Sammlung

von achtzig sogenannten »Hauptirrtümern«, Front machten gegen progressive Entwicklungen in Politik, Wirtschaft, Wissenschaft und Kultur. Demokratische Anschauungen über das soziale und politische Leben schienen der katholischen Kirche mit ihren erstarrten Vorstellungen von »Glauben und Ordnung« ebenso unvereinbar zu sein wie materialistische Tendenzen in den Naturwissenschaften und sozialkritische in Kunst und Literatur. Solch klerikaler Widerstand gegen die Interessen des Kapitalismus und der bürgerlichen Demokratie führte folgerichtig zur Liaison mit dem konservativen Lager. In den siebziger Jahren erreichte der von den Jesuiten inszenierte päpstliche Frömmigkeitskult in Frankreich einen gewissen Höhepunkt und verschmolz immer spürbarer mit revanchistischen Ideen. Große Wallfahrten nach Lourdes, dem Zentrum des Marienkultes, und nach Parey-le-Moniel, dem Zentrum des Herz-Jesu-Kults, gerieten zu mystischen Demonstrationen mit gefährlichen politischen Tendenzen. Im Jahre 1875 wurde die Muttergottes von Lourdes zur »Schutzpatronin der Revanche« erklärt.
Die katholische Kirche stimulierte maßgeblich den nach der Demütigung von 1870/71 aufkommenden Nationalismus. Die Wiederherstellung der »nationalen Größe« war an den Symbolen der Vergangenheit orientiert, »eine Mischung von royalistischem Militarismus und frommem Katholizismus«[7], und konnte natürlich keineswegs von der Republik geleistet werden, die eigentlich den Bruch und nicht die Kontinuität der in ihrem Sinne interpretierten ruhmreichen französischen Geschichte verkörperte. Immer engmaschiger wurde das Netz der Beziehungen zwischen Kirche und Armee.
Gegen solcherart Angriffe wehrte sich die noch ungefestigte Republik. Unter dem liberalen Republikaner Jules Grévy, der 1879 MacMahon im Präsidentenamt folgte, wurde der Jesuitenorden verboten, der kirchliche Einfluß im Bildungswesen beschnitten und die Schließung Hunderter von Klöstern angeordnet. »Die Kirche will genau das Gegenteil von

dem, was wir wollen«, konstatierte Georges Clemenceau[8], um daraus wie viele andere Republikaner die Forderung nach vollständiger Trennung von Kirche und Staat abzuleiten. Aber auch noch zu Beginn der neunziger Jahre - am Vorabend der Dreyfusaffäre - standen diese Gegensätze hart im Raum.

Die konservativen Kräfte aller Schattierungen bedienten sich in ihrem Kampf gegen die Republik des Antisemitismus, obwohl die Stellung der Juden im Frankreich nach der Großen Revolution vergleichsweise beispielhaft war. Der Umschlag erfolgte nach 1880. Einerseits vollzog sich in diesen Jahren so etwas wie eine »Invasion der Juden«, vor allem aus Osteuropa, die auf diese Weise den Verfolgungen entgehen wollten, aber auch aus dem von Deutschland annektierten Elsaß-Lothringen. Trotzdem lebten in Frankreich am Ende des Jahrhunderts nur etwa 75 000 Juden, davon allerdings 40 000 in Paris und der unmittelbaren Umgebung. Andererseits ließen Gegnerschaft, Angst vor oder Zweifel an der gegebenen Realität des Kapitalismus, der Demokratie, der Wissenschaft und der Kultur sehr unterschiedliche Kräfte nach irrationalen Erklärungen und untauglichen Auswegen suchen, ließen sie in einem stilisierten Popanz - den Juden - als angeblich eigentliche Ursache für alle Misere in der Gesellschaft Zuflucht nehmen. Als 1882 die katholische Banque Union Générale zusammenbrach und viele kleine Sparer ihr Geld verloren, folgte eine Flut antisemitischer Veröffentlichungen mit dem eindeutigen Tenor, das sei das »finstere« Werk der Finanzjuden á la Rothschild. Vor diesem Hintergrund wird verständlich, warum das 1886 erschienene Buch von Edouard Drumont »Das jüdische Frankreich« (La France juive) gewissermaßen zur literarisch-ideologischen Fahne des Antisemitismus wurde und eine anschwellende Hysterie bewirkte. Frankreich sei, so Drumont, fest in der Hand der Juden, die alle als Agenten einer weltweiten Verschwörung des Geldes agieren und auf Kosten der kleinen Leute ihre Geschäfte betreiben. Durch Drumont entwickelte sich der Antisemi-

tismus in Frankreich zeitweilig zu einer gefährlichen Ideologie und militanten Methode, der sich Kräfte aller sozialen Schichten bedienen konnten.
Die von Drumont 1889 mitbegründete antisemitische Liga schrieb den Kampf gegen die »verderblichen Einflüsse der jüdischen Finanzherrschaft«, deren verborgene und schonungslose Verschwörung tagtäglich den Wohlstand, die Ehre und die Sicherheit Frankreichs gefährde, auf ihre Fahnen. Seine seit 1892 erscheinende Zeitung »Die freie Sprache« (Libre Parole) war das publizistische Sprachrohr eines primitiven, scharfmacherischen Antisemitismus. Aber gerade solche Primitivität, der hemmungslose Appell an Haß, Verachtung, Rassenvorurteil und Intoleranz bildeten den Kitt, der die Gegner der Republik verband und darüberhinaus auch solche Kräfte anzog, die sich aus unterschiedlichsten Gründen als die sozial Benachteiligten der kapitalistischen Entwicklung empfanden. Nur in dieser Mischung wurde der Antisemitismus zu einer Gefahr für die bürgerliche Demokratie. »Laßt die Juden noch zwanzig Jahre frei, und sie werden Paris, Frankreich, Europa in die Luft sprengen« - so hetzte Drumont und wies gleichzeitig unermüdlich auf einen angeblichen Zusammenhang zwischen jüdischer und deutscher »Gefahr« hin. Frankreich sei von aussen durch Deutschland bedroht und im Inneren von Juden korrumpiert. Es bedurfte eigentlich nur eines Funkens, um die angestauten Emotionen zur Explosion zu bringen.

»Die Republikaner haben triumphiert; was wird ihre Fahne sein?«

Politisch repräsentiert wurde die von Geburtswehen geschüttelte Dritte Republik vom liberalen Großbürgertum. Die französischen Liberalen waren aber weit davon entfernt, eine parteipolitische Einheit zu bilden, sondern sie lebten vielmehr von der Ausstrahlungskraft ihrer führenden Vertreter wie Gambetta oder Grévy. Folgenreicher für die weitere Entwicklung der Republik war aber, daß sich auch in Frankreich die progressive Stoßkraft des Liberalismus abschwächte. An der Macht befindlich, galt das Hauptaugenmerk der Liberalen der Verteidigung und dem Ausbau ihrer Macht, weniger einer weiteren demokratischen Ausgestaltung der Republik. Wie selbstverständlich besetzten sie die von den Monarchisten geräumten Stellen und begannen, den Staat als ihre Pfründe zu betrachten. Die im Interesse des Großbürgertums verfolgte Wirtschafts- und Sozialpolitik ignorierte weitgehend deren Konsequenzen für das Kleinbürgertum, die Bauern und die Arbeiter. Es waren der Opportunismus und die Ignoranz der Liberalen, die wesentlich zur Formierung einer radikalen Fraktion unter den bürgerlichen Republikanern beitrugen. Deren anerkannter Führer, Georges Clemenceau, hatte schon 1876 die Notwendigkeit einer weiteren demokratischen Ausformung der soeben neugeborenen Republik angekündigt.

> »Wir radikalen Republikaner wollen die Republik um ihrer Auswirkungen willen, wegen der großen und fruchtbaren Reformen, die sie zur Folge hat... Das Ziel, das wir anstreben, ist die Vervollkommnung der großen Revolution von 1789, welche das französische Bürgertum ins Leben gerufen und dann vor ihrer Beendigung verlassen hat. Es gilt die Wiederherstellung des sozialen Friedens - eines republikanischen Friedens - einzig durch die Entwicklung der Gerechtigkeit und Freiheit.«[9]

In Beantwortung der von Clemenceau gestellten Frage: »Die Republikaner haben triumphiert; was wird ihre Fahne sein?« markierten sich allmählich die Konturen eines radikaldemokratischen Programms, dessen Kern die Revision der Verfassung, die Verdrängung der Kirche aus dem Erziehungssystem, eine gerechte Steuergesetzgebung und umfassende Sozialreformen bildeten.

Unter dem Druck der Radikalen sahen sich die regierenden Liberalen in den Jahren nach 1880 - wenn auch nur widerwillig - zu einigen Reformen gezwungen: Die Einführung des obligatorischen Grundschulunterrichts, eine Erweiterung der Presse- und Versammlungsfreiheit, die Legalisierung der Gewerkschaften, die Einführung der Bürgermeisterwahl in allen Gemeinden des Landes (außer Paris), eine Generalamnestie für die Kommunarden und die Einschränkung der Frauen- und Kinderarbeit. Alles in allem waren das zwar wichtige und notwendige Maßnahmen, dennoch blieben sie Flickwerk, weil sie die aufgeworfenen politischen Grundfragen der französischen Gesellschaft ungelöst ließen. Die Liberalen gerieten so immer mehr zwischen zwei Stühle. Rechts von ihnen drängten Konservative, Monarchisten und Kleriker an die Macht, links von ihnen erstarkten die radikalen Republikaner und die Sozialisten.

Die französische Arbeiterklasse erholte sich langsam von dem Schock der blutigen Niederschlagung der Kommune. Eine Gruppe Sozialisten unter Führung von Jules Guesde und Paul Lafargue gründete 1879 in Marsaille die Französische Arbeiterpartei. Allerdings führten in den kommenden Jahren erbitterte taktische und strategische Kontroversen zu mehrfachen Spaltungen und damit zur Beeinträchtigung ihrer Kampfkraft. Trotzdem gewann die französische Arbeiterbewegung deutlich an politischem Boden. In den Wahlen des Jahres 1893 zogen fast ein halbes Hundert Vertreter der Arbeiterparteien ins Parlament ein. Das war insofern nicht verwunderlich, als die sozialen und ökonomischen Schattenseiten der kapitalistischen Entwicklung unübersehbar geworden waren. Die Forderung der 1889 gegründeten II.Internationale nach Einführung des Achtstundentages war angesichts einer gewöhnlich zwölfstündigen Arbeitszeit eine unüberhörbare Kampfansage an die bürgerliche Gesellschaft. Und als auch die französischen Werktätigen am 1.Mai 1890 dafür auf die Straße gingen, antworteten die regierenden Liberalen mit dem Einsatz von Militär. Trotzdem erschütterten immer häufiger erbitterte Streiks das Land.

In den Anfangsjahren der Dritten Republik waren aber die Grenzen zwischen den Radikalen und den Sozialisten noch

fließend. Clemenceau galt sogar längere Zeit als »der große Verteidiger der proletarischen Interessen und demokratischen Freiheitsrechte«.[10] Das ergab sich nicht nur aus der Schwäche der Sozialisten, sondern vor allem aus der Übereinstimmung in den Forderungen nach sozialen Reformen und einer Vertiefung der Demokratie. Aber auch wenn innerhalb der französischen Sozialisten in diesen Jahren der Kampf zwischen den Anhängern einer revolutionären Ablösung der bürgerlichen Gesellschaft und den Befürwortern ihrer Veränderung durch Reformen noch nicht entschieden war, gab es prinzipielle Unterschiede im Verhältnis zu den Radikalen. Die französischen Sozialisten wurden zu einem ernsthaften Konkurrenten für die bürgerlichen Republikaner, weil sie die »natürliche« Führungsrolle des Bürgertums in Staat und Gesellschaft vehement in Zweifel zogen und seinen sozialen Besitzstand als Usurpation brandmarkten.[11]
Die spürbare Zuspitzung der sozialen Widersprüche und die opportunistische Politik der liberalen Bourgeoisie riefen - neben dem Anwachsen der organisierten Arbeiterbewegung - auch politisches Abenteurertum, eine anarchistische Bedrohung der Demokratie hervor. So explodierte am 9. Dezember 1893 während der laufenden Plenardebatte in der französischen Abgeordnetenkammer eine Bombe. Gelegt vom dreiunddreißigjährigen Arbeiter Auguste Vaillant, verletzte sie siebenundvierzig Personen. Es handelte sich um die Verzweiflungstat eines Arbeitslosen, dessen Frau und Tochter dem Hungertod nahe waren. Am 5. Februar 1895 wurde Vaillant öffentlich hingerichtet. Eine Woche danach detonierte im überfüllten Café Terminus erneut ein Sprengsatz; ein Toter und zwölf Verletzte waren die Schrekkensbilanz. Der Bombenleger Emile Henry starb auf der Guillotine mit dem Ruf: »Es lebe die Anarchie!« In der Zeit zwischen diesen beiden Bombenattentaten hatte am 24. Juni 1894 ein italienischer Anarchist den französischen Präsidenten Sadi Carnot in Lyon ermordet.
Die Anarchisten setzten auf eine »Propaganda der Tat« und

praktizierten den individuellen Terror. Ihre verschwommenen ideologischen Auffassungen resultierten aus der Gedankenwelt von Pierre Proudhon, Michael Bakunin, Peter Kropotkin und Lisée Reclus. Gemeinsam war deren Anarchismus, eine Bezeichnung die auf Proudhon zurückgeht, eine Verabsolutierung der Rolle von Individualität, Gewaltanwendung, Spontanität und Freiheit. Die Anarchisten strebten nach »sozialer Liquidation«, nach der terroristischen Beseitigung des Staates, der Ordnung und des Eigentums, wobei nicht vergessen werden sollte, daß Anarchismus immer auch ein Produkt der Verzweiflung ist.
Der Rechten und den Liberalen paßten indes die anarchistischen Bombenleger in ihr politisches Konzept. Die Regierung nutzte die entstandene Panik aus, um von den wirklichen Problemen abzulenken und die bürgerliche Demokratie zu beschränken. In Frankreich setzte eine förmliche Treibjagd auf Anarchisten ein, mißliebige Zeitungen wurden verboten, das Versammlungsrecht wurde aufgehoben und die Meinungsfreiheit eingeschränkt. Die Rechten sahen sich in ihrer Auffassung bestärkt, daß diese Republik zwangsläufig im Chaos versinken müsse, und eskalierten ihren Ruf nach einer »starken Macht«.

Neue Krisen

Es lag auf der Hand, daß diese heftigen Kontroversen um die Abschaffung der Republik oder um ihre weitere demokratische Ausgestaltung immer neuen Zündstoff anhäuften. Mitte der achtziger Jahre erschütterte der Boulangismus die Republik in ihren Grundfesten. Der elegante und eitle General Boulanger, seit 1886 Kriegsminister, wurde vor allem von der durch ihr militantes Revanchegeschrei auffallenden »Patriotenliga« (Ligue des patriotes) unter Führung von Paul Déroulède zu einem neuen »Retter des Vaterlandes« hochstilisiert. Boulanger, der sich in dieser Rolle durchaus wohl fühlte, veranlaßte die Verbesserung der Ausbildung und Bewaffnung der französischen Armee und fand zunehmende Unterstützung durch Royalisten und Bonapartisten. Aber da der Revanchismus gegenüber Deutschland keine alleinige Domäne der Rechtskräfte war, folgten dem General zeitweilig auch viele aus dem linken Lager; immerhin hatte ihn kein geringerer als Clemenceau auf den Posten des Kriegsministers lanciert. Deutschlands Kanzler, Otto von Bismarck, reagierte auf diese Entwicklung mit dem nicht mißzuverstehenden Hinweis auf die deutsche militärische Stärke, was Boulanger wiederum mit der Mobilmachung beantworten wollte. Doch behielten in Frankreich nüchtern denkende Politiker die Oberhand, die sich über die wirtschaftliche und militärische Unterlegenheit im klaren waren. Zu sehr wirkte noch die Erinnerung an das Debakel von 1870/71. Boulanger wurde aus der Regierung entfernt, strafversetzt und schließlich aus der Armee entlassen. Damit begann aber erst die eigentliche Krise. Der gescheiterte General erklärte nun als Politiker der Republik den Krieg. Er verstärkte seine nationalistische Agitation und wurde allgemein nur noch »Général Revanche« genannt. Gleichzeitig machte er sich demagogisch zum Sprecher aller mit der Regierungspolitik unzufriedenen Kräfte. Entgegen kam ihm dabei, daß die regierenden Liberalen mit ihrem Gerangel um Ämter und Pfründe immer mehr an Vertrauen in der Bevölkerung einbüßten. So mußte Präsident Grévy den Elyséepalast 1887 räumen, weil sein Schwiegersohn einen einträglichen Handel mit hohen Orden und Ehrenzeichen betrieben hatte. Boulanger führte so in den Jahren 1888/89 eine »für Frankreich typische Rechts-Links-Sammelbewegung mit militärisch-bonapartistischer Spitze«.[12] Finanziell unterstützt von den Monarchisten und gefördert von der rechten Presse, eroberte er einen frei werdenden Wahlkreis nach dem anderen. Als Boulanger im Juni 1889 auch in Paris gewann, schien der Staatsstreich nicht mehr aufhaltbar. Zwar änderte die Regierung das Wahlrecht, um eine gleichzeitige Kandidatur Boulangers in allen Wahlkreisen zu verhindern und kündigte an, ihn vor

ein Gericht zu stellen, aber gerettet wurde sie, weil der General Angst vor der eigenen Courage bekam. Flucht nach Belgien und Selbstmord am Grab seiner Geliebten markierten dann das ruhmlose Ende des »Helden« und damit auch des Boulangismus.
Kaum davon erholt, brach 1892 mit dem Panamaskandal ein weiterer politischer Sturm über die Dritte Republik herein. Der legendäre und inzwischen hochbetagte »Erbauer« des Suezkanals, Ferdinand von Lesseps, hatte sich von großindustriellen Kreisen bewegen lassen, einer Panamakanalbaugesellschaft den Glanz seines Namens zu leihen. Die am 5. Juli 1879 ins Leben gerufene Gesellschaft griff einen alten Traum auf: Atlantik und Pazifik mittels eines Kanals durch den Isthmus von Panama zu verbinden. Frankreich schien in dieser Sache bei der schon längere Zeit währenden Auseinandersetzung zwischen den USA und Großbritannien der lachende Dritte zu werden. Für 10 Millionen Francs erhielt nämlich der französische Ingenieur Lucien Wyse im Jahre 1878 die Baukonzession. Der Ingenieur erwies sich bald als Strohmann der Lessepsschen Gesellschaft. Ein großangelegter Presserummel und umfangreiche Finanzmanipulationen hatten bei diesem Coup Pate gestanden und viel Geld gekostet, nicht zuletzt riesige Summen an Bestechungsgeldern. So mußte sich Lesseps' Kostenvoranschlag - anfänglich auf 680 Millionen kalkuliert, später auf 1,2 Milliarden Francs erhöht - sehr bald als unrealistisch erweisen. Einerseits gestaltete sich der Bau durch ungünstige geologische, technische und klimatische Bedingungen schwierig; andererseits versickerten die Spargroschen der 400 000 Kleinaktionäre in unzählige - bis heute noch nicht völlig bekannte - dunkle Kanäle. Als das unvermeidliche Debakel komplett war, als Ferdinand von Lesseps durch seinen Rücktritt das sinkende Schiff zu verlassen suchte, als sich die Gerüchte über die Finanzmachenschaften verdichteten - da erlebte die Welt mit dem öffentlich erklärten Bankrott der vorher überschwenglich mit Lorbeeren bedachten Gesellschaft einen der spektakulärsten Bankrotte

des 19. Jahrhunderts und Frankreich, nach dem Ende Boulangers, eine neue Krise. Die eingesetzte Untersuchungskommission vertuschte mehr als sie aufdeckte und beendete im Juli 1893 ergebnislos ihre Arbeit.
Die skandalösen Machenschaften mit dem Aktienkapital, die Bestechung von Ministern, Abgeordneten, Zeitungsverlegern, die bewußte Täuschung der Aktionäre ließen das Vertrauen in die an der Macht befindlichen Politiker auf den Nullpunkt sinken. Und Drumonts Anhänger sahen in der Beteiligung jüdischer Financiers an diesen zweifelhaften Geschäften einen erneuten Beweis dafür, daß eigentlich die Juden an allem schuld waren.
Immer noch stürmisch begann so auch das letzte Jahrzehnt des 19. Jahrhunderts für die Dritte Republik, und die sich bald überstürzenden Ereignisse der Dreyfusaffäre müßten völlig unverständlich bleiben, würden sie nicht in den Kontext der entstandenen gesellschaftlichen Gesamtsituation kurz vor der Jahrhundertwende gestellt.

»Krieg der Spione«

Die gespannten französisch-deutschen Beziehungen, die während der Boulangerkrise sogar in die Nähe eines erneuten Krieges gerieten, führten zu einem gleichermaßen verborgenen wie verbissenen »Krieg der Spione«. In Paris saßen seine unsichtbaren Drahtzieher in den Kommandoetagen des Generalstabes und seine diskreten Ausführenden in dessen zweitem Büro, das offiziell »Statistische Sektion« oder schlicht »Nachrichtenbüro« genannt wurde. Just diesem zweiten Büro wurde Alfred Dreyfus bei seinem planmäßigen Durchlauf durch alle Abteilungen des Generalstabes zu Beginn des Jahres 1894 zugeteilt.
Dem zweiten Büro, dessen Spionage- und Gegenspionageaktivitäten sich vor allem gegen Deutschland richteten, gelang zwar zwischen 1890 und 1894 die Entlarvung mehrerer kleiner Spione, aber im Grunde handelte es sich um

belanglose Fälle, die in keinem Verhältnis zur sichtbar wachsenden und systematisch geschürten »Furcht« vor Spionen stand. Im Frühjahr 1894 allerdings erhielt Oberst Sandherr, der Kommandeur des zweiten Büros, zwei Berichte seines Agenten Guénée. Dieser wollte aus sicherer Quelle erfahren haben, daß sich im Generalstab ein Spitzel befand, ein Verdacht, der sich im September zu bestätigen schien. Da die geheimdienstlichen Aktivitäten über die den Botschaften zugeteilten Militärattachés liefen, hatte das zweite Büro in der deutschen Botschaft mit Madame Bastian als Reinigungskraft eine ständige Informationsquelle installiert. Diese hatte wie üblich das Ergebnis ihrer »Säuberung« an das zweite Büro übermittelt. Als die gelieferten Papierfetzen zusammengesetzt waren, lautete der Text folgendermaßen:

»Ohne Benachrichtigung, daß Sie mich zu sehen wünschen, schicke ich Ihnen dennoch einige interessante Informationen:
1. Anmerkungen über die hydraulischen Bremsen des 120er Geschützes und ihre Funktionen,
2. Anmerkungen über die Bedeckungstruppen (der neue Plan dürfte einige Änderungen bringen),
3. Anmerkungen über eine Neugestaltung bei den Artillerieformationen,
4. Anmerkungen, die Madagaskar betreffen,
5. Entwurf über die Schießvorschriften der Feldartillerie vom 14. März 1894.
Das letzte Dokument war außerordentlich schwer zu beschaffen und steht nur wenige Tage zu meiner Verfügung. Das Kriegsministerium hat eine begrenzte Anzahl davon an die Korps verschickt, und die Korps sind dafür verantwortlich. Jeder Offizier, der ein Exemplar erhalten hat, muß es nach dem Manöver zurückgeben.
Wenn Sie also das, was Sie interessiert, entnehmen wollen und es dann zur Verfügung halten, werde ich es abholen. Es sei denn, Sie wünschen, daß ich es in Gänze abschreiben lasse und Ihnen die Abschrift zusende. Ich bin im Begriff, zu den Manövern abzureisen.«[13]

Es handelte sich offensichtlich um ein Begleitschreiben, ein »Bordereau«, zu bereits gelieferten Dokumenten. Als der Kriegsminister, General Mercier, die Meldung über das ge-

heimdienstliche Aufspüren des »Bordereau« Ende September erhielt, wäre eine gründliche Untersuchung des Sachverhaltes zu erwarten gewesen. Natürlich lag der Tatbestand der Spionage auf der Hand, und die Rolle des deutschen Militärattachés in Paris, Oberst von Schwartzkoppen, war offensichtlich. Aber letzteres war nicht neu, die Gewichtigkeit des Verratenen nicht sonderlich groß, und die Autorenschaft blieb völlig offen. Selbst wenn man von der Schwere des Verrats überzeugt war, machte nur eine sorgfältige weitere Beobachtung Sinn, um den oder die Spione, die nicht unbedingt die Verfasser des »Bordereau« sein mußten, möglichst in flagranti zu überführen, zumal die fieberhaften Recherchen in den Archiven des zweiten Büros - vieles davon aus dem Papierkorb des deutschen Militärattachés - keinerlei Ergebnis brachten.
Aber General Mercier folgte den Vermutungen Sandherrs, der Verräter könnte nur aus dem Generalstab kommen, müßte Artillerieoffizier sein und - da das »Bordereau« unterschiedlichste Sachverhalte enthielt - in letzter Zeit mehrere Dienststellen durchlaufen haben. Der Kriegsminister, erst kurze Zeit im Amt und eifrigst um Profil bemüht, stand unter massivem Druck der konservativen, insbesondere der antisemitischen Presse. Er wurde völlig zu Unrecht beschuldigt, »republikanisch« gesonnen zu sein und im Generalstab Juden und Spione zu dulden.

»Das Kriegsministerium, das ein Heiligtum des Patriotismus sein soll, ist eine Höhle, eine Kloake...«.[14]

Solche Schmähungen in Drumonts Zeitung »Libre Parole« galten aber weniger dem General, sondern waren Teil des allgemeinen Angriffes der rechten Kräfte auf die Republik, denen jedes Mittel recht war, um die allgemeine Instabilität zu verstärken.
General Mercier, von denen gescholten, die ihm politisch nahe standen und deshalb besonders tief getroffen, war so an einer schnellen Lösung der Spionageaffäre interessiert und zwar an einer, die ihn in den Augen seiner konserva-

tiven Kritiker rehabilitierte. Nicht größere Akribie der Untersuchung, sondern hektisches Handeln war die Konsequenz.

Der Fall Dreyfus

Unter den gegebenen Umständen war es eigentlich logisch, daß man sich im Generalstab und besonders in dessen zweitem Büro relativ schnell auf den Hauptmann Alfred Dreyfus als Verdächtigen »einigte«. Er war Artillerist, hatte als Probeoffizier in den verschiedensten Büros des Generalstabes gedient - und er war Jude. Als solcher schon unbeliebt, kam er zudem aus dem Elsaß, war also fast ein Deutscher, ein Außenseiter, ein Fremdkörper im Allerheiligsten der Armee. Ein solches »Subjekt« als Spion zu entlarven, würde kaum einen Schatten auf die Armee oder ihren Generalstab werfen, sondern vielmehr auf die, die es ermöglichen, daß jemand wie Dreyfus überhaupt in eine solche Position kommen konnte, auf diese »marode, bürgerliche, von Juden unterwanderte und zersetzte« Republik.
Im Generalstab atmete man hörbar auf, als Oberst Fabre, Chef des vierten Büros und für Artillerie zuständig, und sein Stellvertreter, Oberstleutnant d'Aboville, die Vermutung äußerten, die Schrift des Hauptmann Dreyfus wäre mit der des »Bordereau« identisch. Der erleichterte Kriegsminister beauftragte zwei Schriftsachverständige, Alfred Gobert von der Banque de France und Alphonse Bertillon von der Pariser Polizeipräfektur, mit der Prüfung. Ohne deren Ergebnis abzuwarten, faktisch ohne echten Beweis, informierte Mercier am 10.Oktober den Präsidenten der Republik und am folgenden Tag die an der Sache interessierten Minister, neben dem Ministerpräsidenten den Justizminister und den Außenminister. Für ihn war Dreyfus schon überführt. Die Zweifel seiner Ministerkollegen an der Beweiskraft des »Bordereau« konnten ihn ebenso wenig davon abbringen wie die von Außenminister Hanotaux

geäußerte Befürchtung, ein aus der deutschen Botschaft entwendetes Schreiben als Hauptanklagemittel werde zwangsläufig zur Belastung der deutsch-französischen Beziehungen führen.
Die Suche nach weiteren Beweisen für die Schuld des jüdischen Hauptmanns brachte keine Ergebnisse, und die Gutachten der Sachverständigen fielen unterschiedlich und in keiner Weise eindeutig aus. Während Gobert die Möglichkeit nicht ausschloß, daß auch eine andere Person der Verfasser des ihm vorgelegten Schreibens sein konnte, konstatierte Bertillon die wahrscheinliche Urheberschaft des Verdächtigten. Die folgenden Ereignisse verdeutlichen, daß die Eiferer im Generalstab überhaupt nicht an der Wahrheitsfindung interessiert waren. Am 14. Oktober legte Mercier in einer Beratung mit dem Generalstabschef de Boisdeffre, dessen Stellvertreter General Gonse, Sandherr und Major du Paty de Clam das weitere Verfahren zur Überführung des »Verbrechers« fest. Er unterzeichnete den Haftbefehl gegen Dreyfus und bestimmte Major du Paty de Clam, der ein Verwandter des Generalstabschefs war, zum Gerichtsoffizier, damit beauftragt, die Untersuchung unter der Beschuldigung des Hochverrats zu leiten.
Dreyfus wurde am 15. Oktober in das Kriegsministerium befohlen, nach einem Schriftvergleich, dessen Resultat schon vorher feststand, des Hochverrats beschuldigt, verhaftet und von Major Henry, Offizier im zweiten Büro, in das Militärgefängnis Cherche-Midi überführt. Der völlig ahnungslos in das Ministerium geeilte Dreyfus war wie gelähmt, begriff überhaupt nicht, worum es eigentlich ging, beteuerte seine Unschuld, war aber auch nicht bereit - mit einer sichtbar plazierten Pistole allein gelassen - seinem »Verräterleben« ein Ende zu setzen, sehr zum Leidwesen derer, die damit ihre Probleme gelöst gesehen hätten. Am gleichen Tag erfolgte - ohne Ergebnis - die Hausdurchsuchung der Dreyfusschen Wohnung.
Trotz zermürbender Verhöre in den Tagen nach der Verhaftung konnte Mercier kein Geständnis von Dreyfus vor-

gelegt werden. Mercier drohte ein Debakel. Flugs ließ der Kriegsminister von seinem zweiten Büro ein Geheimdossier mit Beweisen gegen Dreyfus anlegen, das - neben dem »Bordereau« - nichtssagende oder, wie sich später herausstellte, wissentlich gefälschte Dokumente enthielt. Bertillon hatte nun keine Zweifel mehr, in Dreyfus den Schreiber des corpus delicti erkannt zu haben und, um völlig sicher zu gehen, sickerten aus dem Generalstab Hinweise über die bis dahin geheimgehaltene Verhaftung eines Hochverräters an die Presse. Der gewollte Effekt stellte sich sofort ein. Es begann eine ungeheuerliche, grenzenlose Pressekampagne, bei der sich Drumonts »Libre Parole« und Rocheforts »Intransigeant« in die erste Reihe stellten: Ein Jude im Generalstab verrät das Vaterland gegen Geld an die Deutschen. Die Beweise seien überwältigend, aber die Regierung versuche, diese einmalige Freveltat zu vertuschen. Mehr noch, um des lieben Friedens willen, hat sie die Beweise an Deutschland ausgeliefert und sicher würde dies »Regime« den Juden letztlich laufen lassen, obwohl der ein volles Geständnis abgelegt habe. Dreyfus, schrieb Drumont, habe dem Ausland die Mobilmachungspläne und die Namen mit ausländischen Missionen betrauter Kameraden verraten. Das sei eben das Schicksal und der Fluch dieser Rasse.[15]

Als auf Druck des deutschen Botschafters in Paris, Graf Münster, ein offizielles Dementi zu der behaupteten Verwicklung Deutschlands in den Fall Dreyfus veröffentlicht wurde, nahm dies kaum einer ernst. In der breiten Öffentlichkeit war Dreyfus verurteilt und die Regierung in einem, vom Generalstab gewollten Zugzwang, den Mercier noch verstärkte, als in einem von ihm inspirierten Zeitungsartikel von schlagenden Beweisen gegen Dreyfus geschrieben wurde. Am 1.November beschloß das Kabinett die Eröffnung einer gerichtlichen Untersuchung gegen den Hauptmann Alfred Dreyfus. Über deren Zielsetzung konnte es eigentlich keinen Zweifel geben. Die »Vossische Zeitung« kommentierte rückblickend:

»Die unbefangene öffentliche Meinung wird immer nur feststellen können, daß der Hauptmann Dreyfus vom Augenblicke seiner Verhaftung an ... nicht als ein Angeklagter, sondern als ein überführter Verbrecher behandelt worden ist.«[16]

Am 19.Dezember 1894 begann vor dem Kriegsgericht in Paris die Verhandlung unter Ausschluß der Öffentlichkeit. Hinter verschlossenen Türen wurden die Verdächtigungen und Verfälschungen vorgetragen, aber nicht die Spur eines Beweises erbracht. Es bedurfte einer weiteren Steigerung des ungesetzlichen Vorgehens, um die sieben Offiziere, die das Urteil zu fällen hatten, mit absoluter Sicherheit von einem Freispruch abzuhalten. Als sich das Gericht zur Urteilsfindung zurückgezogen hatte, ließ Mercier, ohne dem Angeklagten und dessen Verteidiger das gleiche Recht einzuräumen, das von du Paty de Clam mit einem Kommentar versehene Geheimdossier den Richtern zur Kenntnisnahme übergeben. Es ist nicht sicher, ob es dieses kriminellen Aktes bedurfte, um die Richter zur Verurteilung des Hauptmann Dreyfus zu bewegen. Allein aber die Duldung dieses Vorgehens machte die Gerichtsverhandlung zu einer Farce. Am 22. Dezember wurde Dreyfus einstimmig für schuldig befunden, zu lebenslanger Deportation an einen befestigten Ort verurteilt, seines Ranges enthoben und - bei der nächsten Parade der Pariser Garnison - die Degradierung angeordnet. Er wurde seiner Orden, Privilegien und des Rechts für verlustig erklärt, jemals wieder Waffen zu tragen und hatte die Prozeßkosten an den Staat zu zahlen.
Das Urteil fand in Frankreich - und wen kann das wundern - allgemeine Zustimmung. Maurice Paléologue, ein Zeitgenosse und mit der Dreyfusaffäre unmittelbar befaßt, notierte am 23. Dezember 1894 in seinem Tagebuch:

»Heute morgen kennt die ganze Pariser Presse - von der äußersten Linken bis zur äußersten Rechten, von den klerikalen und monarchistischen Blättern bis zu den avantgardistischen Organen der Sozialisten - in ihren Kommentaren über das Urteil des Kriegsgerichts nur eine einzige Tonart: Zustimmung, Erleichterung, Aufatmen, Freude - eine triumphierende, wilde, rachsüchtige Freude.«[17]

Dreyfus legte erfolglos gegen das Urteil Revision ein. Am 5. Januar 1895 wurde er in einer äußerst demütigenden Prozedur öffentlich degradiert und während der Delinquent »Ich bin unschuldig« rief, forderten die zahlreich versammelten Pariser: »Hängt ihn auf!« Der Strafgefangene Alfred Dreyfus wurde erst in das Gefängnis de la Santé und wenig später über La Rochelle auf die Insel Ré überführt, und dann am 21. Februar an Bord der »Saint Nazaire« gebracht, die mit Kurs auf Französisch-Guayana ablegte.
General Mercier gab - sicherheitshalber - Sandherr die Weisung, das Geheimdossier verschwinden zu lassen, und damit schien der Fall Dreyfus abgeschlossen zu sein. Ein Verräter war gerecht verurteilt worden, und wen interessierte jetzt noch die Verzweiflung des auf die Teufelsinsel Deportierten.

Kapitel 2

Die verhinderte Aufklärung

Es ist der 2. April 1897, an dem der Oberstleutnant Picquart sein Testament zu Papier bringt. Was er aufschreibt, ist ungewöhnlich, denn er ordnet nicht sein persönliches Eigentum, sondern er fixiert brisante Sachverhalte. Picquart, bis vor kurzen als Nachfolger Sandherrs Chef des Nachrichtenbüros, weiß, daß Alfred Dreyfus, zu diesem Zeitpunkt schon über zwei Jahre auf der Teufelsinsel, unschuldig ist, und er kennt auch den wirklichen Täter. Die eindeutigen Beweise dafür hat er während seiner Tätigkeit im Nachrichtenbüro gefunden und schon im Sommer 1896 seine Vorgesetzten im Generalstab davon informiert. Die Generäle de Boisdeffre und Gonse sowie der neue Kriegsminister, General Billot, konnten - für ihn unverständlich - nur mühsam ihr Erschrecken verbergen. Man versucht, ihn zu überreden, die Sache auf sich beruhen zu lassen. Als er das empört ablehnt, beginnen die Repressalien. Schließlich wird er aus dem Generalstab versetzt und landet beim 4. Schützenregiment in Tunesien. Diese Kaltstellung trifft ihn tief, und zunehmend zorniger werdend, sucht er nach einem Ausweg. Picquart ist viel zu sehr Offizier, um mit militärischen Dienstgeheimnissen an die Öffentlichkeit zu gehen. Und die Armee zu verlassen, um sich die notwendige Bewegungsfreiheit zu verschaffen, entspricht ebensowenig seinen militärischen Denkgewohnheiten. Wo ist aber eine für ihn akzeptable Alternative, zumal sich die Anzeichen mehren, daß es der Generalstab bei seiner Versetzung nicht belassen würde? Sieht er schon Gespenster oder hat sein jetziger Dienstort auch damit etwas zu tun, daß bei den militärischen

Auseinandersetzungen mit den Berberstämmen der »Heldentot« nichts Ungewöhnliches ist? Mit diesen Gedanken verfaßt er ein Testament, das im Falle seines Todes - so vermerkt er auf dem Umschlag - dem Präsidenten der Republik auszuhändigen ist und nur von diesem zur Kenntnis genommen werden darf.

Picquart nahm Urlaub, reiste nach Paris, übergab dem ihm befreundeten Anwalt Leblois das Testament sowie seinen Briefwechsel mit Gonse und erteilte ihm Generalvollmacht für mögliche Eventualitäten. Auf Drängen des Anwalts kam Picquart nicht umhin, den ganzen ihn bedrückenden Vorgang zu schildern. Verständlich, daß Leblois die Haltung des Freundes nicht befriedigte. Er wollte ihn überzeugen, mit seinem Wissen eine Revision des Urteils zu ermöglichen und damit die Leiden eines unschuldig Verurteilten zu beenden. Aber zu dieser Konsequenz konnte sich Picquart auch jetzt nicht durchringen. Leblois mußte ihm ehrenwörtlich versichern, nur mit seiner ausdrücklichen Zustimmung von seinem Wissen Gebrauch zu machen. Als sich Picquart wieder auf den Weg nach Tunesien machte, ahnte er nicht, daß sich - trotz seiner, vor allem für den auf die Teufelsinsel Deportierten, wenig hilfreichen Haltung - die Ereignisse bald überschlagen und ihn in ihrem Strudel mitreißen würden.

»Wir haben alle Tag und Nacht nur ein Ziel«

Mit diesen Worten, die Lucie Dreyfus am 11. Januar 1895 an ihren Mann schrieb, der sich zu dieser Zeit noch im Gefängnis de la Santé befand, sprach sie für ihre ganze Familie. Insbesondere der Bruder des Verurteilten, Mathieu Dreyfus, widmete sich ganz der Aufgabe,

> »irgendwie einen Fingerzeig, den Faden zu finden, der uns auf den Schuldigen hinweist... Wir konzentrieren unsern ganzen

Verstand, unsere ganze Willenskraft auf diesen einen Punkt, und es ist doch unmöglich, daß wir damit und mit der Ausdauer, die wir daransetzen, es nicht erreichen sollten...«[18]

Aber die Chancen für Alfred Dreyfus, der am 13. April 1895 seine Tortur auf der Teufelsinsel begonnen hatte, standen mehr als schlecht. Die antisemitische und nationalistische Presse beherrschte auch nach der Verurteilung die öffentliche Meinung in Frankreich. Sie überbot sich nahezu in immer neuen Veröffentlichungen über die angebliche Schuld des jüdischen Vaterlandsverräters. Ein Geständnis, das Alfred Dreyfus vor seiner Degradierung abgelegt haben sollte und das sich schnell als gezielte Falschmeldung erwies, verfehlte ebenso nicht die gewollte Wirkung wie die Behauptung, der Verteidiger von Dreyfus, Demange, sei eigentlich ein Mittäter. Auch die Verdächtigungen, der deutsche Kaiser selbst hielte seine schützende Hand über ihn, wurden immer wieder kolportiert. Es sei zu befürchten, die Deutschen würden Dreyfus befreien und in die preußische Armee aufnehmen.[19] Und Schwartzkoppen, vielleicht der einzige, der die Unschuld von Dreyfus zu diesem Zeitpunkt hätte beweisen können, hütete sich wohlweislich, zur Wahrheitsfindung beizutragen, weil es die Nennung des wirklichen Verräters und das Eingeständnis der Spionagetätigkeit bedeutet hätte.

Dreyfus war auch für die übergroße Mehrheit der geistigen Elite Frankreichs, die später teilweise zu seinen vehementen Verteidigern - Dreyfusards - wurde, völlig zu Recht verurteilt worden. Emile Zola distanzierte sich zwar von den entwürdigenden Modalitäten, unter denen die Degradierung von Dreyfus vollzogen wurde, an der Schuld des Hauptmann zweifelte aber auch er nicht. Georges Clemenceau veröffentlichte am 25. Dezember 1894 in seiner Zeitung »Justice« einen Artikel, in dem er bedauerte, daß für Dreyfus nicht die Todesstrafe zur Anwendung kommen konnte und ihn stattdessen nun ein »Paradies« auf der Teufelsinsel erwarte. Der Führer der bürgerlichen Radikalen, ebenso wie der Sozialist Jean Jaurès von der Richtigkeit des Urteils überzeugt, beschrieb 1899 seine damalige - durchaus typische - Geistesverfassung so:

> »Ich habe keineswegs das Verdienst, vom ersten Tage an das Unrecht geahnt zu haben. Ich habe an die Schuld Dreyfus' geglaubt, und ich habe es in grausamen Worten ausgedrückt. Es schien mir unmöglich, daß ein solches Urteil von Offizieren gegen einen ihrer Kameraden leichtfertig gefällt worden wäre.«[20]

Es war demzufolge ein verschwindend kleiner Kreis von Menschen, anfänglich auf den jüdischen Abgeordneten Joseph Reinach, den Rechtsanwalt Demange und den Direktor des Militärgefängnisses von Cherche-Midi, Forzinetti, beschränkt, der sich um die Familie Dreyfus scharte. Selbst in Mülhausen fanden sich nur enge Freunde wie die Jeanmaires oder Koechlins bereit, Partei für Dreyfus zu ergreifen - die Bevölkerung reagierte so wie in Paris und anderswo. Aber auch viele französische Juden hielten Dreyfus für schuldig und gingen gegenüber der Familie auf Distanz. Es existierte keine geschlossene jüdische Phalanx, die organisiert in die Affäre hätte eingreifen können. Insbesondere die Juden aus bürgerlichen Kreisen hatten sich weitgehend assimiliert und waren bestrebt, sich von sozial benachteiligten Juden und den neu zugewanderten Ostjuden zu distanzieren. Zudem lag der offiziellen jüdischen Religionsgemeinde nichts an einer offenen Intervention, da sie eine Einmischung in staatliche und politische Prozesse ablehnte. Die Rabbis waren Staatsfunktionäre, und so gab es ohnehin eine enge Verbindung zwischen der Gemeinde und der Staatsbürokratie. In Verkennung der politischen und sozialen Dimension des Antisemitismus sollte daher eine solche Politik der Neutralität den antisemitischen Sturm möglichst gering halten. Im Glauben, der Fall Dreyfus würde der jüdischen Religion und Rasse insgesamt angelastet werden, verurteilten so viele Juden den »Verräter«, um den Antisemitismus nicht weiter zu schüren.[21]

Schon bald aber gab es einen ersten Hoffnungsschimmer. Es mehrten sich ernstzunehmende Hinweise auf das rechtswidrige Vorgehen im Prozeß gegen Dreyfus. Aus verschiedenen Quellen war bekannt geworden, daß den Richtern - hinter dem Rücken der Verteidigung - ein Geheimdossier zugespielt worden war. In der Erkenntnis, daß dies allein angesichts der aufgeheizten öffentlichen Meinung nichts bewirken würde, beauftragte Mathieu Dreyfus den Schriftsteller und Journalisten Bernard Lazare mit der Abfassung einer Broschüre zum Verlauf und Hintergrund des Prozesses.

Bernard Lazare, ebenfalls Jude, 1894 durch sein Buch »Der Antisemitismus« bekannt geworden, war zunächst wenig am Fall Dreyfus interessiert. Als einem Sympathisanten anarchistischer Ideen boten ihm die Probleme der »bürgerlichen« Dreyfus-Familie keinen Anlaß, für den Hauptmann Partei zu ergreifen. Nach mehreren Gesprächen mit Mathieu Dreyfus und anderen Familienmitgliedern im Frühjahr 1895, in denen sie Lazare vor allem die antijüdische und rechtswidrige Dimension der Falles geschildert hatten, änderte der Schriftsteller seine Meinung und wurde ein Dreyfusard der ersten Stunde.[22] In wenigen Wochen schrieb er »Ein Rechtsirrtum. Die Wahrheit über die Affäre Dreyfus«. In erstaunlicher Weise entlarvte Bernard Lazare darin bereits zu diesem Zeitpunkt die wirklichen Hintergründe und Hintermänner des Geschehens. Weil Dreyfus für ihn unschuldig war, verteidigte er ihn nicht, sondern griff er die wirklichen Schuldigen an.

Für Bernard Lazare war die entscheidende Frage, warum - bei der Dürftigkeit der Beweislage - der Fall Dreyfus nicht ernst- und gewissenhaft geprüft, sondern stattdessen - nicht zuletzt durch Kriegsminister Mercier selbst - faktisch eine Vorverurteilung provoziert, die Öffentlichkeit beim Prozeß ausgeschlossen und der Rückgriff auf das Geheimdossier erfolgt worden war. Seine Antwort darauf fiel eindeutig aus.

Dreyfus »war Soldat, aber er war Jude. Als Jude vor allem ist er verfolgt worden. Weil er Jude war, hat man ihn verhaftet, und weil er Jude war, hat man ihn vor Gericht gestellt. Weil er Jude war, hat man ihn verurteilt, weil er Jude ist, will man zu seinen

Gunsten nicht die Stimme der Gerechtigkeit und Wahrheit hören. Die Verantwortung für die Verurteilung dieses Unschuldigen fällt auf die zurück, die sie durch ihre gemeine Hetze, durch ihre Lügen und ihre Verleumdungen herbeigeführt haben.«[23]

Bernard Lazare erinnerte an die antisemitische Hetze gegen Dreyfus, gegen den Juden in der Armee und benannte General Mercier als Hauptschuldigen.

»Aber an allem ist ein Mann schuld, und er darf nicht seiner Verantwortung entgehen. Dieser Mann ist der General Mercier, der damalige Kriegsminister. Auf ihn, den von der Politik besessenen General, muß das ganze Gewicht des Fehlurteils zurückfallen, denn er zog den Vorteil aus der nationalistischen Hetze. Indem er sie nährte und förderte, suchte er sein schwindendes Ansehen, seine abnehmende Volkstümlichkeit wiederherzustellen. Man wird gleich sehen, auf welch schwache Verdachtsgründe hin, auf welche sich widersprechenden Zeugnisse hin dieser Mann, bekleidet mit der höchsten Autorität, die Verhaftung des Hauptmann Dreyfus befahl.«[24]

Mit der Aufzählung der zahlreichen in der Presse veröffentlichten unbewiesenen Anschuldigungen gegen Dreyfus endete Lazares Aufsatz.
Trotz des brillanten Stils und der Polemik Lazares, die eine Mobilisierung der Öffentlichkeit versprach, verzichtete Mathieu Dreyfus vorerst auf eine Veröffentlichung der Broschüre. Der Bruder Alfreds, der aufopferungsvollste und engagierteste Aktivist für die Revision innerhalb der weitverzweigten Familie, ließ sich von Beginn seiner Bemühungen an davon leiten, daß die Verurteilung auf Grund tragischer Irrtümer erfolgt war. Niemals zweifelte er an den Institutionen seines Vaterlandes und an der Gesetzlichkeit Frankreichs. Der Fall Dreyfus blieb für ihn eine familiäre Angelegenheit, und dementsprechend versuchte er stets, in seinem Handeln die Öffentlichkeit zu meiden. Nichts lag weniger in seinem Interesse als die Verwandlung der »Familienaffäre« in eine politische Kampagne. Das Hauptmittel seiner Bestrebungen bestand so vor allem darin, über die zahlreichen Beziehungen der gesamten Familie mittels

Petitionen, durch Gespräche mit den verschiedensten Politikern und einflußreichen Repräsentanten, mit Hilfe bezahlter Detektive und durch den Einsatz seines Vermögens - etwa bei der Bezahlung von Informanten oder Sachverständigen für die Schriftanalyse - den notwendigen politischen Rückhalt zu erringen und die Beweise für die Unschuld Alfreds zu finden. In dem Glauben, durch die Veröffentlichung der anklagenden Fakten in Lazares Broschüre sich selbst in die Gefahr einer Verhaftung zu begeben und dadurch seinem Bruder wenig hilfreich zu sein, siegte daher wiederum die Vorsicht über die Offensive.
Diese einzig auf die Person seines Bruders fixierte Haltung führte nicht nur zu Auseinandersetzungen mit Lazare, sondern sollte im Verlauf der Affäre immer wieder heftige Kontroversen zwischen der Familie und den Dreyfusards auslösen, die dann auch letzlich zum Zusammenbruch dieser losen Allianz führten. Denn im Unterschied zu Mathieu ging es den Dreyfusards weniger um den inhaftierten Hauptmann, sondern um die Aufdeckung eines gewollten Justizverbrechens, um Recht und Gerechtigkeit schlechthin, um ein Komplott gegen den Bestand des republikanischen Gemeinwesens. Von der Frage, für welche Sicht man sich entschied, hingen weitestgehend die Wahl der Mittel, der Gegner und Verbündeten sowie die Ziele für die zu führende Auseinandersetzung ab.
Natürlich war es im Jahr 1895 noch schwer, hinter der Verurteilung Dreyfus' das Zusammenspiel von Konservatismus, Nationalismus und Antisemitismus zu erkennen, und angesichts des Meinungsklimas war der Kreis der Dreyfusards sehr klein und verfügte über keine Beweise. Aber die offizielle Überprüfung der Ungesetzlichkeit des Prozesses wäre bereits einzufordern gewesen, allerdings mit der Konsequenz, die Anstrengungen für eine Revision öffentlich zu machen und sich auf einen mächtigen, zu allem entschlossenen Gegner einzulassen.

»Wenn Sie nichts sagen, wird kein Mensch es erfahren.«

Während die Familie Dreyfus sich entschloß, mit den Argumenten, die ihr Bernard Lazare geliefert hatte, noch nicht zu wuchern, wurde Oberstleutnant Picquart am 1. Juli 1895 neuer Chef im Nachrichtenbüro. Der 1854 geborene Elsässer, nach glänzender militärischer Karriere der jüngste Oberstleutnant der französischen Armee, hatte am Prozeß gegen Dreyfus teilgenommen und hielt ihn für schuldig. Paléologue charakterisierte ihn als einen bemerkenswerten Mann.

> »Er ist zweiundvierzig Jahre alt, im Feldzug von Tongking wegen Tapferkeit vor dem Feind im Heeresbericht genannt, früher Lehrer an der Kriegsschule ... Groß, schlank, elegant, von scharfem Geist, vernünftig und witzig, verbirgt er sich aber gewöhnlich hinter betonter und gezierter Zurückhaltung.«[25]

Die Spitze des Generalstabes fühlte sich durchaus nicht sicher - was angesichts der eigentlich nicht existierenden Grundlage ihrer Beweisführung und der begangenen Ungesetzlichkeiten nicht verwunderlich war - und befürchtete ein mögliches, zumindest von der Familie Dreyfus ausgehendes Revisionsbegehren. Deshalb teilte General de Boisdeffre dem etwas erstaunten Picquart bei dessen Amtsübernahme mit, die Affäre Dreyfus wäre noch nicht beendet, sie begänne wohl erst, und es wäre nötig, die Akte mit neuen Beweisen aufzufüllen.[26] Ohne jeden Erfolg ließ Picquart daraufhin die Familie Dreyfus beschatten, und auch die Tätigkeit des deutschen Militärattachés in Paris wurde mit erhöhter Aufmerksamkeit verfolgt.

Statt des erhofften Beweises gegen Dreyfus erhielt Picquart im März 1896 einen auf dem üblichen Weg aus der deutschen Botschaft geschmuggelten, in viele Teile zerrissenen Brief, der offensichtlich von Schwartzkoppen verfaßt worden war. Der Militärattaché forderte darin von einem Major Esterhazy genaue Angaben in der »schwebenden Frage«, detaillierter als der Adressat sie augenscheinlich bisher gegeben hatte, und drohte ansonsten mit dem Abbruch der Beziehungen.[27] Die sofort eingeleiteten Recherchen ergaben über Esterhazy ein denkbar ungünstiges Bild: Das bewegte Leben des Majors, der behauptete, von den ungarischen Esterhazys abzustammen und sich stolz Graf Marie-Charles Ferdinand Walsin-Esterhazy nannte, machte eine exakte Überprüfung kaum möglich. Teilnahme im österreichischen Heer am Krieg gegen Preußen, Fremdenlegion und seit 1870/71 Offizier in der französischen Armee schienen abgesicherte Stationen seines Lebens zu sein. Im übrigen begründete sich sein schlechter Ruf durch Frauengeschichten, Schulden, Leichtfertigkeit und Betrügereien. Zum Zeitpunkt der Recherchen war er Bataillonschef im 74. Infanterieregiment in Rouen.[28]

Im Nachrichtenbüro war man sich einig, mit Esterhazy auf der Spur eines neuen Spions zu sein. Aber dessen Überwachung brachte keine Ergebnisse. Erst nach Monaten machte Picquart die entscheidende Entdeckung: die Identität der Schrift von Briefen Esterhazys mit der des »Bordereau«. Als er das im Prozeß gegen Dreyfus verwandte Geheimdossier studierte, erkannte er sofort dessen Haltlosigkeit. Wenn Dreyfus das »Bordereau« nicht geschrieben hatte, dann gab es keinen weiteren stichhaltigen Schuldbeweis.

Tatsächlich hatte - wie Schwartzkoppen in seinem allerdings erst 1930 herausgegebenen Nachlaß berichtet - Esterhazy 1894 dem deutschen Militärattaché seine Dienste angeboten, die dieser im Einverständnis mit seinen Vorgesetzten in Berlin nutzte.

> »Erwähnt sei nur, daß die Besuche durchschnittlich alle 14 Tage erfolgten, und daß der Wert der Nachrichten sich steigerte. Als ich bemerkte, daß Esterhazy, falls er keine interessanten authentischen Mitteilungen machen konnte, selbsterfundene oder bekannte brachte, brach ich die Beziehungen zu ihm im März 1896 ab.«[29]

Nach Schwartzkoppen hatte Esterhazy das »Bordereau« zwischen dem 16. August und 1. September 1894 beim Por-

tier der deutschen Botschaft abgegeben und von dort war es »von dritter Hand« entwendet worden, ohne jemals in seine Hände gelangt zu sein. Den Brief vom März 1896 an Esterhazy hätte er wegen dessen wachsender Unzuverlässigkeit geschrieben. Aufschlußreich ist auch die Feststellung Schwartzkoppens, Esterhazy habe seine Nachrichten niemals mit der Post geschickt, »sondern brachte sie stets selbst, und zwar zu allen Tageszeiten, auf die Botschaft«.[30]
Die unter anderem auf diesem Verhalten Esterhazys beruhende Hypothese - wie sie dann 1906 vor dem Kassationshof aufgestellt wurde -, Esterhazy sei ein Doppelspion gewesen und habe im Auftrag des Nachrichtenbüros gehandelt, würde das Verhalten des Generalstabes in der Dreyfusaffäre endgültig ins Verbrecherische steigern. Dagegen spricht aber, daß Picquart als Chef des Nachrichtenbüros von der Existenz Esterhazys keine Ahnung hatte, ein Fakt, auf den auch Schwartzkoppen verweist, der allerdings auch die andere Möglichkeit nicht ganz ausschließt.
Auch wenn Schwartzkoppen sein Wissen im Sommer 1896 noch für sich behielt, hatte Picquart den Beweis für die Unschuld Dreyfus' in der Hand und informierte darüber pflichtgemäß seine Vorgesetzten. Deren Reaktion machte deutlich, daß es, bezogen auf Dreyfus, um keinen justitiellen Lapsus ging, der zu diesem Zeitpunkt noch relativ leicht zu korrigieren gewesen wäre. Sie wiesen Picquart an, die Fälle Esterhazy und Dreyfus voneinander zu trennen und im Fall Esterhazy vorsichtig weiter zu recherchieren, was nichts anderes als ein nicht mißzuverstehender Hinweis darauf war, die Finger vom Fall Dreyfus zu lassen.
Fast zum gleichen Zeitpunkt wurde die Familie Dreyfus aktiv, tangierten sich so zum ersten Mal die bis dahin getrennt verlaufenen Stränge der Betreiber einer Urteilsrevision. Mathieu Dreyfus, der befürchtete, daß das Schicksal seines Bruders in Vergessenheit geraten könnte, ließ durch eine britischen Zeitung die Nachricht lancieren, Alfred Dreyfus sei von der Teufelsinsel geflohen. Obwohl niemand die Nachricht ernst nahm, füllte sie tagelang die Sei-

ten der französischen Zeitungen. Für den Strafgefangenen auf der Teufelsinsel hatte diese Aktion bittere Folgen. Die Regierung nutzte sie als fadenscheinigen Vorwand und verschärfte die Haftbedingungen.

> »Gestern hat man mich in Eisen gelegt! Warum? Ich weiß es nicht...Ich will nicht einmal von der körperlichen Qual sprechen, sondern nur von der seelischen! Und das ohne Erklärung, ohne daß ich weiß, warum oder um welcher Sache willen! In was für einem fürchterlichen, grauenhaften Traum lebe ich seit bald zwei Jahren?«[31]

Einen Effekt hatte die insgesamt fragwürdige Aktion doch: Die Unruhe im Generalstab nahm zu. Mit dessen diskreter Hilfe erschien am 14. September 1896 im »Eclair« - nachdem sich die Zeitung schon am 10. September zu Dreyfus äußerst feindselig geäußert hatte - ein Artikel über die Geschichte des Dreyfusprozesses. Um jeden Zweifel an dessen Unschuld endgültig auszuräumen, wurde der »unwiderlegliche Beweis« des Verrats vorgelegt - der im Geheimdossier enthaltene Brief Schwartzkoppens an seinen Kollegen in der italienischen Botschaft, das einzige Beweisstück, in dem Dreyfus mit vollem Namen genannt worden war. Dieses Dokument hätte den Ausschlag für die Verurteilung gegeben, wäre aber streng vertraulich und deshalb nur den Richtern im Beratungsraum zugänglich gewesen, ohne Wissen von Dreyfus und dessen Verteidiger. Die patriotische Pflicht gebiete es aber jetzt, damit an die Öffentlichkeit zu treten, um jeden Zweifel an der Schuld des Verräters auszuräumen.

Wie die anderen Dokumente aus dem Geheimdossier so war auch der im »Eclair« zitierte Brief weit davon entfernt, ein »unwiderlegbarer Beweis« zu sein. Der Briefwechsel der beiden Militärattachés, Schwartzkoppen und Panizzardi, die befreundet waren und eng miteinander kooperierten, unterlag - sicher zu Recht - der besonderen Aufmerksamkeit des Nachrichtenbüros. In dem veröffentlichten Brief von Schwartzkoppen im Frühjahr 1894 war von einem Agenten, der mit »Kanaille D.« bezeichnet wurde, die Rede.

Gemeint war ein gewisser Dubois, der für die beiden Militärattachés »arbeitete«. Im Geheimdossier war man flugs davon ausgegangen, daß die »Kanaille D.« und Dreyfus identisch wären und die im »Eclair« gemachte Behauptung, in dem Brief sei Dreyfus mit vollem Namen genannt, steigerte diese böswillige Leichtfertigkeit zur glatten Lüge. Ihr Ziel, die eigentliche Ursache für die Verurteilung Dreyfus' hinter einem staatsgefährdenden Mysterium zu verstekken, das man den Richtern von 1894 auch nur teilweise und der Öffentlichkeit schon gar nicht mitteilen konnte, erreichten die Urheber des Artikels aber nur bedingt. Er verriet Intimkenntnisse über die Prozeßführung und bestätigte - wenn auch nicht offiziell - die Existenz eines Geheimdossiers und damit die Gesetzwidrigkeit des Vorgehens. Da aber auch kein offizielles Dementi erfolgte, richtete Lucie Dreyfus am 18. September ein Revisionsgesuch an die Abgeordnetenkammer, das der »Figaro«, eine der einflußreichsten Zeitungen in Paris, abdruckte.
Picquart, der vergeblich versucht hatte, eine Durchsuchung der Redaktionsräume des »Eclair« zu erreichen, um die Quellen der offensichtlichen Indiskretion aufzuspüren, bestürmte seine Vorgesetzten, jetzt reinen Tisch zu machen, bevor es - zum Schaden der Armee - andere tun würden. In einem Gespräch mit General Gonse, dessen Inhalt bis zum Ende der Affäre zwischen beiden strittig blieb, lehnte der General die Verhaftung Esterhazys ab und forderte Picquart, bezogen auf die eindeutige Beweislage, auf: »Wenn Sie nichts sagen, wird kein Mensch es erfahren.« Picquart, empört und überrascht, erwiderte, daß er dieses Geheimnis nicht mit ins Grab nehmen würde.[32] Damit waren seine Tage im Nachrichtenbüro gezählt.

Die Fälschung Henrys

Eine Lüge schleppt zehn andere nach, eine Volksweisheit, deren Richtigkeit in der Dreyfusaffäre mehrfach bestätigt wurde. Die in Bedrängnis geratenen Militärs brauchten weitere »Beweise« gegen Dreyfus - und sie bekamen einen. Major Henry war der offizielle Beobachter des Nachrichtenbüros im Prozeß gegen Dreyfus gewesen und hatte - faktisch einen Meineid leistend - als Zeuge Dreyfus des Verrates beschuldigt. Als nicht er, sondern Picquart Nachfolger Sandherrs als Leiter des Nachrichtenbüros wurde, war seine Enttäuschung groß und sein Verhältnis zum neuen Vorgesetzten - behutsam ausgedrückt - distanziert. Am 2. November 1896 legte Henry dem General Gonse einen Brief Panizzardis an Schwartzkoppen vor, der angeblich aus der deutschen Botschaft stammte. Darin forderte der italienische Militärattaché seinen deutschen Kollegen auf, angesichts einer angekündigten parlamentarischen Anfrage zu Dreyfus, wie er selbst zu leugnen, mit diesem Juden jemals Beziehungen unterhalten zu haben.

> »Denn niemals darf irgendeiner wissen, wie weit wir mit ihm gekommen sind.«[33]

Im Generalstab und im Kriegsministerium atmete man auf. Endlich ein Beweisstück, in dem der Name Dreyfus stand. Und hatte man nicht gerade das im »Eclair« behauptet? Es kann als sicher gelten, daß - zumindestens einige Militärs - die Fälschung, die Henry am Vortage in seiner Wohnung fabriziert hatte, als solche sofort erkannten. Oberst du Paty de Clam gab ein diesbezügliches Eingeständnis später vor der Strafkammer des Kassationshofes im Januar 1899 zu Protokoll. Ob Henry allein auf den Gedanken kam oder ob es Mitwisser bzw. Mittäter gab - dafür fehlen Beweise, bestenfalls weisen Anhaltspunkte darauf hin. Die Umstände seines späteren Selbstmordes lassen Spekulationen zu. Wie auch immer, die Fälschung kam vielen wie gerufen, weil nicht die Wahrheitsfindung gefragt war, sondern die Absicherung eines von der Aufdeckung bedrohten Verbrechens. Picquart wurde von der Existenz des Briefes informiert, zu sehen bekam er ihn nicht. Überhaupt wurde nun der Umschwung im Verhalten seiner Vorgesetzten gegen ihn immer deutlicher. Nicht nur seine fortdauernden Untersuchungen gegen Esterhazy störten sie, mehr noch, er war - ob seiner Kenntnisse und seines Verhaltens - zum Sicherheitsrisiko geworden. Trotzdem, mit dem »zerschmetternden Beweisstück« im Rücken, sahen sie gelassener in die Zukunft.

Anfang November 1896 entschloß sich Mathieu Dreyfus endlich zur Herausgabe der Broschüre von Bernard Lazare, die dieser noch einmal überarbeitet hatte. Obwohl sie allen Abgeordneten, Ministern, Journalisten und bekannten Persönlichkeiten zugeschickt wurde, blieb ihre Resonanz gering, ließ aber die Dreyfusangelegenheit im Gespräch. Als der Abgeordnete Castellin eine Anfrage an die Regierung in der Abgeordnetenkammer in Sachen Dreyfus ankündigte, zeugte auch das von einer wachsenden öffentlichen Auseinandersetzung über die Schuld oder Unschuld Dreyfus'. Wenige Tage später veröffentlichte der »Matin« ein Faksimile des »Bordereau«, das ihm ein Schriftsachverständiger des Prozesses von 1894 verkauft hatte. Wichtig war nicht so sehr, daß damit sein Inhalt nachlesbar war, sondern die nunmehr gegebene Möglichkeit des Schriftvergleichs. Für die Familie Dreyfus und diejenigen, die sie in ihren Bemühungen unterstützten, war bei allen Ähnlichkeiten klar, daß es keine Übereinstimmung mit der Schrift des Verurteilten gab. Aber wer war der Verfasser? Schwartzkoppen, der es spätestens jetzt wissen mußte und dessen Situation nach eigenen Angaben nun »außerordentlich peinlich« wurde, schwieg aber weiter.

Für seine Vorgesetzten war Picquart der Urheber dieser Ereignisse, die sie zum letzten Anlaß nahmen, ihn abzuschieben. Er erhielt am 16. November seine Abkommandierung, die ihn letztlich nach Tunesien führte. Als die Kammer am 18. des gleichen Monats die Anfrage Castellins behandelte, forderte dieser - immer wieder von Beifallsbezeugungen unterbrochen - von der Regierung die Verfolgung Bernard Lazares und all jener, die Zweifel an der Schuld Dreyfus' verbreiteten. Kriegsminister Billot beteuerte, daß der Pro-

zeß von 1894 völlig regulär durchgeführt worden und die ganze Sache erledigt wäre, er über die Ehre der Offiziere wache und »gewisse Beleidigungen« man mit Verachtung strafen müßte. Mit ganzen fünf Gegenstimmen einigte sich die Kammer, zur Tagesordnung überzugehen, verbunden durch patriotische Empfindungen und auf die Regierung vertrauend.[34] Ohne jegliche Debatte lehnte die Kammer am 4. Dezember das Revisionsgesuch von Lucie Dreyfus ab.
Nach der Kammersitzung berichtete Schwartzkoppen - der selbstverständlich die Entwicklung sorgfältig verfolgte - seine Eindrücke nach Berlin. Neben der nochmaligen Versicherung, weder Dreyfus noch das zu seiner Verurteilung geführte Dokument gekannt zu haben, beschrieb er die auch in dieser Debatte sichtbar gewordenen Bemühungen der französischen Regierung, ein Eingehen auf die Dreyfusangelegenheit zu vermeiden, was auch daran zu erkennen wäre, daß sie keinerlei Schritte gegen Bernard Lazare unternommen hätte.[35]
In Frankreich fiel das nur wenigen auf, weil die Mehrheit der Presse und - nicht zuletzt unter deren Einfluß - auch der Franzosen immer noch von der Schuld des Verurteilten überzeugt war und die Anstrengungen der Regierung, daran jeden Zweifel zu ersticken, billigte. Ein Indiz dafür war die entsprechende Haltung einer übergroßen Mehrheit in der Kammer, in der immerhin eine beachtliche sozialistische Fraktion saß. So war es Ende 1896 dem Generalstab und den ihn deckenden Politikern gelungen, die Dreyfusangelegenheit wieder in ein ruhiges Fahrwasser zu lenken. Die Verschwörung schien gesiegt zu haben. Picquart schwieg militärisch diszipliniert, der Häftling auf der Teufelsinsel unterlag verschärften Bedingungen, und die öffentliche Resonanz auf die Aktivitäten der Familie Dreyfus war mehr als zaghaft.

Der Kreis schließt sich

Trotzdem blieb Picquart für die Verschwörer eine latente Gefahr. Unter Federführung Henrys, der praktisch Nachfolger des Abkommandierten im Nachrichtenbüro geworden war, aber mit Wissen seiner militärischen Vorgesetzten wurde offen und hinter Picquarts Rücken ein feinmaschiges Netz von Lügen und Verdächtigungen gesponnen, um ihn - im gegebenen Moment - moralisch disqualifizieren zu können. Als der in Ausübung seines Dienstes vom Pferd stürzte und ihm dabei klar wurde, wie leicht seine Kenntnisse verloren gehen könnten, entschloß er sich, sie in Form eines Testaments niederzuschreiben.

»Der unterzeichnete Picquart (Marie-Georges), Oberstleutnant im 4. Schützenregiment, vorher Chef des Nachrichtendienstes im Kriegsministerium, versichert auf seine Ehre die Richtigkeit der folgenden Tatsachen, die im Interesse der Wahrheit und Gerechtigkeit unmöglich unterdrückt werden können, wie man es versucht hat.«

Dann schilderte er den Hergang und den Inhalt seiner Entdeckung sowie die Haltung seiner Vorgesetzten. Die Beweise - so notierte er weiter - lassen klar erkennen, daß Esterhazy ein deutscher Agent ist, daß die Tatsachen Esterhazy und nicht Dreyfus belasten. Der Prozeß Dreyfus sei »mit einer unerhörten Leichtfertigkeit, mit der vorgefaßten Idee, daß Dreyfus schuldig wäre und in der Verachtung der gesetzlichen Formen...« geführt worden. Die Dokumente des Geheimdossiers beziehen sich auf Esterhazy,

»ein anderes auf ein Individuum, bezeichnet durch die Initiale D., das nicht Dreyfus sein kann wegen der gelieferten Schriftstücke, um die es sich handelt. Die zwei anderen Dokumente sind ohne Wichtigkeit und beruhen nur auf Geschwätz«.

Picquart beendete seine Niederschrift mit der Befürchtung, die im Besitz von General Gonse befindlichen Dokumente könnten vernichtet worden sein.[36]
Die Brisanz dessen, was Picquart zu Papier gebracht hatte,

lag auf der Hand. Einerseits verfügte er über die Kenntnis von vorhandenen Dokumenten, die zumindest ein Revisionsverfahren begründet hätten. Andererseits - und das wog vielleicht noch schwerer - waren die Eiferer des Prozesses von 1894 die gleichen, die nun die neuen Beweise bewußt nicht benutzten, ihn, Picquart, abschoben und von einem plötzlich aufgetauchten Beleg gegen Dreyfus redeten, den er als Leiter der Untersuchung nicht zu Gesicht bekommen hatte und der nach seiner Kenntnis der Sachlage nur eine Fälschung sein konnte. Als er Ende Mai 1897 von Henry einen offenen Drohbrief erhielt, in dem ihm vorgeworfen wurde, eine außerdienstliche Korrespondenz - gemeint war die von Esterhazy - zu einem für »niemanden verständlichen Zweck« geöffnet und durch seine Kenntnis einer Geheimakte Indiskretionen ermöglicht zu haben, fuhr er nach Paris und informierte Leblois.

Der Anwalt, von dem gehörten Tatbestand zutiefst beunruhigt und mit dem Verhalten Picquarts unzufrieden, nahm Verbindung mit dem Vizepräsidenten des Senats Scheurer-Kestner auf. Der Senator, 1833 in Mülhausen geboren, ehemals Mitarbeiter Gambettas und letzter Abgeordneter des Elsaß im französischen Senat, war einer der angesehensten Politiker der jungen Dritten Republik, mit weitreichenden Verbindungen, allseits anerkannt, hoch geehrt und, fast am Ende seiner politischen Laufbahn angekommen, eigentlich von keiner Seite angreifbar. Ursprünglich auch von der Schuld Dreyfus' überzeugt, hatte ihn ein Besuch von Mathieu Dreyfus im Februar 1895 zwar nicht zu unterstützenden Aktionen veranlassen können, aber sein Interesse geweckt. Er stellte eigene Untersuchungen an, verfolgte sehr aufmerksam die Ereignisse in der zweiten Hälfte des Jahres 1896 und gehörte bald zu den wenigen, bei denen die Zweifel an der Rechtmäßigkeit der Dreyfusangelegenheit zunahmen. Auch die Warnungen seines Freundes, des Kriegsministers Billot, konnten ihn von weiteren Untersuchungen nicht abhalten.[37]

Das Eingreifen eines solchen, nun endgültig von der Unschuld Dreyfus' überzeugten Mannes wie Scheurer-Kestner, ließ zwangsläufig die Ereignisse eskalieren. Zwar waren ihm durch die Festlegungen Picquarts, die auch für ihn allein mit militärischer Disziplin nur schwer erklärlich blieben, die Hände gebunden, aber schon daß er - wie bereits im Juli vor dem Senatspräsidium - seine Meinung äußerte, erregte die öffentliche Aufmerksamkeit. Und genau das war ein Ziel, auf das sich Scheurer-Kestner und Leblois nach längerem Briefwechsel und mehreren Beratungen geeinigt hatten. Unter dem 6. November notierte Paléologue in seinem Tagebuch:

> »Die von Scheurer-Kestner angekündigten Enthüllungen beginnen, die Öffentlichkeit leidenschaftlich zu erregen. Das Fieber steigt von Tag zu Tag. Überraschung, Zweifel und Besorgnis bestimmen das Bild.«[38]

Der Vizepräsident des Senats führte Gespräche mit dem Präsidenten der Republik, dem Kriegsminister, dem Ministerpräsidenten und dem Justizminister. Wie nicht anders zu erwarten, war deren Reaktion negativ. Kriegsminister Billot entgegnete seinem Duzfreund, daß die Beweise gegen Dreyfus eindeutig wären, Scheurer-Kestner vergeudete nur seine Zeit. Er würde die Unterlagen aber nochmals prüfen, und beide verpflichteten sich in dieser Zeit zur Diskretion. Am nächsten Tag berichtete die antisemitische und nationalistische Presse über dieses Treffen und bezog sich fast wortgetreu auf dort gemachte Äußerungen des Senators. Die Informationen konnten nur aus dem Kriegsministerium stammen.

> »Stelle die loyale Untersuchung an, die Du mir versprochen hast«, schrieb der enttäuschte Scheurer-Kestner an Billot. »Ich habe Dir nicht alles gesagt, was ich weiß, aber ich habe Dir die Spur gezeigt, und dies genügt mir für den Augenblick. Suche, suche und Du wirst finden. Weshalb sollte sich die Armee angegriffen fühlen, selbst wenn die Generale anerkennen müßten, daß vielleicht ein Justizirrtum vorgekommen ist? Sie würde größer daraus hervorgehen ... Wenn es dagegen gelänge, die Sache zu ersticken, - was in unserem Lande nie geschehen darf, - mit der Aussicht, später doch den Tatsachen zu unterliegen,

- denke an den völligen Bankrott, nicht nur für Dich, mein lieber Freund, sondern für diese Armee, der wir all unsere Bewunderung und unsere Sorgfalt widmen.«[39]

So verständlich die Enttäuschung Scheurer-Kestners war, aber konnte er im Herbst 1897 noch ernsthaft daran glauben, es handelte sich bei dem Urteil von 1894 um einen Justizirrtum, den die Regierung bereinigen könne oder müsse? Stattdessen war sein »lieber Freund« Billot voll damit beschäftigt, genau das Gegenteil zu tun. Eigentlich hatte er nichts anderes erwarten können, zumal ihn die ganze Phalanx der dreyfusfeindlichen Presse sofort auf die gemeinste Weise angriff und - wie die Indiskretion des Kriegsministers zeigte - nicht ohne offizielle Unterstützung. Er wurde dem »Syndikat« zugeordnet, ein Begriff, der in dieser Zeit entstand, um damit die Dreyfusanhänger zu diffamieren.

Aber es gab auch andere Reaktionen. Die Integrität Scheurer-Kestners und sein unbeirrtes Eintreten für Dreyfus vergrößerte den Kreis derer, die ihre Zweifel äußerten oder zumindest eine völlige Aufklärung der Angelegenheit forderten. So meldete sich Clemenceau in der »Aurore« zu Wort. In der Sache immer noch unentschieden, aber von Scheurer-Kestner beeindruckt, forderte er energisch Aufklärung.[40] Diese Tendenz in der öffentlichen Meinung nahm zu, als Scheurer-Kestner im »Figaro« veröffentlichen ließ, er zögere deshalb mit der Bekanntgabe seiner Beweise, weil er sie der Regierung übergeben habe und ihr nun Zeit lasse, die notwendigen Maßnahmen zu ergreifen. Und als die mit Billot vereinbarte Zeit des Stillschweigens ohne sichtbares Ergebnis verstrichen war, schrieb er seinem Freund, dem Senator Ranc, einen offenen Brief, in dem er - ohne die Namen Esterhazy oder Picquart zu nennen - den ihm bekannten Sachverhalt schilderte und die zögerliche Haltung der Regierung anmerkte, die bei einer Untersuchung doch leicht den wirklichen Schuldigen finden könnte.[41]

Die Beweiskette schloß sich durch einen Zufall. Inzwischen hatte Bernard Lazare auf Wunsch von Mathieu Dreyfus eine neue Auflage seiner Broschüre drucken lassen, unter anderem erweitert durch das Faksimile des »Bordereau«. Ein Börsenmakler namens de Castro erkannte darin die Schrift eines seiner Kunden: Esterhazy. Er übergab - oder besser verkaufte - seine Beweise, Briefe Esterhazys, an Mathieu Dreyfus und war auch bereit, sie Scheurer-Kestner vorzulegen. Damit war nicht nur erstmalig der Kontakt zwischen den bisher unabhängig voneinander Recherchierenden hergestellt, sondern vielmehr die Möglichkeit gegeben, mit dem Namen Esterhazy an die Öffentlichkeit zu gehen. Nach eingehender Beratung einigten sich Scheurer-Kestner, Reinach, Leblois und Mathieu Dreyfus, daß letzterer in einem öffentlichen Brief an den Kriegsminister Esterhazy als Verfasser des »Bordereau« benennen sollte.

> »Ich habe die Ehre, Sie in Kenntnis zu setzen, daß der Verfasser dieses Schriftstücks Graf Walsin-Esterhazy, Major der Infanterie ist ... Die Schrift des Major Esterhazy ist identisch mit der jenes Schriftstücks. Es wird Ihnen, sehr geehrter Herr Minister, sehr leicht sein, sich die Handschrift dieses Offiziers zu beschaffen ... Ich kann nicht zweifeln,... daß Sie jetzt schnelle Justiz üben werden, da Sie den Urheber des Verrats kennen, für den mein Bruder verurteilt wurde ...«[42]

Am 16. November, als dieser Brief in den Pariser Zeitungen veröffentlicht wurde, hatte Schwartzkoppen Paris schon verlassen. Er war als Regimentskommandeur nach Deutschland versetzt worden.

Pro Esterhazy

Seit Beginn der Kampagne Scheurer-Kestners für Dreyfus befürchtete man im Generalstab Schlimmes. Die Entdekkung Esterhazys als Verfasser des »Bordereau« erschien unvermeidlich und war nur eine Frage der Zeit. Was sich in den Wochen - bevor dieser Tatbestand dann wirklich eintrat - abspielte, war eine Mischung aus panischer Angst vor der Entdeckung der falschen Anklage gegen Dreyfus und

deren aggressive, kein Mittel scheuende Verteidigung. Die Inszenierung war so absurd wie verbrecherisch und konnte erst in den folgenden Jahren in ihren Details aufgeklärt werden. Und sie wurde nur möglich, weil die antisemitische, nationalistische und klerikale Presse frenetisch Beifall spendete und die Akteure zu ihrem Spiel ermutigte.
Kriegsminister Billot, der Scheurer-Kestner zur vorläufigen Diskretion aufgefordert hatte, zögerte seinerseits nicht, de Boisdeffre und Gonse zu informieren. Um eine Revision des Dreyfusprozesses zu verhindern, mußte nun Esterhazy verteidigt und geschützt werden, zumal dessen Persönlichkeitsprofil zur Sorge in jeder Hinsicht - vom Selbstmord bis zur Enthüllung - genügend Anlaß gab. Die Generale verstanden, und Henry und du Paty de Clam handelten. Unter ihrer tätigen Mitwirkung erhielt Esterhazy am 20. Oktober 1897 eine anonyme Warnung. Die Familie Dreyfus, unterstützt von Picquart, würde ihn demnächst als Verfasser des »Bordereau« öffentlich anklagen.

> »Seien Sie also gut gewarnt davor, was diese Schurken tun wollen, um Sie zu verderben. Bei Ihnen liegt es jetzt, alles zu tun, was nötig ist, um Ihren Namen und die Ehre Ihrer Kinder zu schützen.«[43]

Da die Annahme des Briefes falsch war - zu dieser Zeit kannte die Familie Dreyfus weder den Namen Esterhazy noch hatte sie Verbindungen zu Picquart -, verriet er die Befürchtungen des Generalstabes.[44]
Es folgten - wie in einem schlechten Kriminalfilm - Treffen zwischen Esterhazy und den Emissären aus dem Generalstab an entlegenen Orten mit falschen Bärten und dunklen Brillen, bei denen Esterhazy mit Informationen, Verhaltenshinweisen und angeblich sogar mit geheimen Unterlagen versehen wurde. Sie diktierten ihm einen Brief an Billot und gleich drei an Präsident Faure. Esterhazy übersandte diesen das erhaltene anonyme Schreiben und forderte Schutz vor »diesen häßlichen Machenschaften«. Er drohte, wenn dies nicht geschehe, sich zunächst an den deutschen Kaiser zu wenden und dann mit der Veröffentlichung eines

von Picquart in einer fremden Botschaft gestohlenen Geheimdokuments, das sich in seinem Besitz befände und dessen Bekanntgabe Frankreich zur »Demütigung oder zum Krieg« zwingen werde.

> »Aber man schütze mich sofort, denn ich kann nicht länger warten, und ich werde vor nichts zurückschrecken, um meine würdelos geopferte Ehre zu verteidigen und zu rächen.«[45]

Weder der anmaßende Stil noch der erpresserische Inhalt oder der behauptete Besitz eines Geheimdokuments waren für die Regierung Anlaß, ihn zu belangen. Der Kriegsminister und auch der Präsident äußerten sich nicht, beließen es bei einer harmlosen Verwarnung durch den Militärgouverneur von Paris, Saussier, der im weiteren Esterhazy beruhigte, sich keine Sorgen wegen des anonymen Briefes zu machen. Und wie zur Bestätigung hieß es am 9. November - vier Tage zuvor hatte Esterhazy seinen dritten Brief an Faure geschrieben - in einer offiziellen Mitteilung der Regierung, Dreyfus sei auf der Grundlage des Gesetzes rechtens verurteilt worden, und diese Verurteilung bestehe fort.
Die Verleumdung Picquarts in den Briefen Esterhazys war nicht so sehr Ausdruck persönlicher Differenzen, sondern Teil des vom Generalstab inszenierten Vorgehens. Obwohl es keine Beweise dafür gab, daß Picquart sein Wissen an Dritte weitergegeben hatte, wurde der sich immer noch in Nordafrika aufhaltende Oberstleutnant kriminalisiert, damit unglaubwürdig gemacht und dem »jüdischen Syndikat« zugeordnet. Wie zufällig häuften sich im November 1897 die Aktionen gegen ihn. Er erhielt im tunesischen Sousse zwei gefälschte Telegramme - »Man hat den Beweis, daß der Rohrpostbrief von Georges hergestellt worden ist« und »... Alles ist entdeckt. Sehr schwere Angelegenheit«[46] -, deren obskurer Inhalt dazu bestimmt war, gegen ihn als Belastungsmaterial zu dienen. Der Gipfel dieser Kampagne war ein Drohbrief, den Esterhazy - ebenfalls im November - an Picquart schrieb, und von dem de Boisdeffre einen Durchschlag erhielt. In diesem Brief enthüllte Esterhazy

gewollt die Zielsetzungen des Vorgehens gegen Picquart und damit auch gegen Dreyfus. Er habe einen Brief empfangen,

> »worin Sie mit aller Deutlichkeit beschuldigt werden, gegen mich die abscheulichste Machenschaft angezettelt zu haben, um Dreyfus durch mich zu ersetzen. Unter anderen Dingen wird in diesem Brief behauptet, daß Sie Unteroffiziere gedungen hätten, um von ihnen Proben meiner Handschrift zu erhalten ... Ferner wird behauptet, daß Sie dem Kriegsministerium Dokumente entwendet haben, die Ihnen auf Ihre Ehre hin anvertraut waren, um daraus einen Geheimakt zu bilden, den Sie den Freunden des Verräters ausgeliefert haben. Die Tatsache des Vorhandenseins des Geheimaktes stimmt, da ich eines der unterschlagenen Schriftstücke dieses Aktes gegenwärtig in meinem Besitz habe. Angesichts einer so ungeheuerlichen Anklage und trotz den mir übergebenen Beweisen zögerte ich zu glauben, daß ein höherer Offizier der französischen Armee fähig wäre, mit Dienstgeheimnissen zu schachern: in der Absicht, einen überführten Verbrecher durch einen Kameraden zu ersetzen. Es ist unmöglich, daß Sie sich einer offenen und klaren Erklärung entziehen.«[47]

Ergebnislos forderte Picquart daraufhin vom Kriegsminister die Eröffnung einer Untersuchung.
Natürlich war diese Verteidigungsstrategie für und durch Esterhazy mehr als simpel. Aber vielleicht war es gerade die Primitivität des Vorgehens, aufgegriffen und wortgewaltig vertreten von der dreyfusfeindlichen Presse, die ihre Wirkung nicht verfehlte. Die Wahrheit ist häufig schwer von der Lüge zu unterscheiden und noch schwerer zu ertragen. Lieber eine glatte Lüge als eine ungefällige Antwort, heißt es in einem ägyptischen Sprichwort, und die öffentliche Meinung folgte der Täuschung unter dem Wortgeprassel der Medien bereitwillig. Der breiten Öffentlichkeit wurde tatsächlich suggeriert, die Kampagne Scheurer-Kestners diene nur dazu, an die Stelle eines überführten jüdischen Verräters einen unschuldigen Offizier der französischen Armee zu schieben, alles sei das Werk eines jüdischen Syndikats, dem auch Picquart diene, der dessen Interesse über die Ehre der Armee stelle. Insofern war man nicht

unvorbereitet, als Mathieu Dreyfus Esterhazy öffentlich als Verfasser des »Bordereau« benannte, zumal die Art und Weise dieser Anklage dies in gewisser Weise begünstigte. Mathieu Dreyfus forderte nicht die Revision und letztlich die Aufhebung des Urteils gegen seinen Bruder, sondern bezichtigte Esterhazy des Verrats in der Hoffnung, mit dessen Überführung würde die Rehabilitierung des 1894 Verurteilten automatisch erfolgen. Man müsse nur eine Verwechslung korrigieren. Es ging aber eben nicht nur um den Verfasser des »Bordereau«, sondern um die Gesetzwidrigkeiten dieses Prozesses, um die Unhaltbarkeit der im Geheimdossier verwendeten anderen Beweismittel und um die - von Bernard Lazare schon 1895 benannten - Hintergründe für die Verurteilung Dreyfus'. Deshalb wäre nicht nur der Kriegsminister und damit die Militärgerichtsbarkeit der richtige Adressat seiner Anklage gewesen, sondern auch ein ziviles Gericht. Die verengte Sicht nur auf das »Bordereau« gab den Gegnern der Revision den Spielraum für erneute Fälschungen, Lügen, Beschuldigungen und Verschleierungen. Und es war nach den bisherigen Erfahrungen auch kaum zu erwarten, daß Kriegsminister Billot, der sich nun zwischen Mercier, de Boisdeffre, Gonse auf der einen Seite und Dreyfus auf der anderen zu entscheiden hatte, dies zugunsten des letzteren tun würde. Nicht das Ende der Dreyfusangelegenheit war in greifbare Nähe gerückt, als General de Pellieux mit der Untersuchung der Anzeige beauftragt wurde, sondern der Beginn der eigentlichen Affäre Dreyfus.

Frontaler Zusammenstoß

Nahezu lässig reagierte Esterhazy auf die Veröffentlichung seines Namens. Er schrieb an den Kriegsminister einen Brief, in dem er angesichts der »infamen Anklage« eine Untersuchung forderte und seine Bereitschaft bekundete, zu allen Anschuldigungen Rede und Antwort zu stehen.

Wie sicher sich Esterhazy wirklich fühlen konnte, zeigte die Aktion des Major Pauffin de Saint-Morel. Dieser, immerhin Kabinettschef von General de Boisdeffre, ließ in der dreyfusfeindlichen Presse erklären, im Kriegsministerium wisse man, daß ein Komitee zur Rettung Dreyfus' gebildet worden sei, das versuche, Dreyfus durch Esterhazy zu ersetzen. Man besitze Unterlagen, die Esterhazy entlasteten und die Schuld Dreyfus' entscheidend bewiesen. Esterhazy wäre das Opfer eines ungeheuerlichen Komplotts. Pauffin wurde zwar für sein Vorgehen offiziell bestraft, aber in der Pariser Presse hielt sich - durchaus im Interesse des Generalstabes - hartnäckig die Meinung, General de Boisdeffre hätte die Erklärung selbst veranlaßt.

Während Esterhazy unermüdlich und selbstgefällig Interviews gab, antwortete Billot auf eine entsprechende Anfrage in der Kammer, daß die Nachforschungen des Senators Scheurer-Kestner in keiner Weise das gefällte Urteil gegen Dreyfus erschüttern könnten. Der Direktor des Militärgefängnisses Cherche-Midi, Forzinetti, der von der Unschuld des Verurteilten von Anfang an überzeugt war und dies auch äußerte, wurde entlassen, und der Generalstab hielt weiterhin - trotz verbalen Verbots - engen Kontakt mit Esterhazy. Selbst als der »Figaro« Privatbriefe von Esterhazy veröffentlichte, in denen er das französische Volk, die Armee und die politischen und militärischen Führer in übelster Weise beschimpfte - »Ich könnte 100 000 Franzosen mit Vergnügen umbringen«[48] - änderte sich nichts an diesem makabren Spiel.

Alles lief im wahrsten Sinne des Wortes generalstabsmäßig. Als der italienische Botschafter dem französischen Innenminister mitteilen ließ, sein Militärattaché Panizzardi wäre bereit, unter Eid auszusagen, der Name Dreyfus hätte in seiner Korrespondenz mit Schwartzkoppen niemals eine Rolle gespielt, lehnte die Regierung auf Vorschlag des Generalstabes ab. Picquart, von Esterhazy bei seiner Vernehmung durch General de Pellieux erneut schwer belastet, wurde nach Paris kommandiert, seine Wohnung auf Veranlassung des Generals - erfolglos - durchsucht und er selbst bis zu seiner Anhörung mit Schweigepflicht belegt. Die am 4. Dezember 1897 angeordnete gerichtliche Untersuchung gegen Esterhazy, die dieser selbst gefordert hatte, geriet nahezu zur Farce. Am gleichen Tag erklärte Ministerpräsident Méline vor den Abgeordneten, es gäbe keine Affäre Dreyfus, und der Kriegsminister ergänzte ihn mit der im Brustton der Überzeugung gemachten Feststellung, Dreyfus sei schuldig, das Urteil gegen ihn gerecht, und man möge endlich Schluß machen mit der Hetze gegen die Ehre der Armee und der Nation. Die Kammer nahm einen Antrag an, die Urheber dieser Hetze zu brandmarken. Eine Interpellation Scheurer-Kestners wegen dieser Erklärung, die vom früheren Justizminister Trarieux unterstützt wurde, scheiterte am 7. Dezember im Senat.

Und immer wieder schürte die nationalistische, klerikale und antisemitische Presse - nun faktisch mit offizieller Absegnung - das Feuer. Einer der Höhepunkte war die - nicht neue - Behauptung Rocheforts Mitte Dezember, es gäbe einen Brief des deutschen Kaisers, in dem Dreyfus als deutscher Spion genannt würde. Der Brief wäre zwar in deutschem Besitz, aber die Kopie und weitere Briefe Dreyfus' an die deutsche Botschaft hätten den Richtern von 1894 vorgelegen. Das Dementi der Regierung beantwortete Rochefort - an sich nicht unbegründet - lapidar mit der Feststellung: Regieren ist lügen[49]. So unglaublich es auch scheinen mag, schrieb der deutsche Botschafter in Paris, Graf Münster, nach Berlin, selbst vernünftige Franzosen schenkten diesen Behauptungen Glauben. Eigentlich war es so kein Wunder, daß es seit Ende November zu antisemitischen Kundgebungen kam, die Dreyfusards und die sie unterstützenden Zeitungen bedroht wurden.

Aber diese Eskalation von Lügen, Täuschungen und Gewalt vergrößerte und verstärkte auch die Reihen derer, für die der Fall Dreyfus nicht nur im Für und Wider eines Urteils bestand. Neben Clemenceau, der in seiner »Aurore« immer bohrender die Frage nach den Hintermännern Esterhazys stellte, gehörte dazu vor allem Emile Zola. Zum Zeitpunkt des ersten Prozesses im Dezember 1894 - von der Schuld Dreyfus' überzeugt - befand sich der Schriftsteller zu einem Besuch in Rom, wo er Studien für einen Roman betrieben und die Ereignisse in Frankreich nur peripher verfolgt hatte. Entrüstet von der antisemitischen Stimmung im Land erschien im Mai 1896 im »Figaro« sein Artikel unter dem Titel »Für die Juden«, in dem er in scharfer Form gegen den Antisemitismus Stellung bezog, ohne allerdings Dreyfus zu erwähnen. Das Zusammentreffen mit Bernard Lazare, dem Anwalt Picquarts, Leblois, und ein Gespräch mit Scheurer-Kestner Mitte November des Jahres 1897[50] ließen Zola zu der Erkenntnis kommen, daß der Hauptmann Alfred Dreyfus im Zuge der antisemitischen Pogromstimmung und des nationalistischen Taumels bewußt vom Generalstab zu Unrecht verurteilt worden war. Aus diesem Grunde hatte sich dieser, durch seine vielbändige naturalistische Sozialgeschichte einer Pariser Familie, die »Rougon-Macquart«, berühmt gewordene französische Novellist bereits Ende November und Anfang Dezember mit seinen Schriftstellerkollegen Anatole France, Maurice Barrès, Paul Bourget, Alphonso Daudet und François Coppée getroffen, um mit ihnen über Dreyfus zu sprechen. Der Widerspruch des Royalisten und Nationalisten Barrès, der als Antidreyfusard später Führer der »Action française« werden sollte, hielt Zola nicht davon ab, in drei Artikeln im »Figaro«, »Monsieur Scheurer-Kestner« vom November, »Das Syndikat« und »Protokoll« vom Dezember 1897, nun leidenschaftlich Partei für die Revision des Prozesses zu ergreifen.

Getrieben vom Kampf für Gerechtigkeit, ging es ihm dabei weniger um die Person Dreyfus als um die Suche nach der Wahrheit und deren Durchsetzung. Gepackt von der menschlichen Tragödie Dreyfus', verknüpfte der Schriftsteller die authentische Handlung zu einem »erschütternden Drama« in verschiedenen Akten, in dem Realität und literarisch-künstlerische Fiktion zusammenfielen, aber zugleich die »herrlichen Charaktere« der Dreyfusards zum

Vorschein kamen. »Wahrheit«, »Gerechtigkeit«, »öffentliche Meinung« und »Frankreich« waren die Schlagwörter Zolas in diesen Artikeln.
In »Monsieur Scheurer-Kestner« setzte er dem Senator ein bleibendes Denkmal.

> »Scheurer-Kestner steht hier mit seinem kristallklaren Leben. Stellt ihm doch die anderen gegenüber, die ihn anklagen und beschimpfen, und dann urteilt. Man steht vor der Wahl zwischen diesen und ihm. Findet doch den Grund heraus, der ihn, abgesehen von seinem so edelmütigen Wahrheits- und Gerechtigkeitsbedürfnis, zum Handeln trieb.«

Für Zola ist die Affäre die »einfachste, die klarste der Welt«. Alles wird gut werden, wenn man sich entschließt, den Irrtum anzuerkennen. Aber nun ist man in einen grauenhaften Sumpf geraten, wo man Gerechtigkeit »nicht verlangen kann, ohne als Narr oder Schuft behandelt zu werden«. Die Lüge breitet sich aus, und das ganze Volk scheint von Wahnwitz befallen. Und er endet mit der festen Überzeugung: »Die Wahrheit marschiert und nichts wird sie aufhalten«.
In dem am 1. Dezember erschienenen zweiten Artikel bekannte sich Zola zum »Syndikat«, das er nicht als jüdische »Verschwörung« gegen die französische Republik wie die Rechten beschrieb, sondern als Gemeinschaft von Menschen, die von gutem Willen und von Wahrheitsliebe beseelt wären.

> »Aber ihr alle, die ihr diesen entsetzlichen Schmutz begünstigt, ihr falschen Patrioten, antisemitische Schreier, einfache Ausbeuter, die ihr von dem öffentlichen Verfall lebt, ihr seid es, die dieses Syndikat gewollt, ihr seid es, die es geschaffen habt.«

Hinter der öffentlichen Meinung stehen die Büros des Kriegsministeriums.

> »Man ist zu allem entschlossen, um der Notwendigkeit zu entgehen, mit eisernem Besen dazwischenfahren zu müssen. Und dies ist in der Tat so wichtig, daß selbst diejenigen, welche die Wahrheit in Händen haben, von denen man mit leidenschaftlicher Erregung diese Wahrheit fordert, noch zögern und

zaudern, sie in die Öffentlichkeit hinauszuschreien, in der Hoffnung, daß sie sich von selbst Geltung verschaffen wird, und daß sie der schmerzlichen Verpflichtung enthoben werden, sie zu enthüllen.«

Das Syndikat wird auf die öffentliche Meinung wirken, um sie von dem Wahnsinn zu heilen, in »den eine Schmutzpresse sie gestürzt hat, um sie zu ihrem alten Stolz und Edelmut zurückzuführen«. Er, Zola gehöre diesem Syndikat an, und er hoffe, daß alle ehrlichen Leute Frankreichs sich ihm anschließen werden.
Im dritten Artikel - am 5. Dezember erschienen - führte Zola gewissermaßen »Protokoll« über das Schauspiel der »erschütternden, unvergeßlichen Tage« der letzten drei Wochen.

»In der Tat war dieses Schauspiel unerhört, da es an Brutalität, an Frechheit, an Gemeinheit alles übertraf, was die menschliche Bestie je an Zügellosigkeit und Niedrigkeit bewiesen hat.«

Noch einmal listete er auf - die infame Presse, den Antisemitismus, die Behörden, die den wahren Sachverhalt kannten, aber nichts unternahmen, die Ausnutzung des Patriotismus, die Mißhandlung des gesunden Menschenverstands, das Schweigen der Abgeordneten und der Parteien. Mit der gerichtlichen Untersuchung gegen Esterhazy sei der erste Akt zu Ende.

»Ich habe gesagt, daß die Wahrheit siegreich vordringt und daß nichts sie aufhalten kann. Ein erster Schritt ist getan, ein zweiter, ein dritter wird folgen ... Für den Augenblick also ist meine Rolle zu Ende, ich warte die Entscheidung des Kriegsgerichts ab, und ich hege den heißen Wunsch, daß, wenn der Wahrheit am Tage der Gerechtigkeit Genüge getan ist, ich nicht länger für beide zu kämpfen haben möge.«[51]

Die Kritik Zolas am Antisemitismus, seine Entlarvung der Armeeführung und die schonungslose Analyse der sozialen und politischen Mißstände lösten eine Pressekampagne der antisemitischen, katholischen und royalistischen Presse gegen ihn aus. Der mit großer Mehrheit in der französischen Kammer angenommenen Resolution gegen die »revisionistischen Führer« um Zola und Scheurer-Kestner am 4. Dezember folgten gewaltige Demonstrationen von Studenten im Quartier Latin und vor dem Hause Zolas. In zwei Briefen, die Zola im Dezember und Januar in Form von Broschüren »An die Jugend« und »An Frankreich« richtete, reagierte er auf diesen Fortgang der Ereignisse. Er beschwor die Jugend und Frankreich, nicht den »Rattenfängern« und ihren Lügen zu folgen, sondern sich auf die Seite der Gerechtigkeit zu schlagen.

> »Ich beschwöre dich, Frankreich, sei wieder das große Frankreich, komme zu dir, finde dich wieder.«[52]

Paris brodelte, Frankreich begann sich in zwei Lager zu spalten. Die nächste politische Krise der Dritten Republik war nicht mehr aufzuhalten.
Von all dem wußte der Gefangene auf der Teufelsinsel nichts. Briefe seiner Frau erhielt er nicht oder nur verstümmelt. Aber - wie er in seinem Tagebuch notierte - die Quälereien wurden verdoppelt und verschärft.

> »Von zehn Wärtern nebst einem Oberwärter war man nun zu dreizehn und einem Oberwärter gelangt; Schildwachen wurden um meine Hütte herum postiert; ein Hauch des Schreckens umwehte mich, der mir schon durch die Haltung meiner Wärter deutlich wurde.«[53]

In unsinniger Weise errichtete man einen mit einer Kanone bestückten Turm, um den Zugang zur Insel besser verteidigen zu können.
Zur gleichen Zeit etwa verbrannte General Mercier den Kommentar, den du Paty de Clam für das Geheimdossier 1894 angefertigt hatte. Er war in den Unterlagen von Sandherr gefunden worden, der dem Befehl, diese Unterlagen zu vernichten, offensichtlich nicht gefolgt war. De Boisdeffre und Gonse hatten daraufhin Mercier informiert und ihm das Schriftstück übergeben.

»Es lebe Frankreich und die Armee!«

Am 2. Januar 1898 erließ General Saussier den Befehl, Esterhazy in den Anklagezustand zu versetzen. Die Beschuldigung lautete,

> »Machenschaften begangen oder mit einer fremden Macht im Einverständnis gehandelt zu haben, oder mit deren Agenten, um sie zu veranlassen, gegen Frankreich Feindseligkeiten zu begehen oder Krieg zu führen oder um ihnen dazu die Mittel zu besorgen«.[54]

Saussier setzte sich damit - der Sache des Generalstabes nutzend - über die Empfehlung des Untersuchungsrichters Major Ravary hinweg, der die Einstellung des Verfahrens empfohlen hatte.

Die dreyfusfeindliche Presse sprach in ihrer Verbohrtheit von einem »Sieg des jüdischen Syndikats«, und so hielt die öffentliche Auseinandersetzung mit ungeminderter Heftigkeit an. Trarieux, immer stärker für die Sache der Dreyfusanhänger engagiert, forderte vom Kriegsminister die Aufklärung der Verdachtsmomente des Prozesses von 1894 vor dem Verfahren gegen Esterhazy. Im »Siècle«, ebenfalls auf Seiten der Dreyfusards, erschien die Anklageschrift gegen Dreyfus von 1894, um damit deutlich zu machen, daß die Verurteilung einzig und allein auf der Grundlage des »Bordereau« erfolgt war, was wiederum die Presse der anderen Seite nicht daran hinderte, die auch in der Anklageschrift enthaltenen Vermutungen und Verdächtigungen als niederschmetternde Beweise zu bewerten.

In dieser angeheizten Atmosphäre begann am 10. Januar der Prozeß gegen Esterhazy vor dem Kriegsgericht, das von General Luxer geleitet wurde, einem - wie die »Aurore« zu berichten wußte - engen Freund von Generalstabschef de Boisdeffre. Als erstes lehnte das Gericht die Zulassung der Rechtsanwälte Labori und Demange als Vertreter der Familie Dreyfus ab. Es entschied weiterhin, die Verhandlung öffentlich zu führen, allerdings mit der Einschränkung, das nur dann zu tun, wenn die Staatssicherheit nicht gefährdet sei. Diese Klausel erlaubte dem Gericht, das Publikum während des Prozesses die meiste Zeit auszuschließen. Wie nicht anders zu erwarten, verlief der Prozeß nach dem bereits in den Monaten zuvor verfolgten Szenarium, das auch der Voruntersuchung durch de Pellieux zugrunde gelegen hatte und nun die Anklageschrift des Untersuchungsrichters Major Ravary bestimmte: Esterhazy ist unschuldig und Picquart der eigentliche Angeklagte. Clemenceau, der seit dem 1. Januar täglich in der »Aurore« zu den Ereignissen Stellung nahm, schrieb:

> »Der Prozeß vor dem Kriegsgericht hat begonnen. Der Prozeß gegen wen? Gegen Esterhazy? Nein, gegen den Obersten Picquart.«[55]

Sicher hatte es keiner großen Anstrengungen bedurft, de Pellieux und Ravary vor den Karren des Generalstabs zu spannen. Die Aussagen von Henry und seiner Komplizen trafen sich mit ihren Ansichten, die sie durch die vom Generalstab ermöglichte Einsicht in die geheimen Beweise gegen Dreyfus - also die Fälschung Henrys - noch bestätigt fanden. Das »Bordereau« war demzufolge ein, aber bei weitem nicht der wichtigste Beweis für die Schuld Dreyfus'. Aber im Prozeß gegen Esterhazy ging es fast ausschließlich - in Konsequenz der gewählten Anzeige durch Mathieu Dreyfus - um dieses Schriftstück. Die Suche nach dessen Verfasser hatte somit nichts mit der Verurteilung des jüdischen Hauptmanns zu tun.

Und mehr noch, Esterhazy leugnete, der Verfasser zu sein. Die vom Kriegsministerium bestellten drei Sachverständigen - von denen Zola später schrieb, sie müßten entweder augen- oder geisteskrank gewesen sein - bestätigten dann auch übereinstimmend, die Handschrift Esterhazys ähnele zwar der des »Bordereau«, aber sie sei nicht seine authentische, sondern durchgepaust worden. Wer anders als Dreyfus könnte das heimtückischerweise getan haben. Damit war der Gegenstand der Anklage hinfällig und Picquart der Verfolger eines Unschuldigen. Ungehemmt belasteten ihn

seine ehemaligen Untergebenen im Nachrichtenbüro, aber auch seine militärischen Vorgesetzten waren nicht zimperlich. Der Brief Schwartzkoppens an Esterhazy sei von ihm gefälscht worden, und er habe Leblois Einsicht in das Geheimdossier gegeben und damit militärische Geheimnisse verraten - das waren nur zwei der unsinnigen Behauptungen, die gegen Picquart erhoben wurden.
Am Abend des zweiten Verhandlungstages wurde Esterhazy einstimmig frei gesprochen. Das Urteil konnte niemanden überraschen, so titelten die »Berliner Neuesten Nachrichten«, die wie viele deutsche Zeitungen außerordentlich aufmerksam die Ereignisse in Frankreich verfolgten, ihren Kommentar. Die Freisprechung Esterhazys, so die Zeitung, sei bei der Regierung von Anfang an beschlossene Sache gewesen, weil sie »mit allen ihr zu Gebote stehenden Mitteln« eine Revision des Dreyfusprozesses zu vermeiden trachtete.[56] Tatsächlich kam der Freispruch Esterhazys einer erneuten Verurteilung Dreyfus' gleich.
Als Esterhazy das Gerichtsgebäude verließ, schrie eine fanatische Menge »Es lebe Frankreich und die Armee«, »Tod den Juden« und »Tod dem Syndikat«. Am 13. Januar wurde Picquart verhaftet und Scheurer-Kestner nicht als Vizepräsident des Senats wiedergewählt. Aber es war ein Pyrrhussieg für die Verschwörer, wenn es auch wie eine endgültige Niederlage für die Freunde des auf die Teufelsinsel Verbannten aussah.

Kapitel 3

Die Affäre

Aber dieser Brief ist lang, Herr Präsident, und es ist Zeit, ihn abzuschließen.
Ich klage den Oberstleutnant du Paty de Clam an, der diabolische Urheber des Justizirrtums zu sein - unbewußt, wie ich glauben will - und seit drei Jahren sein unheilvolles Werk verteidigt zu haben durch die geschmacklosesten und lächerlichsten Machenschaften.
Ich klage den General Mercier an, mitschuldig zu sein - zumindest aus geistiger Schwäche - an einer der größten Ungerechtigkeiten dieses Jahrhunderts.
Ich klage den General Billot an, die sicheren Beweise für die Unschuld des Dreyfus in Händen gehabt und sie unterdrückt zu haben und sich dadurch eines Verbrechens gegen die Menschlichkeit und die Gerechtigkeit schuldig gemacht zu haben, aus politischen Zwecken und um den kompromittierten Generalstab zu retten.
Ich klage den General de Boisdeffre und den General Gonse an, sich zu Mitschuldigen desselben Verbrechens gemacht zu haben, der eine zweifellos aus klerikaler Leidenschaft, der andere vielleicht aus Corpsgeist, der die Büros des Kriegsministeriums zur unantastbaren heiligen Bundeslade macht.
Ich klage den General de Pellieux und den Major Ravary an, eine schändliche Voruntersuchung durchgeführt zu haben; damit meine ich eine Untersuchung von monströser Parteilichkeit.
Ich klage die drei Schriftsachverständigen Belhomme, Varinard und Couard an, lügnerische und betrügerische Gutachten abge-

geben zu haben, es sei denn, daß eine ärztliche Untersuchung sie für augen- oder geisteskrank erklärt.
Ich klage die Büros des Kriegsministeriums an, in der Presse, insbesondere in den Zeitungen »L'Eclair« und »L'Echo de Paris«, eine ungeheuerliche Propaganda unternommen zu haben, um die öffentliche Meinung irrezuführen und einen schuldhaften Irrtum zu verdecken.
Schließlich klage ich das erste Kriegsgericht an, das Recht verletzt zu haben, indem es einen Angeklagten auf ein geheimes Schriftstück hin verurteilte - und das zweite Kriegsgericht, diese Ungesetzlichkeit auf Befehl gedeckt zu haben, indem es seinerseits das juristische Verbrechen beging, wissentlich einen Schuldigen freizusprechen.
Ich bin mir voll bewußt, daß ich - indem ich diese Anschuldigungen erhebe, gegen die Artikel 30 und 31 des Pressegesetzes vom 29. Juli 1881 verstoße, welches Delikte der üblen Nachrede bestraft. Ich tue dies mit voller Absicht.
Was die Männer betrifft, die ich anklage, so kenne ich sie nicht, habe sie niemals gesehen und hege gegen sie weder Rachsucht noch Haß. Und die Tat, die ich vollbringe, ist nur ein revolutionäres Mittel, um den Durchbruch der Wahrheit und der Gerechtigkeit zu beschleunigen.
Ich habe nur eine Leidenschaft, das ist die Aufklärung im Namen der Menschheit, die so viel gelitten hat und ein Recht auf Glück besitzt. Mein flammender Protest ist nur der Aufschrei meiner Seele. Wage man es also, mich vor ein Schwurgericht zu stellen, und möge die Untersuchung im hellen Licht des Tages stattfinden.
Ich warte.
Gestatten Sie mir, Herr Präsident, die Versicherung meines tiefen Respekts.[57]

Als Emile Zola - ungeheuer erregt über das Urteil im Esterhazy-Prozeß - in zwei Januarnächten des Jahres 1898 in seinem Wohnhaus in Médan unweit von Paris letzte Korrekturen an diesem offenen Brief an den Präsidenten der französischen Republik, Félix Faure, vornahm, ahnte er schon, welche gesellschaftlichen und politischen Erschütterungen dessen Veröffentlichung auslösen würde. Es sollte die wichtigste Veröffentlichung Zolas für die Revision des Dreyfusprozesses werden.

Das Fanal

Zola fand sich mit seinem Brief an Faure zufrieden, aber erschöpft am Abend des 12. Januar 1898 in der Redaktion der ein Jahr zuvor gegründeten »Aurore« ein. Ihn erwarteten bereits die Herausgeber Clemenceau und Perrenx sowie Bernard Lazare und Joseph Reinach. Nachdem der »Figaro« aus wirtschaftlichen Gründen weitere Publikationen Zolas abgelehnt hatte, fand Zola bei Clemenceau ein neues Publikationsorgan. Nach einer kurzen Diskussion und der Wahl des Titels war man sich einig. Am 13. Januar, dem Tag, an dem Picquart in die Festung Mont Valérien gebracht wurde, erschien »J'accuse!« - und dies »Ich klage an!« wurde zum Fanal der »Revisionisten«.
Zolas Parteinahme für Dreyfus kann kaum auf diesen mutigen Artikel beschränkt werden, gleichwohl begründet sich sein Ruhm in dieser Affäre fast ausschließlich auf ihn. Gestützt nicht auf Originalquellen, sondern auf die Berichte und Meinungen der ersten »Revisionisten«, entfaltete Zola in polemischem Stil ein eindrucksvolles Panorama der Ereignisse. Beginnend mit dem Prozeß und der Verurteilung Dreyfus', legte er die Drahtzieher und Hintergründe des Komplotts offen. Er verwies auf die Widersprüche, die zahlreichen Unklarheiten und die Fälschungen und wandte sich dann den nachfolgenden Begebenheiten zu: den Untersuchungen Picquarts und der Haltung seiner Vorgesetzten dazu einerseits, den Bestrebungen der Familie Dreyfus, die Unschuld des Verurteilten nachzuweisen, andererseits. Er analysierte die »Affäre Esterhazy« und die Rolle des Kriegsgerichts und seiner beiden Urteile. Konnte, so Zola, das erste noch aus Unwissenheit fehlurteilen, so war das

zweite mit dem Freispruch Esterhazys »notgedrungen verbrecherisch«. Wenn Dreyfus unschuldig war, mußte der Generalstab der Schuldige sein. Er entlarvte die Rolle der Presse bei der Manipulation der öffentlichen Meinung und verteidigte diejenigen, die für die Revision des Dreyfusprozesses eingetreten waren. Mit den neuerlichen Worten »die Wahrheit marschiert, und nichts vermag sie aufzuhalten« leitete Zola jene acht, mit der gleichlautenden Phrase »J'accuse!« beginnenden Punkte ein, in denen er du Paty de Clam, Mercier, Billot, Boisdeffre und Gonse, de Pellieux und Ravary, die drei Schriftsachverständigen, die militärischen Büros und die beiden Kriegsgerichte wegen Rechtsverletzungen »als Geister sozialen Verderbens« anklagte.
Zolas Strategie war klar. Indem er bewußt eine Anklage wegen Verleumdung riskierte, nahm er die Stelle Dreyfus' ein. Sein Freispruch würde die Unschuld des jüdischen Hauptmanns implizieren, seine Unschuld sollte den Triumph der Affäre Dreyfus einleiten. Zolas Vertrauen in die Vernunft und Gerechtigkeit der Demokratie schien trotz der bisherigen Ereignisse und der Geschichte der Dritten Republik mit ihren Skandalen ungebrochen, fußte sie doch auf dem Erbe der Französischen Revolution von 1789. Freiheit und Gleichheit mußten den Sieg über Intoleranz, Konservatismus, Despotismus und Heuchelei davontragen. Dazu kam das Rationalitätsdenken Zolas und sein Glaube an die Wissenschaft. Der Naturalismus, dessen Hauptvertreter Zola war, bezog ja seine theoretischen Grundlagen aus dem Positivismus Comtes, der Evolutionstheorie Darwins und der Milieuauffassung Taines. In diesem Sinne sollten naturwissenschaftliche Methoden auch in die Literatur Eingang finden, der »beobachtende« Schriftsteller zum »Experimenteur« werden, wie Zola bereits 1880 in der Aufsatzsammlung »Le roman expérimental« geschrieben hatte.
Auf der Auffassung, daß allein diejenigen Tatsachen, die wissenschaftlich begründbar wären, als Grundlage der Wahrheitsfindung dienen könnten, beruhte auch Zolas An-

klagebrief. Im Vertrauen darauf, die »wissenschaftlichen« Tatsachen zu kennen, glaubte er, im Besitz der alleinigen »Wahrheit« zu sein. Diesem »wissenschaftlichen« Credo folgte die verbale moralische Verurteilung der Täter im Namen der Humanität. Als Anwalt von Gerechtigkeit und Vernunft, Wahrheit und Freiheit provozierte er die politische und militärische Elite, indem er sich als öffentlicher Richter an das Volk wandte.[58] Er sollte sich aber getäuscht haben. Frankreichs Metropole ließ ihn im Stich, und er fand kein Gehör bei den Massen. Die der Wissenschaft innewohnende Gesetzmäßigkeit, die doch auch in der Gesellschaft zu herrschen hatte, vollzog sich nicht in der Realität. Ganz im Gegenteil: aus dem Kläger wurde der Angeklagte, aus den Tätern die Opfer, aus dem Patrioten der Vaterlandsverräter. Bereits am 13. Januar, dem Tag des Erscheinens, beschloß das Parlament, Zola gerichtlich zu belangen.

> »Indem die Kammer die Erklärungen der Regierung billigt und darauf vertraut, daß die Regierung die notwendigen Maßnahmen ergreifen wird, um die gegen die Ehre der Armee betriebene Hetze zu beenden, geht sie zur Tagesordnung über.«[59]

So leitete Zolas öffentliche Anklage nicht den letzten Akt des Schauspiels ein, sondern die Handlung spitzte sich unaufhaltsam auf den Höhepunkt zu. Das Auditorium vergrößerte sich, die Welt sah auf die politische Bühne Frankreichs. Noch trafen die Akteure die letzten Vorbereitungen, aber der Vorhang hatte sich bereits geöffnet.

Dreyfusards und Antidreyfusards

Zolas Anklage löste in Paris jene Wirkungen aus, die Bernard Lazare mit seinen Veröffentlichungen über den Justizskandal 1896 noch nicht zu erreichen vermocht hatte. Trotz der hohen Auflage von mehr als 200 000 Exemplaren war diese Nummer der »Aurore« schnell vergriffen und wurde schwarz in den Straßen von Paris gehandelt. Angesichts der nationalistischen und antisemitischen Stimmungen richteten sich die Aggressionen der Demonstranten zunächst vor allem gegen den Autor und die Redaktion der Zeitung. Aber bereits eine Woche nach dem Erscheinen hatten sich die Proteste, Aufrufe, Kundgebungen, Versammlungen und Straßenschlachten über das ganze Land ausgedehnt, wurden die Rufe nach dem Säbel und der Diktatur lauter und lauter. Am 22. Januar kam es gar zum Eklat in der französischen Kammer, als die Debatte zwischen dem Sozialisten Jean Jaurès, der Zola verteidigte, und rechten Abgeordneten, die ihm vorwarfen, er sei ein bezahlter Agent des »Syndikats«, in eine handfeste Auseinandersetzung mündete, die zum Abbruch der Sitzung führte.

Die Dreyfusards der ersten Stunde hatten sich aber mit diesem mutigen Artikel Zolas eine Öffentlichkeit geschaffen, ohne die der Kampf um die Revision des Dreyfusprozesses aussichtslos gewesen wäre. Im ersten Halbjahr 1898, beginnend mit dem Prozeß gegen Zola, entfaltete sich damit der Dreyfusismus zu einer einflußreichen politischen Bewegung und bildete die Basis für die Herausbildung jener, wenn auch nicht homogenen Gruppe von Dreyfusanhängern, die sich unter dem Namen »Intellektuelle« in den politischen Auseinandersetzungen für Dreyfus engagierten. Zugleich hatten all jene, die aus unterschiedlichen Motiven heraus eine Revision des Dreyfusprozesses ablehnten, ihre entscheidende Zielscheibe in dieser »jüdisch-intellektuellen Verschwörung«, dem sogenannten »Syndikat«, gefunden. Im Namen von Patriotismus, Kirche und Armee einerseits, Gerechtigkeit, Wahrheit, Republikanismus und Demokratie andererseits spaltete sich die französische Nation in zwei Lager. Alles war, wie Léon Blum schrieb, auf eine Frage hinausgelaufen: Man war Dreyfusanhänger oder man war es nicht.[60] Die Antwort auf diese Frage schied die Geister - ob in der Politik, in Institutionen oder in privaten Verbänden, Familienbande rissen, Freundschaften zerbrachen. Niemand kannte Dreyfus, aber die Affäre wurde für Jahre politisches Tagesgespräch.

Um die Frage zu beantworten, wer nun die Kontrahenten waren und was den einzelnen trieb, Dreyfusard oder Antidreyfusard zu werden, muß näher auf die Ziele und Motive der Agierenden eingegangen werden.

Die Geburtsstunde der Intellektuellen

Mit der Unterzeichnung einer »Protestation« in der »Aurore«, die einen Tag nach der Veröffentlichung von »J'accuse!« begann, schufen sich erstmals diejenigen, die eine Revision des Dreyfus- und des Esterhazyprozesses forderten, ihre intellektuelle Plattform. In Solidarität mit Zola und aufgerufen von den Schriftstellern Marcel Proust, Jacques Bizet und Daniel Halévy, unterzeichneten in wenigen Tagen rund 3 000 Sympathisanten die ausliegenden Listen der »revisionistischen« Zeitungen. Das »Manifest der Intellektuellen«, wie es später genannt wurde, hatte folgenden Wortlaut:

> »Die Unterzeichner protestieren gegen die Verletzung der Rechtsformen und gegen die Geheimnisse, die die Affäre Esterhazy umgibt. Sie fordern die Revision des Prozesses von 1894.«[61]

Unter den 102 Unterzeichnern der ersten Liste fanden sich vor allem Künstler, Literaten und Akademiker wie Anatole France, Lucien Herr, Léon Blum, André Gide, Claude Monet, Gabriel Monod und Emile Zola. Aber es unterschrieben auch Angehörige anderer sozialer und beruflicher Schichten wie ein Koch, Vertreter, Drucker u.a. die Listen. Ein zweites Protestschreiben fand ebensoviel Aufmerksamkeit.
Obwohl in der »Protestation« das Wort »intellectuel« nicht auftauchte, sondern erst Tage später in dreyfusfreundlichen, aber auch -feindlichen Zeitungen verwandt wurde, avancierte es schnell zu einem neuen öffentlich gebrauchten Schlagwort zur Kennzeichnung der Dreyfusanhänger.[62]

Auch wenn die Wortschöpfung gemeinhin fälschlicherweise mit Berufung auf Barrès Clemenceau zugesprochen worden ist, diente der Begriff zuerst als Schimpfwort, das die Dreyfusgegner prägten und dessen theoretischer Gehalt durch Barrès 1902 beschrieben wurde: Der Intellektuelle, so Barrès, ist ein Individuum, das unabhängig von seiner beruflichen Stellung ein soziales Ideal vertritt, das sich auf Vernunft begründen läßt, nicht aber auf den Nationalismus und die Rasse. Gerade darauf beruhte aber der Barrèssche Ansatz.[63] Die entscheidenden Merkmale des Intellektuellen, dessen Brutstelle die Universitäten wären, sah Barrès in dessen abstraktem Denken, seiner antinationalen, weil universalen Haltung, der jüdischen Abstammung, der Dekadenz im Sinne von geistiger Abgehobenheit gegenüber realen Notwendigkeiten und in seiner Inkompetenz außerhalb der jeweiligen fachlichen Qualifikation. Vor allem diese Charakteristika fanden sich in den Kolumnen der rechten Zeitungen und wurden als Argumente gegen die Dreyfusards verwandt.

Ganz anders dagegen definierten sich die »Intellektuellen« im Lager der Dreyfusards. Sie umfaßten unabhängig von der beruflichen Tätigkeit all jene, die sich unter dem Zeichen der Wahrheit für eine allgemeine Ordnung engagierten, die sie im Ideal des republikanischen und demokratischen Staates sahen. Allein ihrem Gewissen gegenüber verantwortlich und in der Tradition der französischen Revolution des vergangenen Jahrhunderts, ergriffen sie in den politischen Auseinandersetzungen aktiv Partei und brachen aus dem elitären Elfenbeinturm des Gelehrtentums aus. Dieser politische Aktivismus zielte zugleich auf eine Erziehung des Volkes zu kritischem, an wissenschaftlichen Methoden orientiertem Denken. Nicht der geistige Beruf verhalf zum Status des Intellektuellen, sondern der gruppenkonstituierende Glaube an Wissenschaft, Wahrheit und allgemeines politisches Mitspracherecht.[64] Unter dem identifikationsstiftenden Anspruch »Wir sind Intellektuelle« konstituierte sich so das Gros der Dreyfuspartei.

Das literarische Lager

In dem Vierteljahrhundert des Bestehens der Dritten Republik vollzogen sich gravierende soziale Veränderungen innerhalb der liberalen Berufe, jenen Bereichen, zu denen Ärzte, Juristen, Literaten und Künstler zählten und aus denen sich mit den Akademikern die Mehrzahl der Dreyfusards rekrutierte. Wegen ihres fehlenden finanziellen Kapitals in der ersten Hälfte des Jahrhunderts von der Wahlfähigkeit und damit der politischen Elite ausgeschlossen, standen sie im Konflikt mit den etablierten Schichten des Bürgertums, der mit einem Sieg der liberalen Berufsschichten endete und zu deren politisch-sozialer Gleichstellung führte. Diesem Prozeß folgte ein neuer Gegensatz innerhalb der liberalen Berufe: dem zwischen dem »Künstler« als desjenigen, der über kulturelles Kapital verfügte, das nicht an den Erwerb von Lebensunterhalt geknüpft war, und dem »Bourgeois«, der auf soziale Bestätigung und gesellschaftlichen Aufstieg abhob. Die erstgenannte »Aristokratie der Intelligenz«, d.h. die literarische und künstlerische Avantgarde, konstituierte in der bürgerlichen Welt die »kulturelle Bourgeoisie«[65], d.h. die Intellektuellen im Unterschied zu der anderen Gruppe, den Professionen. Ihr unterschiedliches Gewicht läßt sich an der zahlenmäßigen Zunahme quantitativ nachvollziehen. Vor allem in Paris lebten Ende des Jahrhunderts mehr als doppelt soviel Künstler und Literaten als Vertreter der traditionellen freien Bildungsberufe. Dies war vor allem auf die gewaltige Ausdehnung der Buch- und Zeitungsproduktion zurückzuführen. Die Zahl der spezialisierten Literaturinstitutionen, der Verlage, der veröffentlichten Werke und der Auflagen wuchs beständig. Dies korrespondierte mit einer Liberalisierung der Zensur. Zugleich verschärfte die hohe Konzentration der Künstler in Paris die Konkurrenz. Deren rapide Zunahme und geringer politischer Einfluß, die intellektuelle »Überproduktion«, aber auch der schwierige Aufstieg in einen »liberalen Beruf« und damit die Anerkennung des bürgerlichen Status verstärkten die Unzufriedenheit dieser Gruppe mit dem Lebensstandard und der sozialen Stellung. Dies führte in den neunziger Jahren zu einer Politisierung der Intellektuellen und teilweise zu einer Allianz mit unteren Volksschichten, die keinen Anschluß an die bürgerliche Gesellschaft fanden und mittels eines solchen Bündnisses eigene Interessen durchzusetzen hofften.

Die unterschiedliche Haltung der Vertreter des »literarischen Lagers« während der Affäre ist daher nicht allein mit dem politischen Links-Rechts-Prinzip ausreichend erklärbar. Vielmehr spielten Auseinandersetzungen innerhalb dieses Lagers um neue künstlerische Ausdrucks- und Wahrnehmungsformen sowie die Artikulation eines anderen Lebensgefühls und gesellschaftlicher Grundhaltungen angesichts der Revolution in Technik und Kommunikation eine wesentliche Rolle bei der Polarisierung nach 1898.

Diese Umbruchsituation am ausgehenden Jahrhundert und das Bewußtsein für den Beginn einer neuen Epoche leitete die Belle Epoque ein und löste das pessimistische Fin-de-siècle-Gefühl zugunsten einer fortschrittsgläubigen Kunst und Literatur ab. Der naturalistischen und symbolistischen Kunstrichtung als der bestimmenden literarischen Bewegung in der ersten Phase der Dritten Republik trat ab Mitte der neunziger Jahre eine »katholische Erneuerung« (Ferdinand Brunetière, Charles Péguy u.a.) entgegen, die eine moralische Veränderung Frankreichs anstrebte. Dies war zugleich mit einem erneuerten Patriotismus und Nationalismus (Maurice Barrès) verbunden. Die Nachfolger der symbolistischen Schule wie Marcel Proust, André Gide, Paul Claudel und Paul Valéry ließen sich keiner bestimmten Richtung mehr zuordnen, Naturalismus und Symbolismus wirkten aber unterschwellig fort. Gerade von Proust und Gide, die sich - wegen ihrer großbürgerlichen Herkunft materiell unabhängig - ungestört der Literatur widmen konnten, gingen entscheidende Innovationen in der Romangattung aus. Die »großen« Schriftsteller Anatole France, Gegner Zolas, und Romain Rolland standen dagegen mit ihren epocheübergreifenden Werken in einer humanitär-aufklärerischen Tradition. Da somit keine bestimmende literarische Schule am Ausgang des Jahrhunderts existierte, bewirkte die Affäre Dreyfus eine Polarisierung der ideologischen Fronten quer durch alle literarischen Gattungen. Dem Aufruf Zolas kam dabei die Bedeutung eines Katalysators zu. Er transformierte den Protest einzelner Intellektueller in eine »intellektuelle Revolution«, eine Revolution, die nicht nur zu tiefen politischen Erschütterungen führte, sondern die Nation und die Intellektuellen teilte. Diese »intellektuelle Revolution« löste einen »Streit der Intellektuellen« aus, dessen Resultate das geistige Leben Frankreichs noch heute beeinflussen.

Die Künstler und die Dreyfusaffäre

Zum Lager der Dreyfusanhänger gehörten die Symbolisten und Naturalisten einerseits, die avantgardistischen poetischen Schulen andererseits.[66] Bernard Lazare spielte als zeitweiliger Herausgeber der kleinen Zeitschrift »Les entretiens politiques et littéraires« dabei eine wesentliche Rolle. Mit ihrer ideologischen Mischung aus Anarchismus, Sozialismus und Judentum erreichten die Avantgardisten zwar kaum politisches Gewicht, aber gerade aus dieser marginalen Gruppe kamen die ersten Dreyfusards.[67]
Die Motive für ihr Engagement fanden die Poeten nicht allein in ihren politischen Werten wie Liberalismus und dem Recht auf die absolute Autonomie des Individuums, die sie im Falle Dreyfus verletzt sahen. Ihre Protesthaltung richtete sich zugleich gegen ihre künstlerische Nichtanerkennung im literarischen Lager und die Tendenz, die künstlerische Produktion auf Kosten der »reinen« Literatur mehr und mehr dem Markt unterzuordnen. In diesem Sinne haben sie Zola immer als einen Hauptvertreter der literarischen Massenproduktion bekämpft. Mit dem offenen Brief Zolas bezogen sie die entsprechende Position. Ohne ihre

literarische Kritik aufzugeben, stimmten sie ihm in politisch-moralischer Hinsicht zu. Bis auf wenige Ausnahmen, wie den Antidreyfusard Valéry, finden sich die Namen aller wichtigen Avantgardisten und kleinen poetischen Zeitschriften auf den Listen der »Protestation« - ob aus der »Groupe du Banquet« (Proust, Halévy, Jacques Bizet), Gide aus der »Groupe de la Conque« oder die Mitglieder der »Revue Blanche« (Péguy, Blum, Jules Renard, Julien Benda). Die »Revue Blanche«[68] bildete zusammen mit dem Salon de Madame Strauss, in dem sich Schriftsteller, Künstler und Intellektuelle trafen, der Bibliothek der École Normale Superieur, die Lucien Herr leitete, und dem Verlag der »Societé nouvelle«, einer zunächst von Péguy geführten dreyfusardschen Buchhandlung, das institutionelle Zentrum der Anhänger Dreyfus'. Zu den Dreyfusards sind ebenfalls sowohl die Schüler Zolas aus seiner »Groupe de Médan«, Paul Alexis und Octave Mirbeau, als auch die großen Romanciers France und Rolland zu zählen. Anatole France hatte bereits vor der Veröffentlichung von »J'accuse!« Zolas Anliegen wärmstens unterstützt.
Im Unterschied zu den kleinen, kaum institutionalisierten Gruppen, aus denen der Dreyfusismus seinen Anfang genommen hatte, rekrutierten sich deren Gegner aus etablierten Institutionen und Organisationen wie der Académie française, der Patriotenliga und der Antisemitischen Liga. Die Mehrzahl der Pariser »Akademikerfabriken« (Léon Daudet), die Salons, eskortierten der Akademie, der Repräsentantin der traditionellen Eliten und Verteidigerin der etablierten sozialen, ideologischen und literarischen Ordnung. Nicht von ungefähr unterlag Zola bei der Wahl in die Akademie 1898 mehr als zehnmal in demütigender Weise. Von den künstlerischen Strömungen erklärten sich mit Ausnahme Anatole Frances die »Psychologues« (Paul Bourget, Ferdinand Brunetière, Maurice Barrès, Jules Lemaître u.a.) und Vertreter der »École parnassienne« (u.a. François Coppée), einer französischen Dichtergruppe, die ihr Ideal im l'art pour l'art sah, zu Antidreyfusards. Während letzte-

re eine untergeordnete Rolle in den Auseinandersetzungen spielte und vor allem darauf bedacht war, ihre etablierte Position und ihre Marktstellung zu behaupten, entwickelten sich die »Psychologues« zu den Hauptgegnern der »Revisionisten«. Mit Ausnahme von Barrès Mitglieder der Acadèmie française, hatten sie ihr soziales und kulturelles Kapital genutzt, einen neuen »psychologischen« und idealistischen Romantyp zu begründen und den Einfluß des Naturalismus und Symbolismus zu bekämpfen. Mit ihrer Eroberung der wichtigsten Zeitungen und Zeitschriften kontrollierten sie die kulturelle Sphäre und verschafften der herrschenden Elite jene geistige Stärkung, die angesichts der sich abzeichnenden sozialen Spannungen das Vertrauen in die etablierten Strukturen stärken sollte. Ihre wichtigsten Theoretiker, Lemaître, Brunetière und Barrès, waren Mitglieder der nationalistischen »Liga für das französische Vaterland«, Barrès Aktivist in der »Action française«. In der Dreyfusaffäre überlagerten sich so politisch-ideologische, künstlerische und nicht zuletzt - im Kampf um den öffentlichen Markt - ökonomische Differenzen im Lager des »champ littéraire«.
Aber auch die Vertreter anderer Kunstrichtungen blieben von der Affäre keineswegs unberührt, führten die unterschiedliche Parteinahme zu Brüchen zwischen ehemaligen Freunden oder zum Auseinanderbrechen von Künstlergruppen. Wie beispielsweise der Maler Edgar Degas als Antidreyfusard die langjährige Freundschaft mit der jüdischen Familie Halévy kündigte, so war der Riß zwischen den Malern generell offensichtlich. Während Monet, der das »Manifest der Intellektuellen« unterzeichnete, und Camille Pissarro seit dem Zola-Aufruf zum Lager der Dreyfusards gehörten, zählten Cézanne, Rodin und Renoir, ehemaliger Freund Pissarros, zu den Dreyfusgegnern.
Neben diesen bekannten Malern hatten sich in den frühen neunziger Jahren in Montmatre Künstler zu einer Gemeinde zusammengefunden, die sich durch ihre Kritik an der Korruptheit der Regierung gemeinsamen ästhetischen Auf-

fassungen und Idealen verbunden fühlten. Im Verlauf der Krise riß auch diese Montmatrer Gruppe auseinander: Während Henri de Toulouse-Lautrec weitgehend neutral zu bleiben versuchte, nahmen etwa Théophile A. Steinlen und Félix Valloton für Dreyfus Stellung, Abel Truchet und Jean-Louis Forain hingegen bezogen die entgegengesetzte Position. Die Auseinandersetzung zwischen den Zeichnern widerspiegelte sich am deutlichsten in zwei Journalen, die einzig aus Anlaß der Affäre im Februar 1898 gegründet und im Sommer des Folgejahres wieder eingestellt wurden: der »Psst...!« präsentierte die Antidreyfusards, »Le Sifflet« die Anhänger des jüdischen Hauptmanns. Beide bestanden ausschließlich aus Illustrationen und Karikaturen, und ihre Schöpfer beanspruchten wie auch alle anderen Künstler und Literaten, im Namen der französischen Republik zu sprechen.[69] Der Riß, der die Pariser Gesellschaft und Frankreich durchzog, machte vor dem künstlerischen Lager nicht halt. Wenige nur lehnten eine politische Parteinahme - wie etwa Rodin - ab.

Die akademische Fraktion

Zugleich mit den sozialen Veränderungen innerhalb des Bildungsbürgertums vollzog sich die Professionalisierung der Wissenschaften im Rahmen der akademischen Institutionen und eine Reform des höheren Bildungswesens.[70] Im Unterschied zu dem allgemeinen Interesse, das die Politik der republikanischen Regierungen im Bereich der unteren und mittleren Schulbildung hervorrief, vollzogen sich die allmählichen Reformen im Bereich der Universitäten eher abseits der öffentlichen Debatten. Dies lag zum einem daran, daß die Universitätsreformen nur die direkt betroffenen und damit weit weniger Personen interessierten und sich kaum spektakulär vollzogen. Auch im Parlament lösten sie keine gravierenden Debatten aus, und selbst von solch diffizilen Punkten wie den Finanzen - etwa in der

Frage des Neubaus der zur Sorbonne gehörenden Faculté des Lettres und der Faculté des Sciences, der 1882 beschlossen wurde - nahm die Öffentlickeit kaum Kenntnis. Zudem hatten sich die Wissenschaften stets der Parteienpolitik und ideologischen Kämpfen verschlossen. Entscheidend aber ist die Tatsache, daß sich die Auseinandersetzung zwischen Kirche und Republik zunächst vorrangig im Bereich der Volksschule abspielte. Mittels der Schule sollten diejenigen Werte und Ideale allgemeinverbindlich verbreitet werden, mit denen der Staat kulturell und ideologisch abgesichert werden konnte. Diese Konzentration auf die Bildung durch die republikanische Politik bildete gewissermaßen das Erbe von Aufklärung und Revolution und basierte zugleich auf der engen Wechselbeziehung von Politik und Wissenschaft. Dies erklärt, warum so viele Politiker zugleich Schriftsteller, Publizisten oder Wissenschaftler waren. Der republikanische Staat versuchte, sowohl seine Legitimität als auch ein gesichertes und geschlossenes Werte- und Weltsystem durch die Rationalität des Denkens und die Wissenschaft zu begründen, um den traditionellen Autoritätsglauben des Volkes an die Kirche zu paralysieren. Eine solche Kampfansage provozierte natürlich die alten Mächte. Für die katholische Kirche und die Rechten bildete die Staatsschule mit ihrem Monopolanspruch auf die Volksbildung die Hauptgefahr, sollte doch auch die private, also katholische Mittelschule dem einheitlichen Schulsystem mit staatstragender Funktion untergeordnet und in ihrer Selbständigkeit eingeschränkt werden. Bereits 1880 war die Gesellschaft Jesu aufgelöst und das Staatsmonopol für die Verleihung der wissenschaftlichen Grade wiedereingeführt worden. Mit aller Macht versuchte der französische Klerus nun, die von der Republik angestrebte gesetzliche Trennung von Kirche und Staat zu verhindern.

Vor diesem Hintergrund erfolgte der »Einbruch« der Politik in die akademischen Institutionen, die sich den politischen Debatten nicht länger entziehen konnten. Vor allem die Universitäten - und unter ihnen insbesondere die Sor-

bonne - spielten dabei eine zunehmend gewichtigere Rolle. Die Sorbonne war nicht nur die Prüfungsstelle für angehende Lehrer des höheren Schuldienstes, sondern sollte 1904 mit der Angliederung der École Normale Supérieure Ausbildungsort aller Lehramtskandidaten werden.
Die an der Rue d'Ulm gelegene École Normale war Kind der französischen Revolution und die Hauptausbildungsstätte für Lehrer der Mittelschulen. Sie stand in dem Ruf, die bürgerlichste aller akademischen Institutionen zu sein, durch und durch liberal und demokratisch gesinnt.[71] Die Professoren dieser Einrichtung wirkten als beratende Experten bei der Erarbeitung der neuen Lehrpläne von 1890 und als Verfasser der Schulbücher zugleich als Vermittler der republikanischen Werte. Sie übten damit eine politische Funktion aus, die an anderen Institutionen wie dem auf Forschung ausgerichteten Collège de France, der Fachschule für Bibliothekare und Archivare, der École des Chartes, aber auch der École des Haute Études weniger deutlich wurde. Die staatlichen Universitäten und die École Normale bildeten daher eine wichtige Zielscheibe für die Angriffe der Rechten vor, aber besonders während der Dreyfusaffäre. So überrascht kaum, daß die ideologische Frontstellung im akademischen Bereich[72] institutionell vor allem zwischen der Academie française und der Sorbonne verlief. Das Zentrum der Dreyfusards wurde aber die École Normale. Beide bildeten insofern eine Ausnahme, da die Bildungspolitik traditionell von der kulturpolitischen Rechten beherrscht war, die das gesamte konservative Lager von den Royalisten, Bonapartisten, liberalen Katholiken und den konservativen Nachfolgern Ferrys und Gambettas umfaßte und bis in den Lehrkörper hineinreichte. Die mit der thematischen Hinwendung zur Sozial- und Wirtschaftsgeschichte verbundene Orientierung auf die bürgerliche Sozialpolitik an der Sorbonne, die Forderung von führenden Vertretern nach einer Anpassung der Lehrinhalte und -praxis an die gesellschaftlichen Erfordernisse, aber insbesondere die methodische Umgestaltung der wissenschaftlichen Lehre weckte

den Zorn der Rechten. Die Orientierung am deutschen Universitätssystem mit seinen Seminaren und öffentlichen Vorlesungen sowie die Durchsetzung allgemeiner wissenschaftlicher Standards in Forschung und Lehre waren zudem mit einer provokativen Traditionskritik verbunden. »Methode« - dies wurde das Schlagwort der Dreyfusards. Und so wundert es wenig, wenn gerade Gelehrte der jungen Generation der sich an der Sorbonne neu etablierenden Disziplinen wie etwa Geschichte (Gabriel Monod, Charles Seignobos)[73] oder Soziologie (Emile Durkheim, Marcel Mauss, Maurice Halbwachs, François Simiand, Lucien Lévy-Bruhl) begeisterte Dreyfusards wurden. Die Orientierung führender Gelehrter der Sorbonne am deutschen Universitätssystem diente Nationalisten darüberhinaus als Argument für den antinationalen Charakter dieser Einrichtung. Die Karte eines vermeintlichen Antinationalismus der Intellektuellen und einer angeblichen deutschen Bedrohung zogen die Antidreyfusards in den späteren öffentlichen Debatten mit großem Erfolg.

Organisator, Koordinator und Propagandist der Dreyfusbewegung wurde der Bibliothekar der École Normale, Lucien Herr, Sozialist und Hegelspezialist.[74] Bereits im Laufe des Jahres 1897 von Bernard Lazare und Lévy-Bruhl über den Fall Dreyfus unterrichtet, formierte er ab September das intellektuelle Lager der Dreyfusards. Er gewann nicht nur Ernest Lavisse und den jungen Péguy aus der École Normale, sondern stellte die Verbindung zu den literarischen Gruppen »Conque« und »Banquet« her. Mit den drei Brüdern Natanson und Mirbeau aus dem Kreis Zolas wurde die »Revue Blanche« das Hauptorgan der Dreyfusanhänger. Zu diesem Kreis stießen bald weitere Künstler und Akademiker wie etwa Renard und der spätere Historiker Simiand. Emile Duclaux, der Direktor des Institut Pasteur, zählte von Beginn an zu den prominentesten und einflußreichsten Dreyfusards. Nach dem Aufruf Zolas und den Petitionen führte Herr in der Rue des Chartreux Seminare durch, um das Anliegen der Dreyfusards zu

propagieren. Herr mobilisierte aber nicht nur die junge Generation der Intellektuellen, sondern formierte die Studenten an der École Normale. Péguy avancierte gleichsam zum kommandierenden General, der die Verteidigung der von antisemitischen Demonstrationen vor allem katholischer Studenten bedrohten Professoren an der Sorbonne, wie im Falle Aulards und Seignobos', leitete. Gemeinsam mit ihm eröffnete Herr im Sommer 1898 in der Rue Cujas, Ecke Rue Victor Cousin nahe der Sorbonne die Buchhandlung »Georges Bellais«, die sich schnell zum Zentrum der Dreyfusards im Quartier Latin entwickelte. Die Dreyfusbewegung hatte damit ein institutionelles Zentrum gefunden.
Auch wenn das Verhältnis der Dreyfusards zu den Antidreyfusards an der Faculté des Lettres in den Bereichen Philosophie und Geschichte 17:4 betrug, blieb aber wie im Falle des literarischen Lagers die Mehrzahl der Akademiker insgesamt auf der Seite der Antidreyfusards oder engagierte sich nicht für die Revision. Zu deren prominenten Vertretern sind etwa die Historiker der Akademie, Albert Sorel und Albert Vandal, oder der französische Außenminister und Historiker Gabriel Hanotaux, dessen Freundschaft zu Monod deshalb zerbrach, zu zählen.

Der Streit der Intellektuellen und die moderne Massenkultur

Bevor wir uns wieder der politischen Geschichte und dem Fortgang des ereignisreichen Dramas zuwenden, sei zunächst an zwei Beispielen verdeutlicht, wie sich die Polarisation innerhalb der Intellektuellen in ihrem Diskurs niederschlug - nicht auf dem von Polemik beherrschten Feld der Politik und Moral, sondern auf der theoretischen Ebene. Gerade hier wurden bestehende intellektuelle Verbindungen zerstört und neue aufgebaut.
Am 15. Februar 1898 veröffentlichte Herr in der »Revue

Blanche« einen offenen Brief an Barrès, in dem er sich kritisch mit dessem auf rassentheoretischer Grundlage beruhenden Nationalismuskonzept auseinandersetzte. In Ablehnung einer liberalistischen Individualitätsautonomie und in Abkehr von der Rationalität menschlichen Denkens hatte Barrès das Wesen der Nation im Unbewußten, auf einer »Seelengemeinschaft« basierend, gesehen. In dieser Argumentation fielen Juden und Intellektuelle als »Entwurzelte« aus einer solchen Gemeinschaft heraus, wurden letztere als »Produkt der Universität« zu »Feinden der Gesellschaft« erklärt.[75] Damit stand ein Credo der Antidreyfusards fest - Antisemitismus und ein psychologisch begründeter, antiintellektueller Nationalismus, der nicht auf abstrakten und universellen Prinzipien, sondern einem besonderen französischen Partikularismus beruhte. Herr lehnte in seiner Antwort dieses Konzept und zugleich mögliche Verbindungen eines »mystischen« Sozialismus bei Barrès mit dem realen politischen Sozialismus ab. Zudem wandte er sich entschieden gegen einen linken Antisemitismus, der durchaus in Frankreich existierte, nun aber als ideologisch-politische Programmatik allein Sache der Rechten wurde.[76]

Eine zweite Auseinandersetzung fand zwischen Ferdinand Brunetière und Emile Durkheim über die Rolle der Intellektuellen nach dem Prozeß gegen Zola statt. Brunetière, einer der wenigen Rechten in der École Normale, Mitglied der Academie française und Direktor der »Revue des deux mondes«, hatte in diesem wichtigsten Sprachrohr der Akademie im März 1898 den Intellektuellen als Opfer eines falschen, zur moralischen Anarchie führenden Individualitätskonzepts das Recht abgesprochen, Armee und Justiz anzuklagen. In seiner Antwort in der Juliausgabe der »Revue Blanche« verteidigte Durkheim einen von Rousseauschen Auffassungen ausgehenden Individualismus, der den Zusammenhalt der Gesellschaft ermöglichte. Dies setzte eine neue geistige und moralische Seelengemeinschaft jenseits alter Bindungen durch den Glauben voraus. Beruhend auf ihren »habitudes professionnelles« und der Praxis wissenschaflichen Denkens, würden die Intellektuellen weniger leicht der Gewalt der Massen und der Autorität der Macht nachgeben. Diese Werte rechtfertigten ihr Vorgehen in der Affäre.

Der Streit der Intellektuellen vollzog sich aber insgesamt weniger auf einer solchen theoretisch-abstrakten Ebene. Eingebettet in eine politische Krise widerspiegelte er den geistigen Gipfel eines Transformationsprozesses, der sich durch das gesamte gesellschaftliche Gewebe zog und daher für den Zeitgenossen schwer durchschaubar blieb.

Es war die Entwicklung der Massenproduktion und Massenkultur, die als entscheidender Mittler zwischen politischem Ereignis und einfachem Konsumenten den Riß durch die Gesellschaft sichtbar machte. Die Erzeugung unterschiedlicher kultureller Artefakte und deren Nutzung durch die dreyfusfreundliche oder -feindliche Partei führten zu den jeweiligen unterschiedlichen Identifikationen mit demselben politischen Phänomen. Die Erfindung des Farbdruckes und die Verwendung von Bildern in den Zeitungen erzeugten visuelle Assoziationen, die von den verschiedenen Lagern genutzt wurden. So war eines der beliebtesten Objekte die metaphorische Darstellung der »Wahrheit« in Gestalt eines nackten Mädchens, das - in unterschiedlichen Zusammenhängen abgebildet - die entsprechenden Lager für sich vereinnahmten.

In der Massenkultur fand der gewöhnliche Antisemitismus seine direkteste Ausprägung. Neben Liedern, Almanachen, Büchern und Bildern beherrschte dieses gut verkaufbare Thema das gesamte gesellschaftliche Leben. Zigarettensorten mit dem Namen »Le Bordereau«, Spielkarten mit den Porträts von Dreyfus und Drumont, Postkarten, die die Hauptereignisse der Affäre abbildeten, selbst in antisemitischen Bildern eingewickelte Kinderschokolade dienten der Verbreitung bestimmter politischer Interessen in Form alltäglicher Gegenstände. Die Vergegenständlichung der Affäre erfolgte in Spielzeug und Gesellschaftsspielen wie das »Spiel der Dreyfusaffäre und die Wahrheit« der Dreyfusanhänger und das »Spiel der 36 Köpfe« ihrer Gegner.[77] Die Figur der Jeanne d'Arc dagegen wurde alleinige Symbolfigur der Rechten. Die visuelle Polemik gegen die Juden mit ihrer auffallenden Nase, den vorstehenden Lippen und den großen Ohren, zumeist als Bankier und gerissener Geschäftsmann mit einem starken deutsch-jiddischen Akzent dargestellt, erzeugte im öffentlichen Bewußtsein das Bild vom Juden als Betrüger und Fremdling gegenüber der französischen Rasse. Zugleich diente dieser Antisemitismus dazu, die Dritte Republik, ihre Affären und Korruption zu attackieren. Diese Massenkultur ermöglichte auch dem Mann auf der Straße, sich ein »Bild« von politischen und gesellschaftlichen Prozessen zu machen. Was innerhalb des sozialen und geistig-kulturellen Gefüges zu komplizierten Wechselwirkungen führte, war nun unabhängig von intellektuellen Eliten erklärbar. Selbst die politische Bühne schien klar strukturiert zu sein.

Die politische Bühne

Der tiefe gesellschaftliche Einschnitt ist von den politischen Parteien lange kaum wahrgenommen worden. Ministerpräsident Mélines Ausspruch vor der Kammer am 4. Dezember 1897: »Es gibt keine Affäre Dreyfus!«[78], symbolisierte diese Ignoranz. Zwar fanden sich extreme Rechte und bürgerlicher Republikanismus angesichts des Aufstieges einer extremen Linken in Gestalt des Sozialismus und Anarchismus plötzlich zum Teil auf der gleichen Seite, aber die Schwäche der sozialistischen Bewegung verhinderte eine neue Links-Rechts-Frontstellung. Nationalismus und Antisemitismus auf der einen, Verteidigung der Republik und Antiklerikalismus auf der anderen Seite blieben die entscheidenden politisch-ideologischen Grundpfeiler beider Lager. Natürlich erhielt die Rechte nach ihrem politischen Einbruch im Gefolge der Boulanger-Krise und den Parlamentswahlen von 1893 neuen Auftrieb, sahen vor al-

lem die klerikalen und monarchistischen Kräfte im Bündnis mit der Armeeführung eine neue Chance, ihre Positionen in der Republik zu verteidigen, auszubauen und verlorene Privilegien zurückzugewinnen.
Die in sich sehr zersplitterte Linke hatte sich zunächst nicht in die Auseinandersetzungen eingemischt. Unter der Losung, die Dreyfusaffäre würde als ein Streit innerhalb verschiedener Fraktionen der Bourgeoisie die Interessen der Arbeiter nicht tangieren, lehnten einige Sozialistenführer ein Engagement für Dreyfus ab. Die Verknüpfung von antikapitalistischen Positionen mit antisemitischer Rhetorik gehörte seit Jahren zum politischen Instrumentarium auch der Linken. Nur langsam setzte sich die Überzeugung durch, daß die Affäre, wie Jules Guesde es formulierte, eine Schlacht ist, in die man gehen muß.
Die große Aufsplitterung der linken Bewegung erklärte auch die unterschiedlichen Haltungen zur Affäre Dreyfus. Es war Jean Jaurès, der durch sein Eintreten auf Seiten der Dreyfusbewegung eine solche passive Position bekämpfte. War er nach einem Zusammentreffen mit Bernard Lazare im November 1897 noch gegen ein politisches Eingreifen für Dreyfus, bezog er nach dem Aufruf Zolas eindeutige Position als Dreyfusard. Beeinflußt durch Jaurès, Schüler der École Normale, hatte sich dort schon unter Leitung Péguys eine starke sozialistische Bewegung formiert, die über die Vermittlung Lucien Herrs in Verbindung mit der Dreyfusbewegung getreten war. Im Unterschied zu anderen sozialistischen Führern glaubten Jaurès und der nichtmarxistische Sozialist Péguy an die demokratischen Institutionen der Republik, die Wahrheit und Gerechtigkeit durchzusetzen imstande seien. Jaurès sah in der zeitweiligen Zusammenarbeit mit bestimmten Fraktionen der Bourgeoisie die Möglichkeit, die Lebensbedingungen der Arbeiterklasse zu verbessern. Als Anhänger der Theorie vom Klassenkampf verlor er jedoch nicht das Individuum aus dem Auge. Für ihn waren Demokratie und individuelle Menschenrechte Grundlage einer humanen Gesellschaft.

So mußte der Fall Dreyfus für die Arbeiter von Interesse sein, da einerseits individuelle Menschenrechte verletzt worden waren, andererseits ein Kampf gegen den Mißbrauch der Macht und die Korruption der Armee deren weitere Wucherungen und damit eine Wiederholung solcher Menschenrechtsverletzungen verhindern könnte. Dieser Standpunkt war auch in der deutschen Sozialdemokratie nicht unumstritten und stieß unter anderem bei Wilhelm Liebknecht auf Ablehnung.[79]
Aber nicht nur in der École Normale erfolgte die Berührung von Sozialismus und Dreyfusismus. Bereits am 30. November 1897 hatte ein erster Kongreß der Französischen Arbeiterpartei über die Dreyfusaffäre stattgefunden. Während kurz nach dem Erscheinen von »J'accuse!« Pariser Sozialisten in einem Manifest alle sozialistischen Organisationen aufriefen, für die Revision einzutreten, lehnten andere Sozialisten wenige Tage später, am 18. Januar, jede Parteinahme für Dreyfus als eines Vertreter der bürgerlichen Klasse ab. Aber mit seiner couragierten Verteidigung von Zola während der Parlamentsdebatte und des Prozesses leitete Jaurès dann jene Wende ein, die die Linke im Laufe des Jahres 1898 in die Dreyfusbewegung einreihte. Bereits Ende Februar forderten 500 Teilnehmer einer sozialistischen Versammlung in einer Resolution eine sozialistische Aktion zur Verteidigung von Dreyfus und Zola.

> »Die sozialistische Partei ist verpflichtet, unter allen Umständen die Grundsätze der Gerechtigkeit und der Freiheit zu verteidigen ... Der Antisemitismus ist eine neue Form der Reaktion.«[80]

Mit Jules Guesde gehörte überdies neben Jaurès ein weiterer prominenter Führer der sozialistischen Bewegung zu den Dreyfusards.

Zola auf der Anklagebank

Der mutige Artikel Zolas rüttelte den Generalstab endgültig auf. Nun war jener öffentliche Skandal eingetreten, vor dem Picquart seine Vorgesetzten lange gewarnt hatte. Regierung, Kriegsministerium und Militärführung reagierten mit der Erklärung der Kammer, der gerichtlichen Verfolgung Zolas und der Verhaftung Picquarts augenblicklich. Überdies schickten die Generäle Esterhazy in den Ruhestand. Nach eingehender juristischer Beratung überwies man den Fall Zola nicht nur an ein Militärgericht, sondern schränkte die Anklage gegen Zola und den Redakteur Perrenx wegen Verleumdung auf den einen Punkt ein, wo jener behauptet hatte, das Gericht hätte Esterhazy auf Befehl wissentlich freigelassen.
Das war gewollt, um bei einem Prozeß gegen Zola jeden Bezug zu Dreyfus ausschließen und die Chance von Zolas Verurteilung erhöhen zu können. Dieser hatte in einem Brief an den Kriegsminister Billot am 22. Januar seine Vorwürfe noch einmal wiederholt und gegen die eingeschränkte Anklage protestiert.

> »Wie würde ich den Wahrheitsbeweis aber führen können, wenn ich nicht die Verkettung der Tatsachen aufzeigen dürfte und wenn man mich hinderte, die ganze Affäre in volles Licht zu stellen?«[81]

Am gleichen Tag warf Ministerpräsident Méline den Linken in Anspielung auf Zolas gleichnamigen Roman im Parlament vor, mit ihrer Kampagne für Dreyfus ein neues »Débâcle« für die französische Nation heraufzubeschwören. Eine Revision widerspräche den Interessen Frankreichs. Das Rededuell von Jaurès mit nationalistischen Abgeordneten endete mit dem bereits erwähnten Eklat. Die politischen Parteien hatten den Kampf im Abgeordnetenhaus begonnen.
In dieser geladenen Atmosphäre und begleitet von einer öffentlichen Pogromstimmung gegen Zola, begann am 7.

Februar der Prozeß gegen den Schriftsteller, der auch international ein großes Echo hervorrief. Sechzehn Tage später endete er mit der Verurteilung Zolas zur möglichen Höchststrafe von einem Jahr Gefängnis und 3 000 Francs Geldbuße. Der Verlauf der 15 Verhandlungstage hatte dem allgemeinen Aufruhr in- und außerhalb des Gerichtssaales entsprochen. Die Taktik des Gerichtspräsidenten, die Verhandlung keinesfalls über den Anklagepunkt hinaus auf die Dreyfusaffäre auszudehnen, war von Erfolg gekrönt. Von den von der Verteidigung angeforderten mehr als 200 Zeugen ließen sich die meisten entschuldigen, viele von denen, die erschienen, halfen nicht bei der Aufklärung. Damit war Zolas Ziel, mit seinem Prozeß die Unrechtmäßigkeit der Verurteilung Dreyfus' beweisen zu können, gescheitert. Mit großem Selbstbewußtsein traten so die Generäle Mercier, Gonse, de Pellieux, de Boisdeffre und Major Henry in den Zeugenstand und - schwiegen zum Fall Dreyfus.[82]

So kam der Prozeß nur langsam von der Stelle. Zeitaufwendige Verfahrensfragen und stundenlange, nervenraubende Dialoge zwischen Verteidigung, Anklage und Zeugen über Detailfragen ließen aber das öffentliche Interesse an diesem Prozeß nicht sinken. Vor allem Scheurer-Kestner und Picquart kamen immer wieder auf die unrühmliche Rolle der Militärs nach der Verurteilung Dreyfus' zurück. Labori, der Verteidiger Zolas, trieb die Offiziere mehr als einmal in die Enge, so daß trotz des negativen Ausgangs des Verfahrens für die Dreyfusbewegung weitere wichtige Punkte für die Revision aufgeklärt werden konnten. Zum einen bestätigte Mercier durch sein Schweigen auf die entsprechende Frage Laboris, daß Dreyfus auf Grund eines geheimen Dokuments, also gesetzwidrig, verurteilt worden war. Die Widersprüche in den Aussagen zwischen Major Ravary und Henry entlasteten andererseits Picquart vom Vorwurf des Geheimnisverrats, der, als er Leblois ins Vertrauen gezogen und ihm seine Korrespondenz mit General Gonse übergeben hatte, dem Anwalt angeblich zugleich Einsicht in das Geheimdossier Dreyfus ermöglicht haben sollte. Zudem

konnten die Verteidiger Zolas selbst nachweisen, daß die Picquart belastenden Telegramme gefälscht worden waren.
Immer deutlicher wurde, daß der erste Verdacht Picquarts gegen Esterhazy als Verfasser des »Bordereau« und dessen öffentliche Beschuldigung durch Mathieu Dreyfus' Brief an den Kriegsminister berechtigt gewesen waren. Nicht nur, daß Esterhazy selbst intern diesen Tatbestand zugegeben hatte, sondern Louis Havet, der Schriftsachverständige vom Collège de France, konnte bestätigen, daß das »Bordereau« von Esterhazy geschrieben worden war. Ein weiterer Versuch des Generalstabes, aus der Defensive herauszukommen, blieb ohne großen Erfolg. General Pellieux erklärte, 1896 wäre ein neues Schriftstück gefunden worden, das die Schuld Dreyfus' eindeutig beweisen würde. Dieser »Beweis«, die Fälschung Henrys, konnte aber nicht vorgelegt werden und ließ die Zweifel an der Rechtmäßigkeit der Verurteilung Dreyfus' weiter wachsen. Die Veröffentlichung des Briefwechsels zwischen Picquart und General Gonse in der »Aurore« am Tag nach der Zeugenvernehmung Scheurer-Kestners bestätigte dessen Aussage, daß General Gonse im September 1897 angesichts der Nachforschungen Picquarts durchaus von der Unschuld Dreyfus wußte, was dieser dann in der Verhandlung energisch bestritt.
Aber in der Tat konnten Zola und seine Verteidiger nicht beweisen, daß das Kriegsgericht Esterhazy auf Befehl freigesprochen hatte. Der Generalstaatsanwalt baute die Anklage auf diesen Punkt auf und griff mit seiner Verteidigung Esterhazys dabei die gesamte Dreyfusbewegung an. »Diese revisionistischen Intellektuellen« hätte nicht nur eine »sonderbare Geisteskrankheit« befallen, sondern deren Eingreifen für eine Revision des Dreyfusprozesses wäre die Ursache für die gewaltsamen Unruhen im Land.

> »Als Folge dieser traurigen Hetze«, so der Anwalt zum Aufruf Zolas, »haben wir Unruhen und Gewalttaten erlebt. Gewalt rief nach Gewalt. Person und Eigentum wurden nicht mehr beachtet. Revolutionäre aller Richtungen fühlten sich in ihrem

Element ... Zola hatte der 'Aurore' mit Riesenreklame ihren Sensationsprozeß verschafft.«[83]

Der Staatsanwalt hatte unbewußt mit seinem Plädoyer gegen Zola die Befürchtungen der herrschenden Eliten artikuliert und den ersten Erfolg der Dreyfusbewegung anerkannt. Dieser war es trotz der Verurteilung Zolas gelungen, den Fall Dreyfus in die Öffentlichkeit zu tragen. Die Generäle hatten sich in Widersprüche verwickelt, und es war ihnen nicht mehr so einfach möglich, hinter dem Rücken des öffentlichen Publikums die Tatsachen zu manipulieren. Größte Angst löste jedoch der beunruhigende Fakt aus, die Lawine, die durch die Dreyfusbewegung ins Rollen gekommen war, nicht mehr aufhalten zu können. Die Jakobinerherrschaft war unvergessen, die Kommune von 1871 saß noch in den Gliedern. Revolution - dieses Gespenst galt es zu vertreiben, Voraussetzung dafür war die Rettung der Ehre von Armee und Generalstab. Erlaubt waren dazu alle Mittel, bis hin zur Erpressung des Gerichts durch die Rücktrittsdrohung des Generalstabschefs de Boisdeffre im Falle der Freisprechung Zolas. Revision bedeute Revolution - diese Logik bestimmte das Vorgehen der Generäle. Ihr Helfer war die aufgeputschte Öffentlichkeit, ihr Handlanger die Presse.

Der Krieg der Medien

Während durch die Vergegenständlichung der Affäre eine sehr weit verbreitete, aber zunächst passive Rezeption der Affäre durch den individuellen Konsumenten erfolgte, bildeten die zahlreichen Pariser Salons jenen Kommunikationsort, an dem der mündliche Austausch von Informationen, die Diskussion und die Verständigung Gleichgesinnter möglich war. Diese literarischen Salons, oftmals von einflußreichen Frauen geführt, galten als Treffpunkt vor allem intellektueller Kreise, aber auch Politiker, Zeitungsherausgeber und Angehörige des Adels oder des Bürgertums zählten zu ihren Gästen. Es versteht sich von selbst, daß jedes Lager »seine« Salons aufsuchte. Antidreyfusards wie Lemaître oder Daudet verkehrten in den Salons der Madame de Loynes, der Madame Juliette Adam oder der Comtesse de Martel, Dreyfusards in denen der Mesdames de Caillavet, de Pierrebourg oder Strauss.

Als entscheidendes Kommunikations- und Kampfmittel fungierten jedoch die modernen Massenmedien. Der Einfluß der Pariser Presse dürfte zu den beeindruckendsten Phänomenen in der politischen Landschaft Frankreichs am Ausgang des Jahrhunderts zählen, ja die Vermutung liegt nahe, daß es ohne sie keine Dreyfusaffäre gegeben hätte. Sie wirkte nicht nur als Seismograph aller Bewegungen innerhalb des gesellschaftlichen Organismus, sondern verursachte zugleich - wie etwa im Fall des in der »Aurore« veröffentlichten Briefes von Zola - politische Erdbeben.

Mit der Entwicklung der Rotationspresse, der Setz- und Zeilengießmaschine und der Photogravur war der Weg zu einer billigen und kleinformatigen Zeitung für eine breite Öffentlichkeit gefunden. Zirkulierten 1858 in Paris täglich nicht mehr als 235 000 Zeitungsexemplare, stieg diese Zahl bis 1910 auf über fünf Millionen insgesamt an. In ihrer neuen Form in der Verbindung von Information, politischem Cartoon, dem Feuilleton und Sensationsstories war die Zeitung nicht nur wie bisher an das Bildungsbürgertum adressiert, sondern zielte auf eine breite Leserschaft. Die Schulreform der achtziger Jahre hatte das Analphabetentum vor allem in den ländlichen Gebieten eliminiert, und der Preis der Tageszeitungen von wenigen Sous war selbst für ärmere Schichten erschwinglich.

Zugleich konnten durch diese neue Art von Druckerzeugnissen nicht nur politische Ideen massenhaft verbreitet werden, sondern dienten sie ebenso als Feld politischer Schlachten. Die Pressekampagnen während des Panamaskandals hatten diesen Kampf in und von den Medien eingeleitet, unter dem Banner von Dreyfus brach der Krieg aus. Die öffentliche Debatte hatte sich aus dem Parlament in

die Medien verlagert. Auf den Titelseiten wurden nicht nur unterschiedlichste politische Richtungen debattiert, sondern Einfluß auf die Regierungspolitik genommen. Vor allem auf ihrer Massenbasis beruhte daher die Macht der Presse. Die großen Blätter und Journale zu gewinnen, war Garant für die Erlangung und den Ausbau politischer Machtstellungen, in ihrer Mißgunst zu stehen, konnte das politische Abseits bedeuten. Und so mußten sich die Anstrengungen der Dreyfusards um die Revision des Dreyfusprozesses über die juristische Ebene innerhalb der politischen Institutionen hinaus auf ein öffentliches Interesse richten, um überhaupt einen Erfolg möglich zu machen. Kampf um Revision bedeutete damit Kampf um die öffentliche Meinung - die Arena war die Presse.[84]
Dies erwies sich für die Dreyfusards als wohl schwierigste Hürde. Das hatte mehrere Gründe. Erstens glaubte 1894 die überwiegende Mehrheit der Franzosen an die Schuld Dreyfus', eine überkommene Meinung, die vier Jahre später nicht ohne weiteres revidierbar war. Außerdem beherrschte ein Konformismus das Denken vieler Franzosen insofern, als daß in einem republikanischen Frankreich mit seinen demokratischen Institutionen sowie den Traditionen von Revolution und Menschenrechten gerade diese Werte aus politischem Kalkül vermeintlich nicht verletzt werden konnten. Eine Verurteilung auf Grund geheimer Dokumente erschien vielen daher unmöglich. Drittens fußte die Dritte Republik auf der Niederlage von Sedan, ein Syndrom, das im Unterbewußtsein der Franzosen immer latent vorhanden blieb. Jeder Angriff auf die Armee und ihre Führung wurde damit gleichbedeutend als ein Verrat der nationalen Interessen Frankreichs gesehen. Dieser Nationalismus schien eine kaum überwindbare Barriere für die Dreyfusards darzustellen. Letztlich schließlich war die Kampagne gegen Dreyfus und die Revisionisten eingebettet in eine antisemitische Welle, die lange vor der Affäre Dreyfus Frankreich erfaßt hatte, in ihr aber einen neuen Kristallisationspunkt fand. Der »Jude« wurde schlechthin Symbol für

alles Frankreich Bedrohende. Ob als Finanzier oder Kosmopolit dargestellt, als Fremder und Ausländer oder generell als ökonomischer Ausbeuter - die antisemitische Ideologie der kleinen Bourgeoisie und der Bauern identifizierte das Judentum mit der internationalen Finanz- und Agrarbourgeoisie und machte es für alle gesellschaftlichen Mißstände verantwortlich.

Die großen katholischen und nationalistischen Zeitungen wie »La Croix«, »La Libre Parole«, »L'Écho de Paris«, »L'Intransigeant«, »La Patrie« und »L'Éclair« verbanden so den Antisemitismus - personifiziert durch Dreyfus - mit ihrem Kampf gegen die Dreyfusards. Aber auch die vier größten Zeitungen von Paris, »Le Petit Journal«, »Le Petit Parisien«, »Le Journal« und »Le Matin«, vertraten - wenn auch in moderater Form - antdreyfusardsche Positionen. Anders dagegen die Zeitungen, die dem liberalen Zentrum nahestanden. Zu ihnen waren »Le Temps«, »Le Figaro« und »Le Siècle« zu zählen. Bis auf letztere Anfang 1898 noch keine Anhänger der Dreyfusbewegung, schwenkten sie ab Frühherbst 1898 auf die Seite der Revisionisten über.[85] In das Lager der Dreyfusbewegung gehörten von Beginn an die linksrepublikanischen Zeitungen wie »L'Aurore«, »Les Droits de l'Homme«, »Le Radical« und »Le Rappel«, ab Herbst 1898 dann auch die sozialistischen Organe »La Petite République« und »La Lanterne«.

Das Kräfteverhältnis sprach zwar nicht hinsichtlich der Zahl der Zeitungen gegen die Dreyfusards, aber gemessen an der Auflagenhöhe hatte die dreyfusfeindliche Presse eindeutiges Übergewicht. Im Februar 1898 fanden sich von 26 Zeitungen 20 auf der Seite der Dreyfusgegner ein, im September 1899 betrug das Verhältnis 15:11 zugunsten der Revisionisten. Deren rund 400 000 täglichen Exemplaren stand aber eine Auflagenhöhe von fast drei Millionen der dreyfusfeindlichen Presse gegenüber. Dies machte noch Ende 1899 ein Übergewicht von 64 Prozent aus.[86] Der Rekordverkauf von mehr als 200 000 Exemplaren der »Aurore« nach dem Zola-Brief relativiert sich in einem solchen

Zusammenhang angesichts von mehr als einer Million täglicher Nummern allein des »Petit Journal«.
Im Herbst 1897 hatten »Le Siècle« und »Le Figaro« im Vertrauen auf Scheurer-Kestner den Fall Dreyfus mit Zweifeln an der Rechtmäßigkeit des Verfahrens von 1894 und Vorwürfen an den Generalstab wieder aufgenommen. Daß im Krieg der Medien aber nicht nur politisch-ideologische Überzeugungen eine Rolle spielten, sondern ebenso ökonomische Zwänge, demonstrierte der Fall des »Figaro«. Er war zunächst die Tribüne Zolas und seiner flammenden Artikel. Angesichts der öffentlichen dreyfusfeindlichen Stimmung und sinkender Verkaufszahlen trennte er sich von Zola, um sich auf dem Markt behaupten zu können. Zola fand dann in der »Aurore« Clemenceaus eine neue Publikationsmöglichkeit. Diese Zeitung entwickelte sich unter dessen Leitung nach der Veröffentlichung von »J'accuse!« dann schnell zum wichtigsten Presseorgan der Dreyfusbewegung.

Georges Clemenceau

Georges Clemenceau ist neben Zola sicher zu den schillerndsten Figuren der Dreyfusbewegung zu rechnen. 1841 in der konservativen Vendée, einer Landschaft im Westen Frankreichs zwischen Atlantik, Loire und Sèvre geboren, entschied sich der junge Mediziner rasch für die Politikerkarriere, die in den bewegten Jahren 1871 und 1872 ihren Anfang nahm und die ersten Bewährungsproben zu bestehen hatte. Als Bürgermeister eines Pariser Arrondissements schwankte er zwischen den revolutionären Aufständischen und der nach Versailles geflohenen Regierung und versuchte - erfolglos - zwischen den Parteien zu vermitteln. Aber auch nach seiner zeitweiligen Abwahl als Bürgermeister in Konsequenz dieser Position führte er als radikaler Republikaner und zeitweiliger Parteigänger Léon Gambettas seine kommunalpolitischen Aktivitäten in Paris in den folgenden Jahren mit wechselndem Erfolg weiter. Seine vom Elternhaus übernommene Ablehnung von Bonapartismus und Monarchismus sowie sein glühender Patriotismus wurden fortan der Leitstern all seines politischen Handelns. 1876 als Abgeordneter in die Kammer gewählt, war er in den folgenden Jahren maßgeblich an der Ausarbeitung eines radikaldemokratischen Programms beteiligt, das sich mit seinen weitgehenden politischen und sozialen Reformen zunehmend gegen die konservative Politik des großbürgerlich-liberalen Flügels um Gambetta wandte und maßgeblich den Ton in der französischen Linken angab. Doch sein politischer Instinkt und seine Gewandtheit konnten nicht verhindern, daß Clemenceau, der von seinen politischen Gegnern gefürchtete »Tiger«, 1893 für ein Jahrzehnt die parlamentarische Bühne verlassen mußte. Dem Vorwurf klerikaler und nationalistischer Politiker gegen Clemenceau, durch die Annahme von Bestechungsgeldern in die Machenschaften mit den Aktien der bankrotten Panamagesellschaft verwickelt zu sein, folgte eine riesige Pressekampagne, die die öffentliche Meinung gegen Clemenceau wenden ließ. Als Ergebnis des Panamaskandals verlor er ein Jahr später sein Abgeordnetenmandat. Das Ende seiner politischen Karriere schien erreicht.

Dieser erzwungene Rückzug von der Parlamentstribüne wirkte sich aber weder negativ auf seine literarischen Studien und seine journalistische Arbeit aus noch verkleinerte er seinen großen Bekanntenkreis unter Literaten und Künstlern. Clemenceau wartete auf den geeigneten Zeitpunkt, erneut die politische Bühne erklimmen zu können. Die Affäre Dreyfus bot ihm diese Chance. Aber bis weit in das Jahr 1897 hinein war er von der Schuld des jüdischen Hauptmanns überzeugt geblieben und hatte für seine Herausgebertätigkeit der »Aurore« die Bedingung gestellt, daß Bernard Lazare als Mitarbeiter die Affäre Dreyfus nicht erwähnen durfte. Erst ein Gespräch mit Scheurer-Kestner und die Artikel Zolas überzeugten ihn allmählich - nicht von der Unschuld Dreyfus', aber von der Ungesetzlichkeit des Gerichtsverfahrens und damit des Urteils.

> »Ich habe niemals gesagt, daß Dreyfus unschuldig ist, und hatte keine Mittel, es zu wissen. Ich sage nur, daß er nicht nach dem Gesetz verurteilt wurde, und ich fordere Gerechtigkeit«,

schrieb er am 14. Februar 1898 und verlangte gleiches Recht für alle. In der Verletzung individueller Rechte sah er eine Bedrohung der Grundfesten der gesamten Gesellschaft. Nach dem Zola-Prozeß ging er dann einen Schritt weiter:

> »Ich neige nun dazu anzunehmen, daß Dreyfus unschuldig ist.«[87]

Die Aufdeckung der »Wahrheit« bildete ein wesentliches Motiv seines Engagements, und seine Überzeugungskraft während der Affäre resultierte aus dem Vertrauen, das man ihm entgegenbrachte, weil er diese Tugend selbst verkörperte. In seiner Verteidigungsrede für den Mitherausgeber der »Aurore«, Perrenx, am Schluß des Zola-Prozesses, bekannte er sich unumwunden zu seinem Urteil über Dreyfus im Jahre 1894. Nun aber, nach Bekanntwerden aller Enthüllungen könne es nur noch einen Weg geben: die Revision des Prozesses. Aber nicht erst in diesem Prozeß, sondern bereits seit dem 1. November 1897 hatte sich der »Tiger« ins Gefecht gestürzt. Ausgerüstet mit den langjährigen Erfahrungen eines politischen Journalisten, wurde seine spitze Feder die publizistische Hauptwaffe der Dreyfusards. Von diesem Tag bis zum 3. November 1901 schrieb er mit durchschnittlich drei Aufsätzen wöchentlich insgesamt 666 Artikel.[88] All seinen Ehrgeiz packte er in diesen Kampf, und es schien, als würde er sich für die 1892 erlittenen Schmähungen rächen wollen.
Clemenceau war nicht nur Chronist der Ereignisse, sondern bot durch seine vielfältigen Verbindungen Informationen aus erster Hand. Analytische Essays wechselten mit polemischen Attacken auf die Feinde der französischen Republik: Kirche, Generalstab und unfähige Politiker, die die Ideale von 1789 verraten hätten. Er verhöhnte und entlarvte seine Gegner, die er porträtierte, indem er sie

karikierte. Man las die »Aurore«, um Clemenceau zu lesen. Er taktierte und pokerte mit seinen Meldungen - und übte wieder Einfluß im öffentlichen und politischen Leben aus. Ob er Machenschaften der Militärs entlarvte oder Zauderer unter den Revisionisten zum Handeln drängte - so glänzend wie seine Rhetorik, so effektvoll war sein Stil. Er ermutigte die Dreyfusards, indem er ihnen zu der notwendigen Öffentlichkeit verhalf und eine Art Kommandobrücke schuf, auf der die Dreyfusbewegung koordiniert werden konnte. Mit dem Schlachtruf »Die Affäre eines einzelnen ist die Affäre aller« sammelte er die Dreyfusards um seine Zeitung. Als 58jähriger war er nun dabei, seine zweite Karriere als Politiker einzuleiten.

Die Blöcke formieren sich

Der Prozeß gegen Zola hatte weitgehende Konsequenzen für die Dreyfusards - sowohl negative als auch positive. Picquart wurde wegen Dienstvergehens aus der Armee ausgeschlossen, Leblois seines Amtes als stellvertretender Bürgermeister eines Pariser Arrondissements enthoben. Dazu erhielt er ein halbes Jahr Berufsverbot wegen angeblichen Bruchs der Schweigepflicht. Angesichts der öffentlichen Ablehnung einer Revision des Dreyfusprozesses schien die Aussicht der Revisionisten auf Erfolg gering. Picquart mit Henry und Esterhazy sowie Clemenceau mit Drumont lieferten sich Duelle, die aber - abgesehen von kleineren Verletzungen - keine Sieger fanden.
Eine solche Pattsituation kennzeichnete in gewissem Sinne auch die politische Bühne. Die scheinbar gestärkt aus dem Zola-Prozeß hervorgegangenen Generäle standen mit dem Rücken zur Wand. Sie ließen sich als Sieger von der tobenden Masse feiern, aber jede neue Aktion der Dreyfusards konnte sie in enge Bedrängnis bringen und ihren Erfolg in einen Pyrrhus-Sieg verwandeln. Beide Lager bereiteten sich so auf eine erneute Auseinandersetzung vor. Mit dem

von Zola durch seine Berufung herbeigeführten Urteil des Kassationsgerichtes, das Verfahren gegen ihn wegen eines Formfehlers für ungültig zu erklären, schien sie sich schnell anzubahnen. Nicht der Kriegsminister, sondern das Kriegsgericht hätte Zola anklagen müssen, so der Vorsitzende des Kassationshofes. Aber schon Wochen vor diesem Entscheid hatten sich die Dreyfusards eine weitere institutionelle Plattform geschaffen.

Am 20. Februar, also am 12. Tag des Prozesses gegen Zola, scharrte Trarieux mit dem Professor Havet, dem Direktor des Instituts Pasteur, Duclaux und anderen Vertrauten engagierte Dreyfusards um sich, die beschlossen, eine Liga für die Verteidigung der Menschenrechte zu gründen. Die Bildung dieser »Liga der Menschenrechte« ermöglichte den Beginn einer landesweiten Kampagne der Dreyfusards, die zwar das Kräfteverhältnis zuungunsten der Rechten kaum veränderte, aber ein Kommunikations- und Informationsnetz außerhalb der Medien schuf. Beginnend mit einer ersten Generalversammlung am 4. Juni und einer Protestbewegung gegen die Anschuldigungen und Verfolgungen, denen Picquart ausgesetzt war, gewann sie mit ihrem Anspruch, das »lebendige Gewissen des Landes« zu verkörpern, bald an Einfluß. Überall im Land traten Dreyfusards auf Veranstaltungen auf, wurden Konferenzen organisiert, gründeten sich lokale Gruppen der »Liga«.

Natürlich konnte die Antwort der Dreyfusgegner nicht ausbleiben. Wie bei der »Liga für Menschenrechte« ging auch diese Initiative von Intellektuellen aus: vom Philosophieprofessor Henri Vaugeois, von Gabriel Syveton und Louis Dausset, die am 31. Dezember 1898 die »Liga für das französische Vaterland« ins Leben riefen. Schnell schlossen sich ihnen alle bekannten Antidreyfusards wie Barrès, Brunetière, Lemaître und Coppée an. Die Académie française, die sich gegenüber der »Liga für Menschenrechte« reserviert verhalten hatte, war mit zahlreichen Mitgliedern in der Liga der Rechten vertreten, zu der auch Professoren aus der Sorbonne zählten. In einem Interview für »Le Temps«

erklärte Brunetière als das Ziel seiner Liga, »das französische Vaterland zu verteidigen ... gegen die Drohungen der sogenannten Intellektuellen«.[89] Der Gegner war bestimmt, die ideologische Basis der Nationalismus. Wahrheit und Gerechtigkeit standen auf der einen Seite dem Respekt vor Armee und Nation auf der anderen gegenüber, revolutionärer Geist gegen Tradition, Internationalismus gegen Nationalismus, »staatenloser« Glaube gegen Besinnung auf das »gute alte Frankreich«, Freimaurerei gegen die »Religion des Vaterlandes«.
Der Streit der Intellektuellen hatte nun in diesen beiden Ligen seine institutionelle Manifestation gefunden. Aber die Waage neigte sich zur »Liga für das französische Vaterland«. 100 000 Unterschriften für sie standen 8 000 für die Dreyfus-Liga gegenüber. Vor allem wirkte die Idee des Nationalismus als ein vereinendes Band. Unter ihrer Fahne schlossen sich Industrielle, Arbeiter, Handelsleute und Bauern der Vaterlandsliga an, abstrakte Moralwerte wie Wahrheit und Gerechtigkeit fanden wenig Gehör bei den Massen.

Ist die Niederlage noch aufzuhalten?

Nach Beendigung des Zola-Prozesses wurden die Maßregeln gegen Dreyfus auf der Teufelsinsel weiter verschärft. All seine Briefe an die Regierung und den Präsidenten blieben unbeantwortet, Dreyfus empfing weiterhin keine Nachrichten aus Frankreich. Nichts wußte er von den Anstrengungen seiner Verteidiger, er hatte weder von Zolas Artikel noch dem anschließenden Prozeß gehört. Er mag geahnt haben, daß er nicht in Vergessenheit geraten war, aber die Einsamkeit und Ungewißheit quälten ihn Tag und Nacht stärker.
Längst hatten einflußreiche Politiker Italiens und Deutschlands immer wieder bestätigt, nie Kontakt zu Dreyfus gehabt zu haben, aber diplomatische Gepflogenheiten und

politische Spielregeln gerade im Bereich der Spionage verboten Schwartzkoppen, öffentlich gegen Esterhazy und für Dreyfus auszusagen. Die Wiederholung des Zola-Prozesses schien zunächst einen Erfolg für die Revisionisten zu verheißen. Am 2. April 1898 hob der Kassationshof das Urteil gegen Zola und Perrenx wegen des erwähnten Formfehlers tatsächlich auf, der wiedererweckte Glaube an eine unbestechliche Justitia und die Demokratie nährte die neuerliche Hoffnung. Aber der aufgebrachten rechten Presse widerfuhr sofort danach Genugtuung: nun erhob das Kriegsgericht mit dem gleichen Vorwurf wie der Kriegsminister im Januar Anklage gegen Zola.
Bevor der Prozeß dann endlich am 18. Juli 1898 begann, hatten sich einige politische Veränderungen vollzogen. Die Wahlen im Mai führten zwar zu keinen größeren Überraschungen, ihre Ergebnisse kamen aber in gewisser Hinsicht etwas unerwartet. Vor allem in ländlichen Gebieten wie etwa in der südwestlichen Region Gers oder in Zentralgebieten wie Allier, Cher oder Loire war der Wahlkampf von antisemitischer Rhetorik und Kampagnen gegen die Dreyfusards wesentlich beeinflußt gewesen. Verknüpft mit lokalen Gegebenheiten und transferiert durch die weite Verbreitung der konservativen Presse, besonders der »La Croix«, bezogen Antisemiten aus dem Fall Dreyfus ihre Argumente. Trotzdem konnten die Konservativen im Land keine klaren Gewinne erzielen, auch wenn Drumont in Algier sowie weitere 22 antisemitische Kandidaten gewählt wurden und weder Reinach noch Jaurès ins Parlament einzogen.[90] Die Franzosen wählten mehrheitlich das linke, radikale Zentrum und die Progressisten - also die Republik. Neuer Ministerpräsident wurde Brisson, Kriegsminister Cavaignac, ein Zivilist, der - überzeugt von der Schuld Dreyfus' - mit aller Macht Zola und Picquart verurteilen lassen und Esterhazy loswerden wollte. Das Ziel der neuen Regierung bestand darin, die Affäre endlich zu beenden. Eine neue Offensive gegen die Dreyfusards begann.
Schon drei Tage vor der Bildung des Kabinetts Brisson, am

25. Juni, wurde so Reinach auf Beschluß des Ehrengerichts als Hauptmann der Landwehr wegen eines Artikels über die Verbindung Esterhazy-Schwartzkoppen im »Siècle« degradiert. Ein neuerliches Gesuch um Annullierung des Urteils von 1894 von Lucie Dreyfus auf Grund des geheimen Dokuments wurde wiederum - wegen angeblichen Mangels an Beweisen - abgelehnt. Bereits vor den Wahlen hatte der Kriegsminister Billot das Statistische Büro für die Übergabe vorbereitet. Besonders lagen ihm die ungeordneten Akten zum Fall Dreyfus am Herzen. Bei der Zusammenstellung aller Papiere durch Gonse und Henry nutzte der Major wiederum die günstige Gelegenheit, den Verdacht gegen Picquart zu erhärten und Esterhazy zu entlasten. Erneut fälschte er wichtiges Beweismaterial - diesmal den an Esterhazy gerichteten Rohrpostbrief Schwartzkoppens - der Picquarts Verdacht geweckt und seine Untersuchungen gegen Esterhazy eingeleitet hatte. Indem Henry den Namen »Esterhazy« ausradierte und neu schrieb, versuchte er, den Anschein zu erwecken, Picquart hätte den Brief gefälscht.
Diese neue Offensive gegen die Revision fand ihre Fortführung in der ersten Rede des neuen Kriegsministers vor der Kammer am 7. Juli, in der er als Hauptbeweis gegen Dreyfus den Panizzardi-Brief vom Oktober 1896 mit dem Satzfetzen »diese Kanaille D...«, den de Pellieux während des Zola-Prozesses erwähnt hatte, präsentierte.

> »Ich habe die absoluten Beweise von der Schuld Dreyfus' in meinen Händen.«

Während ihm das Parlament, die Presse und die Massen skandierten, erkannte der Rationalist Brisson sehr wohl die Gefahr, die von dieser Interpellation seines Kriegsministers ausgehen konnte. Dessen ungehemmte Einmischung in die Belange der Justiz legte die momentane Schwäche der demokratischen Prinzipien und der Republik offen. Aber auch Brisson konnte sich dem ungeheuren Druck der Presse nicht widersetzen. Die Linksregierung war nicht in der

Lage, eigenständig in dieser innenpolitischen Krise zu agieren.[91]

So mußte der zweite Prozeß gegen Zola, der wegen der aufgeputschten Massen von Paris nach Versailles verlegt worden war, erneut mit dessen Verurteilung enden, zumal Zola in einem offenen Brief an Cavaignac Esterhazy als alleinigen Verräter bezeichnet hatte. Um die Strafe nicht antreten zu müssen, überredeten Clemenceau und Labori Zola zur Flucht, eine Entscheidung, die andere Dreyfusards wie Reinach nicht teilten. Noch am Tag seiner erneuten Verurteilung schiffte sich der Schriftsteller mit schwerem Herzen und einer ungewissen Zukunft nach England ein.

Dies sah wie eine Kapitulation aller Verteidiger Dreyfus' aus. Weder die Verhaftung des Lebemannes Esterhazy wegen Unterschlagung und neuerliche Vorwürfe gegen ihn, noch seine bekanntgewordenen Verbindungen zu du Paty de Clam oder die Artikelserie von Jean Jaurès in »La Petit République«, »Les Preuves« (»Die Beweise«), die dieser am 10. August begann, vermochten ein neues Signal auszulösen. Zola in England und seit dem 25. Juli ausgeschlossen aus der Ehrenlegion, Picquart nach einem Brief an den Ministerpräsidenten, in dem er den »absoluten Beweis« Cavaignacs als Fälschung entlarvte, erneut verhaftet; Jaurès, Clemenceau und Reinach nicht im Parlament - die Sache der Dreyfusbewegung schien verloren.

Der Sturm bricht los

Der 13. August 1898 eröffnete einen neuen Akt des Dramas, und er kann mit Recht als ein Wendepunkt in der gesamten Dreyfusaffäre betrachtet werden. Am Abend dieses Sommertages saß der von Cavaignac mit der erneuten Prüfung der Dreyfus-Akten beauftragte Hauptmann Cuignet über all den inzwischen zusammengetragenen Papieren und erkannte Unregelmäßigkeiten in der Papierstruktur des Panizzari-Briefes. Nach genauer Prüfung stand fest: der »absolu-

te« Beweis, das einzige Schriftstück in den Akten, in dem der Name Dreyfus auftauchte, war eine Fälschung.
Diese Nachricht schlug in Paris wie ein Blitzschlag ein. Nun überschlugen sich die Ereignisse. Am 30. August fand das Verhör Cavaignacs mit Major Henry statt, den Gonse und de Boisdeffre fallengelassen hatten. Henry gestand die Fälschung des Briefes von 1896 und wurde verhaftet, de Boisdeffre und de Pellieux baten um ihre Demission, da sie von »Leuten ohne Ehre« betrogen worden seien. Am Abend des letzten Augusttages fand der Wärter auf der Festung Mont-Valérien Major Henry in seiner Zelle mit durchschnittener Kehle und einem Rasiermesser in der Hand. Trotz der mysteriösen Umstände seines Todes verkündeten am folgenden Tag die Zeitungen die Nachricht vom Selbstmord Henrys.
Parallel damit wurde Esterhazy nach der Verhandlung vor dem Ehrengericht der Armee aus dieser entlassen und du Paty de Clam mit Dienstentlassung bestraft. Esterhazy floh sofort nach London. Angesichts der überraschenden Wendung trat Cavaignac zurück. Seinen Platz als neuer Kriegsminister nahm Anfang September mit General Zurlinden ein anderer Antidreyfusard ein.
Die Sache der Revisionisten, die schon gescheitert schien, hatte nun den entscheidenden Auftrieb bekommen. Die dramatischen Ereignisse bewirkten einen Umschwung der öffentlichen Meinung. Die Mehrzahl der Pariser Zeitungen anerkannte nun die Notwendigkeit einer Revision des Prozesses gegen Dreyfus. Ein neues Sedan bahnte sich für den Generalstab an, aber noch waren die Dreyfusards nicht am Ziel. Mit der Begründung, eine Revision brächte das Land in eine heftige Erregung, hatte auch General Zurlinden eine Revision zurückgewiesen und war zurückgetreten.
Weitere Anstrengungen wurden notwendig, um das Ziel zu erreichen, denn die Gegner waren noch nicht geschlagen. Auch wenn moderate Antidreyfusards in die Revisionskampagne mit dem Ziel einstimmten, einen Mißerfolg des zweiten Prozesses und die Verhinderung der Rehabilitierung

durchsetzen zu können, behielt aber die Mehrheit dieses Lagers ihre absolut ablehnende Haltung bei. General Zurlinden, der als Militärgouverneur weiter Macht in seinen Händen hielt, unterzeichnete den Untersuchungsbefehl gegen Picquart. Eine von der »Libre Parole« im Dezember begonnene und von der »Liga für das französische Vaterland« unterstützte Subskription »Für die Witwe und die Waise des Colonel Henry gegen den Juden Reinach« fand große Resonanz. Die Sammlung sollte der Vorbereitung eines Prozesses gegen Reinach dienen, der Henry der Komplizenschaft mit Esterhazy in der Affäre Dreyfus beschuldigt hatte. 25 000 Unterzeichner, unter ihnen 53 Deputierte, sammelten innerhalb eines Monats mehr als 130 000 Francs. Zahlreiche Arbeiter, vor allem aus der Bekleidungsindustrie, aber auch Künstler unterschrieben den Aufruf. Von 4 500 Militärs waren 3 000 Offiziere und 28 Generäle. Aus der Studentenschaft und den freien Berufen kamen jeweils etwa 8 Prozent. Nicht verwunderlich, daß sich hunderte Adlige in die Listen eintrugen.[92] Mit dem Ruf, nur die Monarchie könnte Frankreichs Ehre retten, hatten sich die Royalisten mit ihrem Führer, dem Herzog von Orléans, bereits zurückgemeldet.

Seit Ende September und Anfang Oktober nahmen die schweren Zusammenstöße und Straßenkämpfe zwischen Dreyfusards und Revisionsgegnern wieder zu. Die nationalistischen und antisemitischen Stimmungen waren keineswegs abgeflacht. Die Lage in Paris spitzte sich zusehends zu. Ein Ausstand der Bau- und Erdarbeiter griff schnell auf andere Berufsgruppen über und weitete sich zu einer immensen Streikbewegung aus. Mehr als 40 000 Arbeiter gingen nicht zur Arbeit, die Stadt war von Militärtruppen belagert. Angesichts der riesigen Bauarbeiten für die Errichtung der Metro und im Vorfeld der Weltausstellung glich die französische Hauptstadt einem Chaos. Obwohl im Grunde beschränkt auf Forderungen nach besseren Löhnen, erhielt der Ausstand zu diesem Zeitpunkt politischen Charakter. Die antisemitische Presse drohte offen mit dem Bürgerkrieg, die Revisionisten und Sozialisten warnten vor Verschwörungsplänen der Generäle und einem Putsch. In der Kammer nahm der Druck der Rechten auf den Revisionsbefürworter Brisson zu. In der turbulenten Sitzung am 25. Oktober wurde eine von den Nationalisten eingebrachte Resolution mit Mehrheit angenommen, der »Hetze gegen die Armee« ein Ende zu machen. Nachdem vorher bereits der Nachfolger Zurlindens, Kriegsminister Chanoine, entgegen dem Beschluß durch den Ministerrat wegen seiner antirevisionistischen Haltung seine Demission erklärt hatte, trat nun die gesamte Regierung Brisson zurück.

Aber auch außenpolitisch geriet Frankreich unter Druck. Mitte September hatten englische Kolonialtruppen mit der Besetzung des Niloberlaufes im Sudan ihren Herrschaftsanspruch über Ägypten endgültig sichern wollen. Bei Faschoda stießen sie auf französische Armeeinheiten, die den englischen Vormarsch stoppen sollten. Dieser Konflikt weitete sich zur sogenannten Faschoda-Krise zwischen England und Frankreich aus und brachte beide Länder an den Rand eines Krieges. Frankreich war so militärischen Bedrohungen Englands ausgesetzt, das auf die Hilfe Deutschlands im Falle eines militärischen Konflikts spekulierte.

Die Lage schien für die französische Regierung damit endgültig außer Kontrolle geraten zu sein. Das neue Kabinett unter Ministerpräsident Charles Dupuy mußte sich auf eine breite republikanische Union stützen, um bestehen zu können und hatte de facto keine andere Wahl, als die Politik ihrer Vorgänger mit größerer Konsequenz fortzusetzen. Das hieß vor allem, die antirepublikanischen Angriffe zu unterdrücken, die Teilung der Macht unter Vorrang der Zivilgesetzlichkeit und das Funktionieren der demokratischen Institutionen zu garantieren. Dies konnte nur durch eine Wiederaufnahme des Falles Dreyfus geschehen.

Eine Wende?

Der Selbstmord Henrys und die Veröffentlichung der »Preuves« von Jaurès hatten dem Kampf um die Revision die entscheidende Wende gegeben, ja die Artikelserie des Sozialisten hatte, wie der zu dieser Zeit in der Schweiz weilende Léon Blum später urteilte, die gleiche Rolle gespielt wie das »J'accuse!« von Zola.[93] Die Dreyfusards konnten jubeln, denn sie hatten nun auch an Einfluß innerhalb der Regierung und des Parlaments gewonnen. War angesichts der Streitfrage um Dreyfus zunächst Zurlinden wegen der Zustimmung Brissons zu einer Revision zurückgetreten, so hatte am 17. September der Ministerrat die Einsetzung einer Regierungskommission zur Revision des Falles Dreyfus beschlossen. Neun Tage später stellte der dazu ermächtigte Justizminister das von Lucie Dreyfus eingereichte Gesuch zur Revision des Prozesses von 1894 dem Kassationshof zu. Ende Oktober erklärte dieser das Gesuch für begründet und beschloß die Eröffnung einer Untersuchung, die mit Vernehmungen der fünf ehemaligen Kriegsminister Mercier, Billot, Cavaignac, Zurlinden und Chanoine Anfang November begann.

Auch Alfred Dreyfus, der von den Vorgängen in Paris nichts wußte, erhielt nun ein offizielles Schreiben mit der Mitteilung, daß sein beim Präsidenten Faure eingereichtes Gnadengesuch beantwortet werden würde. Diesen Brief mit der Befürwortung des Revisionsgesuches erhielt Dreyfus am 16. November. Damit war er - abgesehen von den unregelmäßig eingegangenen und zensierten Briefen seiner Frau - nach Jahren wieder mit der Außenwelt verbunden. Hoffnung keimte auf, die Bedingungen auf der Teufelsinsel verbesserten sich. Er durfte innerhalb der Umzäunung spazierengehen, die Post kam regelmäßig an. Dem Revisionsprozeß schien nun in der Tat nichts mehr im Wege zu stehen - aber Geduld war gefragt.

Die Richter des zivilen Kassationshofes, die namentlich bekannt waren, gerieten mit Beginn ihrer Arbeit unter den massiven Druck der rechten Presse. Seit dem Panamaskandal waren die Richter in der öffentlichen Meinung diskreditiert, was den Nationalisten ihre Angriffe erleichterte. Antisemitische Ausfälle gegen den Präsidenten des Kassationshofes Loew, der elsässischer Protestant war, blieben keine Ausnahme, andere Richter wurden der Komplizenschaft mit Zola und Picquart oder dem »Syndikat« bezichtigt. Manche erhielten gar anonyme Drohbriefe.

Die Affäre Dreyfus war mit der Inhaftierung Picquarts seit dem 13. Juli 1898 in den Augen der Dreyfusards auch zu einer »Affäre Picquart« geworden. Dessen Freilassung erschien als Voraussetzung für eine Wiederaufnahme des Falles Dreyfus, und so begann Ende 1898 eine größere Kampagne für Picquart. Am 25. November unterzeichneten bekannte Schriftsteller wie Anatole France, Marcel Prevost, Madame Séverine und Octave Mirbeau sowie zahlreiche andere Intellektuelle ein Manifest gegen die Verfolgungen und die Inhaftierung, denen Picquart ausgesetzt war, und gegen den geplanten Prozeß vor dem Kriegsgericht.[94] Dieses Manifest wurde in allen Zeitungen der Dreyfusbewegung gedruckt, und innerhalb von zwei Wochen unterzeichneten es mehr als 5 000 Personen. Mit einem Vorwort von Mirbeau wurde es Anfang Januar 1899 in einem Prachtband unter dem Titel »Huldigung der Künstler an Picquart« in Paris veröffentlicht.

Aber die Mühlen der Gerichtsbarkeit mahlten langsam. Während Zola in London, gequält von schweren Depressionen, seine Rückkehr nach Paris herbeisehnte und Dreyfus Anfang Januar in einer Vernehmung mit dem Präsidenten des Appelationsgerichtes in Cayenne erstmals von der Affäre Esterhazy Kenntnis erhielt, versuchten die »Liga für das französische Vaterland« durch öffentliche Veranstaltungen und nationalistische Abgeordnete mittels Interpellationen den Gang der Untersuchungen zu bremsen. Die objektive Behandlung des Falles Dreyfus durch die zivile Gerichtsbarkeit, die alle wichtigen Zeugen einschließlich Esterhazy vorladen ließ, stieß auf den heftigsten Widerstand der Rechten. Gegen die Stimmen der Republikaner, Sozialisten und Radikalen nahm so die Kammer einen vom Justizminister eingebrachten Entwurf als Gesetz an, das der Strafkammer des Kassationshofes die Untersuchung der Revisionsgründe entzog. Einen Tag vorher, am 9. Februar 1899, hatte dessen Präsident die Akten der abgeschlossenen Ermittlungen dem Generalstaatsanwalt überreicht. Der Gesetzesentwurf führte zu einer Beschränkung der Entscheidungsmacht des Gerichtshofes, dessen Untersuchungsergebnisse damit auf einen konsultativen Charakter eingeschränkt wurden.

Dieser Rückschlag war mit einer neuerlichen antidreyfusardschen Offensive verbunden. Der Führer der antisemitischen Patriotenliga, Paul Déroulède, versuchte, das Begräbnis des plötzlich verstorbenen Präsidenten Félix Faure am 23. Februar für einen Staatsstreich zu nutzen. Aber vergeblich griff er in die Zügel des Pferdes von General Roget. Dieser schloß sich mit seinen Truppen nicht dem Marsch zum Elyséepalast, dem Sitz des französischen Präsidenten, an. Déroulède verschanzte sich daraufhin in den Reuilly Barakken. Der Staatsstreich war gescheitert, ehe er richtig begonnen hatte. Der Initiator wanderte wenig später ins Gefängnis der Conciergerie.

Der verunglückte Putschversuch symbolisierte einerseits die tiefe politische Krise, in der Frankreich steckte, offenbarte aber andererseits die Uneinigkeit im Lager der Putschisten. Déroulède hatte schon im Oktober des Vorjahres versucht, die sich angesichts der Streiks in Paris bietende Chance am Schopf zu fassen und eine Massendemonstration gegen die Dreyfusbewegung und die Regierung zu organisieren. In seinen Bestrebungen fand er vor allem in bonapartistischen Kreisen und besonders durch die Royalisten um den Duke von Orléans, die enge Verbindung zu den obersten Militäretagen unterhielten, Unterstützung.[95] Deren Beharren auf alten parlamentarischen Traditionen stand aber im Widerspruch zu einem autoritären Staatsmodell, das erstere auf der Welle des antisemitischen Antidreyfusismus zu errichten gedachten. Differenzen zwischen gemäßigteren Monarchisten und militanten Bonapartisten bestanden auch in der Frage der Anwendung militärischer Gewalt. Zudem entsprach weder eine wiedererneuerte orléanistische Monarchie noch ein bonapartistisches Empire den politischen Vorstellungen Déroulèdes. So schien der von den Dreyfusards immer wieder vorhergesagte Staatsstreich wenig Aussicht auf Erfolg zu haben, aber ein Alarmzeichen war gesetzt. Frankreich taumelte am Rande des Bürgerkrieges.

Der Nachfolger Faures im Präsidentenamt, Emile Loubet, der Sieger über Méline blieb, ergriff jedoch Partei für die Sache Dreyfus'. So konnte auch die wütende Hetze der antisemitischen und nationalistischen Presse gegen ihn und den Kassationshof nicht verhindern, daß am 3. Juni 1899 dieser in geheimer Sitzung das Urteil von 1894 für ungültig erklärte, indem er die Ungesetzlichkeit des Verfahrens und die Fälschungen des »Bordereau« sowie des Schriftstücks mit dem Vermerk »die Kanaille D...« anerkannte. Er gab einer Revision des Verfahrens seine Zustimmung und überwies es dem Kriegsgericht in Rennes. Bereits im März hatte der »Figaro« die Untersuchungsergebnisse der Strafkammer veröffentlicht und noch einmal eine heftige polemische Diskussion ausgelöst. Das Urteil des Kassationshofes bedeutete dann den endgültigen Sieg der Revisionisten. Es schloß zwar nicht automatisch die Rehabilitierung des jüdischen Hauptmanns ein, aber das eigentliche Ziel, das die Dreyfusards geeint hatte, war nun erreicht. Zwei Tage später kehrte Zola aus seinem Zwangsexil nach Paris zurück. Im am gleichen Tag in der »Aurore« veröffentlichten Artikel »Gerechtigkeit« resümierte der Schriftsteller mit Genugtuung die Entwicklung der vergangenen Monate und betrachtete zugleich seine Mission in der Dreyfusaffäre für abgeschlossen.

»Es ist zu Ende«, so Zola, »ich kehre zurück, da die Wahrheit ans Licht kommt, da der Gerechtigkeit Genüge getan wird.«[96]

Am gleichen Tag stach ein Kreuzer mit Kurs auf Französisch-Guayana in See, wo Dreyfus sehnsüchtig auf seine Rückkehr nach Frankreich wartete.
Noch immer aber befand sich Picquart in Haft. Die Resultate des Kassationshofes entsprachen in allem jenen Behauptungen des Oberstleutnants, die zu seiner Verhaftung geführt hatten. Zola in seinem Artikel, die »Liga der Menschenrechte«, aber auch andere Dreyfusards ließen nicht nach, auf öffentlichen Veranstaltungen und in ihren Zeitungen Picquarts Freiheit zu fordern. Dieser öffentliche Druck war von Erfolg gekrönt, und noch vor Beginn des Revisionsprozesses in Rennes befand sich Picquart, wenn auch als Zivilist, wieder auf freiem Fuß.
Nach wie vor beherrschten so die Emotionen die Bevölkerung von Paris. Déroulède war seit Ende Mai wieder aus der Haft entlassen, und einen Tag nach der Verkündung des Kassationshofes verübte ein Baron während eines Pferderennens ein Attentat auf den Präsidenten Loubet, das jedoch mißglückte. Die Antwort ließ nicht lange auf sich warten. Eine Woche später folgten Tausende Pariser Arbeiter, Kleinbürger und Studenten dem Aufruf der Sozialisten zum Schutz der Republik gegen den Anschlag der Rechten und versammelten sich zu einer gewaltigen Kundgebung auf der Rennbahn von Longchamp. Wegen seiner Unfähigkeit, die Ereignisse zu beherrschen, mußte Dupuy zurücktreten. Am 22. Juni bildete Waldeck-Rousseau sein Kabinett der nationalen Konzentration, in dem mit Millerand erstmals ein sozialistischer Abgeordneter ein Ministeramt übernahm.
Wenige Tage später erreichte Dreyfus nach fünfjähriger Isolationshaft auf der Teufelsinsel wieder sein Heimatland. Der letzte Akt des Dramas konnte beginnen.

Kapitel 4

Die mühevolle Revision

Die Regierung der Republik gibt mir die Freiheit wieder. Diese ist aber wertlos für mich ohne meine Ehre. Von diesem Augenblick an werde ich versuchen, Genugtuung für den entsetzlichen Rechtsirrtum zu erlangen, dessen Opfer ich immer noch bin. Ich will, daß ganz Frankreich durch ein endgültiges Urteil erfahre, daß ich unschuldig bin. Mein Herz wird erst Ruhe finden, wenn kein einziger Franzose mich mehr des verabscheuungswürdigen Verbrechens, das ein anderer begangen hat, für schuldig hält.
Rennes, am 21. September 1899
Alfred Dreyfus[97]

Knapp drei Monate waren seit seiner Rückkehr nach Frankreich vergangen, als Dreyfus - nach erneuter Verurteilung und folgender Begnadigung - diese Erklärung veröffentlichen ließ. Für seine Gegner war die Annahme der Begnadigung nichts anderes als das Eingeständnis der Schuld und für viele seiner Freunde eine Kapitulation. Als sieben Jahre später seine Rehabilitierung erfolgte, hatten sich die Reihen auf beiden Seiten schon gelichtet, waren Scheurer-Kestner, Zola, Bernard Lazare, de Pellieux oder Cavaignac nicht mehr am Leben. Und für eine breite Öffentlichkeit war die Affäre längst zu Ende.

Der Ahnungslose

Schon die Modalitäten seiner Rückkehr nach Frankreich ließen Alfred Dreyfus ahnen, daß seine Schlußfolgerungen, die er aus dem Beschluß des Kassationshofes gezogen hatte, voreilig gewesen waren. Jetzt sei alles zu Ende und nur noch reine Formalität hatte er in seinem Tagebuch notiert.[98] Aber bereits an Bord des Kreuzers »Sfax« war er weiter als Strafgefangener behandelt worden. Er verbrachte die Tage der Überfahrt in einer bewachten und vergitterten Kabine, die er morgens und abends für je eine Stunde verlassen durfte. Trotzdem war er noch voller Hoffnungen, als am 30. Juni 1899 die französische Küste in Sicht kam.

> »Nach fünf Jahren des Märtyriums kehrte ich zurück, um Gerechtigkeit zu suchen. Der entsetzliche Traum war zu Ende. Ich glaubte, daß die Menschen nun ihren Irrtum erkannt hätten, ich erwartete, daß ich die Meinigen wiederfinden werde und nach ihnen meine Kameraden, die mich mit Tränen in den Augen und mit offenen Armen empfangen würden.«[99]

Die Behandlung bei der Landung und bei der Einlieferung in das Militärgefängnis von Rennes belehrten ihn schnell eines Besseren.

> »Man kann sich vorstellen, wie groß in mir Überraschung, Erstaunen, Betrübnis und Schmerz über eine derartige Rückkehr in mein Vaterland waren. Wo ich geglaubt hatte, Menschen anzutreffen, die von einem gemeinsamen Gedanken an Gerechtigkeit und Wahrheit erfüllt und von dem Wunsche beseelt waren, mich alle Schmerzen des entsetzlichen Rechtsirrtums vergessen zu machen, fand ich nur ängstliche Gesichter, kleinliche Vorsichtsmaßregeln, eine verrückte Ausschiffung auf wütender See mitten in der Nacht und körperliche Schmerzen, die sich mit meinen seelischen vereinigten.«[100]

Verwundern darf diese anfängliche Euphorie des Hauptmanns nicht. Abgesehen von der Erschütterung, die die Verfügung des Kassationshofes bei dem seit fünf Jahren auf die Teufelsinsel deportierten Dreyfus auslösen mußte, war er nur sehr unvollständig über die ihn betreffenden Ereig-

nisse in Frankreich informiert. Er hatte zwar die Anklagerede des Oberstaatsanwaltes vom 15. Oktober 1898 vor dem Kassationshof erhalten und war im Januar 1899 in Cayenne vernommen worden, aber die Hintergründe und Zusammenhänge verstand er nicht. Zeitungen berichteten, daß er vor seiner Abreise nach Frankreich sich telegraphisch bei General de Boisdeffre bedanken wollte, den er für einen seiner Fürsprecher hielt.
So blieb es - neben seiner Familie - Labori und Demange vorbehalten, den völlig Ahnungslosen nun im Detail über die Ereignisse seit dem Prozeß von 1894 zu informieren.

> »Ich hörte atemlos zu, und die einzelnen Vorfälle dieser dramatischen Geschichte fügten sich allmählich in meinem Geist aneinander.«[101]

Es folgte das intensive Studium der Unterlagen und Akten, und der gesundheitlich stark angeschlagene Dreyfus fiel von einer Überraschung in die andere.

> »Während ich immer trauriger wurde, als ich sah, wie die Leidenschaften die Menschen zu verwirren vermögen, während ich von all den Verbrechen las, die gegen die Unschuld begangen worden waren, erhob sich doch in mir ein tiefes Gefühl der Dankbarkeit und Bewunderung für all die mutigen Männer, die sich ... tapfer in den Kampf für den Sieg der Gerechtigkeit und Wahrheit, für die Aufrechterhaltung der Grundsätze, die das Erbe der Menschheit sind, gestürzt hatten.«[102]

Unter den ersten von Tausenden von Briefen, die Dreyfus erhielt, war auch ein Schreiben Zolas, der ihm seine Anteilnahme und Bewunderung aussprach. Warnend wies er aber auch darauf hin, daß das »Werk« noch nicht zu Ende sei.

> »Ihre Unschuld muß rückhaltlos anerkannt werden, damit Frankreich aus dem moralischen Zusammenbruch gerettet werden kann, in dem es beinahe versunken wäre.«[103]

Und wie recht der Romancier damit hatte, zeigte die bewußte äußerste Strenge, mit der der Untersuchungsgefangene Dreyfus behandelt wurde, ohne die mögliche und im

Fall Esterhazy 1898 praktizierte Haftverschonung auch nur in Erwägung zu ziehen. So behandelt man Täter und nicht Opfer, und genau diesen Eindruck hinterließ ein solches Vorgehen der Militärjustiz, das von der Regierung Waldeck-Rousseau zumindest toleriert wurde. Überhaupt verhielt sich die Regierung bereits im Vorfeld des Revisionsprozesses zwiespältig, was insofern verwunderte, als die Unschuld des von der Teufelsinsel Zurückgekehrten eigentlich ernsthaft nicht mehr zu bezweifeln war. Davon war der Ministerpräsident, der sich intensiv über die Affäre hatte informieren lassen, auch persönlich überzeugt und die definitive Beendigung der ganzen Angelegenheit war für ihn eine entscheidende Vorbedingung, um der Krise im Land Herr zu werden, die »Geister« zu beruhigen und der Autorität des Staates wieder Geltung zu verschaffen. Unverkennbar versuchte er, die republikanische Ordnung wiederherzustellen, die Sonderstellung der Armee im Staate und den Einfluß der katholischen Kirche auf das Erziehungswesen zu beseitigen.[104] Aber noch war das innere Kräfteverhältnis zu gespannt, und deshalb sollten die Militärrichter in Rennes den Schlußstrich unter die Affäre ziehen, ohne Einmischung der Staatsgewalt. Möglicherweise hofften Waldeck-Rousseau und Kriegsminister Galliffet wirklich, die Armeeführung würde nun »vernünftig« reagieren und der Prozeß sei deshalb nur eine Formalität. Galliffet, der von seinen in die Affäre verwickelten Kollegen nichts hielt und mit bestrafenden Versetzungen durchaus nicht gespart hatte, gab sich sicher, daß Mercier als Zeuge vor Gericht eine Blamage erleiden würde.[105] Spürbar wurde aber auch ihr Bemühen, die wirklich Schuldigen an der Affäre nicht ernsthaft zu bestrafen. Ein Justizirrtum sollte revidiert werden, ohne die Generäle auf die Anklagebank zu setzen. Angestrebt wurde eine Regelung, die mögliche neue Erschütterungen im Land vermied, ein Finale des Dramas gewissermaßen, in dem es keine Sieger und Besiegte geben würde. Die so verstandene Staatsraison prägte das Verhalten des Ministerpräsidenten mehr als sein Inter-

esse an der Verteidigung von Dreyfus.[106]
Die Antidreyfusards allerdings waren längst wieder in die Offensive gegangen. Im Gegensatz zu den Intentionen der Regierung lehnten sie die Revision entschieden ab, für sie gab es - wie Barrès durchaus zutreffend formulierte - in Rennes nur die Wahl zwischen Dreyfus oder die »grands chefs«[107], für sie war der politische Charakter des bevorstehenden Prozesses längst gegeben.

»Man fragt sich nicht mehr: ist Dreyfus schuldig oder unschuldig?«, hieß es in »La Croix«. »Man fragt sich: wer wird den Sieg davontragen, - die Feinde der Armee oder ihre Freunde?«[108]

Die dreyfusfeindliche Presse skandierte ununterbrochen die gleichen Töne: Dreyfus ist ein Verräter und schuldig, seine Freunde sind Feinde des Vaterlandes und der Armee, ihr Sieg bedeutet nationalen Untergang und Herrschaft des jüdischen Syndikats. Keine Rechtsfrage wäre in Rennes zu verhandeln, sondern die Ehre der Armee zu bewahren.
Keineswegs zufällig stellte sich General Mercier an die Spitze dieser Kampagne. Nach Lage der Dinge kam ein Freispruch Dreyfus' seiner Verurteilung gleich, und außerdem drohte ihm ein Anklage wegen Amtsmißbrauch. Massiv von seinen Parteigängern aufgefordert, in Rennes den endgültigen Schuldbeweis vorzulegen, erklärte er in einem seiner vielen Interviews wenige Tage vor Prozeßbeginn dem »Intransigeant«, die erneute Verurteilung Dreyfus' wäre keine Frage.

»Denn in dieser Affäre gibt es sicherlich einen Schuldigen. Und dieser Schuldige ist entweder er oder ich. Da ich es nicht bin, ist es Dreyfus.«[109]

Den Beweis dafür würde er erbringen.
Bei der Bestimmung ihres Vorgehens brachen im Lager der Dreyfusards, auch angesichts der Haltung der Regierung und der wütenden Attacken ihrer Gegner, die alten Kontroversen wieder auf. Ein Teil - vertreten unter anderem von Clemenceau und Labori - nahmen gewissermaßen die Herausforderung Merciers an. Für sie stellte Rennes die Entschei-

dungsschlacht dar, in der durch die Rehabilitierung des Hauptmann Dreyfus der Sieg von Recht und Gerechtigkeit generell und endgültig errungen werden mußte, im Interesse Frankreichs, aber natürlich auch im Interesse all derer Dreyfusards, die für ihr Eintreten beschimpft, gemaßregelt oder verurteilt worden waren. Das bedeutete die schonungslose Offenlegung der Affäre und - in deren Konsequenz - die Bestrafung der Täter. Nicht, daß für sie Dreyfus nur das Objekt in einem Prinzipienstreit gewesen wäre, aber der Einsatz war zu hoch, um sich in Rennes mit dem Freispruch des Hauptmann zu begnügen.

> »Dreyfus ist nur ein symbolischer Einsatz«, schrieb Clemenceau während des Prozesses an Labori. »Man muß die Unschuld retten, die unterdrückt werden soll.«[110]

Insofern war die Gefahr durchaus real, zu vernachlässigen, daß der, um den es in erster Linie ging, ein Mensch aus Fleisch und Blut war, der fast fünf Jahre auf der Teufelsinsel zugebracht hatte und der nun - immer noch in Haft, krank und sich nur mit Mühe im Geschehen zurechtfindend - einen guten Monat Zeit hatte, sich auf seinen Prozeß vorzubereiten.[111] Und nicht jeder Dreyfusard fand in der Person und im Verhalten des nun leibhaftig vorhandenen Dreyfus seine Vorstellungen von einem Märtyrer bestätigt, dessen Schicksal er mit dem Frankreichs verbunden hatte, der für ihn »zu einem Symbol, ja zu einem abstrakten Begriff geworden« war.[112] Für Clemenceau, dessen Urteil über seine Zeitgenossen selten wohlwollend ausfiel, sah Dreyfus aus wie ein »kleiner Krämer«, der nichts begriffen hatte und »abgrundtief unter der Affäre Dreyfus« stand.

> »So ist es übrigens viel besser. Man wird uns nicht vorwerfen können, daß sein Fluidum uns mitgerissen hat. So was hatte er rein gar nicht.«[113]

Zum Verwundern darüber bestand aber kein Anlaß. Es war tatsächlich, wie Léon Blum in seinen Erinnerungen schrieb, eine »caprice de l'Histoire«, die Dreyfus diese Rolle zuwies, zu der er selbst nie eine Beziehung gewann. Und betrachtet man seinen Lebenslauf, so hat die Frage Blums, ob Dreyfus, wenn es nicht ihn, sondern einen anderen getroffen hätte, Dreyfusard geworden wäre, durchaus ihre Berechtigung.[114] Die Familie Dreyfus bewegten in den Julitagen 1899 solche Überlegungen naturgemäß nicht. Sekundiert von dem mit Waldeck-Rousseau befreundeten Demange und auch von Reinach, ging es ihnen vor allem um den zu erreichenden Freispruch für Alfred Dreyfus. Wenn dem ein zurückhaltendes Verhalten im Prozeß dienlich sein konnte, waren sie bereit, auf die offene Konfrontation zu verzichten. Die Nähe zu den Vorstellungen der Regierung über einen möglichen Prozeßausgang war unübersehbar. Das Lager der Dreyfusards war daher inkohärent und gespalten, als am 7. August der Revisionsprozeß in Rennes begann.[115]

»Ich bin überwältigt von Entsetzen«

Der Prozeß dauerte endlose fünf Wochen. Da der Saal des Kriegsgerichtes zu klein war, fanden die Verhandlungen in der Aula eines Gymnasiums statt, das außerdem den Vorteil hatte, in unmittelbarer Nähe des Militärgefängnisses zu liegen. Paléologue, der im Auftrag der Regierung am Prozeß teilnahm, um die diplomatische Akte der Affäre dem Gericht vorzutragen, erkannte in dem mit fast tausend Menschen überfüllten Saal viele bekannte Gesichter: einen ehemaligen Präsidenten der Republik, fünf ehemalige Kriegsminister, einen ehemaligen Chef des Generalstabes und unzählige Generäle.

> »Wie viele Ruinen darunter, wieviel Strandgut! Alle diejenigen, welche die Affäre Dreyfus moralisch getötet hat, sind hier: man möchte von einem Leichenhaus sprechen.«

Dreyfus machte auf ihn einen niederschmetternden Eindruck.

> »Welch kümmerliches Bündel Mensch«, notierte er in seinem Tagebuch, die »Arme abgezehrt, die Knie so mager, daß sie das

Tuch der Hose zu durchbohren scheinen. Auf dem kahlen Schädel kaum mehr ein paar weiße Haare. Nur die Augen hinter dem Kneifer verleihen dem leichenblassen Gesicht ein wenig Leben.«

Und während ein Teil der vom Gericht aufgerufenen Zeugen nun bereits zum dritten Mal seine Aussagen machte, prallten in der Presse, in den Bistros und auf den Straßen die gegensätzlichen Standpunkte mit unverminderter Heftigkeit aufeinander. Besonders in Rennes herrschte eine angespannte Atmosphäre, zumal sich zahlreiche und namhafte Vertreter beider Lager hier versammelt hatten.

»Chorführer und Hauptregisseur der Nationalistenpartei«, so wieder der zutreffend beobachtende Zeitzeuge Paléologue, »ist General Mercier.« In seinem Haus »werden die Befehle ausgegeben, dort fabriziert und harmonisiert man die Aussagen des nächsten Tages. General Mercier sorgt dafür, daß im ganzen Lager strikte Disziplin herrscht. Welch ein Unterschied im gegnerischen Lager! Dort kann ich mehr als zehn verschiedene Gruppen, Cliquen und Kamarillen feststellen, die sich bilden, veruneinigen, sich zerstreiten, gegenseitig bespitzeln, sich beglückwünschen und einander verfluchen.«[116]

Der Prozeß verlief so, wie es die Dreyfusards um Clemenceau befürchtet hatten. Der Kassationshof hatte das Urteil von 1894 für null und nichtig erklärt und dem Kriegsgericht in Rennes nur die Entscheidung über die Frage übertragen, ob Dreyfus schuldig sei, im Jahre 1894 Beziehungen zu einer fremden Macht unterhalten oder in deren Einverständnis zum Schaden Frankreichs gehandelt zu haben.[117] Trotzdem wurde die alte Anklageschrift von 1894 zur Grundlage der Verhandlungen gemacht. Diese Gesetzwidrigkeit ermöglichte von Anfang an einen Prozeßverlauf, in dem Mercier und seine Gefolgsleute die gleichen falschen Anschuldigungen wiederholen konnten, als ob es deren Widerlegung nicht schon längst gegeben hätte. Sie traten nicht als Zeugen, sondern als unverfrorene Ankläger auf.

Die Verteidigung erleichterte dieses Auftreten. Demange agierte auf Anweisung von Mathieu Dreyfus vorsichtig und zurückhaltend, was zu wiederholten Auseinandersetzungen mit Labori führte, der für eine kämpferische Verteidigung plädierte. Bereits am vierten Verhandlungstag sah sich deshalb Clemenceau zu dem schon erwähnten Brief an Labori veranlaßt.

> »Ich bin unbedingt für den entschlossenen Angriff und halte den Kampf für verloren, wenn man einen andern Weg wählt. Die Verteidigung von 1899 wird zu dem Ergebnis von 1894 um so sicherer führen, als der Druck des Korpsgeistes und der Kirche auf die Richter ungeheuer ist. Unser Ziel muß es sein, vor der öffentlichen Meinung zu siegen. Das allein ist wichtig. Die Richter werden folgen, wenn unser Sieg überwältigend genug ist ... Sie müssen fühlen, daß sie auf kein Zurückweichen, was auch immer geschieht, rechnen können ... Es ist unbedingt nötig, daß sich von morgen an alles ändert ... Denken Sie daran, daß alles, was in Rennes gesagt wird, in der ganzen zivilisierten Welt seinen Widerhall findet! Wenn Sie weich werden, können zehn Millionen Zeitungsartikel, die nur von Freunden gelesen werden, das Gleichgewicht nicht wiederherstellen. Die ganze Welt hört Sie! Nehmen Sie diesen Vorteil wahr! Rollen Sie die Affäre bis in die kleinsten Einzelheiten auf! ... Klären Sie die Richter auf, indem Sie alle Gemeinheiten und alle Verbrechen, deren Opfer Dreyfus wurde, zum Vorschein bringen. Greifen Sie die Verbrecher auf dem Zeugenstand an! Sie müssen sie durch Ihre Fragen so bedrängen, daß sie nicht ausweichen können. Das ist der sichere Sieg; jeder andere Weg führt zur Niederlage. Und der Präsident muß fühlen, daß er Leute vor sich hat, die bis zum äußersten kämpfen. Auch Dreyfus muß diese Entschlossenheit zeigen ... Denn seine Passivität ist bedrückend ... Lieber Freund, wir brauchen den Kampf ohne Gnade und ohne Schonung, wer auch immer der Feind ist. Ich kann kaum begreifen, daß man jetzt noch zögert ...«[118]

Labori konnte den zweifellos richtigen Empfehlungen Clemenceaus vorerst nicht folgen. Am 14. August wurde er durch einen Attentäter verwundet und mußte eine Woche den Verhandlungen fernbleiben, da das Gericht deren Aussetzung abgelehnt hatte.

Die Regierung gab ihrem Kommissar in Rennes, Major Carrière, keine Instruktionen, überließ den Prozeß seinem Selbstlauf oder begünstigte sogar die falschen Ankläger. So hatte General Chamoin in das berüchtigte Geheimdossier, das er als Vertreter des Kriegsministers in nichtöffentlicher Sitzung dem Gericht vortrug, ein - ebenfalls gefälschtes - Dokument aufgenommen, das ihm Mercier kurz vorher zugesteckt hatte. Als der Skandal bekannt wurde, stellte sich Galliffet vor Chamoin und drohte mit seinem Rücktritt, falls die Regierung ihn abberufen sollte. Überhaupt war nicht so sehr das erwartet dreiste Auftreten Merciers bemerkenswert, der ja selbst Gefahr lief, vor ein Kriegsgericht gestellt zu werden, sondern vielmehr, daß das Gericht und die Verteidigung es zuließen. Unmißverständlich forderte der General die Offiziere am Richtertisch auf, sich zu entscheiden,

> »zwischen mir, Ihrem ehemaligen Kriegsminister, zwischen mir, dem Divisionsgeneral, dem Kommandeur eines Armeekorps, dem hohen militärischen Würdenträger und diesem jüdischen Hauptmann ... der sich in unserem Offizierskorps nur durch eine bedauerliche Toleranz befindet«.

Natürlich könnte auch er sich irren und die revisionistische Kampagne hätte er mit nagender Sorge verfolgt. Schon die leisesten Zweifel würden ihn veranlassen, seinen Irrtum zuzugeben und alles Menschenmögliche zu tun, um ihn wiedergutzumachen, denn er sei ein Ehrenmann.

> »Aber nein! Meine Überzeugung ist seit 1894 auch nicht im geringsten erschüttert worden, sondern hat sich durch ein gründliches Studium der ganzen Affäre noch weiter gefestigt. Sie ist überdies noch bestärkt worden durch die Nichtigkeit der Ergebnisse, die erzielt worden sind, als man die Unschuld des Verurteilten beweisen wollte, obwohl Millionen sinnlos dafür ausgegeben worden sind.«[119]

Da aber die bloße Wiederholung von Behauptungen, selbst wenn sie mit antisemitischen Ausfällen versehen waren, nicht ausreichten - auch seine Anhänger erwarteten von ihm den »letzten Beweis« -, wärmte er das Gerücht vom staatsgefährdenden Hintergrund der Affäre und der Verurteilung des jüdischen Hauptmanns auf. Mercier erging sich in vagen Andeutungen über die direkte Verknüpfung des deutschen Kaisers mit der Affäre, die dazu geführt

habe, daß man den Beweis für Dreyfus' Verrat nicht öffentlich führen konnte, weil sonst ein Krieg mit Deutschland unvermeidlich gewesen wäre. Er sprach von der »tragischen Nacht« des 6. Januar 1895, in der man nur ganz knapp vor dem Krieg gestanden hätte.
Da es einleuchtete, daß der General angesichts dieses Tatbestandes auch jetzt nicht deutlicher werden konnte, lieferte der ihm nahestehende »Gaulois« prompt die Erhellung des Mysteriums: Dreyfus ist der Verfasser des Bordereau, der deutsche Kaiser hat es mit einer persönlichen Anmerkung, die den Namen Dreyfus enthielt, versehen, und so ist es in die Hände des Obersten Henry gelangt. Um Verwicklungen mit Deutschland zu verhindern, wurde es zurückgegeben, aber vorher fotografiert.

> »Diese Tatsachen erklären das Rätsel Esterhazy. Um der Anklage gegen Dreyfus eine Grundlage zu geben, ohne den Kaiser von Deutschland hineinzuziehen, beauftragte man Esterhazy, auf dünnem Papier die Photographie des Bordereaus durchzupausen, aber die Anmerkung des Kaisers fortzulassen.«

Damit lügt Esterhazy nicht, wenn er sich als Schreiber des »Bordereau« bezeichnet, und trotzdem ist Dreyfus dessen Urheber. Im übrigen behauptete die Zeitung, Mercier besäße einen Abzug dieser Photographie und forderte ihn auf, den Artikel zu bestätigen, zu ergänzen oder zu dementieren.[120]
Obwohl diese perfide Version des Generalstabes so neu nicht war und Mercier der Aufforderung des »Gaulois« nicht nachkam, obwohl Casimir-Perier, in der »tragischen Nacht« immerhin Präsident Frankreichs, den Aussagen des Generals heftig widersprach und die von Paléologue vorgelegte diplomatische Akte der Dreyfusaffäre nichts dergleichen enthielt, dominierten die falschen Ankläger immer deutlicher den Prozeßverlauf. Die Billot, Chanoine, Zurlinden, Cavaignac, de Boisdeffre bekundeten ihre feste Überzeugung von der Schuld Dreyfus'. Dem Zeugen Picquart schlug im Gerichtssaal der ganze Haß entgegen, den die Militärs für den »Verräter« empfanden. Hauptmann

Freystätter, der als Richter des Prozesses von 1894 über den Inhalt des Geheimdossiers und seinen Einfluß auf das Urteil vernommen wurde, mußte sich von Mercier als Lügner beschimpfen lassen.
In den Reihen der Dreyfusards nahm die Besorgnis über diesen Prozeßverlauf zu, auch, weil die unterschiedlichen Auffassungen Laboris und Demanges über die Art und Weise der Verteidigung immer sichtbarer wurden.[121] Zola, der von Paris aus den Prozeß verfolgte, schrieb am 26. August an Desmoulin, daß ihn die schändlichen Vorgänge in Rennes in Zorn und Erregung versetzten.

> »Ich glaube, daß uns der scheußlichste Anschlag bevorsteht. Ich habe niemals an dem Sieg der Wahrheit und des Rechts gezweifelt und ich zweifle auch heute nicht. Jedoch fürchte ich, daß wir vorher noch die gräßlichsten Widerwärtigkeiten und Unsauberkeiten über uns ergehen lassen müssen.«[122]

Ministerpräsident Waldeck-Rousseau, der nun ebenfalls seine Vorstellungen von der Beendigung der Dreyfusaffäre gefährdet sah, wandte sich an die deutsche Regierung mit der Bitte, eine positive Stellungnahme für Dreyfus abzugeben, da dessen Freisprechung für Frankreich von größter Wichtigkeit sei.[123] Wenige Tage später erbat Galliffet vom deutschen Kaiser die kommissarische Vernehmung von Schwartzkoppen in Berlin.
Die deutsche Regierung geriet mit diesen Anliegen auch deshalb in Bedrängnis, weil man in Rom durchaus Bereitschaft zeigte, Panizzardi vernehmen zu lassen. Der hatte bereits insofern in den Prozeßverlauf eingegriffen, als er Aussagen des General Roget zu etwaigen Beziehungen von Schwartzkoppen zu Dreyfus im »Figaro« dementieren ließ. Die besorgte Berliner Regierung wurde von den Richtern in Rennes gerettet. Dort hatte inzwischen auch Labori die Vernehmung von Schwartzkoppen und Panizzardi beantragt und sich deshalb persönlich an den deutschen Kaiser, den König von Italien und an Schwartzkoppen gewandt. Aber das Gericht lehnte den Antrag ebenso ab wie seine folgende Forderung, an die deutsche Regierung ein Ersu-

chen um Rechtshilfe zu stellen. In Berlin konnte man so bei der Politik der Halbwahrheiten bleiben und sogar noch einen propagandistischen Erfolg erzielen. Im »Reichsanzeiger« erschien am 8. September eine Mitteilung, in der versichert wurde, die deutsche Botschaft in Frankreich habe niemals, weder direkt noch indirekt irgendwelche Beziehungen zum Hauptmann Dreyfus unterhalten.

> »Auf diese Weise entstand in der öffentlichen Meinung, zumindest in der deutschen, das Bild einer hochherzigen Regierung in Berlin, die durch Frankreich an einem direkten Zeugnis für Dreyfus gehindert worden, dennoch aber in der ihr möglichen Weise für den Unschuldigen in die Schranken getreten sei.«[124]

Zur vollen Wahrheit und damit zur Rettung Dreyfus' war die deutsche Regierung nicht bereit. Schwartzkoppen verhielt sich gehorsam und schwieg auch diesmal.

Am 7. September schloß der Präsident des Gerichts, Oberst Jouaust, die Beweisaufnahme ab. Nicht unerwartet und von vielen Prozeßbeobachtern im In- und Ausland befürchtet, sprach Regierungskommissar Carrière in seinem Plädoyer Dreyfus erneut schuldig. Demange blieb bei der seit Beginn des Prozesses eingeschlagenen Taktik und vermied in seiner Verteidigungsrede jede Konfrontation mit den falschen Anklägern, entschuldigte sie, statt sie anzuklagen. Labori verzichtete auf sein Plädoyer. Mathieu Dreyfus, aber auch Bernard Lazare und Jaurès, die offensichtlich in Kontakt mit der Regierung standen, hatten ihn darum gebeten. Man befürchtete, daß ein Auftreten Laboris, der während des Prozesses mehrmals in heftige Wortwechsel mit dem Gerichtspräsidenten geraten war, das Urteil negativ beeinflussen würde.[125] Das Gericht zeigte sich allerdings unbeeindruckt und sprach Dreyfus am 9. September schuldig, verurteilte ihn mit fünf gegen zwei Richterstimmen zu zehn Jahren Gefängnis unter Zubilligung mildernder Umstände. Das Urteil widerspiegelte die Hilflosigkeit und Feigheit der Richter. Unter dem Druck der falschen Ankläger und ihrer Anhänger bezichtigten sie Dreyfus des Landesverrates, ein Vergehen, für das mildernde Umstände eigentlich ausgeschlossen waren.

»Ich bin überwältigt von Entsetzen« schrieb Zola in seinem am 12. September in der »Aurore« erschienenen Artikel »Der Fünfte Akt«. Er drückte damit die Gemütslage unter den Dreyfusards aus, während im Lager ihrer Gegner der Sieg gefeiert wurde. Man habe geglaubt, schrieb Zola, sich einem friedlichen und versöhnenden Ausgang zu nähern, aber das Urteil in Rennes ist ein »moralisches Sedan« und

> »übersteigt alles, noch niemals ist ein verruchteres Schriftstück der Geschichte überliefert worden. Die Unwissenheit, die Dummheit, der Wahnwitz, die Grausamkeit, die Lüge, das Verbrechen spreizen sich hier mit einer solchen Frechheit, daß die künftigen Generationen vor Scham darüber erschaudern werden«.

Jetzt kommt es darauf an, sofort den fünften Akt »der ungeheuerlichen Tragödie« herbeizuführen, der das Drama beenden und »unsere Ehre« wiederherstellen wird. »Keiner von uns wird seinen Posten verlassen.« Abschließend verwies Zola auf seinen - er hatte gegen seine Verurteilung Revision eingelegt - bevorstehenden Prozeß in Versailles. Unter Anspielung auf die Taktik der Verteidigung in Rennes schrieb er, daß er seinem Verteidiger Labori nicht schweigen heißen würde.[126]

»Der Zwischenfall ist geschlossen«

Dreyfus legte gegen das Urteil Berufung ein. Sofort nach dem Prozeß formierten sich auch die Kräfte, die eine Begnadigung des erneut Verurteilten anstrebten. Dazu gehörte die Regierung Waldeck-Rousseau, die, nach dem von ihr mitverschuldeten Ausgang des Prozesses, mit einer - wie sich noch zeigen sollte - generellen Amnestie die Affäre beenden wollte. Verständlicherweise waren die Familienangehörigen des Hauptmanns dafür, da sie ihm die erneute Tortur von Haft und Gerichtsverfahren ersparen wollten.

Bei den Dreyfusards trennten sich in dieser Frage nun endgültig die Wege. Bei den von Mathieu Dreyfus initiierten Beratungen sprachen sich Clemenceau und Jaurès gegen, Reinach und Bernard Lazare für eine Begnadigung aus.[127] Solch unmittelbar Betroffene wie Zola und Picquart wurden nicht hinzugezogen. Clemenceau schrieb am 16. September warnend in der »Aurore«:

> »Wir beugen uns vor dem Militär, das in der Wahrheit und Gerechtigkeit nur das Aufwieglerische sieht. Wir liegen zu Füßen den Priestern, die sich an der siegreichen Lüge ergötzen ...«[128]

Letztlich setzten sich die Befürworter der Begnadigung durch, auch deshalb, weil deren Gegner ihren Widerstand ins Verhältnis zu den für Dreyfus verheerenden Konsequenzen einer Urteilsvollstreckung setzen mußten. Mathieu Dreyfus und Reinach nahmen die Verhandlungen mit der Regierung auf und akzeptierten deren Forderung nach Rücknahme des Berufungsantrages als Vorbedingung für die Begnadigung. Alfred Dreyfus ließ sich von diesem Vorgehen überzeugen, veröffentlichte in der Presse aber die eingangs erwähnte, von Jaurès vorformulierte Erklärung.

Am 19. September 1899 unterzeichnete Präsident Loubet das ihm von Galliffet übermittelte Gnadengesuch. Es sei die erhabenste Aufgabe der Regierung, so sein Inhalt, den Entscheidungen der Justiz Achtung zu verschaffen, aber sie habe auch die Sorge für die Menschlichkeit und das öffentliche Interesse.

> »Das kriegsgerichtliche Urteil selbst hat mildernde Umstände zugelassen und damit seinen Wunsch unmittelbar zum Ausdruck gebracht, daß die Strafe weniger hart ausfallen möge.«

Außerdem habe Dreyfus schon fünf Jahre Deportation verbüßt und seine Gesundheit sei schwer erschüttert.

> »Außer diesen Betrachtungen, die zur Rücksichtnahme stimmen, gibt es allgemeinere, die dasselbe empfehlen. Höhere politische Interessen, die Notwendigkeit der Sammlung und

der Einigung, haben nach schwierigen Krisen die Regierungen immer genötigt, hinsichtlich gewisser Vorkommnisse Vergebung und Vergessen walten zu lassen. Die Regierung entspräche schlecht dem Bedürfnis des Landes nach Frieden ... wenn sie nicht jede Anstrengung machte, alle Spuren eines so schmerzlichen Streits zu verwischen.«[129]

Diese Begründung bestätigte die schlimmsten Befürchtungen der Gegner einer Begnadigung in den Reihen der Dreyfusards, deren lose Allianz nun zerfiel. Dreyfus war zwar frei, aber die eigentlich angestrebten Ziele waren nicht erreicht, die »Mächte der Finsternis« waren ungeschoren geblieben. Die nationalistische und antisemitische Presse wertete das Verhalten von Dreyfus als Eingeständnis seiner Schuld und die Begnadigung als Schwäche der Regierung, als Zugeständnis an das »Syndikat«. An dem Tag, als Dreyfus das Gefängnis verließ, starb mit Scheurer-Kestner einer der ersten Dreyfusards.

Ohne seinen Ministerpräsidenten darüber informiert zu haben, erließ Kriegsminister Galliffet am 21. September einen Tagesbefehl an die Armee.

»Der Zwischenfall ist geschlossen! Die von allen geachteten militärischen Richter haben ihr Urteil in voller Unabhängigkeit gefällt. An uns ist es, ohne irgendeinen Hintergedanken uns vor ihrem Urteil zu beugen. Wir werden uns ebenso vor dem Akt beugen, den ein Gefühl tiefen Erbarmens dem Präsidenten der Republik diktiert hat. Es kann keine Frage mehr von irgendwelchen Repressalien geben. Ich wiederhole, der Zwischenfall ist geschlossen. Ich bitte Sie, und, falls es notwendig sein sollte, werde ich Ihnen befehlen, das Vergangene zu vergessen, um nur noch an die Zukunft zu denken ... 'Es lebe die Armee!', die keiner Partei angehört, sondern einzig und allein Frankreich.«[130]

Hatten schon vorher seine politischen Vorgänger mehrmals die »Affäre« für beendet erklärt, so mutierte sie nun bei Galliffet zu einem »Zwischenfall«, den man einfach abschließen konnte. Die Dreyfusards reagierten empört, für sie war die Affäre weder ein »Fall« noch abgeschlossen.

Aber auch wenn Waldeck-Rousseau den Befehl nicht im »Journal officiel« veröffentlichen ließ, sein Kriegsminister setzte eigentlich nur folgerichtig die Politik der Regierung fort. Um die innenpolitische Szene zu beruhigen, war Dreyfus begnadigt worden. Um jede weitere Konfrontation zwischen Regierung und Armee - die daraus hätte resultieren können - zu vermeiden, sollte die Armee darin keine Desavouierung des Militärgerichts sehen, sondern ein »tiefes Erbarmen« des Präsidenten. Die belasteten Militärs wurden versetzt oder in Pension geschickt, und schon während des Prozesses in Rennes hatte die Regierung die schlimmsten Scharfmacher der Antidreyfusards, Déroulède und die Anführer der Patriotenliga, der Royalistischen Jugend und der antisemitischen Liga verhaften lassen und damit neutralisiert. In Galliffets Tagesbefehl war nur vorweggenommen, was die Regierung anstrebte: eine allgemeine Amnestie für alle an der Affäre Beteiligten. Die war auch deshalb nötig, weil noch eine Reihe »Folgeprozesse«, unter anderem der von Zola, anstanden, deren Durchführung die gewollte »Schließung« mit Sicherheit nicht zulassen würde.

Das alles mochte durchaus im Interesse der Sicherung und Festigung der republikanischen Ordnung gelegen haben, die in den folgenden Jahren auch gelang. Im politischen Kräfteverhältnis der Dritten Republik traten - auch in Auswirkung der Dreyfusaffäre - gravierende Veränderungen ein. Die radikalen Republikaner konnten den 1899 errungenen Sieg weiter ausbauen und bildeten zusammen mit den weiter erstarkenden Sozialisten einen Block der Linken, der dann bei den Wahlen 1902 eine starke Mehrheit erhielt. Waldeck-Rousseau unterstellte die katholischen Kongregationen einer staatlichen Aufsicht, sein Nachfolger Combes löste die klerikalen Orden auf und enteignete Klöster. Der ihm im Amt folgende Rouvier verfügte die Trennung von Kirche und Staat. Parallel dazu wurden - wenn auch bescheidene - Sozialgesetze beschlossen und die Bemühungen um eine weitere Demokratisierung in der Armee fortgesetzt. Kein Zweifel, die Autorität des republikanischen Staates war wiederhergestellt und damit die den Antidreyfusismus verkörpernden politischen Kräfte zurückgedrängt und beachtlich geschwächt. Aber diese Politik verhinderte gleichzeitig, daß die Verantwortung derer, die die Affäre erzeugt und genutzt hatten, damit - wie Zola es formulierte - das republikanische Frankreich daran krepiere[131], benannt wurde. Dieser Kompromiß nahm den Dreyfusards den Sinn ihres Kampfes. Mehr noch. Dreyfus blieb nicht nur für weitere sieben Jahre der begnadigte Staatsverbrecher, sondern sie fanden sich durch das Amnestiegesetz mit den Schuldigen - von Esterhazy bis Mercier - auf eine Stufe gestellt. Die Regierung bereinigte die Affäre, aber die Wahrheit und die Gerechtigkeit blieben auf der Strecke.

Während Dreyfus mehr und mehr aus den Schlagzeilen verschwand, General Mercier im Januar 1900 in den Senat gewählt wurde und Frankreich die im April eröffnete Weltausstellung genoß, wehrten sich Zola, Clemenceau, Picquart, Labori und andere vehement gegen dieses Vorgehen. Zola und Picquart fühlten sich mit Recht von dem regierungsamtlich angekündigten Amnestiegesetz besonders betroffen. Zola schrieb am 29. Mai 1900 für den »Figaro« einen Artikel unter dem Titel »Brief an den Senat«, in dem der Moralist seinem Zorn und seiner Enttäuschung über die politische Pragmatik Ausdruck verlieh. Nach der schreienden Ungerechtigkeit, die das Militärgericht in Rennes begangen habe, sei das Amnestiegesetz nun ein zweiter, ärgerer, ungeschickterer und gefahrvollerer Fehler. Die Amnestie verhöhne das Recht, sie wende sich gegen die Verteidiger des Rechts, um die Schuldigen zu retten. Er legte nochmals die Hintergründe der Affäre bloß, die nun auf solch schlimme Weise zu Ende gebracht werden soll, um dann sein Credo zu formulieren.

> »Das Land war durch Handlungen aufzuklären, die ganze Wahrheit war zu sagen, die ganze Gerechtigkeit war zur Geltung zu bringen. Von der gewaltigen Lehre der Tatsachen, die sich daraus ergab, Nutzen zu ziehen, um das Volk in drei Jahren einen Riesenschritt vorwärtszubringen, zu dem es sonst vielleicht hundert Jahre gebraucht hätte. Im Namen der Zukunft die Schlacht wenigsten anzunehmen und sie um unsere

zukünftige Größe willen, zum möglichst vollständigen Sieg zu führen. Und auch heute bleibt, obgleich so viel Feigheit die Aufgabe fast unmöglich gemacht hat, nur noch eins zu tun, zur Wahrheit, zur Gerechtigkeit zurückzukehren ...« Zola erwartete keine Reaktion. »Ich schreibe diesen Brief lediglich um der Ehre willen, ihn geschrieben zu haben. Ich tue meine Pflicht, aber ich zweifle, ob Sie die Ihrige tun.«[132]

Im Dezember 1900 erließ dann die Regierung das Amnestiegesetz. Zola, der sich mit seinem Brief an Präsident Faure im Januar 1898 in die Affäre eingemischt hatte, verfaßte nun mit einem Brief an Präsident Loubet seinen letzten Artikel in dieser Angelegenheit. Die Affäre sei nun mit Gewalt abgeschlossen, aber er bleibe dabei, es würde einen fünften Akt geben. Er werde zwar darauf warten, aber ansonsten sehe er seine Aufgabe erfüllt und kehre endgültig zu seinen Büchern zurück.[133]
Die Auseinandersetzungen um das Amnestiegesetz verstärkten die Differenzen innerhalb der Dreyfusards. Jaurès sprach sich im Interesse der sozialistischen Regierungsbeteiligung und der Stabilität der Regierung dafür aus. Mathieu Dreyfus und Reinach akzeptierten die Kompromißpolitik der Regierung und vertrauten auf eine spätere Rehabilitierung ihres Schützlings. Vor allem Picquart fühlte sich allein gelassen und verraten. Den gemeinsamen Kampf um gemeinsame Ziele gab es nicht mehr.

Das Ende?

Die Dreyfusaffäre blieb im Gespräch, dafür sorgten die Beteiligten selbst. Im Mai 1901 veröffentlichte Alfred Dreyfus seine Aufzeichnungen auf der Teufelsinsel unter dem Titel »Fünf Jahre meines Lebens«. Im gleichen Jahr erschien »Die Wahrheit marschiert«, Zolas gesammelte Aufsätze zur Affäre und Reinachs erster Band seiner »Geschichte der Affäre Dreyfus«, den er Schwartzkoppen mit der Bitte übersandte, ihm bei der Beantwortung noch offener Fragen zu helfen, was jener ebenso ablehnte wie alle späteren Versuche von verschiedensten Seiten. Auch Labori brachte seine Schlußfolgerungen zu Papier, dessen Beziehungen - wie auch die von Picquart - zu Mathieu Dreyfus immer gespannter wurden. Am 29. September 1902 starb Zola. An seinem Grab würdigte Anatole France dessen Engagement in der Dreyfusaffäre mit den berühmt gewordenen Worten, Zola sei für einen Augenblick zum Gewissen der Menschheit geworden.

Es war dann schließlich Jaurès, im Ergebnis der Wahlen vom Mai 1902 in das Parlament zurückgekehrt, der die Affäre wieder in die offizielle Politik brachte. In einer äußerst turbulenten Kammersitzung im April 1903 forderte er eine Untersuchung über die Fälschungen des Generalstabs, die zur Verurteilung von Dreyfus geführt hatten, insbesondere zu dem in Rennes gemachten Angaben über das geheimnisvolle Kaiser-»Bordereau«. Zum Anlaß nahm er die anhaltenden Versuche der Dreyfusgegner, die Affäre zu Ausfällen gegen die Politik der Regierung zu nutzen.[134]

Das mit den Wahlen 1902 in der Kammer erreichte Kräfteverhältnis zugunsten der republikanischen Kräfte erlaubte es nun, dem Antrag Jaurès zu entsprechen und durch den Nachfolger Galliffets, André, eine administrative Untersuchung zu veranlassen. Im Ergebnis des von ihm im Oktober vorgelegten Berichts, in dem er auch darauf verwies, daß er seit 1894 der erste nicht in die Affäre verwickelte Kriegsminister wäre, und angesichts eines neuen Revisionsgesuches von Alfred Dreyfus im November veranlaßte der Justizminister, das Urteil von Rennes vor den Kassationshof zu bringen.

Soweit sie noch am Leben waren, wurden nun die wichtigsten Zeugen ein erneutes Mal vernommen. Schon die Untersuchung Andrés hatte die bekannten und auch neue Fälschungen an das Tageslicht gebracht. Die mit großer Akribie geführten Verhandlungen des Kassationshofes bewiesen nun die völlige Unschuld des Dreyfus. Aber alles vollzog sich, auch mit Rücksicht auf das innenpolitische Kräftever-

hältnis, sehr langsam. Erst nach dem erneuten Wahlsieg der Radikalsozialisten und dem Einzug einer starken Fraktion der Sozialisten in das Parlament nach den Wahlen im Mai 1906 zog die Regierung Sarrien, in der Clemenceau Innenminister war, den Schlußstrich. Am 12. Juli 1906 annullierten die vereinigten Kammern des Kassationshofes das Urteil von Rennes, das infolge eines Irrtums und zu Unrecht ausgesprochen worden war. Das Urteil mußte in Paris und Rennes öffentlich angeschlagen, im »Journal officiel« und in Zeitungen, die Dreyfus bestimmen konnte, gedruckt werden.[135] Es überraschte kaum und erregte kein besonderes Aufsehen. Es war längst überfällig gewesen und hinterließ einen bitteren Beigeschmack. Nur einige unverbesserliche antisemitische und nationalistische Blätter griffen es an. Mit dem 12. Juli 1906 war für die Familie Dreyfus der Kampf beendet.
Einen Tag nach der Urteilsverkündung sprach die Kammer den Vorkämpfern der Revision den Dank der Nation aus - für Scheurer-Kestner und Zola einige Jahre zu spät - und brandmarkte die Urheber des Verbrechens. Sie verabschiedete die Rehabilitierungsgesetze für Dreyfus, den man zum Major, und Picquart, den man zum Brigadegeneral beförderte. Am 20. Juli wurde Dreyfus auf dem Platz, auf dem er vor fast zwölf Jahren degradiert worden war, zum Ritter der Ehrenlegion geschlagen. Die republikanischen Abgeordneten der Kammer schrien »ins Zuchthaus«, als Mercier sich gegen die Festlegungen aussprach, beließen es aber auch im weiteren bei dieser verbalen Attacke.
Als Clemenceau im Oktober Ministerpräsident wurde, berief er Picquart als Kriegsminister in sein Kabinett. Leblois wurde Ehrenbürgermeister des 7. Pariser Arrondissements, Labori später Vorsitzender der hauptstädtischen Anwaltskammer und Reinach erhielt seinen Offiziersrang zurück. Dreyfus nahm 1907 seinen Abschied aus der Armee, ließ sich aber zu Beginn des Ersten Weltkrieges reaktivieren. Nach dem Krieg lebte er zurückgezogen im Kreis seiner Familie. Er starb am 12.Juli 1935.

L'affaire est morte, vive l'affaire

Als Charles Maurras 1945 als Kollaborateur verurteilt wurde, quittierte er das Urteil mit den Worten: »Das ist die Revanche für Dreyfus!«

Ein Jahr vor der Rehabilitierung Dreyfus' veröffentlichte Henri Dutrait-Crozon in Auseinandersetzung mit den ersten beiden Bänden von Joseph Reinachs »Geschichte der Affäre Dreyfus« die durch nichts getrübte Sicht der Antidreyfusards.[136] Das Vorwort des Buches, das der Autor General Mercier widmete, hatte eben dieser Charles Maurras verfaßt, der während der Affäre zu den wütendsten Antidreyfusards gehört hatte und in seinen Veröffentlichungen unter anderem Henry zu einem Märtyrer hochstilisierte, der aus heroischer Vaterlandsliebe gehandelt habe. Der Vertreter eines extremen Nationalismus, der Antisemitismus und Rassismus ebenso einschloß wie die Ablehnung des bürgerlichen Gesellschaftssystems und die Befürwortung eines klerikal verbrämten Monarchismus, hatte 1899 die Monatszeitschrift »Action Française« begründet, um die sich bald die nationalistischen Fanatiker sammelten, von denen ein direkter Weg zu den faschistischen Bewegungen der zwanziger und dreißiger Jahre führte.[137] Maurras schrieb in seinem Vorwort, Dreyfus sei zu Recht verurteilt worden. Als Beweise führte er dessen angebliches Geständnis im

Januar 1895 und die Zustimmung zur Begnadigung im September 1899 an. Und wenn der Autor seinen Vorstellungen gefolgt wäre, hätte das Buch den Untertitel »Theorie und Praxis der jüdischen Machenschaften« erhalten.
Im Juli 1945 begann im Pariser Justizpalast, jenem Ort, in dem fast vier Jahrzehnte zuvor Dreyfus' Unschuld verkündet worden war, der Prozeß gegen Marschall Pétain. Während Charles de Gaulle wenig später das dort verkündete Todesurteil in eine lebenslange Haftstrafe umwandelte, entging Laval diesem Urteil nicht, das im Oktober desselben Jahres vollstreckt wurde. Die Verfahren gegen Kollaborateure und Kriegsverbrecher nach Beendigung des Zweiten Weltkrieges und dem Ende des Vichy-Regimes führten nicht nur zu großen Emotionen in der französischen Öffentlichkeit, sondern sollten auch die Erinnerung an den Fall Dreyfus wieder erwecken. Nachdem sich Lavals Regierung schon 1931 als unfähig und unwillig erwiesen hatte, ein Theaterstück über die Affäre Dreyfus in Paris vor den Angriffen der »Action Française« zu schützen, verband dann vierzehn Jahre später das konservative nordfranzösische Provinzblatt »Voix du Nord« den Pétain- und den Dreyfus-Fall miteinander.[138] Genau in diesem Sinn hatte der nun sechsundsiebzigjährige, fast ertaubte Charles Maurras sein Urteil kommentiert.[139]
Die Tochter des General Cavaignac, der als Kriegsminister mit seiner vorschnellen Präsentation des »absoluten« Beweises so schmählich gescheitert war, publizierte 1964 ihre und die Sicht ihres Vaters.[140] Wie für die fanatischen und blind gegenüber jedem Beweis argumentierenden Dreyfusgegner um Maurras vor Jahrzehnten, so ist auch für Henriette Dardenne die Version der Dreyfusanhänger eine flagrante Deformation der Fakten. Natürlich sah sie in Dreyfus einen Hochverräter und in seinen Widersachern Patrioten und Helden.
Betrachtet man all die Werke und Artikel, die über die Affäre Dreyfus in den vergangenen einhundert Jahren verfaßt worden sind, wird man unschwer eine Argumenta-

tionslinie finden, die Maria Matray treffend in die Worte von einem »französischen Trauma« faßte.[141] Die wohl klassische Variante findet sich bei der amerikanischen Philosophin und Schriftstellerin Hannah Arendt. Für sie gehört der Fall Dreyfus, der mit all seinen Figuren einem Balzac-Roman entsprungen sein könnte, dem 19. Jahrhundert an, das vom Glauben an die Gleichheit vor dem Gesetz und die Unparteilichkeit der Justiz beherrscht war. So führte die Verletzung dieses allgemeinen Rechts - und nicht die ungerechte Verurteilung Dreyfus' - zu der politischen Krise, denn auch der Antisemitismus hatte lange vor der Affäre existiert. Ein solcher Glaube habe den Eintritt in unser Jahrhundert nicht überlebt, was aber von der Affäre blieb, so Arendt, waren der Haß auf die Juden, das Mißtrauen gegenüber der Republik und die Kraft eines durch Propaganda entfesselten Mobs. Die Niederlage Frankreichs 1940 basierte letzlich auf der Tatsache, daß es keine »wahren Dreyfusards« mehr in Frankreich gab, »keinen, der noch an Demokratie und Freiheit, Gleichheit und Gerechtigkeit glaubte«.[142]

Die Affäre hatte ohne Zweifel zu einer Neumischung und -verteilung der politischen Karten in Frankreich geführt. In seinen 1935 geschriebenen »Erinnerungen« bezeichnete Léon Blum die seit der Affäre gängige Bezeichung »Dreyfusards« als Synonym für die Linke und »Antidreyfusards« für deren Opponenten als einen Anachronismus, einen »erreur d'epoque«: für ihn hatte nicht die traditionelle Teilung des politischen Lagers zwischen Links und Rechts zu den zwei Gruppierungen während der Affäre geführt, sondern erst die Dreyfus-Krise selbst hätte die existierenden politischen Strömungen und Allianzen zerstört und die nachfolgende Links-Rechts-Polarisierung im französischen Parlament bewirkt.[143] Kürzlich hat in diesem Sinne der Rechtsanwalt und Autor des Dreyfus-Falles, Jean-Denis Bredin, erklärt, daß die Franzosen bis heute innerlich in Dreyfusards und Antidreyfusards gespalten seien.[144]

Viele Beispiele ließen sich finden, diese These zu erhärten -

sei es das Attentat auf Dreyfus bei der Umbettung des Leichnams von Zola in den Panthéon im Jahre 1908, der erneute Pressekrieg 1935 nach dem Tod Alfred Dreyfus' oder Debatten, die bis in die jüngste Vergangenheit geführt werden. Wurde beispielsweise einerseits in den siebziger Jahren ein Dokumentarfilm über den Dreyfus-Fall aus dem Sendeprogramm des staatlichen französischen Fernsehens gestrichen, diente die Dreyfusaffäre 1985 andererseits als Beispiel, um gegen politische Korruption und den Mißbrauch der bürgerlichen Gesetzlichkeit zu protestieren. Nachdem der französische Militärgeheimdienst 1985 einen Anschlag auf das Greenpeace-Schiff »Rainbow Warrior« vor Neuseeland verübt hatte und die französische Regierung nach Bekanntwerden alles unternahm, diese Angelegenheit zu vertuschen und - nach der allgemeinen Entrüstung - sogar herunterzuspielen, wurden in den öffentlichen Debatten Parallelen zum Dreyfus-Fall gezogen. Mit diesem Rückgriff auf Dreyfus schufen sich die Greenpeace-Anhänger eine Legitimation, um in der »Affäre Greenpeace« demokratische Grundrechte einzufordern.[145]

Die Vergegenständlichung von Geschichte ist ein besonders geeignetes Mittel, historische Erinnerungen zu konservieren. Denkmäler gehören daher zu jenen geschichtlichen Artefakten, die - oftmals zu Legitimationszwecken erbaut - nicht selten zu Kontroversen führen. So sind auch einigen Beteiligten an der Dreyfusaffäre solcherart Monumente gewidmet worden - manchen bereits kurz nach deren Beendigung - und immer stieß ihre Errichtung auf ein großes öffentliches Interesse. Die Beispiele Auguste Scheurer-Kestner, Bernard Lazare und Alfred Dreyfus selbst verdeutlichen dies eindrucksvoll.

Die Einweihung des Scheurer-Kestner gewidmeten Denkmals erfolgte noch unter der Ägide der Regierung Clemenceau, die die Rehabilitierung Dreyfus' durchgesetzt und Picquart zu ihrem Kriegsminister gemacht hatte. Unmittelbar nach dem Tode des Senators hatte der Direktor des »Siècle«, Yves Guyot, zu einer Subskription aufgerufen, die

breite Unterstützung fand. Am 11. Februar 1908, an diesem Tag war Scheurer-Kestner 1833 geboren worden, wurde im Pariser Jardin du Luxembourg in Anwesenheit des Präsidenten der Republik, der Regierung, vieler Senatoren, Abgeordneten und Freunde das Denkmal enthüllt. Die Redner, unter ihnen Clemenceau und Leblois, würdigten Scheurer-Kestner als Vorkämpfer der Dreyfusards.[146]
Bernard Lazare gehört zu jenen historischen Gestalten, die trotz ihrer Bedeutung zu Lebenszeiten wenig Anerkennung von ihren Nachfahren erlebten und schnell in Vergessenheit gerieten. Die verwickelte Geschichte seines Denkmales widerspiegelt dieses Schicksal auf geradezu symptomatische Weise. 1905, zwei Jahre nach Lazares Tod, hatten sich ehemalige Freunde und Dreyfusards zusammengefunden, um in Erinnerung an einen der ersten Mitstreiter im Kampf um die Revision des Urteils gegen Dreyfus in seiner Heimatstadt Nîmes ein Denkmal zu errichten. Die Familie Dreyfus gehörte nicht zu dem Komitee wie etwa Anatole France, Lucien Herr, Gabriel Monod, Joseph Reinach oder Jules Renard, war aber an dem Prozeß der Erbauung beteiligt. Am 4. September 1908 fand unter Anteilnahme von 2 000 Bürgern die Einweihung des fast sieben Meter hohen Monuments statt. Während Freunde Reden zu Ehren Lazares hielten, veranstaltete die »Ligue d'Action française« nur wenige Meter entfernt eine »patriotische« Manifestation, um gegen die »Beleidigung Frankreichs« durch diese »Trophäe der internationalen Barbarei« zu demonstrieren. Drumont, Daudet und Maurras überschlugen sich darin, das Denkmal im Jardin de la Fontaine als ein Wahrzeichen der »jüdischen Rasse, der jüdischen Kraft, der destruktiven Energie der Juden« zu brandmarken.[147] Vier extra nach Nîmes beorderte berittene Schwadrone verhinderten gewaltsame Auseinandersetzungen. Aber auch danach ist das Denkmal von vielen, zum Teil royalistisch orientierten Franzosen als ein antinationales Monument abgelehnt worden. Beschädigt durch die »Camelots du Roi« und ohne Nase für Jahre der Lächerlichkeit preisgegeben, wurde das

Denkmal während der deutschen Okkupation entfernt. Nach der Befreiung nutzte man den verbliebenen Sockel, um ein Denkmal des Widerstands darauf zu errichten.

Wie nun verfuhren die Franzosen mit dem eigentlichen Subjekt und Objekt der Affäre? Ohne Zweifel taten sie sich mit der Erinnerung an Alfred Dreyfus und der Verarbeitung der Affäre noch schwerer.[148] Immerhin hatte die »Libre Parole« im Dezember 1894 kurz nach der Verurteilung von Dreyfus die deutsche Regierung höhnisch dazu aufgefordert, doch ein Monument zu Ehren Dreyfus' aufzustellen, denn der hätte als Jüngling doch nur deshalb den Elsaß verlassen und eine militärische Karriere begonnen, um die französische Nation an die Deutschen verraten und Staatsgeheimnisse verkaufen zu können.[149]

Danach stand die Frage nicht mehr zur Diskussion, und es hat bis zum Beginn der achtziger Jahre unseres Jahrhunderts gedauert, um den Bau eines Dreyfus-Denkmales in Angriff zu nehmen. Als Teil eines Programms zur Errichtung von Denkmälern für bisher vernachlässigte Helden der französischen Geschichte beauftragte die sozialistische Regierung 1983 den aus Polen stammenden Bildhauer Louis Mittelberg, als politischer Cartoonist unter dem Synonym TIM bei »L'Express« bekannt, mit der Anfertigung einer Bronzestatue von Alfred Dreyfus. Mittelberg, der sich Dreyfus als Objekt selbst auserwählt hatte, präsentierte Anfang 1986 der Öffentlichkeit die Statue, die schon vor ihrer Vollendung den Anlaß zu Diskussionen zu liefern begann. Bereits im Vorjahr hatte der Bildhauer mit Zustimmung des Kulturministers die Ecole Militaire als Standort für das Denkmal vorgeschlagen, den Ort der entwürdigenden Degradierung Dreyfus'. Dies stieß auf Widerstand in der Armee, die das Denkmal als Provokation und Erinnerung an ihre negative Rolle im Dreyfus-Fall ablehnte. Mit der Begründung eines unzureichenden Publikumszugangs sprach sich denn folgerichtig der sozialistische Verteidigungsminister Charles Hernu gegen diesen Standort aus.[150]

Auch die Ecole Polytechnique widersetzte sich den Bestrebungen, das dreieinhalb Meter hohe Monument auf ihrem Boden aufstellen zu lassen. Ironisch schlug daraufhin die »Libération« die Teufelsinsel als möglichen Standort vor. Mit der Wahl des konservativen Kabinetts unter Jacques Chirac, das wenig Interesse an dem Dreyfus-Denkmal zeigte, verebbte die Diskussion für zwei Jahre. Nach der Wiederwahl Mitterrands als Präsident im Frühjahr 1988 und dem Regierungswechsel entschieden sich die Sozialisten für die Tuileries als endgültigem Standort und damit gegen einen weiteren Vorschlag Mittelbergs, die Statue gegenüber dem Palace de Justice, in dem das Appelationsgericht 1906 den jüdischen Hauptmann rehabilitiert hatte, zu errichten.[151]

Am 8. Juni 1988 endlich, fünf Jahre nach dem Beschluß, konnten die Franzosen in Paris und an den Bildschirmen die Einweihung des Dreyfus-Denkmals durch Kulturminister Jack Lang beobachten, das nun, umgeben von mächtigen Bäumen und in einigen hundert Metern Entfernung vom Monument Léon Blums, für die vielen Besucher dieses Gartens im Zentrum der französischen Hauptstadt zu besichtigen ist. Die schlanke Gestalt Dreyfus' steht auf einem Betonsockel, vor dem leicht erhobenen Gesicht hält sie mit der rechten Hand ein zerbrochenes Schwert als Zeichen der Degradierung, das nicht nur das tragische Schicksal des aufrechten Dreyfus' und die Rolle der Armee symbolisiert, sondern zugleich den Riß in der französischen Gesellschaft im Verlauf der Affäre widerspiegelt.

Weder Mittelberg noch die französische Regierung mochten geahnt haben, welche Emotionen die Entscheidung zur Errichtung eines Dreyfus-Denkmales fast hundert Jahre nach der Affäre noch einmal heraufbeschwören sollte - Emotionen, die deutlich machten, wie tief die Dreyfusaffäre bis heute in der geschichtlichen Erinnerung der Franzosen verwurzelt ist.[152] Und der Verteidigungsminister der Regierung Balladur, François Léotard, zog sich den Unwillen konservativer Kräfte zu, als er am Beginn des Jahres 1994 den Chef des Historischen Dienstes entließ, der in einem

Artikel die Unschuld Dreyfus' zumindest in Frage gestellt hatte. Nicht verschwiegen werden kann auch die Tatsache, daß die Rehabilitierung Dreyfus' von einem Zivilgericht ausgesprochen worden war. Bis heute hat die Armee das Urteil ihres Militärgerichts nicht aufgehoben.
Der Fall Dreyfus ist längst abgeschlossen, die Affäre ist es nicht.

Anmerkungen

1 Herzog, Wilhelm, Der Kampf einer Republik. Die Affäre Dreyfus, Zürich/Wien/Prag 1933, S.7.
2 Dreyfus, Alfred, Fünf Jahre meines Lebens 1894-1899, Weimar 1962, S. 9f.
3 Zur Geschichte der Familie vgl. Burns, Michael, Dreyfus. A Family Affair. From the French Revolution to the Holocaust, New York 1991.
4 Mommsen, Wolfgang J., Das Zeitalter des Imperialismus, Frankfurt/M. 1969, S.106.
5 Vgl. Herzog, Kampf einer Republik, S.27.
6 Luxemburg, Rosa, Die sozialistische Krise in Frankreich, in: Gesammelte Werke, Bd.1,1893-1905, Berlin 1970, S.19.
7 Herzog, Kampf einer Republik, S.26.
8 Zit. nach: Chastenet, Jacques, Histoire de la Troisième République, La République triomphante 1893-1906, Paris 1955, S.304.
9 Zit. nach: Zévaès, Alexandre, Clemenceau, Paris 1949, S.40.
10 Ziebura, Gilbert, Léon Blum. Theorie und Praxis einer sozialistischen Politik, Bd.I: 1872-1934, Berlin 1963, S.40.
11 Vgl. Mommsen, Zeitalter des Imperialismus, S.12.
12 Geiss, Imanuel, Der lange Weg in die Katastrophe. Die Vorgeschichte des Ersten Weltkrieges 1815-1914, München/Zürich 1991, S.176.
13 Text nach: Matray, Maria, Dreyfus. Ein französisches Trauma, München/Wien 1986, S.14f.; der französische Text u.a. bei Thomas, Marcel, L'Affaire sans Dreyfus, Paris 1961, S.93.
14 Vgl. Guillemin, Henri, L'énigme Esterhazy, Paris 1962, S.75.
15 Leblois, Louis, L'Affaire Dreyfus. L'iniquité. La réparation, Paris 1929, S.249.
16 Vossische Zeitung, 24.12.1894, Abend-Ausgabe.
17 Paléologue, Maurice, Tagebuch der Affäre Dreyfus, Stuttgart 1957, S.24.
18 Dreyfus, Fünf Jahre, S. 43f.
19 Vgl. Das Kleine Journal, 4.1.1895.
20 Zit. nach: Durosell, Jean-Baptiste, Clemenceau, Paris 1988, S.431f.; Herzog, Kampf einer Republik, S.113f.
21 Vgl. die kritische Bewertung dieser Haltung bei Blum, Léon, Souvenirs sur l'Affaire, Paris 1981, S.69. Ausführlich dazu Hyman, Paula E., The French Jewish Community from Emancipation to the Dreyfus Affair, in: Kleeblatt, Norman L. (Ed.), The Dreyfus Affair: Art, Truth and Justice, Berkeley/

Los Angeles/London 1987, S.25-36.

22 Vgl. Bredin, Jean Denis, Bernard Lazare, Paris 1992.

23 Zit. nach: Thalheimer, Siegfried (Hrsg.), Die Affäre Dreyfus, München 1963, S.98.

24 Ebd., S.101.

25 Paléologue, Tagebuch, S.42.

26 Vgl. u.a. Bredin, Jean Denis, L'Affaire, Paris 1983, S.140.

27 Vgl. Roux, Georges, L'Affaire Dreyfus, Paris 1972, S.117.

28 Zu Esterhazy vgl. Thomas, Marcel, Esterhazy ou l'envers de l'affaire Dreyfus, o.O. 1989.

29 Militärattaché v. Schwartzkoppen, Die Wahrheit über Dreyfus. Aus dem Nachlaß hrsg. von Bernhard Schwertfeger, Berlin 1930, S.19.

30 Ebd., S.77.

31 Dreyfus, Fünf Jahre, S.144f.

32 Vgl. u.a. Bredin, L'Affaire, S.163.

33 Vgl. Charensol, Georges, L'Affaire Dreyfus et la Troisiéme République, Paris 1930, S.65.

34 Vgl. Bredin, L'Affaire, S.170f.; Guillemin, L'énigme, S.26f.; Roux, L'Affaire, S.156f.

35 Schwartzkoppen, Die Wahrheit, S.197ff.; Roux, L'Affaire, S.157.

36 Vgl. Leblois, L'Affaire, S.435ff.

37 Vgl. Scheurer-Kestner, Auguste, Mémoires d'un sénateur dreyfusard, Strasbourg 1988.

38 Paléologue, Tagebuch, S.47.

39 Scheurer-Kestner, Mémoires, S.138f.; Herzog, Kampf einer Republik, S.472f.

40 Vgl. Kayser, Jacques, L'Affaire Dreyfus, Paris 1946, S.106f.

41 Vgl. Scheurer-Kestner, Mémoires, S.180ff.

42 Leblois, L'Affaire, S.582.

43 Zit. nach: ebd., S.576.

44 Vgl. Thalheimer, Die Affäre Dreyfus, S.129.

45 Zit. nach: Leblois, L'Affaire, S.581.

46 Ebd., S.494.

47 Ebd., S.493f.

48 Zit. nach: Guillemin, L'énigme, S.39.

49 Vgl. Herzog, Kampf einer Republik, S.524.

50 Vgl. dazu Scheurer-Kestner, Mémoires, S.179ff.

51 Zitate nach: Zola, Émile, La vérité en marche, Paris 1972, S.33ff.; Bei dieser und folgenden Übersetzungen aus dem Französischen nutzen wir weitgehend die jeweiligen Vorlagen bei Herzog, Matray, Thalheimer u.a.

52 Ebd., S.69ff.

53 Dreyfus, Fünf Jahre, S.180f.
54 Zit. nach: Leblois, L'Affaire, S.602.
55 Ebd., S.571.
56 Berliner Neueste Nachrichten, 12.1.1898, Abendausgabe.
57 Zola, La vérité, S.103ff.
58 Vgl. Pagès, Alain, Emile Zola, un intellectuel dans l'affaire Dreyfus: histoire de J'accuse, Paris 1991.
59 Zit. nach: Herzog, Kampf einer Republik, S.587.
60 Blum, Souvenirs, S.34.
61 Zit. nach: Reinach, Joseph, Histoire de l'affaire Dreyfus, vol. 3, Paris 1903, S.244.
62 Vgl. dazu ausführlich Bering, Dietz, Die Intellektuellen. Geschichte eines Schimpfwortes, Stuttgart 1978, S. 39ff. Zum Begriff auch bei Honoré, Jean-Paul, Autour d'intellectuel, in: Les écrivains et l'affaire Dreyfus, Textes réunis par Géraldi Leroy, Orléans 1983, S.149-157; Pascal Ory, Jean-François S., Les intellectuels en France, de l'affaire Dreyfus à nos jours, Paris 1986, S.5-60.
63 Barrès legte dies in seinem 1902 geschriebenen Buch »Scénes et doctrines du nationalisme« (1925, S.46f.) dar. Vgl. ausführlich Bering, Die Intellektuellen, S.43f.
64 Vgl. zum unterschiedlichen Wortgebrauch Bering, Die Intellektuellen, S.52ff. Auf die dritte Wortbedeutung im Sinne eines »allgemeinen Intellektuellen«, dessen Tätigkeit auf dem »Intellekt« beruht, kann hier nicht eingegangen werden. Daß eine solche wörtliche Definition von den Nationalisten genutzt wurde, sei am folgenden Zitat von Barrès verdeutlicht: »Taine und Renan (beide Dreyfus-Gegner - d.A.) haben die Ehre der französischen Intellektuellen gerettet«. Zit. nach Bering, Die Intellektuellen, S.61.
65 Vgl. dazu Charle, Christophe, Professionen und Intellektuelle. Die liberalen Berufe in Frankreich zwischen Politik und Wirtschaft (1830-1900), in: Bürgerliche Berufe. Zur Sozialgeschichte der freien und akademischen Berufe im internationalen Vergleich, hrsg. v. Hannes Siegrist, Göttingen 1988, S. 127ff.
66 Paul Valéry gehörte zu den wenigen Schriftstellern und war der einzige Symbolist, der 1898 die Unterschriftensammlung für Henry unterzeichnete.
67 Wir folgen hier Charle, Christophe, Champ littéraire et champ du pouvoir: les Ecrivains et l'Affaire Dreyfus, in: Annales 32, 1977, S.240ff. Vgl. auch Les écrivains et l'affaire.
68 Zur Rolle der »Revue Blanche« siehe Jackson, A.B., La Revue Blanche (1889-1903). Origine, influence, bibliographie,

Paris 1960, S.101ff.

69 Vgl. dazu Cate, Phillip D., The Paris Cry: Graphic Artists and the Dreyfus Affair und Nochlin, Linda, Degas and the Dreyfus Affair: A Portrait of the Artist as an Anti-Semite, in: Kleeblatt, The Dreyfus Affair, S.62-95 und S. 96-116.

70 Zum folgenden vgl. ausführlich Simon, Christian, Staat und Geschichtswissenschaft in Deutschland und Frankreich 1871-1914: Situation und Werk von Geschichtsprofessoren an den Universitäten Berlin, München, Paris, Bern 1988, S.205ff.

71 Zur Stellung der ENS vor und besonders während der Affäre Dreyfus siehe Smith, Robert J., L'atmosphère politique a l'école normale supérieure a la fin du XIXe siècle, in: Revue d'histoire moderne et contemporaine 20, 1973, S.248ff.

72 Vgl. Charle, Christophe, Le champ universitaire Parisienne a la fin du 19e siècle, in: Actes de la recherche en sciences sociales 9, 1983, S.77ff.

73 Speziell zur Haltung der Historiker in der Dreyfusaffäre vgl. Rebérioux, Madeleine, Histoire, historiens et dreyfusisme, in: Revue historique 255, 1976, S.407-432.

74 Vgl. Blum, Antoinette, L'ascendant intellectuel et morale de Lucien Herr sur les dreyfusards, in: Les Ecrivains et l'Affaire, S.159ff.

75 Vgl. Miquel, Pierre, L'Affaire Dreyfus, Paris 1959, S.85.

76 Dieses Urteil bei Raulff, Ulrich, Die Geburt eines Begriffs. Reden von »Mentalität« zur Zeit der Affäre Dreyfus, in: Mentalitäten-Geschichte, hrsg.v.Ulrich Raulff, Berlin 1987, S.51ff.

77 Vgl. Hyman, Paula, The Dreyfus Affair: The Visual and the Historical, in: The Journal of Modern History 61, 1989, S.88-109.

78 Vgl. Miquel, Pierre, Une énigme? L'Affaire Dreyfus, Paris 1972, S.37.

79 Vgl. Winling, Raymond, Échos de l'affaire dans la presse socialiste allemande, in: Les Ecrivains et l'Affaire, S.65-73.

80 Zit. nach: Herzog, Kampf einer Republik, S.691f

81 Zit. nach: Leblois, L'Affaire, S.617.

82 Zum Prozeß Zola vgl. auch: Der Prozess Zola vor dem Schwurgericht zu Paris im Februar 1898. Kritischer Bericht eines Augenzeugen von Gustav Maier, Zürich/Bamberg 1898.

83 Zit. nach: Herzog, Kampf einer Republik, S.654f.

84 Vgl. auch Boussel, Patrice, L'Affaire Dreyfus et la presse, Paris 1960.

85 Dies hat mit den Enthüllungen über die Fälschungen Henrys zu tun, die nach seinem Selbstmord öffentlich wurden.

86 Die statistischen Angaben bei Ponty, Janine, La presse quotidienne et l'affaire Dreyfus en 1898-1899. Essai de typologie, in: Revue d'Histoire moderne et contemporaine 21, 1974, S.193-220.

87 Zit. nach: Julliard, Jacques, Clemenceau, journaliste de »l'Affaire«, in: Les Ecrivains et l'Affaire, S.167-176.

88 Ebd., S.169.

89 Zit. nach: Miquel, L'Affaire Dreyfus, S.87.

90 Zum Antisemitismus auf dem Land siehe Fitch, Nancy, Mass Culture, Mass Parliamentary Politics, and Modern Anti-Semitism: The Dreyfus Affair in Rural France, in: American Historical Review 97, 1992, S.55-95. Zu den Wahlen S.86ff.

91 Zur Rede Cavaignacs siehe Miquel, Une énigme, S.48ff.

92 Vgl. Wilson, Stephen, Le Monument Henry. La structure de l'antisémitisme en France 1898-1899, in: Annales 32, 1977, S.265-291.

93 Blum, Souvenirs, S.134ff., 141f.

94 Vgl. Reinach, Histoire, vol. 4, S.390f.

95 Vgl. Joly, Bertrand, Le parti royaliste et l'affaire Dreyfus (1898-1900), in: Revue historique 269, 1983, S.311-364.

96 Zola, La vérité, S.159ff.

97 Dreyfus, Fünf Jahre, S.205.

98 Vgl. ebd., S.193.

99 Ebd., S.195.

100 Ebd., S.197f.

101 Ebd., S.199.

102 Ebd., S.200f.

103 Zit. nach: Dreyfus, Alfred, Souvenirs et correspondance, publiés par son fils, Paris 1936, S.237.

104 Vgl. u.a. Winock, Michel, La fièvre hexagonale. Les grandes crises politiques de 1871-1968, Paris 1986, S.178f; Mommsen, Zeitalter des Imperialismus, S.112.

105 Vgl. Bredin, L'Affaire, S.366.

106 Vgl. ebd., S.367.

107 Vgl. Miquel, L'Affaire Dreyfus, S.106.

108 Zit. nach: Herzog, Kampf einer Republik, S.861.

109 Zit. nach: Miquel, Une énigme, S.55.

110 Zit. nach: »Dreyfusards!« Souvenirs de Mathieu Dreyfus et autres inédits, Paris 1965, S.222; auch Labori, Marguerita-Fernand, Labori, Paris-Neuchâtel 1947, S.148ff.

111 Vgl. Miquel, L'Affaire Dreyfus, S.108f.

112 Paléologue, Tagebuch, S.141.
113 Clemenceau spricht. Unterhaltungen mit seinem Sekretär Jean Martet, Berlin 1930, S.361.
114 Blum, Souvenirs, S.34.
115 Vgl. Bredin, L'Affaire, S.371.
116 Paléologue, Tagebuch, S.141f.; S.164.
117 Vgl. Kayser, L'Affaire Dreyfus, S.217.
118 Zit. nach: »Dreyfusards!«, S.221f.
119 Zit. nach: ebd., S.292; Bredin, L'Affaire, S.379; Paléologue, Tagebuch, S.151.
120 Vgl. Reinach, Histoire, vol. 5, S.578f.
121 Vgl. Bredin, L'Affaire, S.383.
122 Zit. nach: Herzog, Kampf einer Republik, S.874.
123 Vgl. zu dieser Problematik Czempiel, Ernst-Otto, Das deutsche Dreyfus-Geheimnis, München/Bern/Wien 1966, insbesondere S.45ff.
124 Ebd., S.51.
125 Vgl. Bredin, L'Affaire, S.389ff.; Thalheimer, Die Affäre Dreyfus, S.293.
126 Zola, La vérité, S.177ff.
127 Vgl. Reinach, Histoire, vol. 5, S.543ff.
128 Zit. nach: Herzog, Kampf einer Republik, S.906.
129 Zit. nach: Leblois, L'Affaire, S.892f.
130 Zit. nach: Miquel, Une énigme, S.56.
131 Zola in seinen Brief an den Senat vom 29.Mai 1900, siehe Anm. 132.
132 Zola, La vérité, S.211ff.
133 Ebd., S.235ff.
134 Vgl. Bredin, L'Affaire, S.419ff.
135 Vgl. u.a. Roux, L'Affaire, S.248.
136 Dutrait-Crozon, Henri, Joseph Reinach Historien. Révision de »L'histoire de l'affaire Dreyfus« (Tome I, le procès de 1894. Tome II, Esterhazy), Paris 1905.
137 Vgl. Mommsen, Zeitalter des Imperialismus, S.23f.
138 Vgl. Arendt, Hannah, From the Dreyfus Affair to France Today, in: Essays on Antisemitism, ed. by Koppel S. Pinson, New York 1946, S.175. Siehe auch dies., The Origins of Totalitarianism, New York 1951, S.90f.
139 Le Procès de Charles Maurras, Paris 1946, S.371.
140 Dardenne, Henriette, Lumierès sur l'Affaire Dreyfus, Paris 1964.
141 Siehe den gleichlautenden Titel bei Maria Matray.
142 Arendt, From the Dreyfus Affair, S. 178.
143 Blum, Souvenirs, S.101-109.

144 Vgl. Meisler, Stanley, Dreyfus: Controversy Even Surrounds Statue, in: Los Angeles Times, 30.10.1986, S.22.

145 Vgl. L'affaire Greenpeace, in: The Progressive 49, Oktober 1985, S.11f.

146 Vgl. Scheurer-Kestner, Paris und Nancy 1908.

147 Vgl. Bredin, Bernard Lazare, S.363f.

148 Nicht ganz ohne Grund fand im Herbst 1987 eine große Ausstellung, die den Besucher in die Belle Epoque vor der Jahrhundertwende führte und anhand von mehr als 500 Artefakten dem Verhältnis von Propaganda und Kunst sowie ihrer Rolle im öffentlichen Diskurs während der Dreyfusaffäre nachging, im Jewish Museum in New York und nicht in Paris statt. Vgl. den Katalog zur Ausstellung: Kleeblatt, The Dreyfus Affair.

149 Reinach, Histoire, vol. 1, S. 522.

150 Vgl. Dreyfus, a Driver, and Disneyland, in: New York Times, 13.8.1985.

151 Vgl. L'Express, 17.4.1987, S.47.

152 Vgl. zur Kontroverse um das Denkmal Meisler, Dreyfus, S.16, 22 und ders., Paris Finally Finds a Place for Dreyfus Statue, in: Los Angeles Times, 9.6.1988, S.11.

Chronik der Ereignisse

1894	
20. Juli	Major Esterhazy bietet dem deutschen Militärattaché in Paris, Schwartzkoppen, seine Dienste an.
Ende September	Das Nachrichtenbüro im Generalstab erhält aus der deutschen Botschaft das »Bordereau«, ein Begleitschreiben zu offensichtlich bereits gelieferten geheimen Dokumenten.
15. Oktober	Der jüdische Hauptmann Alfred Dreyfus wird verhaftet.
3. November	Dreyfus wird von der militärischen Justiz des Landesverrats angeklagt.
19. Dezember	Beginn des Prozesses gegen Dreyfus vor dem Pariser Kriegsgericht.
21. Dezember	Kriegsminister General Mercier läßt dem Gericht ohne Kenntnis der Verteidigung ein Geheimdossier mit angeblichen Schuldbeweisen gegen Dreyfus überreichen.
22. Dezember	Einstimmige Verurteilung zu lebenslänglicher Deportation auf Französisch-Guayana.
31. Dezember	Ablehnung der von Dreyfus eingelegten Revision.
1895	
5. Januar	Öffentliche Degradierung Dreyfus' im Hof der Ecole Militaire.
17. Januar	Nach der Demission von Casimir-Perier wird Félix Faure neuer Präsident Frankreichs.
26. Januar	Bildung des Kabinetts Ribot. Kriegsminister wird General Zurlinden.
13. April	Ankunft Dreyfus' auf der Teufelsinsel.
1. Juli	Major Picquart wird Chef des Nachrichtenbüros.
1. November	Bildung des Kabinetts Bourgeois. Kriegsminister wird Cavaignac.

1896	
März	Picquart erhält einen Brief Schwartzkoppens an Esterhazy.
29. April	Bildung des Kabinetts Méline. Kriegsminister wird General Billot.
August	Picquart stellt die Identität der Handschrift Esterhazys mit der des »Bordereau« fest.
1. September	Offizielle Information Picquarts an seine Vorgesetzten.
3. September	Picquart berichtet dem stellvertretenden Generalstabschef General Gonse über seine Untersuchung.
	Mathieu Dreyfus lanciert die Nachricht von der angeblichen Flucht seines Bruders.
14. September	Die dem Generalstab nahestehende Zeitung »L'Eclair« bringt einen Artikel über das Geheimdossier und den darin enthaltenen »unwiderlegbaren Beweis« gegen Dreyfus.
18. September	Madame Lucie Dreyfus richtet an die Kammer ein Revisionsgesuch.
2. November	Major Henry übergibt Gonse den von ihm gefälschten Brief Panizzardis an Schwartzkoppen, in dem Dreyfus namentlich genannt wird.
6. November	Bernard Lazare veröffentlicht seine Broschüre »Ein Rechtsirrtum. Die Wahrheit über die Affäre Dreyfus«.
10 November	Im »Matin« erscheint das Faksimile des »Bordereau«.
16. November	Picquart wird abkommandiert und verläßt Paris.
18. November	Die Kammer fordert von der Regierung die Verfolgung Bernard Lazares und aller Zweifler an der Schuld Dreyfus'.
	Kriegsminister Billot nennt den Prozeß von 1894 rechtmäßig
4. Dezember	Ablehnung des Revisionsgesuchs von Lucie Dreyfus
1897	
6. Januar	Picquart wird zum 4. algerischen Schützenregiment versetzt.

2. April	In testamentarischer Form schreibt Picquart eine Erklärung zum Fall Dreyfus.
Juni	Picquart informiert den Anwalt Leblois über seine Kenntnisse.
13. Juli	Treffen Leblois' mit dem Vizepräsidenten des Senats Scheurer-Kestner.
	Nach längerem Briefwechsel und mehreren Beratungen einigen sie sich, öffentlich für eine Revision des Prozesses von 1894 einzutreten und die Regierung davon zu überzeugen.
20. Oktober	Der Generalstab warnt in einem anonymen Brief Esterhazy.
Ende Oktober	Gespräche Scheurer-Kestners mit dem Präsidenten, dem Kriegsminister, dem Ministerpräsidenten und dem Justizminister.
29. Oktober	Brief Esterhazys an den Präsidenten der Republik.
	Am 31. Oktober und 5. November folgen zwei weitere.
1. November	Georges Clemenceau greift mit seinem ersten Artikel zugunsten der Revision in die Affäre ein.
7. November	Drohbrief Esterhazys an Picquart.
9. November	Offizielle Mitteilung der Regierung, Hauptmann Dreyfus sei dem Gesetz gemäß und gerecht verurteilt worden.
	Der Börsenmakler de Castro erkennt die Handschrift Esterhazys im »Bordereau«.
15. November	Der »Temps« veröffentlicht einen Brief Scheurer-Kestners, in dem dieser mitteilt, der Regierung Beweise für die Unschuld Dreyfus' vorgelegt zu haben.
	Mathieu Dreyfus zeigt Esterhazy in einem Brief an den Kriegsminister als Verfasser des »Bordereau« an.
	Der deutsche Militärattaché in Paris, Max von Schwartzkoppen, verläßt die französische Hauptstadt.
25. November	Mit dem Artikel »Monsieur Scheurer-Kestner« beginnt Emile Zolas Engagement für die Revision des Prozesses von 1894.
4. Dezember	Beginn der gerichtlichen Untersuchung gegen Esterhazy.

	Ministerpräsident Méline erklärt in der Kammer: »Es gibt keine Affäre Dreyfus.«
11. Dezember	Studentendemonstrationen im Quartier Latin gegen Scheurer-Kestner und Zola.
1898	
2. Januar	Der Generalgouverneur von Paris unterzeichnet den Befehl, Esterhazy vor ein Kriegsgericht zu stellen.
10. Januar	Beginn des Prozesses gegen Esterhazy.
11. Januar	Freispruch Esterhazys.
13. Januar	Zola veröffentlicht in Clemenceaus »Aurore« seinen offenen Brief an den Präsidenten der Republik unter dem Titel »J'accuse!« (Ich klage an!). Picquart wird verhaftet.
14. Januar	Namhafte Wissenschaftler und Künstler erlassen das »Manifest der Intellektuellen«.
18. Januar	Kriegsminister Billot klagt gegen Zola und den verantwortlichen Redakteur der »Aurore«, Perrenx, wegen Beleidigung des Kriegsgerichts.
22. Januar	Ministerpräsident Méline erklärt in der Kammer, die Revision widerspräche den Interessen Frankreichs. Abbruch der Sitzung nach Handgreiflichkeiten nationalistischer Abgeordneter gegen den die Revision fordernden Sozialisten Jean Jaurès.
7. Februar	Beginn des Prozesses gegen Zola.
20. Februar	Engagierte Dreyfusards beschließen die Gründung einer »Liga für die Verteidigung der Menschenrechte«.
23. Februar	Zola wird zu einem Jahr Gefängnis und 3 000 Francs Geldstrafe verurteilt.
24. Februar	Ministerpräsident Méline droht vor der Kammer, mit der ganzen Strenge der Gesetze gegen die Anhänger der Revision vorzugehen.
26. Februar	Picquart wird »wegen schweren Dienstvergehens« aus der Armee entlassen.
2. April	Der Kassationshof hebt das Urteil gegen Zola wegen eines Formfehlers auf: Nicht der Kriegsminister, sondern nur das beschuldigte Kriegsgericht sei zur Klage be-

	rechtigt gewesen.
8. April	Das Kriegsgericht erhebt Klage gegen Zola und Perrenx.
28. Juni	Bildung des Kabinetts Brisson. Kriegsminister wird Cavaignac. Ihm folgen General Zurlinden und General Chanoine.
3. Juli	Justizminister Sarrien lehnt den Antrag von Lucie Dreyfus auf Annullierung des Urteils von 1894 wegen begangener Ungesetzlichkeiten mit der Begründung mangelnder Beweise ab.
7. Juli	Kriegsminister Cavaignac benennt in der Kammer die Fälschung Henrys als den absoluten Beweis für die Schuld Dreyfus'.
9. Juli	Picquart bezeichnet in einem Brief an Ministerpräsidenten Brisson diesen Schuldbeweis als Fälschung.
13. Juli	Picquart wird erneut verhaftet.
18. Juli	Zola wird durch das Schwurgericht in Versailles zum zweiten Mal verurteilt. Er flüchtet nach London.
25. Juli	Zola wird aus der Ehrenlegion ausgeschlossen.
10. August	Jean Jaurès beginnt seine Artikelserie »Die Beweise«.
13. August	Hauptmann Cuignet erkennt die Fälschung Henrys von 1896.
30. August	Henry gesteht Cavaignac seine Fälschung und wird verhaftet.
31. August	Gewaltsamer Tod Henrys in der Festung Mont-Valérien. Esterhazy verläßt Frankreich.
3. September	Lucie Dreyfus ersucht die Regierung um Revision des Prozesses von 1894.
20. September	Kriegsminister Chanoine erhebt gegen Picquart Anklage.
26. September	Die Regierung ermächtigt den Justizminister, das von Lucie Dreyfus eingereichte Revisionsgesuch dem Kassationshof zuzuleiten.
29. Oktober	Der Kassationshof beschließt die Untersuchung des Falles Dreyfus.
1. November	Bildung des Kabinetts Dupuy. Kriegsminister wird de Freycinet. Ihm folgt Krantz.

16. November	Alfred Dreyfus erhält Kenntnis von der Befürwortung des Revisionsgesuchs.
25. November	Zahlreiche Intellektuelle unterzeichnen ein Manifest gegen die Verfolgung und Inhaftierung Picquarts.
31. Dezember	Antidreyfusards gründen die »Liga für das französische Vaterland«.
1899	
18. Februar	Nach dem Tod von Félix Faure wird Emile Loubet neuer Präsident Frankreichs.
23. Februar	Versuchter Staatsstreich Paul Déroulèdes.
3. Juni	Der Kassationshof hebt das Urteil von 1894 auf und verweist den Fall an das Kriegsgericht in Rennes.
5. Juni	Zola kehrt nach Frankreich zurück.
9. Juni	Dreyfus verläßt die Teufelsinsel. Picquart wird freigelassen.
11. Juni	Demonstration zum Schutz der Republik auf der Rennbahn Longchamp.
22. Juni	Bildung des Kabinetts Waldeck-Rousseau. Kriegsminister wird General de Galliffet. Ihm folgt General André.
30. Juni	Dreyfus betritt französischen Boden und wird in das Militärgefängnis von Rennes eingeliefert.
7. August	Beginn des Revisionsprozesses in Rennes.
9. September	Dreyfus wird mit fünf gegen zwei Stimmen zu zehn Jahren Festungshaft unter Zubilligung mildernder Umstände verurteilt. Er legt Berufung ein.
19. September	Präsident Loubet begnadigt Dreyfus, nachdem dieser auf die Berufung gegen sein Urteil verzichtet hatte.
21. September	Tagesbefehl des Kriegsministers Galliffet zur Beendigung des »Zwischenfalls«.
1900	
22. Mai	Die Kammer stimmt mit großer Mehrheit einem Antrag zu, die Regierung möge sich jeder Wiederaufnahme des Falles Dreyfus widersetzen.
27. Dezember	Erlaß des Amnestiegesetzes für alle mit der Dreyfusaffäre befaßten Personen.

1902	
7. Juni	Bildung des Kabinetts Combes. Kriegsminister wird André.
1903	
6. April	Jean Jaurès fordert in der Kammer eine Untersuchung über die vom Nachrichtenbüro begangenen Fälschungen. Kriegsminister André sagt die administrative Untersuchung zu.
26. November	Alfred Dreyfus reicht ein neues Revisionsgesuch ein.
25. Dezember	Der Justizminister Vallé erteilt den Auftrag, das Urteil von Rennes vor den Kassationshof zu bringen.
1904	
5. März	Die Strafkammer des Kassationshofes ordnet eine neue Untersuchung an.
1905	
24. Januar	Bildung des Kabinetts Rouvier. Kriegsminister wird Berteaux.
1906	
14. März	Bildung des Kabinetts Sarrien. Kriegsminister wird Etienne.
15. Juni	Beginn der Revisionverhandlungen vor den vereinigten Kammern des Kassationshofes.
12. Juli	Annullierung des Urteils von Rennes.
13. Juli	Dreyfus wird zum Major, Picquart zum Brigadegeneral befördert.
20. Juli	Dreyfus wird Ritter der Ehrenlegion.

Literaturauswahl (ohne Periodika)

Eine thematisch geordnete und kommentierte Bibliographie findet sich bei Lipschutz, Léon, Une bibliothèque dreyfusienne, Paris 1970.

Die Dokumente der wichtigsten Prozesse:

La révision du procès Dreyfus. Enquête de la Cour de cassation, 2 vols., Paris 1899.

Le révision du procès Dreyfus. Débats de la Cour de cassation, Paris 1899.

Le procès Dreyfus devant le Conseil de guerre de Rennes. Compte rendu sténographique in extenso, 3 vols., Paris 1900.

La révision du procès de Rennes:

Enquête de la Chambre criminelle, 5 mars-19 nov. 1904, 3 vols.,Paris 1908/9.

Débats de la Cour de cassation 3-4-5 mars 1904, Paris 1904.

Débats de la Cour de cassation. Chambres Réunies 15 juin-12 juillet 1906, 2 vols., Paris 1906.

Le procès Zola. Compte rendu sténographique »in extenso« et documents annexes, 2 vols., Paris 1898.

Arendt, Hannah, From the Dreyfus Affair to France Today, in: Essays on Antisemitism, ed. by Koppel S. Pinson, New York 1946.

Dies., The Origins of Totalitarianism, New York 1951.

Ambrosi, Christian und Arlette, La France 1870-1981, Paris 1981.

Azéma, Jean-Pierre / Winock, Michel, La IIIe République (1870-1940), Paris 1970.

Baumont, Maurice, Au coeur de l'Affaire Dreyfus, Paris 1976.

Baumont, Maurice, Gloires et tragédies de la IIIe République, Paris 1956.

Bering, Dietz, Die Intellektuellen. Geschichte eines Schimpfwortes, Stuttgart 1978.

Bleibtreu, Karl, Der große Dreyfus-Schwindel. Ein Beitrag zur Psychologie des Pansemitismus, Berlin 1899.

Blum, Léon, Souvenirs sur l'Affaire, Paris 1981.

Boussel, Patrice, L'Affaire Dreyfus et la presse, Paris 1960.

Bredin, Jean Denis, L'Affaire, Paris 1983.

Ders., Bernard Lazare, Paris 1992.

Brisson, Henri, Souvenirs de l'Affaire Dreyfus, Paris 1908.

Burns, Michael, Dreyfus. A Familiy Affair. From the French Revolution to the Holocaust, New York 1991.

Charensol, Georges, L'Affaire Dreyfus et la Troisiéme République, Paris 1930.
Charle, Christophe, Professionen und Intellektuelle. Die liberalen Berufe in Frankreich zwischen Politik und Wirtschaft (1830-1900), in: Bürgerliche Berufe. Zur Sozialgeschichte der freien und akademischen Berufe im internationalen Vergleich, hrsg. v. Hannes Siegrist, Göttingen 1988.
Chastenet, Jacques, Histoire de la Troisiéme République. La République triomphante 1893-1906, Paris 1955.
Chevallier, Jean-Jacques, Histoire des institutions et des régimes politiques de la France de 1789 à nos jours, Paris 1981.
Clemenceau spricht. Unterhaltungen mit seinem Sekretär Jean Martet, Berlin 1930.
Combarieu, Abel, Sept ans a l'Elysée avec le Président Emile Loubet. De l'affaire Dreyfus a la conférence d'Algésiras 1899-1906, Paris 1932.
Cornély, J., Notes sur l'Affaire Dreyfus, Paris 1899.
Czempiel, Ernst-Otto, Das deutsche Dreyfus-Geheimnis, München/Bern/Wien 1966.
Dardenne, Henriette, Lumierès sur l'Affaire Dreyfus, Paris 1964.
Delhorbe, Cécile, L'affaire Dreyfus et les écrivains français, Paris 1932.
Die Große Politik der Europäischen Kabinette 1871-1914, Sammlung der Diplomatischen Akten des Auswärtigen Amtes, Berlin 1924 ff.
Dreyfus, Alfred, Fünf Jahre meines Lebens 1894-1899, Weimar 1962.
Ders., Souvenirs et correspondance, publiés par son fils, Paris 1936.
Dreyfus! Nach Aufzeichnungen der Madame * * *, Halle/S. 1898.
»Dreyfusards!« Souvenirs de Mathieu Dreyfus et autres inédits, Paris 1965.
Duly, Georges, Histoire de la France, Bd. 3, Paris 1972.
Duroselle, Jean-Baptiste, Clemenceau, Paris 1988.
Dutrait-Crozon, Henri, Précis de l'affaire Dreyfus, Paris 1909.
Ders., Joseph Reinach Historien. Révision de »L'histoire de l'affaire Dreyfus« (Tome I, le procès de 1894.Tome II, Esterhazy), Paris 1905.
Les Ecrivains et l'Affaire Dreyfus, Textes réunis par Géraldi Leroy, Orleans 1983.
Ehrhardt, André, A travers l'Affaire Dreyfus.» Henry et Val-Carlos«, Paris 1977.
Erbe, Michael, Geschichte Frankreichs von der Großen Revolution bis zur Dritten Republik 1789-1884, Stuttgart/Berlin/Köln/Mainz 1982.
Esterhazy, Hinter den Coulissen des Dreyfus=Prozesses, autorisierte

Übersetzung von Ludwig Finck. Esterhazy's Enthüllungen Heft 1, Magdeburg 1899.
Fleg, Edmont, Correspondance d'Edmond Fleg pendant l'Affaire Dreyfus, Paris 1976.
Frank, Walter, »Affaire Dreyfus«. Soldatentum und Judentum im Frankreich der Dritten Republik, Hamburg 1939.
Gascotte, Pierre, Histoire des Français, Paris 1972.
Geiss, Imanuel, Der lange Weg in die Katastrophe. Die Vorgeschichte des Ersten Weltkrieges 1815-1914, München / Zürich 1991.
General Zurlinden, Mes souvenirs. Depuis la guerre 1871-1901, Paris 1913.
Goguel, François, La Politique des partis sous la IIIe République, Paris 1958.
Guillemin, Henri, L'énigme Esterhazy, Paris 1962.
Herzog, Wilhelm, Der Kampf einer Republik. Die Affäre Dreyfus, Zürich / Wien / Prag 1933.
Histoire de la France contemporaine, Teil IV, 1871-1918, Paris 1980.
Histoire de la France et des Français au jour le jour, Tome VII, 1814-1902, Paris 1977.
Jackson, A.B., La Revue Blanche (1889-1903). Origine, influence, bibliographie, Paris 1960.
Jaurès, Jean, Les Preuves. L'Affaire Dreyfus, Paris 1981.
Ders., Reden und Schriften, Wien 1949.
Kayser, Jacques, L'Affaire Dreyfus, Paris 1946.
Kleeblatt, Norman L. (Ed.), The Dreyfus Affair: Art, Truth and Justice, Berkeley/ Los Angeles/ London 1987.
Kritschewsky, B., Zur Geschichte der Dreyfus-Krise, Dresden 1899.
Labori, Marguerita-Fernand, Labori, Paris-Neuchâtel 1947.
Leblois, Louis, L'Affaire Dreyfus. L'iniquité. La réparation, Paris 1929
Ders., Discours prononcé à l'Inauguration du Monument de Scheurer-Kestner(11 février 1908), Paris 1908.
Lequin, Yvec, Histoire des Français XIXe-XXe siècles, Paris 1983/84.
Lindemann, Albert S., The Jew accused: three anti-semitic affairs (Dreyfus, Beilis, Frank), 1894-1915, Cambridge / New York 1991.
Luxemburg, Rosa, Die sozialistische Krise in Frankreich, in: Gesammelte Werke, Bd.1, 1893 bis 1905, Berlin 1970.
Magnou, Jacqueline, Die Dreyfus-Affaire im Spiegel der Wiener Presse, Siegen 1983.
Marin, Paul, Histoire populaire de l'Affaire Dreyfus, Paris 1898.
Marrus, Michael R., Les juifs en France à l'epoque de l'Affaire Dreyfus, Paris 1972.
Matray, Maria, Dreyfus. Ein französisches Trauma, München / Wien 1986.

Maurois, André, Histoire de la France, Paris 1965.
Mazel, Henri, Histoire et psychologie de l'Affaire Dreyfus, Paris 1934.
Michaelis, Robert, Der Prozeß Dreyfus, Hamburg 1963.
Ders., Rechtspflege und Politik in der Affäre Dreyfus, Karlsruhe 1965.
Militärattaché v. Schwartzkoppen, Die Wahrheit über Dreyfus. Aus dem Nachlaß hrsg. von Bernhard Schwertfeger, Berlin 1930.
Miquel, Pierre, L'Affaire Dreyfus, Paris 1959.
Ders., Une énigme? L'Affaire Dreyfus, Paris 1972.
Mommsen, Wolfgang J., Das Zeitalter des Imperialismus, Frankfurt/M. 1969.
Pagès, Alain, Emile Zola, un intellectuel dans l'affaire Dreyfus: histoire de J'accuse, Paris 1991.
Paléologue, Maurice, Tagebuch der Affäre Dreyfus, Stuttgart 1957.
Paraf, Pierre, La France de l'Affaire Dreyfus, Paris 1978.
Pascal Ory, Jean-François S., Les intellectuels en France, de l'affaire Dreyfus à nos jours, Paris 1986.
Peguy, Charles, Par ce demi-clair matin, Paris 1952.
Le Procès de Charles Maurras, Paris 1946.
Der Prozess Zola vor dem Schwurgericht zu Paris im Februar 1898. Kritischer Bericht eines Augenzeugen von Gustav Maier, Zürich/Bamberg 1898.
Raulff, Ulrich, Die Geburt eines Begriffs. Reden von »Mentalität« zur Zeit der Affäre Dreyfus, in: Mentalitäten-Geschichte, hrsg.v.Ulrich Raulff, Berlin 1987.
Reclus, Maurice, Grandeur de »La Troisiéme«. De Gambetta à Poincar«, Paris 1948.
Reinach, Joseph, Geschichte der Affäre Dreyfus. Der Prozeß von 1894, Berlin/Leipzig 1901.
Ders., Histoire de l'affaire Dreyfus, 7 vols., Paris 1901-1911.
Reinach, Théodore, Histoire sommaire de l'Affaire Dreyfus, Paris 1924.
Roux, Georges, L'Affaire Dreyfus, Paris 1972.
Scheurer-Kestner, Paris/Nancy 1908.
Scheurer-Kestner, Auguste, Mémoires d'un sénateur dreyfusard, Strasbourg 1988.
Schneider, Rolf, Süß und Dreyfus, Göttingen 1991.
Simon, Christian, Staat und Geschichtswissenschaft in Deutschland und Frankreich 1871-1914: Situation und Werk von Geschichtsprofessoren an den Universitäten Berlin, München, Paris, Bern 1988.
Simson, Gerhard, Einer gegen alle, München 1972.
Sorel, Georges, La Révolution dreyfusienne, Paris 1911.

Sorlin, Pierre, »La croix« et les juifs (1880-1899), Paris 1967.
Das Staatsverbrechen des General Boisdeffre. Ein Beitrag zur Aufklärung der Dreyfusangelegenheit, Berlin 1899.
Steinthal, Walter, Dreyfus, Berlin 1930.
Strauß, Henri, Ein infames Urteil. Der Fall des Kapitäns Dreyfus, Straßburg 1897.
Ders., Der Käfig des Kapitän Dreyfus, Zürich 1897.
Thalheimer, Siegfried (Hrsg.), Die Affäre Dreyfus, München 1963.
Ders., Macht und Gerechtigkeit. Ein Beitrag zur Geschichte des Falles Dreyfus, München 1958.
Thomas, Louis, Le Général de Galliffet, Paris o.J.
Thomas, Marcel, L'Affaire sans Dreyfus, Paris 1961.
Ders., Esterhazy: on l'envers de l'affaire Dreyfus, o.O. 1989.
Thomson, David, La démocratie en France. La Troisième République, Paris 1955.
Weil, Bruno, Der Prozeß des Hauptmann Dreyfus, Düsseldorf 1960.
Winock, Michel, La fiévre hexagonale. Les grandes crises politiques de 1871 à 1968, Paris 1986.
Wirtschaft und Gesellschaft in Frankreich seit 1789, Gütersloh 1975.
Zévaès, Alexandre, Clemenceau, Paris 1949.
Ziebura, Gilbert, Léon Blum. Theorie und Praxis einer sozialistischen Politik, Bd.I: 1872-1934, Berlin 1963.
Zola, Émile, La vérité en marche, Paris 1972.

Personenregister

Jüdische Studien im Decaton Verlag

MARIO KESSLER
Antisemitismus, Zionismus und Sozialismus
Arbeiterbewegung und jüdische Frage im 20. Jahrhundert

2. Auflage
160 S., DM 24.-, ISBN 3-929455-00-5

»Die Essay-Sammlung ist charakterisiert durch einen Überfluß an brillanten und innovativen Ideen.« *Actuel Marx*

»Die Essays weisen den Autor als differenzierten Kenner und kritischen Geist aus.« *Zukunft*

JACK JACOBS
Sozialisten und die »jüdische Frage« nach Marx

Mit einem Vorwort von Susanne Miller
Aus dem Englischen von Cornelia Dieckmann
244 S., DM 49.-, ISBN 3-929455-20-X

»Jacobs zeigt eine sehr beeindruckende Objektivität.«
Jonathan Frankel, The Hebrew University of Jerusalem

»Ein weites Feld von Primär- und Sekundärliteratur meisternd, ist Jacobs' akribische Forschungsarbeit eine eindrucksvolle Studie.«
Andrei S. Markovits, Boston und Harvard University

ENZO TRAVERSO
Die Marxisten und die jüdische Frage
Geschichte einer Debatte (1843-1943)

Mit einem Vorwort von Pierre Vidal-Naquet
Aus dem Französischen von Astrid St. Germain
ca. 300 S., ca. DM 48.-, ISBN 3-929455-08-0

»Jeder, der sich mit der modernen Sozialgeschichte der Juden, mit der Entwicklung des marxistischen Denkens oder mit Möglichkeiten der Bekämpfung und schließlichen Überwindung des Antisemitismus befaßt, ist gehalten, das Buch gründlich zu studieren.« *Utopie kreativ*